褚金勇 著

重访『五四』
Revisiting the May 4th Movement

Between Semantics and Fields

在语义与场域之间

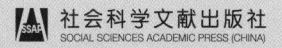

社会科学文献出版社
SOCIAL SCIENCES ACADEMIC PRESS (CHINA)

序

旧题新作：寻觅文学史意义上的
时间与存在

张宝明[*]

历史，总是在一些特殊时刻给予人类以汲取智慧、继续前行的力量。"五四"便是如此。它开始只不过是普通的一天（1919年5月4日），在后来的纪念言说中不断被增添"新意义"[①]，遂成为文学启蒙（文学革命）、思想启蒙（新文化运动）、政治启蒙（学生运动）等为后人憧憬仰望的启蒙神话。这一启蒙神话愈是流传广远，愈是以一种斩钉截铁的方式试图传递出某种历史的真实，惠赐于"五四"而降生的新文学也成为中国现代文学的正统叙事。在百年发展过程中，中国现代文学学科不断拓展，"五四"文学研究作为中国现代文学的根基所在，愈发呈现追寻多元、力求超越的姿态。当下，中国现代文学研究需要自我反思的勇气与实践，这不是一味求新的无根游谈，也并非昙花一现的标新立异。面对繁花似锦、积淀深

---

[*] 张宝明，河南大学人文高等研究院院长，教授，博士生导师。
[①] 李大钊："我盼望，从今以后，每年在这一天举行纪念的时候，都加上些新意义。"李大钊：《中国学生界的May Day》，《晨报》1921年5月4日。

厚的中国现代文学学科，"五四"文学研究更需扎根历史土壤，保持恒心定力，聚焦核心问题，开拓学术视野，这是阅读褚金勇新著《重访"五四"：在语义与场域之间》（以下简称《重访"五四"》）的感想。

"五四"文学革命是一个传统学术话题，说它传统，因为它潜藏着说不尽的意味。受正统文学叙事的影响，人们对当年的"文白之争"往往满足于粗疏笼统的"文言反动""白话先进"的对立判断。其实，这项研究远未充分展开，甚至基础的工作也没有做好。我们经不起追问：什么是古代文言的特质？古代文人如何采用"文言"建构文学的意义空间、体现叙述逻辑？"五四"催生的语言转向如何与特定的思想场域相关联？要解答这些问题，只有深入触摸"五四"思想现场的各种声音，经过细读的具体探究后，才能产生比较靠得住的结论。《重访"五四"》这本书在重访文学革命时，对于"五四"语言转向背后的多元主体的思想表达和文化体验有着高度的学术自觉，进而挖掘文言/白话对抗叙事在中国文人特定生命场域中丰富的语义内涵，由此彰显出自己的学术特色。

一　以"百年"为经，重思"五四"的语言转向

有学者曾言："没有'文言'，我们找不到回'家'的路。"[①] 汉语经历了数千年的发展，经过"五四"文学革命，不仅其内部要素，即语音、词汇、语法发生了变化，而且它反

---

① 韩军：《没有"文言"，我们找不到回"家"的路》，《中国教育报》2004年4月22日。

映的外部事物，如典章制度、风俗习惯等也发生了重大变革。《重访"五四"》这本书虽以文学立论，但压在纸背的关怀，更多是"废文言""倡白话"的语言变革运动给中国知识人带来的思想阵痛。要知道，书写语言对于文人而言绝非简单的语言书写形式，而是一种进可参与现实，退可抚慰心灵的"有意味的形式"。"五四"文学革命，意在以语言变革改造人的精神世界；文学革命中的"文白之争"，体现的恰是中国知识人对书写语言的选择背后思想谱系之间的编织及冲突关系问题。在"五四"百年之后，回望文学革命的峥嵘岁月，重访"五四"的语言转向，既在历史中寻经验、求规律，也在历史中找到前行的方向和力量。

对"五四"的语言转向进行重思，需要拉开一定距离才能看得清楚。这也是作者在行文中一再用"百年之后，重临'五四'""百年回望'五四'"等表述的原因。当今时代，学术经受着"短期主义"的困扰，现代的学术研究越来越注重短平快，普遍缺乏一种看待和思考问题的长远眼光，仅仅满足于学术热点和短期利益。由此带来的一个结果是：人们很难把握和解释变动不居的生活世界，特别是在面对未来时，由于缺少对重大问题的长时段考察和反思，人们丧失了应有的洞察力和决断力。为什么100年的视野比10年的更好？为什么长时段的历史对于理解导致我们充满冲突的今天的多重经历是必要的？从时间向度上来看，长时段的思维方式最终指向未来，而危机的产生在很大程度上源自未来的不确定性，这种不确定性需要到历史中去寻找原因。

依据布罗代尔的"长时段"理论，短时段考察的是事件史，而长时段却考察历史的脉络，即使考察"五四"等事件也是将其放置于历史发展的脉络之中加以审视。"五四"文学革命已经过了百余年，现在能够更客观地予以阐释反思。文言与白话是中国现代文学面临的主要叙事，我们的文学史叙事是简单的线型叙事，把语言放在进化论的车轮上加以审视。百年之后，我们已经摆脱进化论的迷魅，开始认识到事情的发展并非以"进化"为线索，所谓的"必然"其实也没有多大的解释力。"五四"文学革命的成功由语言、文学、文化、教育、内政、外交等多种因素凑成，多因素交错编织，颇有风云际会的味道。以白话代文言的文学革命，其实是一个很复杂甚至不可复制的状态。我们后人回看历史的时候去分析这些因素，当然会去剖析到底什么因素最重要。长时段的历史思维有助于文学史研究克服几十年来"白话先进"与"文言反动"的学术论调，去客观回顾历史中多元存在的思想状态，去展望和创造一个更为积极的未来。

借助长时段，我们才可以超越自己的未见，看清"五四"文白之争带给知识人的历史悲情。中国传统的文言文乃是现代白话文的源泉，二者是母与子的关系。"新青年派"激进情绪下的同人所做出的"抽刀断水"式的决断，带有硬性的"左"性做派。[①] 所有的理性化启蒙色彩都为这一情绪化气质所掩盖，新旧文学传统的重新确立充分体现在文白的决裂上。传统与现代、古典与当代的人为切断，为现代性焦虑提供了严酷的证词。这一语言焦虑，其实是一种深层的人类自我主体性的焦

---

① 1917年5月1日，《新青年》第3卷第3号上刊登了胡适与陈独秀关于文学、白话问题的公开信。针对陈独秀的"不容匡正"之武断，胡适表示了异议，而陈独秀仍固执一词："独至改良中国文学，当以白话为文学正宗之说。其是非甚明，必不容反对者有讨论之余地，必以吾辈所主张者为绝对之是，而不容他人之匡正也。"参见张宝明《"文白不争"引发的历史悲情——从文化社会学的视角看现代性的两副面孔》，《学术界》2005年第2期。

虑。晚清以降，帝国主义列强一闷棍一闷棍地打下来，把中国知识人的文化自信打得七零八落。存亡的急迫感，让知识人到药房乱抓药方，竟然喊出了"汉字不灭，中国必亡"的口号。钱玄同的话历历在耳："欲使中国不亡，欲使中国民族为二十世纪文明之民族，必以废孔学，灭道教为根本之解决，而废记载孔门学说及道教妖言之汉文，尤为根本解决之根本解决。"①"恨铁不成钢"的启蒙焦虑，让"五四"启蒙先贤表现得深刻与片面、理性与情绪、进步与偏执。当然，百余年之后，汉字没有灭，中国也没有亡，但必须看到我们的语言发生了重大转向。自"五四"之后，白话语言蓬勃发展已有百余年，如今我们早已适应白话书写方式，对白话语言习以为常。"五四"文学革命导致的语言转向不仅改变了书写方式与书写观念，中国人的思维与行为也发生了重大转变。作者在本书中也谈到，从"含蓄"到"直白"的语言转向，导致中国人情感解构的变化。这种从书写方式到情感解构的变化，让我们评判"五四"语言转向问题时，自觉或不自觉地用现行的书写观念和思维方式去观察判断。如果没有充分自觉，用现在的价值尺度去衡量当时的书写观念，那么我们难以体察理解古代文言书写方式与书写观念的本意真相。重提"文言"的价值，也是从语言角度考察历史、恢复历史性的重要视角。

二 以"场域"为纬，重访"五四"的思想战场

重访"五四"，那些暗淡了的"刀光剑影"与远去了的

---

① 钱玄同：《钱玄同文集》第 1 卷，中国人民大学出版社 1999 年版，第 166~167 页。

"鼓角争鸣",一如既往地回到我们的视野和耳际。借助长时段理论重访"五四"的思想场域,并非重复那一成不变的文学史叙事范式,而要反映包罗文学革命论战多元主体的"整体",让文学革命论战主体之间相互关联、彼此作用所形成的结构和功能关系得以体现。要反映"五四"文学革命内外的"整体",必须清理"胜王败寇"的叙事理路,借助场域理论从横向关系进行研究,把各种位置之间存在的客观关系的一个主体网络呈现出来。《重访"五四"》强调的是,历史不是各种事件按着某种逻辑、遵循线性时间、奔向既定目标的"自然历史过程",而是不同层次的论战主体和思想议题的叠加。历史的动力不是一两种决定的因素在起作用,而是多种因素交互作用的结果,"五四"文学革命的历史也不是英雄人物的"独唱",而是多声部"合唱"的结果。

《重访"五四"》摒弃了单一历史主体的历史叙事,通过呈现"五四"场域中多元主体的思想状态与真实环境,与胡适所主导的正统叙事内容形成反差,将关注点更多地放在被遮蔽的问题本身,在现代语境下填补其他主体对历史细节认知的空白。作者认为,"五四"的思想故事绝不是仅靠一家之言就能撑起的历史叙事,而需要以"群言"的方式对细节不断进行填充。从小的方面讲,"新青年派"内部的个体之间在"态度同一性"下有着不同思想谱系的差异与对抗;从大的方面讲,"新青年派""学衡派""甲寅派""鸳鸯蝴蝶派"中的每个团体作为一个历史的存在者都处于某种传统和文化之中,并因此而居于某个视域之中。每一个历史叙事者的视域都有自己的声音特征、表达个性和言语逻辑,受众对"五四"文学革命面貌的接受度,在一定程度上影响了理解过程中的情感认同度。在这场白话代文言的书写体变革运动中,知识分子无论选择文言书写，抑或选择白话书写，都渗透着各自的深层逻辑思考与理论探求。

"五四"文学革命通过语言"断裂"来实现现代性最大化的演进，同时也暴露出中国语言文学在走向现代性过程中手段的残酷性。它不但导致中华传统母语的巨大阵痛甚至是非正常死亡，而且还使得现代文学存在先天不足与后天失调。"新青年派"在文学革命中表现出的片面、偏执和情绪化，其实在"五四"便遭到了多方的批评。只是我们以前将其视作新文学的反动，对其思想理路并不重视。而这在《重访"五四"》一书中有着较为丰富的呈现，呈现了林纾、学衡派、甲寅派、鸳鸯蝴蝶派关于文白之争中的"民主""科学""审美""经济"等问题。例如，书中写到，面对新青年派所倡导的以语言规训思维的科学主义文学观，学衡派的胡先骕便指出："（文学革命倡导者）每以自然主义、写实主义之勃兴归于科学，在思想史之演进观之，诚非虚语。然吾以为此非科学自身之罪，而为误解科学误用科学者之罪也。"[①] 针对"新青年派"片面求新的"唯新主义"文学观，甲寅派章士钊云："新之观念，又大误谬。新者对夫旧而言之，彼以为诸反乎旧，即所谓新。今既求新，势且一切舍旧。不知新与旧之衔接，其形为犬牙，不为栉比，如两石同投之连线波，不如周线各别之二圆形。"[②] 学衡派吴宓也提出自己的意见："以学问言之，物质科学以积累而成，故其发达也循线以进，愈久愈详，晚出愈精妙。然人事之学，如历史、政治、文章、美术等，则或系于社会之实境，或由于个人之天才，其发达也无一定之轨辙。故后来者不

---

① 胡先骕：《文学之标准》，《学衡》第31期，1924年7月。
② 章士钊：《评新文化运动》，《新闻报》1923年8月21日。

必居上，晚出者不必胜前。因之，若论人事之学，则尤当分别研究，不能以新夺理也。"①

在此意义上，《重访"五四"》将事关书写体变革的各方知识分子纳入研究视野。只有对林纾、学衡派、甲寅派有了"理解之同情"，才能客观认识他们的文学理论和学术观点。在"五四"文学革命发生的当口，各方观点都有呈现。但既有的文学史叙事，往往标举以新文学为主导的叙事模式，进而将白话赋予自由、民主、平等等现代性元素，而将文言赋予等级制度、愚昧落后、附庸风雅等名头，将坚持文言的林纾、学衡派、甲寅派都扣上了"反动的帽子"。百年回望，需要超越既有的文言反动、白话先进的传统叙事，将各派文学理论观点纳入考察视野，以平等的态度去认识评价。在谋求现代性发现的"五四"语境中，各种观点都可以有，但后学要把事实讲清楚，把各派的理论内涵讲清楚。不仅要把林纾、学衡派、甲寅派等的文学理论讲出来，还要交代它们的历史脉络和知识背景。一种文学理论，即使是被冠以"反动"名头的文学理论，也有其生成语境与过程。弄清一个观点发生的来龙去脉是文学史乃至其他"史"的基本诉求。就目下诸多中国现代文学史教材编著的情形来看，把理论生成的语境抹掉是常态，往往只讲那个理论观点被打上"反动""错误"的标签，而究竟何以如此则不甚了了。这样一来，先入为主就成了后学研学著述的起点。有鉴于此，《重访"五四"》通过梳理这场语言变革的发生场域，挖掘各方立场选择的深层思想谱系，并不是发明或遵循某种理论去评判文言、白话各方孰对孰错，而是以此来深入把握知识分子的书写语言选择。

---

① 吴宓：《论新文化运动》，《学衡》第4期，1922年4月。

三 以"问题"立论,重撰"五四"的启蒙文章

作者呈现文言、白话论争中多副思想面孔交相混杂的历史真实,思考文白变动对20世纪中国知识分子精神历史造成的影响,以期为20世纪中国文学现代性的演进提供一个新的历史注脚。这个愿望是宏大的,但面对浩瀚的"五四"文献,每个人都难免会感叹个人学力的有限性。好在作者没有从宏观角度去开掘,而是以问题意识为牵引,从一个个小问题切入文学革命的思想议题,试图从多维度去审视"五四"的发生历史。需要了解的是,问题意识究竟是什么?其实,我们只要了解了新文学发生时的情形就可以管中窥豹了。拨开历史重重迷雾,我们会发现"五四"新文学的本质在于以形式革新追求思想之革新。如果今天我们讨论"五四"新文学诞生的历史,谁也无法摆脱思想史来单纯讨论现代文学史。罗常培先生曾指出:"语言学的研究万不能抱残守缺地局限在语言本身的资料以内,必须要扩大研究范围,让语言现象跟其他社会现象和意识联系起来。"[①] 以此观照"五四"语言转向,此中蕴含了文学、伦理、思想等多维的历史真实,有谁能"剥离"历史而单向地将"问题"梳理清楚呢?《重访"五四"》在解构"五四"文学革命正统叙事的同时也在建构微观历史细节,将每个独特的问题碎片汇聚成一个完整事件的真实回顾。问题意识如同树的"根"与"藤",由此可以花开数朵,结出"数果"(硕果)。我们从事学术研究者可以根据兴趣各摘一枝,也可

---

① 罗常培:《语言与文化》,吉林出版集团股份有限公司2017年版,第93页。

以一手多拥。问题意识让作者致力于钩沉探微，但长时段的视角，又让他没有在细枝末节和表象上驻足不前。该研究从一个个小问题切入，虽是碎片化的学术议题，但始终不离"五四"，不离文学革命，同时以一种"切问而近思"的状态去贴近历史，贴近生活，以沾着泥土、带着露珠、冒着热气的小问题展现大学术，把文学革命百年反思作为学术研究的生动实践。从这个意义上，我想再次重申我的观点："只有小题目，没有小学术"。

随着"五四"研究日趋深入，课题细化、专题性探究，诚不可避免。但"五四"研究如果从观念到观念，从理论到理论，仅仅停留于大而无当的宏观论述，而缺乏坚实的史料细读功夫和专题研究基础，便会走进为细而细、为专而专的死胡同，既不利于自身学术能力提高，又难以实现研究课题更大之社会效应。《重访"五四"》不排斥宏大的理论，但它同时深入历史的微观、具体的概念问题中，采取"解剖麻雀"的方法，再现丰富多彩的历史，以期收到"一粒沙可见世界，一滴水可见海洋"之效果。作者探讨的看似"五四"文学革命中的细微之事，恰恰能展示文学革命的内在逻辑，微观层面的叙事能让我们更好地感受具体历史情境。赵汀阳曾经提出问题的相关性问题："如果我们试图解决某一个问题，就不得不去同时解决所有问题，因为哲学所思考的每一个问题都是互相连着的，以至于只要单独去思考某一个问题，就会破坏这个问题，甚至破坏其他问题。"[①] 文学概念的生成发展往往被过去、现在、未来的语言标志切分成不同的场域，而这些既"断"且"续"的场域形成对话、互动或相互制约的关系。"五四"新文学在语言中所呈现的张扬与衰微、来自不同思想阵营的知

---

① 赵汀阳：《一个问题或所有问题》，《社会科学战线》1997年第1期。

识人在文学革命中提出的不同理论主张,共同构成了"五四"文学革命过程中的千姿百态。《重访"五四"》整理与表述不同思想阵营的知识人的理论坚持和生命承受,在情感与理性、历史与现实的交融中深化书写语言变革背后深层思想谱系的颉颃对抗。如此这般才能彰显"五四"文白之争的复杂之处。

《重访"五四"》的研究任务重在打通过去、现在和未来的时间界限,在后顾与前瞻中考察古今之变,运筹未来之势,其问题意识也体现在对启蒙者的思与言、知与行之间的矛盾问题上。"五四"文学革命启蒙主义使"一切自然的东西服从于专横独断的主体","启蒙主义也可以退化为一种神话,使启蒙者丧失自我,丧失对世界的个人感知而服从于专断的理性"。[①] 阅读康德、福柯、霍克海默、阿多尔诺等人的启蒙论述,对于检视"五四"文学革命中的启蒙路径同样具有指导意义。"五四"文学革命是在思想启蒙的逻辑理路下进行设计推行的,启蒙者满怀思想的果敢和道路的自信,但也留下了诸多缺失有待后人鉴别反思。以问题意识来重撰启蒙文章,必须看到,虽然我们人文学科的问题意识是必要的,但这并不等于我们能像自然科学那样得到一个确切的答案。这也是我们很多学术工作者容易忽略的问题。事实上,在很多情况下,人文科学工作者的启蒙工作只能在悖论中追问或者说寻求意义。有学者曾说,启蒙发展到今天,最应该被启蒙的就是那些自命为启蒙者的知识分子。[②] 我初闻此言惊愕不已,细思之后又不免加

---

① 〔德〕霍克海默、阿多尔诺:《启蒙辩证法——哲学片断》,洪佩郁、蔺月峰译,重庆出版社1990年版,第5页。
② 《邓晓芒受访谈启蒙的"自我进化" 刘苏里称"最应该启蒙那些启蒙者"》,观察者网,https://www.guancha.cn/culture/2013_12_04_190389_s.shtml。

深了对启蒙者的"理解之同情"。启蒙是一个世世代代不断重新开始的战斗。启蒙的过程是一个言说过程，也是一个意义阐释过程。意义的问题正是在知识人的摇摆、拷问、共鸣中进行，它可以是心理痛苦的缓解、紧张的放松，也可以是快乐的扩张、幸福的多元，甚至还会是信念的获得与放弃。[①] 其实，说到底，不管是"五四"启蒙者的知识言说，还是后学对于"五四"启蒙者的历史反思，是苛责式的评判，还是理解式的同情，考验的都是知识分子的学术良知问题。正是在这个意义上，学术良知比启蒙以及其他响亮并醒目的外在标签都重要。毕竟，思想的宽容、心灵的理解、互相的关爱、情感的升华是人类应有的通感，也是人类启蒙共同追求的价值主题。

重访"五四"，在语义与场域之间打捞历史记忆，既是学术话语的重塑，也是学科体系再造过程中学术研究的必经之路。缺乏自我、领悟、跨度、对话的展开与延伸，不可能有这样的文字和书写。

---

① 张宝明：《问题意识：在思想史与文学史的交叉点上》，《天津社会科学》2006 年第 1 期。

目 录
CONTENTS

绪 论 …………………………………………… 1

上 编　重访"五四"文学革命中的启蒙理念

第一章　民主的魔咒：文学革命中的精英主义
　　　　与民主意识 ………………………………… 15
　一　"他们"与"我们"的尴尬 …………………… 16
　二　"意识"与"潜意识"的紧张 ………………… 19
　三　"自立"与"立人"的两难 …………………… 27

第二章　科学的诱惑：科学主义影响下的
　　　　"五四"文学选择 ……………………… 35
　一　科学主义与"五四"新文学观念的建构 ……… 35
　二　思想启蒙与科学主义文学观的选择 ………… 40
　三　审美追求与科学主义诉求的紧张 …………… 45

第三章　创新的崇拜："五四"文学革命中的
　　　　"新/旧"逻辑 ………………………… 51
　一　"唯新主义"与"五四"文学革命的审择标准 …… 52

·1·

二 启蒙心态与"唯新主义"的思想逻辑 …………… 57
三 审美价值与启蒙观念的颉颃对抗 ……………… 62

第四章 审美的抉择："五四"新文学审美意识的
　　　现代改造 ……………………………………… 69
一 从"含蓄"到"直白"：中国文学话语
　 方式的革命 ……………………………………… 70
二 从文学到思维："五四"思想启蒙的理路设计 … 73
三 从内敛到外扬：国人"情感结构"的转换 …… 78
小　结 ……………………………………………… 82

第五章 书写的差异：文白之争中的"经济"问题 …… 83
一 语言的"经济"：文言与白话正当性争夺的
　 关键词 …………………………………………… 84
二 书写的"经济"：文言和白话的书写费力程度 … 89
三 思想的"经济"：文言与白话的翻译转换 …… 95
四 "经济"的审思：文学如何在文言、
　 白话之间抉择 …………………………………… 102

第六章 自我的审查：从"不避俗字"到"力避文言"的
　　　白话写作 ……………………………………… 108
一 自我审查：从"不避俗字"到"力避文言" …… 109
二 存典立范：胡适白话书写中的"导师"意识 … 113
三 从偏执到自然：文言与白话的自然呈现 …… 117
小　结 ……………………………………………… 123

中　编　重访"五四"文学革命中的文体新变

第七章　诗歌的尝试：《尝试集》与"五四"新文学话语规则的确立 …… 127
- 一　理论的创作践行：文学革命中的诗歌理论与创作 …… 128
- 二　诗作的出版传播：胡适白话诗歌的社会讨论 …… 133
- 三　新诗的阅读讨论：《尝试集》的传播效应 …… 138

第八章　小说的崛起：文明演进视野下两种文化启蒙 …… 147
- 一　地位变迁："小说"如何登上大雅之堂？ …… 148
- 二　形式变革：以"视觉"文本代替"听觉"文本 …… 152
- 三　启蒙变革：从"道德教化"到"思想启蒙" …… 157

第九章　戏剧的变革：中国现代戏剧演进中的"启蒙"问题 …… 163
- 一　道德教化：传统戏曲的通俗话语与道德叙事 …… 164
- 二　思想启蒙：现代话剧的精英话语与思想叙事 …… 170
- 三　戏曲与话剧：中国戏剧变革中的两种启蒙面向 …… 177

第十章　散文的涌现：中国近代知识人书写的范式变化 …… 182
- 一　体式差异：文章脉络与散文园地 …… 183
- 二　历史动因：文界革命与报章书写 …… 188
- 三　价值审思：自由民主与泛滥横绝 …… 192
- 小　结 …… 197

第十一章 文质的辩证:"五四"新文学审美体式的生成 ·········· 199
    一 "抑文扬质"与"五四"新文学的观念建构 ······ 200
    二 思想启蒙与"五四"文质观的价值审择 ·········· 205
    三 "文质之辩"与新文学发展的理想品格 ········ 209

下 编 重访"五四"文学革命中的话语格局

第十二章 语言的政治:"五四"白话文运动的政治密码 ························· 217
    一 被凸显的启蒙叙事:新青年派的白话民主诉求 ·············· 217
    二 被遮蔽的政治推力:北洋政府的语言政治底色 ·············· 221
    三 白话传播的历史密码:在野与在朝的颉颃互动 ·············· 226

第十三章 思想的游牧:文学在"五四"思想启蒙中的角色扮演 ······················ 230
    一 文学在思想启蒙中的角色扮演 ············· 231
    二 思想在文学文本中的意象化呈现 ··········· 235
    三 启蒙在情感"说服"中的自我背离 ········· 242

第十四章 争议的错位:学衡派与新文化派的文化论争 ····················· 248
    一 争议之"点":学衡派与新文化派的"儒礼"认知 ············ 249

二　文饰之"礼"：学衡派与新文化派的
　　　　真正歧义 ………………………………… 251
　　三　叙史之"理"：思想史论的书写尺度 ………… 257

**第十五章　场域的斗争：论"五四"文学场域的话语
　　　　　博弈与规则确立** ………………………… 261
　　一　解构与重组：多种力量角逐的"五四"
　　　　文化场域 ………………………………… 262
　　二　话语与资本：文学场域斗争的矢量格局 ……… 265
　　三　规训与权力：渐行渐固的新文学话语规则 …… 269
　　四　反思与再造：亟待重思的中国现代
　　　　"文学"观 ………………………………… 274

**第十六章　话语的裂痕：新青年派在文学革命中的
　　　　　两幅面孔** ……………………………… 280
　　一　"不容讨论"：启蒙心态下的激进表现 ………… 280
　　二　"科学容纳"：理性反思后的多元胸怀 ………… 285
　　三　自由的两难：在激情与理性之间 ……………… 289

结　语 ……………………………………………… 294
　　一　文学的纪元："五四"文学革命的贡献 ………… 294
　　二　启蒙的反思："五四"文学革命的问题 ………… 296
　　三　世纪的回眸：中国文学如何重新出发？ ……… 299

附　录

学术对话：语言变革、历史书写与媒体的公共性 …… 303
　　对话之一：语言是存在之家：重审文白不争的
　　　　　　历史悲情 …………………………… 303

对话之二：思想史书写的转型：从启蒙书写到
　　革命书写 …………………………………… 316
主要参考文献 ……………………………………… 329
后　　记 …………………………………………… 345

绪　论

一　重访"五四"文学革命的契机

　　100多年前，肩负着思想启蒙重担的先贤掀起了影响深远的"五四"新文化运动。从此以"五四"为坐标原点，中国现代历史正式开启，我们至今还在享受着"五四"新文化运动的文化余泽。"五四"之时，启蒙先贤将中国自古以来的知识、思想和观念都一一"重新估定"；而百年后回望"五四"，这场以"重新估定价值"为内容的新文化运动，其自身的价值也需要进行重新估定。事实上，阅读与新文化运动相关的学术研究可以发现，自"五四"以来，关于新文化运动的思想阐释从未停止过，尤其是"在某种历史性的转折形成之际，现代中国几乎不可避免地要回到这个'神话'，把'五四'当做一个可以不断重临的'起点'"[①]。在"五四"研究领域，较为引人注目的是对文学革命的研究。作为激活"五四"新文化运动的重要支点，文学革命推倒了延续几千年的中国古典文学，为20世纪初中国语言文学现代性的发生、演进展现了最原始、最真实、最生动的面貌。在"五四"思想文化场域

---

① 丁耘主编《五四运动与现代中国》，上海人民出版社2009年版，第6页。

中，各个文学流派围绕文学革命竞相提出自己的观点意见，理论论争的短兵交接、思想谱系的渐趋生成、文学群体的结合分化等都在这里倾情演绎。更为重要的是，"五四"文学革命在随后的一个世纪留下了经久不息的历史回响，至今还影响着中国人的文学阅读、写作等各类文化活动。正是在这个意义上，重访"五四"文学革命，对今天我们文学现代性之路的探索也饱含现实意义。

"五四"文学革命是新文化运动的重要组成部分，也是清末文学革新运动的接续发展。"五四"启蒙先贤以思想革命为旨归，以语言形式变革为内容，掀起了一场声势浩大的以白话代文言的文学革命运动。"五四"文学革命为中国文学史竖起一座异常鲜明的思想界碑，以此为界，中国古典文学走向式微与消亡；以此为界，中国现代文学逐渐启动与发展。切实来说，尽管"五四"文学革命发生于一百多年前，但它贯穿中国现代语言文学百年发展的历史真实，"五四"新文学所蕴含着的民主、科学、个性自由、思想解放、人道主义、社会主义等思想元素无不流布着现代性的内涵。当然百年之后重临"五四"，重访文学革命，也没有必要把文学革命简单化、浪漫化。需要看到，在启蒙现代性的焦虑之下，"五四"先驱所掀起的文学革命存在着深刻与片面、理性与情绪、进步与偏执的双重面孔，可以说中国现代文学在与思想启蒙协同共生的同时，也内蕴着偏执的元素。

"五四"文学革命发展到今天，有些积累下来的问题已经很难回避。重读"五四"文学革命的理论记忆，文学革命先贤面对后来的现实，他们对自己当初不遗余力宣扬的主张也未必没有怀疑。例如陈独秀后来反思自己宣扬的科学主义对文学创作和人类生活造成的负面影响时，说："把人类生活弄成一种什么机械的状况,这是完全不曾了解我们生活活动的本源,这是一桩大错,我就是首先认错的一个人。"① 但以陈独秀为代表的启蒙先贤又是深谙路径与成本计算的,他们知道激进的文学革命可能付出很高的代价,但只要埋头冲过去,前面就是美好的文化秩序。正如李大钊所言:"吾今持论,稍嫌过激。盖尝窃窥吾国思想界之销沉,非大声疾呼以扬布自我解脱之说,不足以挽积重难返之势。"② 站在百年的历史关头,重临"五四",我们在欣赏中国现代文学元气淋漓的现代性的同时,必须要对"五四"文学革命操作方案中的自负与偏执进行审思。其实,每一次重临都是一种重新阅读、重新审思,因为每一代学者都有每一代学者的学术视野、知识背景和现实关怀。尽管我们不能保证我们的重读足够全面、我们的重思足够客观,但正因为这种重新阅读、重新审思,才让"五四"常读常新、常写常新。

　　本研究深入梳理"五四"文学革命所展现的思想谱系的分合与斗争,挖掘蕴藏于文学革命论争之中的现代性路径差异,审思"五四"知识分子在启蒙焦虑下做出的偏执化选择,诸此种种都是为了给中国文学现代性的演进提供一个可资借鉴的意义注脚。从百年中国思想界经历的梦幻与沧桑来看,"五四"文学革命具有不可忽视的意义。因此从"五四"文学革命来观测一个世纪中国语言文学现代性演进问题的确是一个值得深入探讨的重要课题,这也正彰显"五四"文学革命的历史意义和现实意义。笔者希望这部著作的出版能对文学革命的研究做出点滴贡献。

---

① 陈独秀:《新文化运动是什么?》,《新青年》第7卷第5号,1920年4月1日。
② 《李大钊文集》第一卷,人民出版社1999年版,第234页。

二 启蒙主义的反思视角

"五四"时期，新青年派、学衡派、甲寅派、桐城派、选学派、鸳鸯蝴蝶派通过不同理念和手段塑造中国的语言文学，学校、报馆、书局、政府等各种力量簇拥着语言文学场域。有鉴于此，本研究是在场域理论观照下挖掘"五四"时期各方当事人的话语言说，从语义挖掘与场域分析之中对"五四"文学革命进行散点透视式的立体交叉研究。回望百余年前的文学革命，这场语言文学变革的过程我们也只能依靠语言文本去触摸，无论是文言白话的文学实践还是文学革命的理论论争，都是语言建构的文本世界，都需要从语义学角度钩沉当事各方人物话语言说的语义指向和思想旨趣，并借此进入文学革命场域中的各种文学群体、各种客观关系和各种位置空间。"场域"一词最早由美国心理学家库尔特·勒温从物理学中借用过来，后曾被法语学界梅洛-庞蒂、萨特使用过，但真正赋予它社会学意义并脱颖而出的是法国社会学家布尔迪厄。在布尔迪厄的学术视域下，场域可以被定义为"在各种位置之间存在的客观关系的一个网络或一个构型"，高度分化的人类社会出现了众多场域，每个场域都有自身的实践逻辑和游戏规则。[①]"五四"文学革命改变了汉语文学场域既有的实践逻辑和游戏规则，也打破了中国近代社会各个场域之间的力量平衡，引发了一场关涉文学、教育、思想、政治、社会等各个领域的全面变革。本研究围绕"五四"文学革命引发的观念变

[①] 〔法〕布尔迪厄：《文化资本与社会炼金术——布尔迪厄访谈录》，包亚明译，上海人民出版社1997年版，第133~134页。

革与场域变动展开论述，在语义与场域之间解释文学革命中多元话语竞争的实际状况，既梳理呈现新青年派在"态度同一性"背后的理念差异，也将学衡派、甲寅派、桐城派、选学派、鸳鸯蝴蝶派等派的理论观念纳入视野以参照讨论，由此才能更全面更深入地认识和把握在政治、经济、教育、文化夹缝中进行的"五四"文学革命的多元复杂性。

自从 2005 年跟随恩师张宝明先生阅读研究《新青年》杂志以来，我长时间浸淫在"五四"文学革命的知识场域之中，逐渐对"五四"的"人"和"文"产生某种难以割舍的情感，快乐着他们的快乐，忧伤着他们的忧伤，有时为他们提出的精彩问题击节赞赏，有时也会为他们的偏激而暗自叹息。尽管我后来从文学研究领域跨入新闻传播学领域从事教学研究工作，但毋庸讳言，"五四"永远是供我心灵栖息的"桃花源"。现实中，我也一直没有放弃对"五四"文学革命的思考，这样一部小书的形成，有读研时期在张师的启蒙点拨后写成的文本，也有后期自己延伸思考后写下的文本。站在百年历史的关口，重新阅读"五四"，重新书写"五四"，重新对"五四"文学革命的思想演绎进行深度梳理，在某种意义上是对百年文学史、思想史的一次溯源和深度地挖掘和梳理，希望从百年中国现代性演进的进程中重访"五四"文学革命的思想事件和历史意义。在书稿的写作过程中，我也更加体悟到张师一直耳提面命的话："再现过去不是为过去而过去，我的立意在于观照现在，映照未来。"[①]

"启蒙"是 20 世纪中国的思想主题，尽管启蒙理念或有

---

① 张宝明：《启蒙与革命——五四"激进派"的两难》，江西教育出版社 2009 年版，第 282 页。

差异,启蒙方式也有异同,但前赴后继的知识人群体都将启蒙当作一种思想志业予以践行担当。从清末民初直到今天,启蒙仍然是中国知识分子现代性思考的重要思想资源。伴随时间的流逝,启蒙思想命题逐渐呈现丰富、多元、复杂的面向。但在论述启蒙的观念时,德国哲学家康德的《答复这个问题:"什么是启蒙运动?"》一文仍然是从事启蒙问题研究的学者无法超越的:"启蒙运动就是人类脱离自己所加之于自己的不成熟状态。不成熟状态就是不经别人的引导,就对运用自己的理智无能为力。当其原因不在于缺乏理智,而在于不经别人的引导就缺乏勇气与决心去加以运用时,那么这种不成熟状态就是自己所加之于自己的了。Sapere aude!要有勇气运用你自己的理智!这就是启蒙运动的口号。""要敢于认识"是启蒙的要义,同时康德提醒启蒙者不能打着启蒙的旗号给公众种下思想偏见。他说:"种下偏见是那么有害,因为他们终于报复了本来是他们的教唆者或者是他们教唆者的先行者的那些人。因而公众只能是很缓慢地获得启蒙。通过一场革命或许很可以实现推翻个人专制以及贪婪心和权势欲的压迫,但却绝不能实现思想方式的真正改革;而新的偏见也正如旧的一样,将会成为驾驭缺少思想的广大人群的圈套。"① 后来的研究者诸如霍克海默和阿多尔诺也曾经关注启蒙本身存在的问题。他们认为启蒙主义使"一切自然的东西服从于专横独断的主体","启蒙主义也可以退化为一种神话,使启蒙者丧失自我,丧失对世界的个人感知而服从于专断的理性"②。阅读康德、霍克海默和阿多

---

① 〔德〕康德:《答复这个问题:"什么是启蒙运动?"》,载《历史理性批判文集》,何兆武译,商务印书馆2009年版,第25页。
② 〔德〕霍克海默、阿多尔诺:《启蒙辩证法——哲学片断》,洪佩郁、蔺月峰译,重庆出版社1990年版,第5页。

尔诺的启蒙论述，对于检视"五四"文学革命中的启蒙路径具有指导意义。"五四"文学革命是在思想启蒙的逻辑理路下进行设计推行的，启蒙者满怀思想的果敢和道路的自信，但也留下了诸多缺失有待后人鉴别反思。在这个世界上，每个人都是受局限的存在，"五四"启蒙者也不例外。当启蒙者想要以自认为正确的思想观念启蒙大众时，有时也会走向启蒙的反面，沾染上反启蒙的思想色彩。21世纪之初，学界曾经发生过"新启蒙与后启蒙"的论争，当时恩师张宝明先生的《自由神话的终结——20世纪启蒙阙失探解》与张光芒先生的《启蒙论》同时在上海三联书店出版，两本书针对同一段历史做出了截然不同的历史评价：张光芒先生从建构主义视角出发，认为中国现代启蒙主义介于经验论与超验论之间，其思想重心在于强调从前者到后者的提升过程，追求的是从形而下到形而上的动态建构；而张宝明先生则采取一种解构视角，认为20世纪中国启蒙存在着"偏执""偏至""残缺"。[1] 两个文本的对峙引发了两人关于"新启蒙"与"后启蒙"的思想论辩，并且吸引了更为广泛的学界讨论。在这场论战中，当事双方提出了"新启蒙""后启蒙""反启蒙"等概念，对"五四"文学革命的正负影响进行深入细致的辨析，将学界对文学革命的反思推向了一个新高度。[2]

历史如烟，回望20世纪的漫漫长路，"五四"无疑是20世纪中国一次壮丽的精神日出。百年的梦幻与沧桑都从这里开始酝酿，中国的现代文学之路从这里懵懂起步。在百年间的知

---

[1] 张宝明：《自由神话的终结——20世纪启蒙阙失探解》，上海三联书店2002年版；张光芒：《启蒙论》，上海三联书店2002年版。
[2] 张宝明：《"新启蒙"与"后启蒙"：两种启蒙话语系统对话的可能》，《江海学刊》2003年第4期。

识视野中,"五四"启蒙者是科学理性的代言人,是文学从古典走向现代的引渡人,他们是对20世纪中国文学现代性发展做出重要贡献的出彩中国人。然而历史聚光灯所照到的却不是历史的全部真实,事实上,"恨铁不成钢"的启蒙焦虑让"五四"启蒙先贤表现得深刻与片面、理性与情绪、进步与偏执,在思想启蒙中发挥着复杂的作用。关于此问题,张宝明先生曾经在论文、论著中进行了深入的分析阐释,他通过对"五四"启蒙历史和思想谱系的爬梳,对"五四"白话文运动的深层心理进行细致剖析,认为启蒙者在白话文运动中存在着种种偏至,往往重蹈个体与群体、方法与目的、现实与理想的覆辙。[1] 关于"五四"文学革命的研究,也是百年不断检视的热点。关于这场文学变革运动的研究,学界从简单地认同"文言反动""白话先进"到质疑"废文言""倡白话"的合理性,不断将研究推向深入。刘进才教授的《语言运动与中国现代文学》从原始资料入手,用历史主义的态度还原了晚清以来语言运动发生的政治、思想及文化背景,探讨了现代汉语书面语为何以及如何建立的内在脉络[2];李春阳教授的《白话文运动的危机》以百年来文言、白话之间的消长起伏为线索,全面检讨书面语革新与文体建设上的成就和教训[3];高玉教授的《现代汉语与中国现代文学》从语言本体论的角度考察"五四"白话文运动同整个思维观念的革新的关系[4];朱恒、

---

[1] 张宝明:《"文白不争"引发的历史悲情——从文化社会学的视角看现代性的两副面孔》,《学术界》2005年第2期;张宝明:《自由神话的终结——20世纪启蒙阙失探解》,上海三联书店2002年版;张宝明:《文言与白话:一个世纪的纠结》,华东师范大学出版社2014年版。
[2] 刘进才:《语言运动与中国现代文学》,中华书局2007年版。
[3] 李春阳:《白话文运动的危机》,中国艺术研究院2009年博士学位论文。
[4] 高玉:《现代汉语与中国现代文学》,中国社会科学出版社2003年版。

何锡章两位学者的《"五四"白话文运动的语言学考辨》从语言的诗性角度探讨白话文运动使以象形文字为本位的汉语走上了声音中心主义的道路，导致汉语的诗性长期遭受压抑[①]。这些论文、论著为重访"五四"文学革命提供了理论启示，同时也留有继续深化研讨分析的空间。

三 资料、方法与研究框架

（一）资料搜集

本研究对"五四"文学革命进行的百年重访工作，属于文学史研究的领域。而作为史学研究的文学史研究首先要建基于历史资料的充分搜集掌握。在开展研究之初，课题组便组织成员多方收集资料，搜集整理了与"五四"文学革命相关的期刊、日记、年谱、书信等资料，以此为基础积极有效地开展相关研究活动。具体资料见表0-1。

表0-1 本研究开展研究所使用的原始文献资料分类

资料种类	名称
报刊	《新青年》《新潮》《国民》《努力周报》《科学》《学衡》《甲寅》《北京大学日刊》《每周评论》《努力周报》《安徽俗话报》《竞业旬报》《晨报》等
文集	《严复集》《饮冰室合集》《蔡元培全集》《章士钊全集》《独秀文存》《胡适文存》《陈独秀著作选编》《胡适全集》《鲁迅全集》《钱玄同文集》《刘半农文选》等

---

① 朱恒、何锡章：《"五四"白话文运动的语言学考辨》，《文学评论》2008年第2期。

续表

资料种类	名称
书信	《胡适往来书信选》《陈独秀书信选》《鲁迅书信》等
日记	《胡适日记全编》《鲁迅日记》《吴宓日记》等
年谱	《梁启超年谱长编》《胡适之先生年谱长编初稿》《陈独秀年谱》《鲁迅年谱》《周作人年谱》等
传记	《胡适四十自述》《胡适口述自传》《胡适评传》《陈独秀评传》《鲁迅评传》等
回忆录	《五四运动回忆录》《五四》等
资料集	《中国新文学大系》《辛亥革命前十年时论选集》《中国近代启蒙思潮》《回眸〈新青年〉》《文学运动史料选》《无政府主义思想资料选》《五四时期的社团》《五四时期的期刊》等

（二）研究方法

本研究通过对大量原始史料（"五四"时期的报纸、杂志，文人的日记、书信、年谱等）的研读、梳理，贴近历史现场，以知识考古学与知识社会学的方法对"五四"文学革命中各个层面的理论争议进行研究，注重在文本"缝隙"中捕捉"五四"知识分子在文学革命中的启蒙心态变化以及理念选择背后的文化思考，进而总结文学革命理念与启蒙现代性演进中带有规律性与普遍性的问题。

（三）研究框架

本研究所探讨的"五四"文学革命，是胡适、陈独秀等启蒙先贤为思想启蒙而掀起的以白话代文言的文学变革运动。它为中国文学史竖起一座鲜明的界碑，标志着古典文学的结束和现代文学的起始。重回历史现场，我们会发现启蒙先贤为中国文学的现代性发展打造了行之有效的革命方案。但同时也必须看到，众声喧哗的"五四"文学场域，并非一种文学变革方案，各种力量簇拥着"文学"，通过不同的途径和手段参与着中国文学变革的讨论，同时也折射出"五四"文学革命所存在的种种问题。本研究从三部分展开讨论。

上编：重访"五四"文学革命中的启蒙理念。本部分主要探讨"五四"先贤在启蒙理念主导下的"五四"文学革命中的理论操作，分别从"民主的魔咒""科学的诱惑""创新的崇拜""审美的抉择""书写的差异""自我的审查"等角度切入，从宏观视野审视"五四"文学革命中思想启蒙对文学审美的影响造成了中国现代文学发展先天不良与后天不足的问题。

中编：重访"五四"文学革命中的文体新变。本部分主要探讨文学革命对"五四"新文学体裁体式的变革与重构，分别从"新诗的尝试""小说的崛起""戏剧的变革""散文的涌现""文质的辩证"等角度切入，从微观视角审视"五四"文学革命对诗歌、小说、戏剧、散文等文学体裁的新造，具体而微地梳理呈现启蒙主义对"五四"新文学体式的复杂影响。

下编：重访"五四"文学革命中的话语格局。本部分主要梳理"五四"文学革命时存在的各种文学势力和文学变革方案，分别从"语言的政治""思想的游牧""争议的错位""场域的斗争""话语的裂痕"等角度切入，考察文学革命派在与其他文学流派的文学变革斗争中是如何把握知识与资本、话语与权力的关系，将其文学观念打造成主导中国现代文学走向的话语规则的。

综上，本研究以"五四"文学革命所打造的文学变革方案为研究对象，通过梳理"五四"知识界对"文学革命"此

—公共议题讨论的聚集、分化与转化,呈现启蒙主义视域下文学革命所带来的成绩与收获、流弊与隐患。同时,"五四"知识界思想论争的短兵交接、思想谱系的渐趋生成、思想群体的聚合分化等在研究中都得到深度梳理,在此基础上进一步分析"五四"文学启蒙知识群体与中国20世纪现代性演进的关系。

上　编

重访"五四"文学革命中的启蒙理念

第一章 民主的魔咒：文学革命中的精英主义与民主意识*

从文言到白话的语言形式变革，表征着"五四"文学革命语言上的"德谟克拉西"运动，而在坚守文言书写的人看来，这一变革无异于数典忘祖的文化背叛。文言和白话并非单纯的语言体式，而是被赋予一种文化象征，体现着语言使用者的思想底色和文化关怀，成为一种"有意味的形式"。① 自理论言之，在不同的话语语境，人类会根据不同的交际目的和内容，选择不同的语言体式来表情达意，由此形成了有不同文化意味的语体，也带来主体选择的复杂性。以"五四"文学革命主将胡适为例，他是以倡导白话文学而暴得大名的，他在理论言说中常常以白话的民主意识相标举，但他在书信、日记和回忆录中又会不自觉地流露出精英主义的白话理念。本章以胡适关于"我们""他们"的话语分歧为切入点，探讨"五四"文学革命中精英主义与民主意识的颉颃对抗。

---

* 本章内容由笔者与恩师张宝明教授合作完成。
① 〔英〕克莱夫·贝尔：《艺术》，周金环、马钟元译，中国文艺联合出版公司1984年版，第4页。

一 "他们"与"我们"的尴尬

作为"新青年派"知识群体中的重要一员,胡适既是主张白话文运动的首举义旗之人,也是为其张目的主将。他和《新青年》的主撰陈独秀可被称为新文化运动的"双璧"。我们知道,白话文运动是以通俗化、大众化、平民化为取向的思想新潮,这从它与以"雅"为气质的文言文的颉颃中可见一斑。在中国古代,文言文是主流社会的"正统"交际语言,白话文则是末流的"边缘"化民间俗语。意大利传教士利玛窦对中国的文字使用如是说道:"在风格和结构上,他们的书面语言与日常谈话中所用的语言差别很大,没有一本书是用口语写成的。一个作家用接近口语的体裁写书,将被认为是把他自己和他的书置于普通老百姓的水平。"①

鉴于文言文长期以来为贵族士大夫阶层所垄断而难以普及,于是在民主、平等等西方价值观念影响下的启蒙学者便掀起了文言与白话的"死""活"之争。历史的主流和时代的强音一边推演、一边呐喊:"古文死了二千年了,他的不孝子孙瞒住大家,不肯替他发丧举哀;现在我们来替他正式发讣文,报告天下'古文死了!死了二千年了!你们爱举哀的,请举哀罢!爱庆祝的,也请庆祝罢!'"②

不难想见,胡适是死"古文"的反对者和活"今文"的支持者,他理应是一副以人人为"自由、平等、博爱"之对

---

① 〔意〕利玛窦、〔比〕金尼阁:《利玛窦中国札记:传教士利玛窦神父的远征中国史》,何高济等译,广西师范大学出版社 2001 年版,第 21 页。
② 胡适:《五十年来中国之文学》,载《胡适全集》第 2 卷,安徽教育出版社 2003 年版,第 329 页。

第一章 民主的魔咒：文学革命中的精英主义与民主意识

象的民主主义者姿态，即如他在《新青年》上抛出"八事"之前就与文言文决战："吾以为文学在今日不当为少数文人之私产，而当以能普及最大多数之国人为一大能事。吾又当以为文学不当与人事全无关系。凡有价值之文学，皆尝有大影响于世道人心者。"① 用当事人的话语来说，白话文"乃是我们全国人都该赏识的一件好宝贝"。这样的指称不但具有广泛普及意识，而且同时拥有对平等观念的毋庸置疑态度。就在白话文被北洋政府明令允许进入国语课本之际，胡适还掷地有声地说出了白话文面前人人平等的"白话"：

> 1904年以后，科举废止了。但是还没有人出来明明白白的主张白话文学。二十年以来，有提倡白话报的，有提倡白话书的，有提倡官话字母的，有提倡简字字母的：这些人可以说是"有意的主张白话"，但不可以说"有意的主张白话文学"。他们最大的缺点是把社会分作两部分：一边是"他们"，一边是"我们"。一边是应该用白话的"他们"，一边是应该做古文古诗的"我们"。我们不妨仍旧吃肉，但他们下等社会不配吃肉，只好抛块骨头给他们吃去罢。这种态度是不行的。②

这是胡适在批评清末白话文运动的局限性时引以为豪的一段动情表述。从心理学和逻辑学的常规思维来推理和考察，这

---

① 胡适：《1916年7月13日日记》，载《胡适全集》第28卷，安徽教育出版社2003年版，第403页。
② 胡适：《五十年来中国之文学》，载《胡适全集》第2卷，安徽教育出版社2003年版，第328页。胡适原文中诸如"有意的主张白话"中的"的"字依据现代汉语标准来说应为"地"字，本章引时用仍依据原文。下文出现类似情况时如上所注，不再说明。

合情合理,他本来就应该是这样一副姿态。为了能清楚地说明他的态度,我们不妨再引述一段文字作为佐证:

> 1916年以来的文学革命运动,方才是有意的主张白话文学。这个运动有两点与那白话报或字母的运动绝不相同。第一,这个运动没有"他们""我们"的区别。白话并不单是"开通民智"的工具,白话乃是创造中国文学的唯一工具。白话不是只配抛给狗吃的一块骨头,乃是我们全国人都该赏识的一件好宝贝。第二,这个运动老老实实的攻击古文的权威,认他做"死文学"。①

也许,问题就是这样不容易被发现:当我们回眸并检索这位白话文运动的先驱时,竟然发现他还有着与这段文字极不协调的表白。尽管其发生在多年后的20世纪30年代或更晚一些时候,但我们总觉得其与胡适一贯的"健全"思想谱系不符,甚至有人格痛苦和思想分裂的嫌疑。下面就是功成名就后的胡适在1934年撰写的一篇标题冠冕堂皇的文章——《报纸文字应该完全用白话》中的一段文字:

> 用白话做文章,这也是近十六年的新风气。十六年前,白话报是为"他们"老百姓办的,不是给"我们"读书人看的。民国七年复活的《新青年》杂志才有一班文人决心用白话为"我们"自己写文章。②

---

① 胡适:《五十年来中国之文学》,载《胡适全集》第2卷,安徽教育出版社2003年版,第329页。
② 胡适:《报纸文字应该完全用白话》,载《胡适全集》第20卷,安徽教育出版社2003年版,第448页。

第一章 民主的魔咒：文学革命中的精英主义与民主意识

当事人前后不一的解读判若两人，让人难以置信。从批判"他们"与"我们"的分野到不分你我他"我们全国人"观念的提倡，再到"我们"与"他们"的分庭抗礼，胡适的观点看起来是那样突兀和碍眼。但可以肯定的是，这绝不是胡适一时的疏忽，更不是他一时的心血来潮，其深层的原因需要我们回到历史现场去做深层梳理。这也就是本章的论题所在，在学术界力倡问题意识的今天，或许剖析这一个乍看连胡适本人都会"傻眼"的命题会对新文化运动曲折的路线图以及"新青年派"错综复杂的思想谱系有较为通透的厘定。

二 "意识"与"潜意识"的紧张

就胡适"他们"与"我们"的迂回表述来看，似乎有一些不可理喻的突兀。但是，若我们回到历史现场并运用心理分析学的方法来看待这一"问题"，或许我们所谓的问题就不再是问题了。

几千年来的俗话或说白话总是处于边缘化的位置，一直被正统文人所排斥。雅与俗、贵与贱、士与庶的身份地位被语言这一最为深层的屏障所遮蔽。两个不同阶层的身份意识牢牢笼罩着每一个传统中国人的心理。审时度势，也正是陈独秀胡适并驾齐驱、"新青年派"同人并肩作战的根本原因。

不难想见，作为"五四"白话文运动的首举义旗之人，胡适对白话文替代文言文这一趋势的必然性不但醒悟得较早，而且身体力行得也不晚。早在1918年，胡适在与好友朱经农关于"雅文学"与"俗文学"的争论中，就曾谈道"他们""我们"这个问题。当时朱经农针对他的《建设的文学革命论》提出异议："有些地方用文言便当，就用文言。有些地方用白话痛快,就用白话。我见《新青年》所载陈独秀、钱玄同诸君的大作,也是半文半俗,'文言''白话'夹杂并用;而足下所引《木兰辞》、《兵车行》、陶渊明的诗、李后主的词,也是如此,并非完全白话。我所以大胆说一句,'主张专用文言而排斥白话,或主张专用白话而弃绝文言,都是一偏之见'。"由此,胡适的态度便被这样激将起来:"若将雅俗两字作人类的阶级解,说'我们'是雅,'他们'小百姓是俗;那么说来,只有白话的文学是'雅俗共赏'的,文言的文学只可供'雅人'的赏玩,决不配给'他们'领会的。"① 正是在胡适、陈独秀的鼓动下,"新青年派"同人才能一鼓作气。朱希祖曾这样总结白话文反对者的想法:"我们雅人,只要学古;白话的文,由他们俗人作通俗文用罢了。"② 周作人在《中国新文学的源流》中说"古文是为'老爷'用的,白话是为'听差'用的"。③ 在《平民文学》中他也曾指出:"古文多是贵族的文学,白话多是平民的文学。"④ 当然这些人对这种"他们""我们"的分层都是持批判态度的。正是在这个意义上,陈独秀才喊出了"推倒雕琢的阿谀的贵族文学,建设平易的抒情的国民文学"⑤ 的口号。虽然"五四"启蒙先驱在游学经历、知识背景以及个人性情上,有着种种主体性和客体性的不同,但他们对大力倡导白话文运动有一个共识:颠覆文言文与白话文之间的等级秩序和对立关系,把白话建构成雅俗共赏、全民共用的新国语。

---

① 朱经农、胡适:《通信》,《新青年》第5卷第2号,1918年8月5日。
② 朱希祖:《白话文的价值》,《新青年》第6卷第4号,1919年4月15日。
③ 周作人:《中国新文学的源流》,北京出版社2020年版,第65页。
④ 周作人:《平民文学》,《每周评论》第5期,1919年1月19日。
⑤ 陈独秀:《文学革命论》,《新青年》第2卷第6号,1917年2月1日。

第一章 民主的魔咒：文学革命中的精英主义与民主意识

如上所述，以这样的"历史"心态迎合或说顺应时代主流不只是胡适一个人的自觉，更是在历史与时代的纵横坐标下集体意识的合力效果。应该看到，尽管具体到每一位文学家和思想家心底最细软的那一部分，可能会有不同的着色，但就"新文学"的曲谱来看，他们还是同唱一首歌的。无论是陈独秀的大刀阔斧还是周作人的娓娓道来，无论是借助朱经农来信挑起"是非"还是借用朱希祖的话推波助澜，无论是鲁迅的"实绩"还是胡适的"实验"，总之中国人在白话文学面前人人平等的民主意识洋溢其间。在此，就胡适文言和白话谱系的布局，我们需要进行相对细致的爬梳。事实上，胡适后来思想言论中"他们"与"我们"的分庭抗礼并不突兀。早在他与"新青年派"合唱得轰轰烈烈时，其内心的自我与他者就有着无以言说的两难。

就在我们看到他批判"他们"与"我们"分层之时，我们还可以看到他潜在的杞忧。1921年11月，在文言文大势已去、白话文如日中天、且北洋政府命令全国小学语文课本采用白话已成定局、"新青年派"为集体的合唱效果欣喜不已之时，胡适在为商务印书馆开办的国语讲习班上给国语运动做总结，说："总之，国语是我们求高等知识、高等文化的一种工具。讲求国语，不是为小百姓、小学生，是为我们自己。我们对于国语，要有这样的信心，才能有决心和耐心努力做去。"[①]这难道只是白话与国语的区别吗？问题看来并不是那么简单。就在紧随而至的12月，胡适又在北京教育部国语讲习所大谈特谈他对国语运动的个人化理解："国语统一，在我国即使能

---

① 胡适：《国语运动的历史》，载《胡适全集》第20卷，安徽教育出版社2003年版，第427页。

够做到，也未必一定是好。"① 看来，他对一边倒、一刀切的"统一癖"不抱好感。即使是在发表了"一时代有一时代之文学"的《历史的文学观念论》之后，也还是心有余悸。陈独秀的"革命"勇气让他佩服："鄙意容纳异议、自由讨论，固为学术发达之原则。独至改良中国文学，当以白话为文学正宗之说，其是非甚明，必不容反对者有讨论之余地，必以吾辈所主张者为绝对之是，而不容他人之匡正也。"② 除却佩服，胡适更多的则是表现出一副未置可否的优柔寡断面相。其实，这不只是实验主义的"点滴"改良思想作祟，也蕴含着他对白话文资源配置的种种顾虑。

听话听音，胡适在《四十自述》的心思流露更可见一斑："这段文字已充分表现出我的文章的长处与短处了。我的长处是明白清楚，短处是浅显。"③ 这是胡适回忆早年发表在《竞业旬报》的文章《地理学》时所说的话。这里，一方面他看到了白话的优势所在（明白清楚），另一方面又嫌其"浅显"。质而言之，"明白清楚"与"浅显"两者其实是一个问题的两个方面，胡适的强分轩轾多少反映出他在雅俗之间的进退失据、难以着陆的矛盾心态。需要注意的是，就在30年代他为白话文分出"彼此"并再次呼吁"报纸文字应该完全用白话"之际，他还是说出了"于我心有戚戚焉"的感受："最早的报纸，如南方的《申报》、《新闻报》，如北方的《大公报》，都不点句，也不空格。最早的杂志如《清议报》、《时务报》，也

---

① 胡适：《国语运动与文学》，载《胡适全集》第 20 卷，安徽教育出版社 2003 年版，第 429 页。
② 胡适、陈独秀：《通信》，《新青年》第 3 卷第 3 号，1917 年 5 月 1 日。
③ 胡适：《四十自述》，载《胡适全集》第 18 卷，安徽教育出版社 2003 年版，第 71 页。

第一章 民主的魔咒：文学革命中的精英主义与民主意识

都不点句。这种日报杂志本来都是给读书人看的，所以没有断句的必要。断句就是瞧不起列位看官了！只有一班志士为老百姓办的官话报或俗话报，才有空格断句的方法。"① 虽然不能说是现身说法，但言下之意很分明：报刊愈是采用白话，"我们"这些有身份的人便愈有领地。毕竟，白话文会由粗变细、由俗变雅的！不难看出，胡适当年不是没有杞人忧天的矜持，只是在后来充满信心后他才完全吐露而已。试想，连胡适这位深受西方民主平等观念影响的白话文运动提倡者都流露出对白话"浅显"的鄙夷，而且时不时还会觉得"断句"有伤大雅，别人就更可想而知了。

的确，清末白话报人"明知白话文可以作'开通民智'的工具，可是他们自己总瞧不起白话文，总想白话文只可用于无知百姓，而不可用于上流社会"。② 他们在观念上认为，给读书人看的报刊"没有断句的必要"，因为"断句就是瞧不起列位看官！"③ 更为关键的是，"他们虽然认识到学习文言的困难，但他们依旧认为运用文言是'吃肉'阶级身份的象征，所以他们觉得'我们'是天生聪明睿智的，所以不妨用二三十年窗下苦功去学那'万国莫有能逮及之'的汉字汉文"。④

翻阅白话报时期的报人文章，方知胡适所言非虚。清末白话报人虽提倡白话，但自己写诗作文仍是用文言，黄遵宪、裘

---

① 胡适：《报纸文字应该完全用白话》，载《胡适全集》第20卷，安徽教育出版社2003年版，第448页。
② 胡适：《中国新文学大系·建设理论集·导言》，载《胡适全集》第12卷，安徽教育出版社2003年版，第256页。
③ 胡适：《报纸文字应该完全用白话》，载《胡适全集》第20卷，安徽教育出版社2003年版，第448页。
④ 胡适：《五十年来中国之文学》，载《胡适全集》第2卷，安徽教育出版社2003年版，第259页。

廷梁、陈荣衮、王照等人均是如此。就裘廷梁这位清末白话文的主要倡导者来说，他那篇白话文的重要文献《论白话为维新之本》就是用文言写成的。无独有偶，翻检"五四"白话文运动的历史文献，胡适的《文学改良刍议》、陈独秀的《文学革命论》等一大批白话文运动理论文章都是用半文半白的语言写成的。这些倡导白话文的先锋竟然都是以文言提倡白话，如此这般，又如何让人信服。由此我们也可管窥当时知识分子自身的顽固和亟待启蒙的状态。不难看出，历史表象的背后总是隐藏着鲜为人知的奥秘，解读这些奥秘乃是我们文学史与思想史家的职责。胡适等一代启蒙先贤的知识内存里究竟有着怎样的逻辑结构则是我们所要面对的问题。

西方著名心理学家弗洛伊德曾将人类的意识层次分为意识、前意识和潜意识。其中潜意识又被称为无意识、下意识。他对"潜意识"理论做了充分的研究和发挥，提升了潜意识在人类生活中的地位。他认为"潜意识乃是真正的精神现实"，意识的心理过程则仅仅是整个心灵的分离的部分和动作。那么，就弗洛伊德的人的心理活动理论而言，"意识"即"自觉"，凡是自己能察觉的心理活动就是意识，它属于人类心理结构的表层；"前意识"处于意识和潜意识的中介地带，联结前后两种意识并起着沟通的作用；"潜意识"是压抑在深层的一种缺乏自觉意识的心理活动，它是人类深层、隐秘、原始的部分。[①] 由此，精神分析心理学被称为"深蕴心理学"或"深度心理学"（Depth Psychology）。

就胡适在历史表象和思想真实的反差来看，他的潜意识和意识之间有着明显的紧张关系。"深蕴心理学"为我们深度挖

[①] 〔奥〕弗洛伊德：《精神分析引论》，高觉敷译，商务印书馆1986年版。

第一章 民主的魔咒：文学革命中的精英主义与民主意识

掘胡适的内在紧张提供了可资借鉴的心理图谱。按照弗洛伊德的潜意识分析理论，潜意识是人类一切行为的内驱力，人的最原始冲动和潜在本能以及各种基本欲望皆源发于这个机制。

回到本论，需要指出的是，新派知识分子的心理期待一直被压缩在潜意识中，由于为时代主流左右和冲击，所以只有在适当时机才会上涌。以胡适提倡为"我们"自己做白话文为例，除却文言白话的雅俗之分，尊卑意识也是其隐隐作痛的重要因素。1904年，取缔科举的举措让几千年来读书人唯一的通天之途变成了昔日彩虹。然而不容忘却的是，读书人在文言历史的长久浸泡中中毒已深，几近无法自拔。众所周知，自从西汉董仲舒提出"罢黜百家，独尊儒术"，至隋唐科举建制，"学而优则仕"的诱惑将读书人都汇拢到读经做官上来了。在潜移默化中，文人的思想心性被规约化。他们一辈子都在四书五经的文言古语中滚爬，在不自觉中作茧自缚，已经完全工具化，没有了反省的自觉。他们不但把文言作为升官晋级的悬梯，更把其当作与俗众区分开来的身份象征。鲁迅熟知中国文人心理，他所塑造的孔乙己这一形象便深刻地再现了上述历史真实：孔乙己虽然贫困潦倒，但出口仍是"多乎哉，不多也"的文言语调。质而言之，这就是他不愿丢失读书人的身份意识在作祟。鉴于此，唐钺把这种"对白话文怀着不合理的过度的恐怖的人"的出现归结为"感情上的障碍"，他还引用陶孟和《士的阶级的厄运》中的言论来分析勾画恐怖白话文者"感情障碍"的心理图谱：

> 等到白话文风行全国，人人都可以多少用文字发表他的意思，那士的阶级向来所居奇的能力也就无所施其技了……中国文字的通俗化，对于人民一方面是使他们得到

一个新的发表意思的工具，几千万以先缄默的人如果学到三五百字就可以发表他们简单的意思，而对于士的阶级一方面正是剥夺了他们唯一的武器。他们所宝贵的奥秘完全为人所吐弃了。老先生们反对白话文不是无意识的，那正是他们最末次的奋斗，他们生命最终的光焰。①

由此我们看出，从士大夫到知识分子，他们进退失据的身份焦虑成为内心最大的痛苦。虽然说新式教育的留学经历缓冲了他们内心的紧张，有着软着陆的慰藉，但并没有从根本上为这些知识分子安身立命提供平台。于是，一种与自己身份相应的地位、名誉期待驱动着中西文化于一身的新派知识分子跃跃欲试。

胡适凭借着自己对文言白话的感受，也对那些不愿丢弃文言之文人士大夫的心理进行了深入分析：从前那些白话报的运动和字母的运动，虽然承认古文难懂，但他们总觉得"我们上等社会的人是不怕难的：吃得苦中苦，方为人上人"。这些"人上人"大发慈悲心，哀念小百姓无知无识，故降格做点通俗文章给他们看，但这些"人上人"自己仍旧应该努力模仿汉魏唐宋的文章。②"降格""哀念""人上人""小百姓"等词语的运用虽然是批评，但未尝不是潜意识中的"夫子自道"。胡适一再表达的"我们自己"未尝不是一种最为直观的"人以群分"心理以及不同于"他们"的精英气息，至于其意识深层的紧张则无非是其既想下水又不想脱掉长衫的内心角色

---

① 转引自唐钺《告恐怖白话文的人们》，载郑振铎选编《中国新文学大系·文学论争集》，上海良友图书印刷公司 1935 年版，第 254~255 页。
② 胡适：《五十年来中国之文学》，载《胡适全集》第 2 卷，安徽教育出版社 2003 年版，第 259 页。

第一章 民主的魔咒：文学革命中的精英主义与民主意识

冲突的外化。

说到底，胡适内心角色冲突的根本原因还是一种社会转型加速时期新旧过渡阶段的身份焦虑。"身份"一词作为社会学的概念来源于西方的"identity"，在中国也有译成"认同"的，它在心理学、哲学、文化研究、政治经济学、日常生活等领域都有较高的使用频率。为了分析的需要，我们不打算就"身份"或说"认同"之复杂性进行梳理，而是就与我们讨论的主题相关的身份焦虑租赁使用。简单地说，"身份就是一个个体所有的关于他这种人是其所是的意识"。从传统的士大夫到学贯中西的现代知识分子，这些"读书人"的一个共性：在价值上趋向西方，在感情上倾向传统。针对这一现象，罗志田的分析也颇具启迪性："既要面向大众，又不想追随大众，更要指导大众。"这乃是在思想上西方化、在行动上传统化的典型体现。[1] 对这一问题的解释，还是格里德的分析更为直接，胡适的矛盾心态就是"民主"价值认同和"士大夫"身份焦虑的重叠交叉。[2]

三 "自立"与"立人"的两难

的确，胡适意识深层的思想重叠构成了一副"相克亦相生"的心理谱系。进一步说，胡适的矛盾心理之精英意识一层，不只是传统文化心理的积淀，主要还有西方经验自由主义

---

[1] 罗志田：《近代中国社会权势的转移：知识分子的边缘化与边缘知识分子的兴起》，载《权势转移：近代中国的思想、社会与学术》，湖北人民出版社1999年版。

[2] 〔美〕格里德：《胡适与中国的文艺复兴——中国革命中的自由主义（1917—1950）》，鲁奇译，江苏人民出版社1989年版。

· 27 ·

的支撑。如同我们看到的那样,"五四"时期的启蒙思想谱系一开始就呈现出"泥沙俱下""谱系混杂"的格局。如果启蒙运动有着两种根本不同的思想路径——苏格兰启蒙运动与法国启蒙运动的分野①,那么胡适所宗承的乃是"'理性'或其他启蒙精神容或重要,却不能视为内在或先验于个人的性格与素质"的一族。"相对于法国启蒙运动的革命精神,英国启蒙运动无疑较为温和、冷静;在法国'理性'的地位已被提升到其至极,有不容置疑的支配力。"②

新文化运动伊始,由于文艺复兴和启蒙运动双重精神气质的叠加,我们在"个人本位主义"的强音下难以分出两种启蒙的高低曲调。无论是陈独秀的"自利-利他"还是胡适的"自立-立人",其实都是对个人优先权的呼吁。但随着历史的发展,陈独秀们在法国唯理主义影响下由"自利-利他"向"利他-自利"迅速转换。相比之下,受英美经验主义影响的胡适之"自立-立人"的"健全个人主义"思想却有着质的规定性和稳定性。

关于两种启蒙思想路径,这里简单做一下比较。所谓"自立-立人"就是一种以"自我"为中心的精英意识,是对个性自由的张扬和肯定;而"利他-自利"则是一种以"他者"为主体、消泯自我的民粹路径。如果说新文化运动倡导者前期还有一种"个性之发展"优先的共识的话,那么后期以民粹、平民为主体的"利他主义"则完全站在"贡献于其

---

① 〔英〕亚历山大·布罗迪编《苏格兰启蒙运动》,生活·读书·新知三联书店2006年版。
② 陈海文:《启蒙论——社会学与中国文化启蒙》,社会科学文献出版社2010年版,第43页。

第一章 民主的魔咒：文学革命中的精英主义与民主意识

群"一边了。① 尽管此时他们仍把个性的充分发展挂在嘴边，但却已经与胡适所坚守的"自立－立人"之"健全个人主义"相去甚远了。

回味一下康德对启蒙的元典定义不难发现，"要有勇气运用你自己的理智"才是启蒙的关键。② 其实，启蒙的题中之义不但有"立人"的要求，更需要启蒙者"自立"。一方面，"立人"侧重于从理性层面对被蒙昧的大众进行批判改造，让他们成为思想独立、精神自主的"个人"。另一方面，就启蒙者而言，要求他们能够"自立"，要求他们对已经发生的或正在发生的社会历史现象能够及时做出深刻的思考、冷静的诊断，还要果决地做出历史抉择。然而启蒙者要想做到这些，不但要在知识、阅历和智慧方面出类拔萃，具有超拔的历史洞见力和思想前瞻性，还要在启蒙他人的同时不断地进行自我启蒙，即他们在启蒙实践中要同时兼备启蒙者和被启蒙者的双重身份。换言之，他们一方面既要不断地释放自己的能量，另一方面又要不断"充电"，以求通过知识的更新破除俗见，创造全新的自我，以领导他人。对启蒙者的这些要求无疑都是为了凸显"自立"意识的重要性，"自立"就是着重强调实现人的"内在自由"。康德认为，真正的启蒙追求的并不单单是破除外在枷锁获得的"外在的自由"，更为重要的是"摆脱了习惯的并被舆论所强化了的概念和思想方式的束缚"而获得的

---

① 陈独秀关于"个人"与"社会"的关系有个平衡等式："内图个性之发展，外图贡献于其群。"参见陈独秀《新青年》，《新青年》第 2 卷第 1 号，1916 年 9 月 1 日。
② 〔德〕康德：《答复这个问题："什么是启蒙运动？"》，载《历史理性批判文集》，何兆武译，商务印书馆 1990 年版，第 22 页。

"内在的自由"。① 其实强调"要敢于认识"就是呼唤人们都能摆脱习惯束缚，正确对待自己的理解力，坚持自己的理性，获得"内在的自由"。与大众比较而言，知识分子更应该有这种反省的自觉，更应该从旧的观念体系的禁锢中获得"自立"。由此说来，胡适强调"为我们"写作其实正是在唤醒知识分子提高"自立"意识。

回到胡适的启蒙思想谱系，无论就知识的承载、思想的层次还是地位的高低来说，"他们"与"我们"还是有差距的。由此在胡适那里有两个方面的问题需要解决。一是民众需要我们启蒙，我们究竟具备不具备启蒙的资格？二是启蒙者和被启蒙者能否完全等同，站在一个起跑线上并打成一片？这样看来，这两个问题只是一个问题的两个方面。于是，胡适在"敢于认识"和"敢于面对"的论述之后，很快就道出了知识分子的出路：只有自立，才能立人。他在《易卜生主义》中借易卜生之口说出了"他"（们）之外的"我"（们）对"你"（们）的期待："我所最期望于你的是一种真益纯粹的为我主义。要使你有时觉得天下我的事最要紧，其余的都算不得什么……你要想有益于社会，最好的法子莫如把自己铸造成器……有的时候我真觉得全世界都像海上撞沉了船，最要紧的还是救出自己。"他还借题发挥道："孟轲说'穷则独善其身'，这便是易卜生所说的'救出自己'的意思。这种为我主义，其实是最有价值的利人主义。"② 他认为"把自己铸造成器，方才可以希

---

① 〔德〕康德：《评赫德尔〈人类历史哲学观念〉》，载《历史理性批判文集》，何兆武译，商务印书馆1990年版，第48页。
② 胡适：《易卜生主义》，载《胡适全集》第1卷，安徽教育出版社2003年版，第613页。

第一章 民主的魔咒：文学革命中的精英主义与民主意识

望有益于社会。真实的为我，便是最有益的为人"。① 在胡适那里，"自立"是一个没有休止符的谱系，相对于知识的浩渺海洋来说，人的知识内存是非常渺小的，甚至可以说人是"无知"的。对于一直需要"自立"（自我提高式的"充电"）的启蒙者而言，他对他人并没有指点江山的资格。鉴于启蒙者永远都处于相对"无知"（相对于全知全能的上帝）的知识状态，所以他那看似包治百病的承诺并不具备资格证书，而且很可能是"非法行医"给出的头痛医头、脚痛医脚的庸医"处方"。正是在这种"真益纯粹的为我主义"的思想左右下，胡适自觉不自觉地流布出了藏于心底"为我"的隐情，同时也守望着"我们"与"他们"的距离。不过，在胡适"自谦"的同时，他也有一点"有知"的"自信"：相对于愚昧、麻木的民众，他有一种与"身"俱来的优越感，这种优越感也正是由他精英意识和身份意识所决定的。既然他一再强调一个现代的国家的到来不是"一帮奴才"可以完成的，那么他就有了一定程度上"激扬文字"的文化和知识资本。因此，胡适的启蒙谱系构成了难以自拔的两难：一方面需要不断自我提高——"自立"，另一方面又需要时刻警惕自我的无限"膨胀"；一方面必须面对中国的启蒙重任而有所理性承担，另一方面又不能等同于民众的盲目心理和情绪化运动。其两难既是苏格兰启蒙运动与法兰西启蒙运动两个思想谱系的吊诡，同时也是胡适集两重启蒙气质于一身的外化，只是"文艺复兴"一层的苏格兰气质厚重些罢了。

的确，在胡适的常规性思维里，一个国家应该"使每个

---

① 胡适：《介绍我自己的思想》，载《胡适全集》第4卷，安徽教育出版社2003年版，第663页。

人的个性都有充分发展的机会，无论门户、家产、等级，都需有机会发展他天然的能力"。体味个中"真义"，胡适尽管提倡"每个人都有"的平等，但他强调的是机会的平等，而不是绝对的平等。在胡适那里，极端化的平等是他不赞成的，在机会和人格面前人人平等的前提下，强调一部分人"占领先机"是必须的。试想，没有一部分人的先发展，哪有一起发展？没有一部分的先"自由"，又哪有接踵而来的共同自由？人类文明史上的无数例子证明，绝对"平等"只能存在于乌托邦式的幻想中或说理上，除非通过极端的方式压制所有天资较高的人，才能实现所谓的"平等"，而这只能是一些平庸的人出于嫉妒的不平衡心理所寄予的畸形愿望。这种绝对的平等要求，其实是一种恶性平等，而最终将造成一系列"按下葫芦起来瓢"的极端不平等。如此社会便不能给每个人平等自由发展的机会。由此可见，实际的平等（诸如出身、血缘等天赋性的东西）与机会的平等（诸如人格、机遇等社会性的内容）是一对永远无法摆平的悖论命题。

应该看到，"五四"倡导白话文学的当事人对此也是颇有感触的。正如提倡平民文学的周作人所说："平民文学不是专给平民看的，乃是研究平民生活——人的生活——的文学。他的目的，并非想要将人类的思想趣味竭力按下，同平民一样，乃是将平民的生活提高，得到适当的一个地位。凡是先知或引路人的话，本非全数的人尽能懂得，所以说平民的文学，现在也不必个个'田夫野老'都可领会。"[1] 钱玄同更坦白，言语也更犀利。他说白话文学"原是给青年学生们看的，不是给

---

[1] 周作人：《平民文学》，载北京大学 北京师范大学 北京师范学院中文系中国现代文学教研室主编《文学运动史料选》第1册，上海教育出版社1979年版，第116页。

第一章　民主的魔咒：文学革命中的精英主义与民主意识

'初识之无'的人和所谓'灶婢厮养'看的"。① 在同周作人谈文字革命时他也谈到了对文学革命的看法，他认为白话文学"不是一班'主张通俗教育的人们'（如劳乃宣、王照之流）做给'小百姓'吃的窝窝头，实是对于鱼翅燕窝改良的食物——是鸡蛋牛乳之类"②。同时周作人也曾道出"五四"文人所期待的"对于鱼翅燕窝改良"的白话形式："以白话（即口语）为基本，加入古文（词或成语，并不是成段的文章）方言及外来语，组织适宜，且有论理之精密与艺术之美。"③ 傅斯年心目中理想的白话文是"逻辑的""哲学的""美术的"，具体说来是"具逻辑的条理，有逻辑的次序，能表现科学思想"，"层次极复，结构极密，能容纳最深最精思想"，"运用匠心做成，善于入人情感"的白话文。④ 不难看出，当事人不约而同地把这种"我们"主导下的白话文当作理想的白话文来推崇倡导，正是对精英意识底线的守护，他们的"为我"是与胡适息息相通的。美国汉学家史华慈甚至说："白话文成了一种'披着欧洲外衣'，负荷了过多的西方新词汇，甚至深受西方语言的句法和韵律影响的语言。它甚至可能是比传统的文言更远离大众的语言。"⑤

---

① 钱玄同、周作人：《英文"SHE"字译法之商榷》，《新青年》第6卷第2号，1919年2月15日。
② 钱玄同：《致周作人》，载《钱玄同文集》第6卷，中国人民大学出版社2000年版，第54页。
③ 周作人：《理想的国语》，载《周作人文类编·夜读的境界》，湖南文艺出版社1998年版，第779页。
④ 傅斯年：《怎样做白话文？》，载北京大学 北京师范大学 北京师范学院中文系中国现代文学教研室主编《文学运动史料选》第1册，上海教育出版社1979年版，第128页。
⑤〔美〕本杰明·史华慈：《〈五四运动的反省〉导言》，高力克译，载《五四：文化的阐释与评价——西方学者论五四》，山西人民出版社1989年版，第9页。

由此，我们可以知晓，胡适不遗余力地批判清末白话文"他们""我们"的分层、意图打破文言与白话之间森严的等级秩序、使白话成为下层社会与上层社会共同的话语等一系列行为，并不是要求知识分子彻底走向民众，向民众学习白话，把白话堕入"引车卖浆之徒所操之语"，而是要把现代知识与传统民间"俗"文化相结合以生成新一轮的"雅"，并以此取代传统的死文学、僵文化。他倡导的白话文运动虽然和陈独秀们的现代性诉求大同小异，但他对陈独秀们"利他－自利"的民粹主义趋向还是具有防微杜渐的先见之明的。他在新青年派中纵横捭阖之表现就充分证明了这一点。国语由谁创造？当然是"我们"读书人，胡适说它"没有一种不是文学家造成的"①。听话听音，这里强调的是对"我们"这"一族"知识分子创作的期望。对此，钱玄同的"我们"一族意识更是直截了当："试问'标准国语'请谁来定？难道我们没有这个责任吗？……这个'标准国语'一定要由我们提倡白话的人实地研究'尝试'才能制定。我们正好借这《新青年》杂志来做白话文章的试验场。我以为这是最好最便的方法。"②

最终，"五四"白话文的倡导者们在"自立－立人"与"利他－自利"两种启蒙思想路径中由歧义而分道扬镳：一个在"自立"中逐渐转向了象牙塔，一个从"利他"中奔向了十字街头。后者出于"牺牲自己爱他人"的伟大道德心去传播散发福音，很快在这个过程中将"自我"消融在民众混沌的运动中。而胡适等所秉持的"自立－立人"之"为我们"写作的思想恰恰是对这种倾向的警惕与纠偏。

---

① 胡适：《建设的文学革命论》，《新青年》第4卷第4号，1918年4月15日。
② 钱玄同：《致陈独秀》，《新青年》第3卷第6号，1917年8月1日。

第二章 科学的诱惑：科学主义影响下的"五四"文学选择

探讨科学与中国现代文学的关系问题，在学界并非什么新鲜话题，但就已有研究成果来看，研究者往往将问题聚焦于新文学作品的内部分析或文学外部抽象理论的探讨，而对新文学发生语境下科学与文学的幽微曲折缺乏深入的探讨。[①] 有鉴于此，本章将"科学与文学"之关系问题的关口前移，以《新青年》杂志为中心考察科学主义如何参与了文学革命发生时新文学观的选择与建构。我们知道，作为文学革命的肇源地，《新青年》杂志所建构的文学观关系到中国现代文学谱系的生成发展。[②] 因此，深入挖掘并反思"五四"文学革命先驱科学主义文学观背后的思想理路，有助于我们更深刻地理解科学主义对中国现代文学的影响。

一 科学主义与"五四"新文学观念的建构

"科学"本是一舶来词，经由清末民初知识分子的大力鼓

[①] 相关成果参见汪应果《科学与缪斯》（上海文艺出版社1991年版）、刘为民《科学与现代中国文学》（安徽教育出版社2000年版）等论著。
[②] 张宝明：《〈新青年〉与中国现代文学谱系的生成》，《文学评论》2005年第5期。

吹，该词迅速成为当时社会最为崇尚的一个概念。在《新青年》创刊之初，陈独秀即将"想像"设置于"科学"的对立面，明确宣告："科学者何？吾人对于事物之概念，综合客观之现象，诉之主观之理性而不矛盾之谓也。想像者何？既超脱客观之现象，复抛弃主观之理性，凭空构造，有假定而无实证，不可以人间已有之智灵，明其理由，道其法则者也。在昔蒙昧之世，当今浅化之民，有想像而无科学……今且日新月异，举凡一事之兴，一物之细，罔不诉之科学法则，以定其得失从违；其效将使人间之思想云为，一遵理性，而迷信斩焉，而无知妄作之风息焉。"① 胡适为《科学与人生观》作序时就充分肯定了科学的崇高地位："这三十年来，有一个名词在国内几乎做到了无上尊严的地位；无论懂与不懂的人，无论守旧和维新的人，都不敢公然对他表示轻视或戏侮的态度。那名词就是科学。"② 在这种科学风潮中，连北京大学校长蔡元培也不能自持，不由得站到了科学主义的旗下："科学发达以后，一切知识道德问题，皆得由科学证明。"③ 可以说，在当时的思想语境下，样样"必以科学为正轨"，诸如"一切宗教皆在废弃之列"的念头，动辄"厥惟科学"四个字，将科学代替"宗教"、包办"文学"、解决"人生观"问题推向了另一个极端。而这也正是我们标题中所言的"科学主义"。

毋庸讳言，抱着科学主义思想的"新青年派"知识群体作为"五四"文学革命的发起人，其言其行都使得科学主义

---

① 陈独秀：《敬告青年》，《青年杂志》第1卷第1号，1915年9月15日。
② 胡适：《〈科学与人生观〉序》，载《科学与人生观》，山东人民出版社1997年版。
③ 蔡元培：《致〈新青年〉记者函》，《新青年》第3卷第1号，1917年3月1日。

第二章　科学的诱惑：科学主义影响下的"五四"文学选择

对新文学观建构产生深远影响。追溯《新青年》上讨论科学与文学关系的文字，最惹人注目的是陈独秀的那篇探讨文学发展脉络的《现代欧洲文艺史谭》。但要寻觅其文学思想隐线，就要从陈氏在该杂志第1卷第2号的《今日之教育方针》谈起。陈独秀在《今日之教育方针》中把现实主义作为今日教育第一方针，认为："人生真相如何，求之古说，恒觉其难通；征之科学，差谓其近是……见之文学美术者，曰写实主义，曰自然主义。一切思想行为，莫不植基于现实生活之上。"① 尽管这只是其蜻蜓点水式的论述，但我们已经看到他的文学思想底线。之后，他便写了我们所熟知的集中讨论文学理论的名篇——《现代欧洲文艺史谭》，在这篇文章中我们能够清晰地看出他那由科学到文学的思想路数："欧洲文艺思想之变迁，由古典主义（Classicalism）一变而为理想主义（Romanticism）……十九世纪之末，科学大兴，宇宙人生之真相，日益暴露，所谓赤裸时代，所谓揭开假面时代，宣传欧土自古相传之旧道德、旧思想、旧制度一切破坏文学艺术，亦顺此潮流，由理想主义再变而为写实主义（Realism），更进而为自然主义（Naturalism）。"② 通过梳理欧洲文学史的走向，陈独秀乃是为自然主义鼓与呼。陈氏非常推崇自然派文学家的创作手法："欧洲自然派文学家，其目光惟在实写自然现象，绝无美丑善恶邪正惩劝之念存于胸中。彼所描写之自然现象，即道即物；去自然现象外，无道无物。此其所以异于超自然现象之理想派也。"③

---

① 陈独秀：《今日之教育方针》，《青年杂志》第1卷第2号，1915年10月15日。
② 陈独秀：《现代欧洲文艺史谭》，《青年杂志》第1卷第3号，1915年11月15日。
③ 陈独秀：《答曾毅》，《新青年》第3卷第2号，1917年4月1日。

考察自然主义文学观念，"实写自然现象""绝无美丑善恶邪正惩劝之念存于胸中""诚实描写之有以发挥真美也"，我们不难看出这种文学导向染有浓重的科学主义色彩。诚如茅盾所言，"自然主义是经过近代科学洗礼的；他的描写法，题材，以及思想，都和近代科学有关系"，由此他还号召"我们应该学自然派作家，把科学上发现的原理应用到小说里，并该研究社会问题，男女问题，进化论种种学说"。① 结合自然主义文学的理论，我们可以更好地理解陈独秀的"文学本义"。陈独秀主张文学本义只在"达意状物"，而不"载道"、不"言物"。"言物"与"状物"，此物非彼物，陈独秀不言的是胡适所言及的"情感""思想"二物，要状的是自然、科学之物。也正是在这种思想的主导下，周作人将"迷信的鬼神书类（《封神传》《西游记》等）"、"神仙书类（《绿野仙踪》等）"、"妖怪书类（《聊斋志异》《子不语》等）"统统归入"非人的文学"而予以否定。

与主编比肩而立的胡适是实证主义的信徒，他对科学主义的青睐并不比陈独秀来得迟钝。倘若说陈独秀只是用科学主义为新文学指明了精神方向，那么可以说胡适在科学主义的指导下细细拟定了新文学的各种形式法则。阅读胡适《文学改良刍议》《建设的文学革命论》等重要理论文献，其"八不主义""四要原则"，读上去就仿佛是一份科学施工报告，更多的是从文学外部来分析文学，没有尊重文学自身的艺术法则，而是将文学作为一种近似机械的事物来对待。这种染有浓重科学主义色彩的文学改良举措也注定了其文学观念的科学主义底

---

① 茅盾：《自然主义与中国现代小说》，《小说月报》第13卷第7号，1922年7月。

第二章 科学的诱惑:科学主义影响下的"五四"文学选择

蕴。来看他对文学的界说:"文学有三个要件,第一要明白清楚,第二要有力能动人,第三要美。"单看此言,虽然"明白清楚"有些工具性的指向,但至少还强调了"动人"与"美",而且以"美"为关键词的确抓住了文学的特质。然而,胡适对"美"的界说让人不敢恭维:"美就是'懂得性'(明白)与'逼人性'(有力)二者加起来自然发生的结果……第一是明白清楚,第二是明白清楚之至……"其实他所谓的文学的"美"的要件与其"明白清楚"的要件"殊名同归":"要把情或意,明白清楚的表出达出,使人懂得,使人容易懂得,使人绝不会误解。"结合胡适文学概念中的"达意表情""明白清楚""容易懂得""不会误解"等关键词,总括其对文学的见解,其实就是以一种科学主义的思维看文学,极力追求语言表达的清晰化、理性化,用其语言来说就是"文学不过是最能尽职的语言文字","文学的基本作用(职务)还是达意表情"。[①] 胡适强调的文学"达意表情"与陈独秀追求的文学"达意状物"虽然论述角度不同,却有异曲同工之妙。而这也决定了他们对古典文学修辞的批判。可以说,从胡适的文学改良到陈独秀的三个"推倒"和"建设",其宗旨一脉相承。胡适倡导要以精细、科学、简明、讲求文法的文字表达取代"脂粉""张冠李戴""不切事情"的赘述,陈独秀则意在推倒"雕琢""阿谀""陈腐""铺张""迂晦""艰涩"的古典文学,以"平易""抒情""新鲜""立诚""明了""通俗"的科学文字取而代之。

在陈、胡两位主帅的引领下,科学主义文学观宣传、运作

[①] 胡适:《什么是文学——答钱玄同》,载《胡适文集》第 2 册,北京大学出版社 1998 年版,第 149 页。

得有声有色，"五四"新文学倡导者们普遍以科学主义的模式来阐述文学革命，诸如钱玄同、刘半农、周作人、傅斯年的文学观念中都流布着科学主义的意味，新文学观的科学属性得到空前的强调。科学以及科学的术语"研究""纪录""分析""实地观察"被广泛地运用到新文学研究之中。在此种情况下，用科学主义统驭文学发展，逐渐成了新文学界的思想共识。傅斯年的论说将文学的科学化走向点拨得明白通透："西方学者有言：'科学盛而文学衰。'此所谓文学者，古典文学也。人之精力有限，既用其精力于科学，又焉能分神于古典？故科学盛而文学衰者，势也。今后文学既非古典主义，则不但不与科学作反比例，且可与科学作同一方向之消长焉。写实表象诸派，每利用科学之理，以造其文学，故其精神上之价值有非古典文学所能望其肩背者。方今科学输入中国，违反科学之文学，势不能容，利用科学之文学，理必孳育。此则天演公理，非人力所能逆从者矣。"[①]

二　思想启蒙与科学主义文学观的选择

承上所论，"五四"文学革命先驱在建构新文学观时洋溢着浓厚的科学主义意识，由此形成的科学主义文学观也深深影响了中国现代文学谱系的生成发展。审视这种科学主义文学观，其不但渗透着文学独立的诉求，也涵容着思想启蒙的考量。我们知道，古典文学作品中充斥着政教伦理的话语逻辑，文学在政教伦理文化的长期浸染中逐渐形成了自我表述的修辞策略和叙事模式。文外无道、文外无治、文外无学、文外无

---

① 傅斯年：《文学革新申义》，《新青年》第4卷第1号，1918年1月15日。

第二章 科学的诱惑：科学主义影响下的"五四"文学选择

教，信仰与知识、道德与审美、政教与文学彼此交融、盘根错节。为了使文学脱离政教伦理的羁绊，以实现"文学独立"的理想，以科学规训文学，用"实写自然现象""绝无美丑善恶邪正惩劝之念存于胸中""诚实描写之有以发挥真美"的自然主义文学创作手法摆脱"文以载道"的传统，成为值得援用的思想捷径。

审思自然主义文学创作方法，"实写自然现象"乃是告别以前"瞒与骗"的文学，其中渗透着让中国人"睁开眼看"的思想启蒙意识。正如胡适所言："人生的大病根在于不肯睁开眼睛来看世间的真实现状。明明是男盗女娼的社会，我们偏说是圣贤礼义之邦；明明是脏官污官的政治，我们偏要歌功颂德；明明是不可救药的大病，我们偏说一点病都没有！却不知道：若要病好，须先认有病；若要政治好，须先认现今的政治实在不好；若要改良社会，须先知道现今的社会实在是男盗女娼的社会！易卜生的长处，只在他肯说老实话，只在他能把社会种种腐败龌龊的实在情形写出来叫大家仔细看。"① 与导师辈思想可以相互说明的是傅斯年的说法，他说："中国美术与文学，最惯脱离人事，而寄情于自然界。故非独哲学多出世之想也，音乐画图，尤富超尘之观……若夫文学更以流连光景，状况山川为高，与人事切合者尤少也。此为中国文学美术界中最大病根。所以使其至于今日，黯然寡色者，此病根为之厉也。"② 正是深谙中国文学美术界的思想病根，新青年派在评介文学作品时，对想象虚幻的文学比较排斥，而对科学写实的文学则比较推崇。周作人在评论小说《铁圈》时便流布出这

---

① 胡适：《易卜生主义》，《新青年》第4卷第6号，1918年6月15日。
② 傅斯年：《中国文艺界之病根》，《新潮》第1卷第2号，1919年2月1日。

种思想理念，他说："这篇小说里的老人，便只因能有了空想幻觉，所以虽然过了一世'狗的生活'，也能很温和愉快的微笑；死在不相切的人的中间，也能很平静的微笑。所以他可算一个'真是幸福'的人。因为他能在这不幸的真实的世界之外，别有一个空虚的世界，可以容得他安住。""但我的意见，不能全与著者相同，以为人的世界究竟是在这真实的世界一面，须能与'小鬼'奋斗才算是唯一的办法。所以我们从别一方面，看这抛圈的老人的生活，与《卖火柴的女儿》比较观察，也是一件颇有意义的事。"① 从这种评价中我们可以看出，当时的文学批评观念更多地与社会问题挂钩，与思想启蒙挂钩，"五四"新文学倡导的社会问题小说其意旨并不在于文学的革新，而在于以文学来呈现社会问题，进而研究社会问题。于此，茅盾的论说可以印证我们的观点："文学到现在也成了一种科学，有它的研究对象，便是人生——现代的人生：有它研究的工具，便是诗（Poetry）、剧本（Drama）、说部（Fiction）。"②

倘若说科学写实的自然主义文学观意在让中国人睁开眼看，那么"五四"文学革命中贬抑修辞的观念背后则是想要扭转中国人粗疏、体悟式的思想方式。诚如任鸿隽指出的："吾国之学术思想，偏于文学……其变也，必归于科学。"何谓"偏于文学"？"所谓文学者，非仅策论词章之伦而已。凡学之专尚主观与理想者，皆此之类也。是故经师大儒之所训诂，文人墨士之所发舒，非他人之陈言，则一己之情感而已。

---

① 周作人：《铁圈·附言》，《新青年》第 6 卷第 1 号，1919 年 1 月 15 日。
② 茅盾：《文学和人的关系及中国古来对于文学者身分的误认》，《小说月报》第 12 卷第 1 号，1921 年 1 月。

第二章 科学的诱惑：科学主义影响下的"五四"文学选择

人之智识，不源于外物，不径于官感者，其智识不可谓真确。"① 阅读文学革命理论文献，"五四"启蒙先驱批判传统文学修辞的时候常与国民性进行捆绑式批判。胡适文学革命初期文论中，摆着一副就文学论文学的学者派头，仔细体味其中言语，却莫不是对国民性的批判。例如胡适在关于"文学革命八事"的通信中说："凡人用典或用陈套语者，大抵皆因自己无力，不能自铸伟辞，故用古典套语转一弯子，含糊过去，其避难趋易最可鄙夷。"② 不难看出，胡适对用典等文学修辞的批判，实际指向的正是作此种文学之人，批判他们"含糊""避难趋易"的毛病。与胡适相较，陈独秀直率得多，他批驳"雕琢的阿谀的贵族文学""陈腐的铺张的古典文学""迂晦的艰涩的山林文学"，明确指出"此种文学，盖与吾阿谀、夸张、虚伪、迂阔之国民性，互为因果"。③ 对于这样的论说，周作人显然心有戚戚："我们反对古文，大半是原为他晦涩难解，养成国民笼统的心思，使得表现力与理解力都不发达。"④ 受导师辈的启发，傅斯年从文学乃"群类精神上之出产品而表以文字者"立论，细致剖析中国传统文学各派"文胜之弊"，批斥国民之"病"。⑤

正是对传统文学"文胜之弊"有清醒的审视，"五四"启蒙先驱才依据科学主义法则纷纷开出自己的药方。陈独秀答复读者的疑问时指出，写实主义具有荡涤"浮华"文弊的功能："士之浮华无学，正文弊之结果。浮词夸语，重为世害，以精

---

① 任鸿隽：《吾国学术思想之未来》，《科学》第 2 卷第 12 期，1916 年 12 月。
② 胡适：《通信》，《新青年》第 2 卷第 2 号，1916 年 10 月 1 日。
③ 陈独秀：《文学革命论》，《新青年》第 2 卷第 6 号，1917 年 2 月 1 日。
④ 周作人：《思想革命》，《每周评论》第 11 期，1919 年 3 月 2 日。
⑤ 傅斯年：《文学革新申义》，《新青年》第 4 卷第 1 号，1918 年 1 月 15 日。

深伟大之文学救之,不若以朴实无华之文学救之。既以文学自身而论,世界潮流固已弃空想而取实际,吾华文学,以离实凭虚之结果,堕入剽窃浮词之末路,非趋重写实主义无以救之。"① 与陈独秀不同,胡适从"讲求文法"的角度拯救"文胜之弊"。结合胡适对文学界定中的"文当废骈,诗当废律""达意表情""明白清楚""容易懂得""不会误解"等关键词可知,其对文学的"须讲求文法"的要求其实是以一种科学主义的思维看文学,极力追求语言表达的清晰化、理性化,这种文学选择的真实动机乃是引导中国人进行从形象思维到逻辑思维的转换。对此,周祜的说法可以加深我们的理解:"中国的文字,意义极其含浑,无论做文言、做白话,终没有明白晓畅的意思。假如没有一种文法去限制他,文理总没有一日清楚,国民的头脑总也没有一日清楚。"② 正是基于这样的认识,任鸿隽将文法比就科学,"文法者,依历久之习惯而著为遣词置字之定律也。及其既成,则不可背。习之者辨其字句之关系,与几何之证形体盖相类。故西方学者皆谓文法属于科学,不属于文学。吾人则谓其为文词字不中律令者,其人心中必无条理。故文法之不可不讲,亦正以其为思理训练上之一事耳"③。我们知道,思维是一种语言过程,语言影响思考、情感与知觉。我们常说语言是交流的工具,其实语言不只是交流的工具,也不只是思想的外壳,还是思想本身,是思维过程和思维内容。因此可以说,文学的变革必须依赖于语言的变革,而一个民族的文化、精神、思想的革命同样需要语言的革命。这里可以援引傅斯年的话来说明问题,他说:"我们在这里制

---

① 陈独秀:《通信》,《新青年》第 2 卷第 1 号,1916 年 9 月 1 日。
② 周祜:《文学革命与文法》,《新青年》第 6 卷第 2 号,1919 年 2 月 15 日。
③ 任鸿隽:《科学与教育》,《科学》第 1 卷第 12 期,1915 年 12 月。

造白话文，同时负了长进国语的责任，更负了借思想改造语言，借语言改造思想的责任。"① "借思想改造语言，借语言改造思想"，诚哉斯言！"五四"文学革命中，启蒙先驱致力于将西方逻辑性语言引入中国的自觉努力，乃是为了纠正中国传统语言及思维不精密的弱点，实现传统思维方式变革，最终达成思想启蒙的目的。

三 审美追求与科学主义诉求的紧张

审思"五四"科学主义文学观的选择建构，它乃是启蒙先驱"借思想文化解决问题"理论的体现。客观地说，这种文学理论的宣扬与实践，在思想启蒙中起到了切实的功效。然而，削足适履地将科学法则运用于文学领域，将文学的审美价值按照启蒙现代性诉求加以审择，势必会造成文学价值评判标准的混乱。胡先骕在《文学之标准》中引用外国学者的话语来批评新文学派的理论主张："彼等皆种植龙牙，宣传惟美主义而不加以限制，谓美即真理，结果乃产生曹拉主义（左拉主义），而谓真即美也。"②众所周知，文学是包含情感、虚构和想象等综合因素的语言艺术行为，是作家创造出的富有诗意的艺术世界。倘若遵循"实写自然现象""绝无美丑善恶邪正惩劝之念存于胸中""诚实描写之有以发挥真美也"的文学创作理念，无异于将文学引向枯竭之路。对于这种科学主义的文学创作手法，梁启超有过精彩解析："科学的研究方法既已无论何种学问都广行应用，文学家自然也卷入这潮流，专用客观

---

① 傅斯年：《怎样做白话文？》，《新潮》第1卷第2号，1919年2月1日。
② 胡先骕：《文学之标准》，《学衡》第31期，1924年7月。

分析的方法来做基础。要而言之，自然派当科学万能时代，纯然成为一种科学的文学。他们有一个重要的信条，说道'即真即美'。他们把社会当作一个理科实验室，把人类的动作行为，当作一瓶一瓶的药料，他们就拿他分析化合起来，那些名著，就是极翔实极明了的实验成绩报告。又像在解剖室中，将人类心理层层解剖，纯用极严格极冷静的客观分析，不含丝毫主观的感情作用。"① 论述及此，笔者不由想起晚清杂志关于文学与科学的论说："文学者何，所谓形而上学也；科学者何，所谓形而下学也。"② 其实，文学与科学的区别与评判并非难以划定界标。中国近代文学谋求独立之时，有很多学者正是从文学与科学的比较中建立对"文学"的认识的。王国维曾经这样区分界定："学之义广矣，古之所谓学，兼知行言之；今专以知言，则学有三大类：曰科学也，史学也，文学也。凡记述事物而求其原因，定其法理者，谓之科学。求事物变迁之迹而明其因果也，谓之史学。至出入二者间而兼有玩物适情之效者，谓之文学。"③ 无独有偶，郑振铎也区分了文学与科学的异同，他认为，文学与科学的区别在以下几点。其一，文学是诉诸情绪，科学是诉诸智慧。其二，文学的价值与兴趣，含在本身，科学的价值则存于书中所含的真理，而不在书本的自身……文学的价值与兴趣，不唯在其思想之高超与情感之深微，也在于其表现思想与情绪的文字之美丽与精切。他强调文学与情感和想象的关系。不同于科学的认识，文学是以情感为自己的表现对象的。通过比较，郑振铎给出了文学的定

---

① 梁启超：《梁启超文选》，上海远东出版社1995年版，第200页。
② 佚名：《论文学与科学不可偏废》，《大陆》第3期，1903年2月。
③ 王国维：《国学丛刊序》，载《王国维文集》第4卷，中国文史出版社1991年版，第365页。

第二章　科学的诱惑：科学主义影响下的"五四"文学选择

义："文学是人们情绪与最高思想联合的'想象'的表现，而他的本身又是具有永久的艺术的价值与兴趣的。"① 是的，文学作品中内容和形式的辩证统一所构造的是既源于现实又不同于现实的艺术世界。文学真实不等于科学真实，文学是一种虚构想象的创作，而科学才是对自然的客观观察、如实描写。

阅读"五四"文学革命先驱的文论，其对文学的想象与审美显然有着某种疏离。文学革命以科学求真的思维来衡量文学修辞的审美价值，甚至很大程度上将科学的真等同于文学的美。如此这般，文学革命追求的是科学化、清晰化的表达，显然由此忽视了文学纯正的审美问题。倘若说文学革命中"作诗如作文"的理念混淆了诗歌语言与散文语言的差别，那么"有什么话，说什么话""话怎么说，就怎么写"的创作理念就彻底混淆了文学语言与日常语言的界限。语言追求的是表达的清晰严密、科学理性，而文学作为一种遵循特定运行逻辑的场域，对语言有其特殊的要求。胡先骕曾经指出文学革命中这一混淆语言与文学的问题，他说："文学自文学，文字自文字。文字仅取达意，文学则必于达意而外有结构，有点缀，而字句之间，有修饰，有锻炼，凡曾习修辞学作文学者咸能言之……故文学与文字，迥然有别，今之言文学革命者，徒知趋于便易，乃昧于此理矣。"② "文学自文学，文字自文字。"因为有着不同的价值诉求，文学并不能一味接受科学之真的标准。以科学主义的思维观照文学审美，自然关注的只是修辞对表达清晰性的影响，关注的只是语义的"通"与"不通"，而无法欣赏到"香稻啄余鹦鹉粒，碧梧栖老凤凰枝"遣词造句的精妙。

---

① 郑振铎：《文学的定义》，《文学旬刊》第1号，1921年5月。
② 胡先骕：《中国文学改良论》，《东方杂志》第16卷第3期，1919年3月。

要知道，文学虽然以语言为物质载体，但文学必须超越语言，才能进入自语的审美经验世界。叙事角度的独特、摆弄故事情节的机智、悬念设置的奇妙、抒情意向的奇特、文学结构的精巧，以及遣词造句的形式美等，都是文学作品不可或缺的美的要素。

面对新青年派所倡导的科学主义文学观，学衡派的胡先骕指出："（文学革命倡导者）每以自然主义，写实主义之勃兴归于科学，在思想史之演进观之，诚非虚语。然吾以为此非科学自身之罪，而为误解科学误用科学者之罪也。"[1] 学衡派的吴宓对《新青年》杂志倡导的科学主义显然有着自己的体认，他说："以学问言之，物质科学以积累而成，故其发达也循线以进，愈久愈详，晚出愈精妙。然人事之学，如历史、政治、文章、美术等，则或系于社会之实境，或由于个人之天才，其发达也无一定之轨辙。故后来者不必居上，晚出者不必胜前。因之，若论人事之学，则尤当分别研究。"[2] 依照吴宓的论述，我们可以知道文学存在的根据不需要从文学之外的科学来寻找，其价值植根于自身。文学研究会的严既澄关于科学与文学的论说可以加深我们的理解，"我们很可以相信文学永远不会自绝其生命而寄生于科学的身上"，"在文学界里，本来就没有要烦科学来插嘴的事情。哲学上的直觉（Intuition），心理学上的内观（Introspection），都是科学所极力排斥的，以为是毫无根据，不成方法的，然而这两种作用，在文学上，便占了重要的位置。想象是科学所轻视的，然而一入了文学界里，他就成了文学的主要原动力。文学可以和科学立于反对的地位，于此

---

[1] 胡先骕：《文学之标准》，《学衡》第31期，1924年7月。
[2] 吴宓：《论新文化运动》，《学衡》第4期，1922年4月。

第二章　科学的诱惑：科学主义影响下的"五四"文学选择

可见了"。[①] 从此种意义上说，我们可以说，致力于以科学规训文学的"五四"文学先驱扮演的角色绝不是美丽可爱的缪斯女神，更像是把诗人赶出理想国的柏拉图，由此也开启了"文学对抗科学"的剧幕。幸运的是，随着文学革命的发展以及文学创作的深入，他们也逐渐体悟到自己的偏至之处。曾经为文学科学化鼓与呼的陈独秀开始认识到，"知识固然可以居间指导，真正反应进行底司令，最大的部分还是本能上的感情冲动。利导本能上的情感冲动，叫他浓厚、挚真、高尚，知识上的理性、德义都不及美术、音乐、宗教底力量大。知识和本能倘不相并发达，不能算人性完全发达"。因此，他不无自责地说："现在主张新文化运动的人，既不注意美术、音乐，又要反对宗教，不知道要把人类生活弄成一种什么机械的状况，这是完全不曾了解我们生活活动的本源，这是一桩大错，我就是首先认错的一个人。"[②] 由此可见，陈氏对文学革命偏重科学理性、忽视文学美术的理论有了新的认识，而瞿世英的论说也可以与其反思相互阐发。瞿氏说："科学顾得到知识却顾不到感情，顾到物质却顾不到精神，对于人生的一面固然很清楚，但对于人生的全部却遗漏了不少，便是人的心理活动，也用机械的心理学去看他，这是很容易减少人的同情的。这也是文学吃了科学的亏。"[③] 胡先骕也指出："写实主义之失在知人性之恶，而不知人性之善。在知人之情欲无殊于禽兽，而不知人类有超越于禽兽之长，有驾驭控制遏抑其情欲之冲动，使归

---

① 严既澄：《自然与神秘》，《文学旬刊》第77期，1922年6月。
② 陈独秀：《新文化运动是什么》，《新青年》第7卷第5号，1920年4月1日。
③ 瞿世英：《小说的研究》，《小说月报》第13卷第7号，1922年7月。

于中和之本能。"① 与此同时，曾经将"迷信的鬼神书类（《封神传》《西游记》等）""神仙书类（《绿野仙踪》等）""妖怪书类（《聊斋志异》《子不语》等）"统统予以贬斥的周作人也一改起初的看法，指出："古今的传奇文学里，多有异物——怪异精灵出现，在唯物的人们看来，都是些荒唐无稽的话，即使不必立刻排除，也总是了无价值的东西了。但是唯物的论断不能为文艺批评的标准，而且赏识文艺不用心神体会，却'胶柱鼓瑟'的把一切叙说的都认作真理与事实，当作历史与科学去研究他，原是自己走错了路，无怪不能得到正当的理解。"② 倘若"拿了科学常识来反驳文艺上的鬼神等字样，或者用数学方程来表示文章的结构；这些办法或者都是不错的，但用在文艺批评上总是太科学的了"。③ 于此，我们看到"五四"文学革命先驱已经突破思想启蒙价值框架的文学认识，体认到文学审美追求与科学主义诉求的颉颃对抗，从而也为给文学以自身相独立的理解与地位提供了契机。

---

① 胡先骕：《文学之标准》，《学衡》第31期，1924年7月。
② 周作人：《文艺上的异物》，载《周作人文类编》第6卷，湖南文艺出版社1998年版，第351页。
③ 周作人：《文艺批评杂话》，载《周作人文类编》第3卷，湖南文艺出版社1998年版，第576页。

第三章　创新的崇拜："五四"文学革命中的"新/旧"逻辑*

探讨中国现代文学思潮的迭兴与流派的崛起，无法绕开"五四"文学革命运动的推波助澜。作为文学反思不断重临的起点，"五四"文学革命为我们提供了新文学滋生的肥沃土壤，也对我们理解并反思中国现代文学传统有着重要的意义。审视中国现代文学发生、发展的历史，学界不乏其人，大有风起云涌之势。有的从文学内部展开研究，探讨诸如文白变动等文学形式变革与中国现代文学发生的机理；有的从文学外部切入，从稿费制度、学堂教育等角度探讨中国现代文学发生的图景；凡此种种，不一而足。① 本章选择"唯新主义"这个鞭辟于文学外部入理于内部的"新"路径，梳理"五四"文学革命语境下唯新主义的文学选择，并反思唯新主义文学观对中国现代文学传统产生的正负面影响。

---

* 本章内容与恩师张宝明教授合作完成。
① 相关成果参见张宝明《"文白不争"引发的历史悲情——从文化社会学的视角看现代性的两副面孔》，《学术界》2005年第2期；栾梅健《稿费制度的确立与职业作家的出现——二十世纪中国文学发生论之一》，《中国现代文学研究丛刊》1993年第2期；罗岗《现代"文学"在中国的确立——以文学教育为线索的考察》，《中国现代文学研究丛刊》2001年第1期。

一 "唯新主义"与"五四"文学革命的审择标准

论及"五四"新文化的思想关键词,我们可以举出"唯民主义""唯理主义""唯科学主义"等,但常常忽略"唯新主义"这个确实存在却未引起重视的关键词。新,乃与旧相对而言,如语新者,有新文学、新诗、新道德、新教育、新青年、新女性、新思潮、新思想、新政治、新生活、新时代等等;与此相对,称旧者,则有旧文学、旧诗、旧道德、旧教育、旧青年、旧女性、旧思潮、旧思想、旧政治、旧生活、旧时代等等。李欧梵曾经指出:"自清末以来,日益增长的那种'偏重当代'的观念(反对古代儒家那种偏重往古的基本态度),无论是在字面上,还是在象征意义上,都充满了一种'新'的内容:从1898年的'维新'到梁启超的'新民'观念,再到'五四'的新青年、新文化、新文学的一系列宣言,'新'这个词几乎伴随着旨在使中国摆脱以往的镣铐,成为一个'现代'的自由民族而发动的每一场社会和知识运动。因此,在中国,'现代性'不仅含有一种对于当代的偏爱之情,而且还有一种向西方寻求'新',寻求'新奇'这样的前瞻性。"[①] "唯新主义"基于对"新/旧"的评判而新鲜出炉,"五四"几乎把新/旧范式泛化到一切方面或者说是各个具体的领域和事物中,文学领域当然并不例外,而且最先被影响。

梳理"五四"文学革命的文学理论,我们很容易遇到

---

① 李欧梵:《现代性的追求》,生活·读书·新知三联书店2000年版,第236页。

第三章 创新的崇拜:"五四"文学革命中的"新/旧"逻辑

"唯新主义"的身影。可以说,"五四"文学革命先驱的文学理论出发点便是"新旧"思想的冲突与激战,他们站在反传统的立场上去攻击传统制度的形象表征物——旧文学。作为"五四"文学革命的纲领性文献,胡适《文学改良刍议》中的"八不主义"与陈独秀"三大主义"切切实实蕴含着"唯新主义"的思想基因。研读胡适的文学改良八事:"一曰,须言之有物。二曰,不摹仿古人。三曰,须讲求文法。四曰,不作无病之呻吟。五曰,务去滥调套语。六曰,不用典。七曰,不讲对仗。八曰,不避俗字俗语。"[①] 意思表达得很明显,古典文学言之无物、好模仿古人、不讲求文法、喜作无病呻吟、常用滥调套语、追求用典、拘于对仗、酷好文言雅语,这些都是旧的、落后的,而言之有物、不模仿古人、讲求文法、不作无病之呻吟、务去滥调套语、不用典、不讲对仗、不避俗字俗语的文学是新的、进步的。不难发现,除第一项、第四项之外的其他六项都力求在形式上建构文学"新/旧"的标尺,力图将古典文学扔进历史的垃圾堆,从而召唤新文学的到来。而第一项貌似与新旧无关,其实乃是与其他七项之和并重的文学标准。易言之,"须言之有物"则从内容上规定了新文学必须承载新情感、新思想。与胡适"文学改良八事"用语不同,但"唯新主义"思想可与其相呼应的是陈独秀的"文学革命三大主义",即:"曰,推倒雕琢的阿谀的贵族文学,建设平易的抒情的国民文学;曰,推倒陈腐的铺张的古典文学,建设新鲜的立诚的写实文学;曰,推倒迂晦的艰涩的山林文学,建设明了的通俗的社会文学。"[②] 无须赘言,我们只从陈氏所"推倒"

[①] 胡适:《文学改良刍议》,《新青年》第2卷第5号,1917年1月1日。
[②] 陈独秀:《文学革命论》,《新青年》第2卷第6号,1917年2月1日。

"建设"的文学的形容词上就可以窥见其思想基因,"雕琢的阿谀的""陈腐的铺张的""迂晦的艰涩的"文学非常显见是旧的、需要推倒的,而需要建设的是"平易的抒情的""新鲜的立诚的""明了的通俗的"的新文学,此中杂糅着形式的新与思想的新,无不焕发着破旧立新的一元思维模式及其乐观主义情怀。

倘若说以上两篇文章只是从文学革命的宏观规划上流露出了"唯新主义"的思想,那么文学革命先驱们对诗歌、小说、散文、戏剧等文类体裁的具体改革措施更是让我们具体而真实地感受到了唯新主义的无孔不入。诗歌作为文学革命的尖兵,是"五四"文学先驱理论开掘的重要战场。晚清梁启超发动的诗歌改良运动虽然以革命名之,但还只是要求以旧风格承载新内容、新意境、新思想,而"五四"文学革命则着力于诗歌的最后据点——从形式方面入手以求新的突破。胡适批评南社诗人尊崇的拟古、复古意境走进了形式主义的死胡同,"夸而无实,滥而不精,浮夸淫琐,几无足称者"[①]。由此,"文字沾沾于声调字句之间,既无高远之思想,也无真挚之感情"[②]。刘半农痛批"五四"前夕旧诗坛的衰颓之风,认为"其专讲声调格律,拘执着几平几仄方可成句,或引古证今,意以为如何如何始能对的工巧的"的古典诗歌只能造成"假诗世界"。[③] "五四"先驱聚焦于古典诗歌的"对仗""用典""格律"诸种与"戒律"息息相关的形式大加挞伐。他们力求解放诗体,追求"作诗如作文"的新诗风。这种思想影响深远,从文学

[①] 胡适:《寄陈独秀》,《新青年》第 2 卷第 2 号,1916 年 10 月 1 日。
[②] 胡适:《文学改良刍议》《新青年》第 2 卷第 5 号,1917 年 1 月 1 日。
[③] 刘半农:《诗与小说精神上之革新》,《新青年》第 3 卷第 5 号,1917 年 7 月 1 日。

第三章 创新的崇拜:"五四"文学革命中的"新/旧"逻辑

革命中走出的文学新青年有的尽管对古典诗歌有"了解之同情",但也不敢贸然为其辩护。如王统照在肯定了旧诗文字在声韵形式上的优点之后又话题陡转:"旧诗限于格律不易自由抒发情感,固然是'骸骨'了……自然,写旧诗是一条绝路,永难有新的收获。个人贪图省事,省力,偶一为之,无妨,却非创作诗的道理。"①

"小说",本是古典文学领域中的边缘文类,在古典文学中无足轻重。近代以来,这一体裁却借助梁启超的"小说界革命"在文学领域取得了前所未有的重要位置。"五四"文学革命接续了梁启超小说界革命的思想,而且百尺竿头,在理论诉求上也有着独到的延伸与扩展。作为领军人物之一的胡适特别追崇西方的短篇小说做法,既批判了清代《聊斋志异》的短篇小说写法,也批判了中国古代的章回体小说写法,他说:"那些古文家和那'《聊斋》滥调'的小说家,只会记'某时到某地,遇某人,作某事'的死账,毫不懂状物、写情是全靠琐屑节目的。那些长篇小说家,又只会作那些无穷无极的《九尾龟》一类的小说,连体裁、布局都不知道,不要说文学的经济了。"② 周作人对此则有着自成一体的说法:"新小说与旧小说的区别,思想果然重要,形式也甚重要。旧小说的不自由的形式,一定装不下新思想;正同旧诗词旧曲的形式,装不下诗的新思想一样。"③"唯新"即是对旧的批判,出于对小说形式与思想的双重认识,周作人把所谓"迷信的鬼神书类

---

① 王统照:《〈夜战声中怀东齐并示昨非兄弟〉注释》,载《王统照文集》第4卷,山东人民出版社1982年版,第171页。
② 胡适:《论短篇小说》,《新青年》第4卷第5号,1918年5月15日。
③ 周作人:《日本近三十年小说之发达》,《新青年》第5卷第1号,1918年7月15日。

(《封神传》《西游记》等)""神仙书类(《绿野仙踪》等)""妖怪书类(《聊斋志异》《子不语》等)""强盗书类(《水浒》《七侠五义》《施公案》等)",统统归入"非人的文学""旧的文学"而予以全盘否定。理由是"这几类全是妨碍人性的生长,破坏人类的平和的东西,统应该排斥"。

正如我们看到的那样,对旧戏的批判改革是"五四"文学革命的重头戏,其理论也流布出了极浓重的"唯新主义"意识。"五四"新文学派对旧戏"脸谱""打脸""打把子"等予以了严厉的批判。本来,旧戏的写意是传统审美文化的一个关键元素,但"新青年"的导师带领"新青年"对其冷嘲热讽:"跳过桌子就是跳墙;站在桌子上便是登山;四个跑龙套便是一千人马;转几个圈便是行了几十里路;翻几个筋斗,做几个手势,便是一场大战。这种粗笨愚蠢、不真不实、自欺欺人的做作,看了真可使人作呕!既然戏台上不能演出这种事实,又何苦硬把这种情节放在戏里呢?"就当时的价值取向来看,他们推崇的是西方"一个地方、一个时间、一桩事实"的戏剧"三一律"原则,先驱认为这才是"戏剧的经济"。与此同时,他们还指出中国旧戏的"大团圆"思想是落后的,而推崇西方的"悲剧观念":"中国文学最缺乏的是悲剧的观念。无论是小说,是戏剧,总是一个美满的团圆。现今戏园里唱完戏时总有一男一女出来一拜,叫做'团圆',这便是中国人的'团圆迷信'的绝妙代表。"[①]

对于古文,无论是陈独秀对"十八妖魔"的指斥,还是钱玄同对"桐城谬种""选学妖孽"的痛骂,都足以表明他们

---

① 胡适:《文学进化观念与戏剧改良》,《新青年》第5卷第4号,1918年10月15日。

第三章 创新的崇拜:"五四"文学革命中的"新/旧"逻辑

在新旧问题上的"万万不可调和"的态度。他们内外夹击,不但指斥古文"文以载道"的思想,也批判其形式上的局限。陈独秀指出:"文学本非为载道而设,而自昌黎以讫曾国藩所谓载道之文,不过抄袭孔、孟以来极肤浅空泛之门面语而已。唐宋八家文之所谓'文以载道',直与八股家之所谓'代圣贤立言',同一鼻孔出气。"① 在师长们的启发下,傅斯年对古文也大加批判:"桐城家者,最不足观,循其义法,无适而可。言理则但见庸讷而不畅微旨也,达情则但见其陈死而不移情也,纪事则故意颠倒天然之次叙,以为波澜,匿其实相,造作虚辞,曰不如是不足以动人也。"② 对于古文的批判内蕴着新的散文风格的出现,胡适倡导"有什么话说什么话"的随性书写方式,而傅斯年则倡导"哲学的白话文""美术的白话文",创造"层次极复,结构极密,能容纳最深最精思想的白话文和运用匠心做成,善于入人情感的白话文"。③

二 启蒙心态与"唯新主义"的思想逻辑

审视"唯新主义"文学观,我们很容易想到盛极一时的进化论思想。的确,"五四"文学先驱很多人都受到进化论的影响,"唯新主义"就是把进化论的新陈代谢规律及新的必定战胜旧的原理作为逻辑依据引进文学领域,并乐观、自信地掀起文学革命的一种集大成者。不管是胡适对白话正宗地位的论说还是陈独秀对欧洲文学变迁态势的描述,都是将其放在进化论的杠杆上。胡适明确提出,从进化论的观点来看,白话文学

---

① 陈独秀:《文学革命论》,《新青年》第2卷第6号,1917年2月1日。
② 傅斯年:《文学革命申义》,《新青年》第4卷第1号,1918年1月15日。
③ 傅斯年:《怎样做白话文?》,《新潮》第1卷第2号,1919年2月1日。

代替文言文学，取得言文一致是历史的必然。他先分析了汉魏以来白话文学萌芽、发展的状况，然后得出结论："然以今世历史进化的眼光观之，则白话文学之为中国文学之正宗，又为将来文学必用之利器，可断言也。"① 陈独秀的《现代欧洲文艺史谭》认为："欧洲文艺思想之变迁，由古典主义（Classicalism）一变而为理想主义（Romanticism）……十九世纪之末，科学大兴，宇宙人生之真相，日益暴露。所谓赤裸时代，所谓揭开假面时代，宣传欧土自古相传之旧道德、旧思想、旧制度一切破坏文学艺术，亦顺此潮流由理想主义再变而为写实主义（Realism），更进而为自然主义（Naturalism）。"② 我们看到，进化论框架下衍生出来的"新"与"旧"已经由两个原本中性的词演变为具有鲜明价值评判色彩的语汇，表达着进化与进步的意义指向。

当然，倘若只停留在进化论的层面并不足以阐释"唯新主义"的深层思想逻辑。其实，进化理论下"五四"文学先驱的启蒙心态才是最值得我们深入挖潜的。面对水深火热的国情，"五四"文学先驱希望借助文学革命解决国民启蒙问题。这种"一揽子"解决启蒙问题的急切心态虽然洞见了文学对启蒙的重要作用，但同时忽略了文学与启蒙的多维性和复杂性。回到历史现场不难发现，"五四"的"唯新主义"文学观，一方面对文学本体论有着观念的疏离，另一方面对思想启蒙的维度却有深入的考量。回眸"五四"文学革命先驱对旧文学的批判，阅读文学革命文论，"五四"启蒙先驱批判旧文

---

① 胡适：《逼上梁山》，载《胡适论争集》（上），中国社会科学出版社1998年版。
② 陈独秀：《现代欧洲文艺史谭》，《青年杂志》第1卷第3号，1915年11月15日。

第三章 创新的崇拜:"五四"文学革命中的"新/旧"逻辑

学的时候常常将其与国民劣根性进行捆绑式批判。以胡适文学革命初期文论为例,乍看其摆着一副就文学论文学的学者派头,但仔细体味其中言语,却莫不是对由传统心理定势造就的劣根性的批判。例如胡适在"文学革命八事"的通信中说:"凡人用典或用陈套语者,大抵皆因自己无才力,不能自铸伟辞,故用古典套语转一弯子,含糊过去,其避难趋易最可鄙薄。"① 不难看出,胡适对用典等文学修辞的批判,实际指向的正是作此种文学之人,批判他们"含糊""避难趋易"的毛病。与胡适相较,陈独秀直率得多,他批驳"雕琢的阿谀的贵族文学""陈腐的铺张的古典文学""迂晦的艰涩的山林文学",明确指出"此种文学,盖与吾阿谀、夸张、虚伪、迂阔之国民性,互为因果"②。陈独秀答复读者的疑问时指出,写实主义具有荡涤"浮华"文弊的功能:"士之浮华无学,正文弊之结果。浮词夸语,重为世害,以精深伟大之文学救之,不若以朴实无华之文学救之。既以文学自身而论,世界潮流固已弃空想而取实际,吾华文学,以离实凭虚之结果,堕入剽窃浮词之末路,非趋重写实主义无以救之。"③ 周作人直言,"中国戏是野蛮"的,"没有存在的价值",因为它"有害于世道人心",具体表现是"淫、杀、皇帝、鬼神"。④ 傅斯年从文学乃"群类精神上之出产品而表以文字者"立论,细致剖析中国传统文学各派"文胜之弊",批斥国民之"病"。⑤

"五四"启蒙先驱站在时代的高度上,对旧文学的形式与

---

① 胡适:《通信》,《新青年》第 2 卷第 2 号,1916 年 10 月 1 日。
② 陈独秀:《文学革命论》,《新青年》第 2 卷第 6 号,1917 年 2 月 1 日。
③ 陈独秀:《通信》,《新青年》第 2 卷第 1 号,1916 年 9 月 1 日。
④ 周作人:《论中国旧戏之应废》,《新青年》第 5 卷第 5 号,1918 年 11 月 15 日。
⑤ 傅斯年:《文学革新申义》,《新青年》第 4 卷第 1 号,1918 年 1 月 15 日。

内容进行了全面的否定，同时也开出了其"唯新主义"文学的思想药方。我们看到，从旧文学"文胜之弊"导致国民之"病"到以创造新文学救治国民之"病"，他们轻而易举地就过渡到了思想启蒙的"质胜"地带。其实这也可以理解，早在晚清时候，梁启超就曾撰文高呼小说的启蒙功用："欲新一国之民，不可不先新一国之小说；故欲新道德，必新小说；欲新宗教，必新小说；欲新政治，必新小说；欲新风俗，必新小说；欲新学艺，必新小说；乃至欲新人心，欲新人格，必新小说。"① "五四"启蒙先驱显然认同并继承了梁启超文学启蒙的职志，鲁迅在谈起其文学创作动机时曾有过这样的表述："说到'为什么'做小说罢，我仍抱着十多年前的'启蒙主义'，以为必须是'为人生'，而且要改良这人生。我深恶先前的称小说为'闲书'，而且将'为艺术的艺术'，看作不过是'消闲'的新式的别号。所以我的取材，多采自病态社会的不幸的人们中，意思是在揭出病苦，引起疗救的注意。"② 抱着启蒙主义的心态从事文学工作，他们往往将科学、民主、自由等思想灌注于文学理论与文学创作之中。李大钊在解释"什么是新文学"的问题时如是说："我的意思以为刚是用白话作的文章，算不得新文学；刚是介绍点新学说、新事实，叙述点新人物，罗列点新名词，也算不得新文学……宏深的思想，坚信的主义，优美的文艺，博爱的精神，就是新文学新运动的土壤、根基。"③ 显然，秉承"宏深的思想，坚信的主义，优美

---

① 梁启超：《论小说与群治之关系》，载《饮冰室合集》文集之十，中华书局1989年版，第4页。
② 鲁迅：《我怎么做起小说来》，载《鲁迅全集》第4卷，人民文学出版社1981年版。
③ 李大钊：《什么是新文学?》，《星期日》社会问题号，1919年12月8日。

第三章 创新的崇拜:"五四"文学革命中的"新/旧"逻辑

的文艺,博爱的精神"的新文学并非为文学而文学,其潜在目的乃是"新人",这也是"人的文学"作为文学革命重要理论的依据。号召人们去"从新要发现'人',去'辟人荒'"的周作人认识到中国古典文学中很多"非人的文学"导致了中国至今没有站立的人,需要创辟新的文学以"扩大读者的精神,眼里看见了世界的人类,养成人的道德,实现人的生活"①。应该说"五四"文学革命这样的目标在一定程度上已经达到了,郁达夫在为《中国新文学大系·散文二集》写的导言中的话可以证明这一点:"五四运动的最大的成功,第一要算'个人'的发现。从前的人,是为君而存在,为道而存在,为父母而存在的,现在的人才晓得为自我而存在了。"②

当然,"五四"先驱在思想启蒙上"唯新"的同时,他们也没有忽略文学形式的变革对启蒙的重要作用。对此,学术界的研究成果俯拾皆是。这里,我们需要重申的是,文学革命主张抛弃古典文学的格律、对仗、韵文等形式,既饱含着民主思想的内蕴,也饱含着借白话语言的形式改造国民思维的思想取向。对古典文学形式的批判,正如周作人所言:"我们反对古文,大半是原为他晦涩难解,养成国民笼统的心思,使得表现力与理解力都不发达。"③ 而文学革命中"有什么话,说什么话"的随性书写导向让我们破解了古典文学的形式,进而通过"讲求文法"来改造国民思维。我们知道,思维是一种语言过程,语言影响思考、情感与知觉。我们常说语言是交流的工具,其实语言不只是交流的工具,也不只是思想的外壳,它

---

① 周作人:《人的文学》,《新青年》第5卷第6号,1918年12月15日。
② 郁达夫:《中国新文学大系·散文二集·导言》,上海良友出版公司1935年影印版。
③ 周作人:《思想革命》,《每周评论》第11期,1919年3月2日。

还是思想本身,是思维过程和思维内容。因此可以说,文学的变革必须依赖于语言的变革,而一个民族的文化、精神、思想的革命同样需要语言的革命。这里用傅斯年的话颇能说明问题:"我们在这里制造白话文,同时负了长进国语的责任,更负了借思想改造语言,借语言改造思想的责任。"① "借思想改造语言,借语言改造思想"就是中国现代文学与日俱新、双破双新的更新逻辑。我们看到,"五四"文学革命中,启蒙先驱致力于将西方逻辑性语言引入中国的自觉努力,乃是为了纠正中国传统语言及思维不精密的弱点,实现传统思维方式及语言的变革。对这一"唯新"逻辑的概括,完全可以借用当事人周作人的话语进行表述:"因为从前的荒谬思想,尚是寄寓在晦涩的古文中间,看了中毒的人,还是少数,若变成白话,便通行更广,流毒无穷了,所以我说,文学革命上,文字改革是第一步,思想改革是第二步,却比第一步更为重要。我们不可对于文字一方面过于乐观了,闲却了这一面的重大问题。"②

三 审美价值与启蒙观念的颉颃对抗

承上所论,"唯新主义"文学观既建基于进化论的理论导向,又蕴含着文学启蒙的内在诉求。搭乘着进化论与文学启蒙的马车,新与旧二元对立的文学范畴,逐步在中国现代文学知识形态中形成了新旧二元对立的思维范式,而秉承这种观念的理论家和创作者也以"顺我者昌,逆我者亡"的思想姿态迅速掌控了"五四"文学领域的话语权,进而引领了整个中国

---

① 傅斯年:《怎样做白话文?》,《新潮》第1卷第2号,1919年2月1日。
② 周作人:《思想革命》,《每周评论》第11期,1919年3月2日。

第三章 创新的崇拜:"五四"文学革命中的"新/旧"逻辑

现代文学的发展方向。客观地说,"唯新主义"文学观在"五四"语境中的生成有其内在的合理性。面对内忧外患的境况,倘若再在理论上纠缠于文学的本体论价值,显然无助于解决中国的问题。历史地看,无论是"五四"先驱思想上的不自觉的错位还是自觉的理论诉求,"唯新主义"文学观都为现代启蒙做出了重要贡献。古典文学与政教伦理思想胶着,与国民性思维水乳交融,与封建专制思想纠结交错,想要条理清晰地予以剥离,并不是一件轻松的事情。"五四""唯新主义"文学观以一种"不塞不流、不止不行"的姿态与传统决裂以求得自己的新生,在为思想启蒙做出贡献的同时也为此付出了惨痛的代价。可以这样说,以"唯新主义"为理论导向的"五四"文学革命如同一把双刃剑,这是新文学的成功,但更是启蒙的胜利。在某种意义上,新文学的闪亮登场无形中捎带了旧文学的纠结和胶着。在肯定其为中国思想启蒙做出巨大贡献的同时,若是从文学本体论的视角反思这一"与生俱来"的病灶,言其"带病上岗"并不过分。

的确,历史的合理性并不代表可以拒绝一切事后的反思。这种"唯新主义"文学观潜隐着价值评判的弃旧图新,这种文学发展导向也极大地改写了中国现代文学发展的多重可能性。"唯新主义"文学观并不是建立在科学价值论基础之上的。因为这个评判模式中所取得的对现代文学的感知、认识与把握只是以新与旧为价值坐标,即凡是新的都是好的,凡是旧的皆是坏的;凡是新的都是先进的,凡是旧的都是落后的;凡是新的都是充满审美活力的,凡是旧的皆是丧失艺术生命力的;凡是新的都是代表前进方向的,凡是旧的皆是开倒车的。章士钊在谈"五四"的新文学时,满含愠意地说:"新之观念,又大误谬。新者对夫旧而言之,彼以为诸反乎旧,即所谓新。今即求新,势且一切舍旧。不知新与旧之衔接,其形状为犬牙,不为栉比,如两石同投之连波线,不如周线各别之二圆形。吾友胡适之所著文学条例,谓今人当为今人之言,不当为古人之言。此语之值,在其所以为今古之界者而定。"① 以"新"之膜拜为导向,"唯新主义"文学观这种绝对的、片面的、肤浅的价值判断,在中国现代理论家与创作者的思想中几乎形成了思维定势。需要指出的是,新文学作家和理论家们自觉不自觉地认为,从这种思维里生发出的对现代文学的所有认知都是准确无误的。准此而言,秉持这种直线进化主义的文学观念,我们也就难以从文学本体论角度厘定文学的价值。毕竟,文学现代性与启蒙现代性有着不同的本体定位和价值尺度。

与新青年派对位出现的学衡派代表人物吴宓对两种现代性的不同价值取向就有着清醒的认识,由此他也对"五四""唯新主义"文学观给予立此存照式批评:"以学问言之,物质科学以积累而成,故其发达也循线以进,愈久愈详,晚出愈精妙。然人事之学,如历史、政治、文章、美术等,则或系于社会之实境,或由于个人之天才,其发达也无一定之轨辙。故后来者不必居上,晚出者不必胜前。因之,若论人事之学,则尤当分别研究,不能以新夺理也。"② 时至 20 世纪 30 年代,当白话文大获全胜、新文学独占鳌头之际,《学衡》阵营中的易峻还在悲壮地秉承着吴宓的看法,在其大作《评文学革命与文学专制》中以推谬的方法将新文学运动的直线进化历史观予以全盘反省:"胡君之倡文学革命论,其根本理论,即渊源

---

① 章士钊:《评新文化运动》,《新闻报》1923 年 8 月 21 日。
② 吴宓:《论新文化运动》,《学衡》第 4 期,1922 年 4 月。

第三章 创新的崇拜:"五四"文学革命中的"新/旧"逻辑

于其所谓'文学的历史进化观念'。大意谓我国文学之流变,乃革命一次,进化一次,愈革命则愈进化。今日之文学革命,亦文学之历史进化之趋势使然,旧文学应即从此淘汰以去,由新文学起而代之云云。一代新文学事业,殆即全由此错误观念出发焉。"在一针见血地指出胡适之"大意"的"错误观念"后,作者对这一错误"牵强附会"之根源做了这样的解释:"文学之历史流变,非文学之递嬗进化,乃文学之推衍发展,非文学之器物的时代革新,乃文学之领土的随时扩大。非文学为适应其时代环境而新陈代谢,变化上进,乃文学之因缘其历史环境而推陈出新,积后外伸也。文学为情感与艺术之产物,其伸无历史进化之要求,而只有时代发展之可能。若生物之求适应环境以生存,斯有进取之要求。文学则惟随时代文人之创造冲动与情感冲动,及承袭其先代之遗产,而有发展之弹性耳。果何预于进化与退化哉?"在区别对待"物质之学"和"人事之学"后,再分析"生物"进化和"人文"进化的天壤之别,最后的反诘赢得更多的同情和理解:若是承认文学是"人事之学",那么以白话与文言为中介分出的旧文学、新文学,死文学、活文学,岂不就是"大谬不然"的跋扈话语?"夫学术无国界,亦无时限,只要其为真理,即可通古今中外而无所穷。学术之发扬广(光)大,固纯赖其有长远之历史的根基为之源泉,以资灌溉。文章本千秋事业,虽人事上之需要亦有因时制宜者,则就其所以应付此需要者,亦使别谋创造革新,亦未尝不可。若必为旧者须完全废为陈迹,新者须彻底新创,否则为守旧,为泥古不化,此则未免偏激。"[1] 过去很长一段时间,我们对学衡派的成见常常跃然纸上。现在看来,

---

[1] 易峻:《评文学革命与文学专制》,《学衡》第 79 期,1933 年 7 月。

重访"五四":在语义与场域之间

在批评学衡派对新青年派的不予同情和理解之后,我们不能再犯同样的错误,我们不但需要理解与同情学衡派诸公的问题意识,更需要以开放的胸怀和更上层楼的高度汲取其营养与价值。如同 20 世纪缺少了新青年派就不可思议一样,失去学衡派的中国近现代文学和思想史同样是不可思议的。

针对胡适的文学历史进化观念,学衡派打出了一张文学及其文化演进的涵化大牌:"文学之历史流变,非文学之递嬗进化,乃文学之推衍发展;非文学之器物的替代革新,乃文学之领土的随时扩大;非文学为适应其时代环境而新陈代谢、变化上进,乃文学之因缘其历史环境而推陈出新,积厚外伸也。文学为情感与艺术之产物,其本质无历史进化之要求,而只有时代发展之可能……其'变'者,乃推陈出新之自由发展的创造作用,而非新陈代谢之天演进化的革命作用也。"[①] 梅光迪指出:"文学进化,至难言者。西国名家(如英国十九世纪散文及文学评论大家韩士立 Hanlitt)多斥文学进化论为流俗之错误,而吾国人乃迷信之,且为西洋近世文学,由古典派而变为浪漫派,由浪漫派而变为写实派,今则又由写实派而变为印象、未来、新浪漫诸派。一若后派必优于前派,后派兴而前派即绝迹者。然此稍读西洋文学史,稍闻西洋名家绪论者,即不作此等妄言,何吾国人童无知,颠倒是非如是乎?"[②]

德国思想家马克斯·韦伯的"价值领域的诸神斗争"一说为诠释这一命题提供了证词。在这位思想家看来,现代性表现为理性祛魅的过程,但此过程各种价值绝不是简单地趋于统一、秩序、绝对、永恒,而是朝着科学、道德、审美不同的方

---

① 易峻:《评文学革命与文学专制》,《学衡》第 79 期,1933 年 7 月。
② 梅光迪:《评提倡新文化运动者》,《学衡》第 1 期,1922 年 1 月。

第三章 创新的崇拜:"五四"文学革命中的"新/旧"逻辑

向逐步分化独立,逐步形成独立的价值系统。① 文学隶属于审美领域,追求的是修辞之美,文学语言是对现实情感生活高度凝聚强化的符号形式,它注重情感的延伸和升华,带有非理性化的倾向。它与科学的直线进步发展模式不同,与启蒙的思想诉求也有着某种价值上的疏离。"唯新主义"文学观在协助并提携思想启蒙运动的同时,一开始就出现了文学价值观念的错位。时至20世纪20年代,连拥护并支持新文学运动的茅盾对这种"唯新主义"文学观也不无意见,他说:"文学是思想一面的东西,这话是不错的。然而文学的构成,却全靠艺术……由此可知欲创造新文学,思想固然要紧,艺术更不容忽视。思想能一日千里的猛进,艺术怕不是'探本穷源'便办不到。因为艺术都是根据旧张本而美化的。不探到了旧张本按次做去,冒冒失失'唯新是摹',是立不住脚的。"他又说:"最新的不就是最美的最好的。凡是一个新,都是带着时代的色彩,适应于某时代的,在某时代便是新;唯独'美''好'不然。'美''好'是真实(Reality)。真实的价值不因时代而改变。"② 如果说茅盾的论述为内蕴着思想启蒙理念的"唯新主义"文学观对文学独立发展的伤害做了旁注,那么周作人的观点却表明了"唯新主义"文学观思想启蒙上虚妄的一面:"中国人如不真是'洗心革面'的改悔,将旧有的荒谬思想弃去,无论用古文或白话文,都说不出好东西来。就是改学了德文或世界语,也未尝不可以拿来做'黑幕',讲忠孝节烈,发表他们的荒谬思想。倘若换汤不换药,单将白话换出古文,那

---

① 〔德〕马克斯·韦伯:《学术与政治》,冯克利译,生活·读书·新知三联书店1998年版,第38~41页。
② 茅盾:《小说新潮栏宣言》,《小说月报》第11卷第1号,1920年1月25日。

便如上海书店的译《白话论语》，还不如不做的好。因为从前的荒谬思想，尚是寄寓在晦涩的古文中间，看了中毒的人，还是少数，若变成白话，便通行更广，流毒无穷了。"① 由此可见，"难言之隐一'新'了之"的"唯新主义"思维定势随时会危及我们的文学、文化和思想。

中国现代文学发展已百余年，但追新、崇新、唯新的思想观念并没有消逝，它以各种方式出现在我们的文学创作与研究中。当然，我们不是批判创新，而是提醒文学同人不要因为"创新"而形成一种对"新"的膜拜。我们已经习惯于言必称新的"周虽旧邦，其命维新"之"大雅"②，但我们也不应忽略"如将不尽，与古为新"的"诗品"③。在不唯新的同时也不唯旧，以一种超越新旧的开放胸怀，追求一种大气自然的流露与表达，推崇一种客观的研究与评价，这才是我们泱泱大国应有的心态。唯有如此，我们才能理性地认识文学独立的价值诉求，才能将现代中国的旧体诗词、章回体小说以及文言散文、旧戏曲纳入现代文学的研究视野，并给予客观的评价，也唯有如此，中国现代和当下文学的艺术园地才能春色一片。

---

① 周作人：《思想革命》，《每周评论》第11期，1919年3月2日。
② 《诗经·大雅》。
③ 祖保泉编著《司空图诗品解说》，黄山书社2013年版，第13页。

第四章　审美的抉择："五四"新文学审美意识的现代改造

中国古典文学一直尊崇含蓄之美，在文学审美的理论论述中经常会以"言外之意""弦外之音"等概念来表现含蓄。作为中国古典文学的审美特色，含蓄是中华民族文化心理的外在表征，蕴含着整个民族的审美取向和艺术发展的基本特征。但到"五四"时期，含蓄被认为具有"笼统""模糊"的特点并被批判，"直白"的审美取向逐渐被提倡。检视之前的中国文学的现代转型研究，学界的相关论文或者从文言到白话的转变探讨语言形式的变迁，或者从礼乐经史到科学民主来探讨文学载道内容的变迁。[1] 但很少人会注意到中国文学从含蓄到直白的文学审美观念的变迁。本章专注于中国现代文学从"含蓄"到"直白"的审美精神的变革，将阐述"五四"文学革命中中国知识分子的心灵、精神、思想的文化转型过程，以此来探讨中国审美精神的变革及其对中国社会变革的深远意义。

---

[1] 林虹、刘凤山：《以反载道始 以新载道终——"五四"文学革命之一解》，《河南师范大学学报》（哲学社会科学版）2001年第3期。

一 从"含蓄"到"直白"：中国文学话语方式的革命

中国古人在文学的阅读欣赏中，受到"文不尽言，言不尽意"思想的影响，普遍推崇含蓄性的"立象尽意"审美取向，主张意在言外，要求有弦外之音，推崇虚中有实、实中有虚、隐隐约约、朦朦胧胧的含蓄美、曲折美。中国古典文学表情达意一般含蓄委婉，给读者以丰富的想象空间，让读者调动自己的生活经历、阅读体验去填补作者留下的空白。当读者领会到作者那没有说出来的话时，便从中获得了一种审美的愉悦，这就是含蓄的美。正所谓"言有尽而意无穷"，作为社会意识形态的重要组成部分，含蓄美具体表现在人们对文学作品的感受、欣赏和品评中。中国古人的审美意识大都被记录和保存在文学艺术作品之中，文学的内容、题材、形式、体裁、技法、技巧、风格、流派等等，都蕴藏着审美元素。除了文学作品的自我表征，中国古代文学理论也强调文学作品的含蓄之美。含蓄之美最早见于《周易》，"其称名也小，其取类也大，其旨远，其辞文，其言曲而中，其事肆而隐"[①]，道出了含蓄的意味。魏晋时期陆机要求作品有遗味和余味，把"味"和含蓄联系起来。刘勰在《隐秀》篇中说道："夫隐之为体，义生文外，秘响傍通，伏采潜发。"[②] 这里的"隐"就是含蓄，文外重旨为隐，即辞约而义富，把含蓄美的形式进一步明确化。钟嵘在《诗品序》中把含蓄看成赋兴的结果，提出的"兴"是

---

① 陶新华译《四书五经全译》，线装书局2016年版，第548页。
② （南朝）刘勰：《文心雕龙》（导读本），安徽师范大学出版社2018年版，第206页。

第四章 审美的抉择:"五四"新文学审美意识的现代改造

"文已尽而意有余"的观点成为含蓄的典型的概括。唐朝刘禹锡说"片言可以明百意,坐驰可以役万里",司空图竭力推崇"不著一字,尽得风流"的艺术美,要求作品通过有限的表现,来表达丰富的内容。宋代受"理"性哲学思潮的影响,加之欧阳修、苏轼等的提倡和发展,含蓄美成为至高的艺术境界。清代刘熙载提出"词也者,言已尽而意无穷也","词之妙莫妙于以不言言之,非不言也,寄言也"。①

文学理论的形成往往来源于文学实践,同时文学理论又会指导文学实践的进行,含蓄美观念从形成之日起就一直影响各类艺术的创作和审美活动,它作为一种审美模式,直接反映人们的审美要求。中国古典诗词善于比兴、用典,将梅、兰、菊、竹、柳、鸿雁、鹧鸪、杜鹃等自然意象赋予一定的象征意义,以求透于外而含于内的含蓄之美。古代文人一般不会直写眼前之景、胸中之意,而喜欢用典故、意象等方式来表达。胡适在《文学改良刍议》中指出古人以典状物抒情的写作方式。例如写客子思家,古人会以"王粲登楼""仲宣作赋"来表达;再如写送别,古人喜欢用"《阳关》三叠""一曲《渭城》"等语言来表达。② 王维的诗句"渭城朝雨浥轻尘,客舍青青柳色新",以柳树入诗乃是援引古人灞桥折柳送行的典故,而将"柳"意象纳入诗歌之中,即使未言折柳动作,也使得诗歌言有尽而意无穷。而晚唐的李商隐更是将意象、典故入诗发挥到淋漓尽致的地步。以其《锦瑟》为例:"锦瑟无端五十弦,一弦一柱思华年。庄生晓梦迷蝴蝶,望帝春心托杜鹃。沧海月明珠有泪,蓝田日暖玉生烟。此情可待成追忆,只

---

① 杜占明主编《中国古训辞典》,燕山出版社1992年版,第744页。
② 胡适:《文学改良刍议》,《新青年》第2卷第5号,1917年1月1日。

是当时已惘然。"① 此诗含蓄深沉，情真意长，感人至深。在诗作之中，李商隐援引古代庄生梦蝶、杜鹃啼血、沧海珠泪、良玉生烟等意象典故，采用比兴手法，运用联想与想象，以意象组合的蒙太奇方式创造朦胧含蓄的境界，传达其真挚浓烈而又幽约深曲的感情。后世很多文人崇尚李商隐的诗歌风格。学衡派的吴宓便自述其"好读李义山诗"，他的日记中也记载着"诗以多注则始佳，贵含蓄而忌直说"的诗学主张。②

当然中国古典文学并非只有含蓄一种取向，也有俗白取向。以唐代诗人为例，温庭筠、李商隐等是以含蓄见长的诗人，推崇"言有尽而意无穷"的文学审美，而以元稹、白居易等为代表的诗人则以俗白见长，推崇"妇孺皆懂"的文学审美。在"五四"文学革命中，古典文学的主流派——含蓄文学遭遇批判，而古典文学的另一流派——俗白文学则受到大力提倡。文学革命的旗手胡适所倡导的白话文学便是取元白一派作为白话新诗的前例，并以此高扬以"俗白"为取向的文学审美。中国近代文学之革新，酝酿于晚清，而鼓荡于"五四"。当文学内部的改良捉襟见肘、进退维谷之际，胡适首倡的白话文学革命使得文学转型的困顿之局茅塞顿开。胡适引入历史进化论的视角，将古典文学之"用典""对仗"等含蓄修辞方式统统纳入批判视野加以批斥，主张"有什么话，说什么话；话怎么说，便怎么写"③，并且断言"白话文学为中国文学之正宗，又为将来文学比用之利器"。《新青年》杂志主编陈独秀在胡适发起文学改良之机，举起"文学革命三大主

---

① 刘学锴、李翰编著《李商隐诗选评》，上海古籍出版社2018年版，第1页。
② 吴宓：《1914年6月27日》，载《吴宓日记》（I），生活·读书·新知三联书店1998年版，第368页。
③ 胡适：《建设的文学革命论》，《新青年》第4卷第4号，1918年4月。

义"的大旗为之助力，致力于推倒"雕琢的阿谀的贵族文学""陈腐的铺张的古典文学""迂晦的艰涩的山林文学"，建设"平易的抒情的国民文学""新鲜的立诚的写实文学""建设明了的通俗的社会文学"[1]，这三大主义从另一个角度阐释了从含蓄到俗白的文学审美主张。而章太炎古文派的大将钱玄同也配合陈胡二人，为文学的"俗白"审美伸张正义，他以杜甫"香稻啄余鹦鹉粒，碧梧栖老凤凰枝"等古典诗文的事例，批判古典文学对仗、用典的弊病，文法、修辞的不通。如此一来，文学革命之议，由胡适提倡于前，复由陈独秀、钱玄同等张目于后，逐渐形成星火燎原之势。章士钊的痛斥之言从一个侧面印证了他们贡献："今日之贤长者，图开文运，披沙拣金，百无所择，而惟白话文学是揭。如饮狂泉，胥是道也。"而跟随"以质救文"之白话文风的人皆"以适之为大帝，绩溪为上京"，"一味于胡氏《文存》中求文章义法，于《尝试集》中求诗歌律令……以致酿成今日的底他它吗呢吧咧之文变"。[2]章士钊虽然对从含蓄到俗白的文学审美革命持一种批判态度，但他的描写却道出了胡适白话文运动的社会影响。

二　从文学到思维："五四"思想启蒙的理路设计

检视"五四"时期从含蓄到俗白的审美取向变革，需要从"五四"思想启蒙的路径设计出发。在内忧外患夹击之下，中国的启蒙者们发现，亟须改造的还是国民性。在找到有效的

---

[1]　陈独秀：《文学革命论》，《新青年》第2卷第6号，1917年2月1日。
[2]　章士钊：《评新文化运动》，《新闻报》1923年8月21、22日。

政治途径之前，启蒙者们选择了以载道的文字为武器，发动思想的革命。晚清以降，既有人提倡文学改良，也有人提倡白话文，可见胡适等人所掀起的白话文学革命并非全新观点。但胡适自觉地将语言变革与思维变革、审美意识等结合起来，旨在从中国人意识深层掀起一场思想革命。苏珊·朗格认为："语言是理性思维的符号形式。"[①] 语言是一种世界观，语言的选择也是一种观念的选择，人们通过语言而有了对世界的态度、看法和观点。语言虽然并不创造世界，但是它揭示我们的世界，是我们遭遇世界的一种方式，在我们与世界以及人类之间的关系中，它是理解的普遍中介。洪堡特曾经指出："在形成思想的简单行为中，语言是不可或缺的；在人的精神生活中，自始至终也同样需要语言。通过语言进行的社会交往，使人赢得了从事活动的信心和热情。思维的力量需要有某种既与之类似又与之有别的对象：通过与之类似的对象，思维的力量受到了激励；而通过与之有别的对象，思维的力量得以验证自身内在创造的实质。"[②]

论及文学，有人认为它是附庸风雅的文字堆砌，有人认为它是茶余饭后的娱乐消遣。但在历史的关键时刻，文学有着左右人心的不可思议的力量。在"五四"文学革命中，启蒙先贤绝非将文学看作单纯的文学，而是将其赋予了价值重整的功能。语言是思维的工具，也是思想的载体。中国士人长期浸淫的文言文，既是工具性的语言，也是思想性的语言，具有思想体系性。作为一种语言体系，文言文同时也是一种思维方式和

---

① 〔美〕苏珊·朗格：《艺术问题》，滕守尧译，中国社会科学出版社1983年版，第119页。
② 〔德〕威廉·冯·洪堡特：《论人类语言结构的差异及对人类精神发展的影响》，姚小平译，商务印书馆1997年版，第66页。

第四章 审美的抉择:"五四"新文学审美意识的现代改造

世界观,在语言的推广使用中拥有了巨大的归化力量。从这个意义上说,在文言与白话之间,选取了哪种语言,也就意味着选取了哪种语言的思想。语言学家维特根斯坦曾经说:"我的语言的界限意味着我的世界的界限。"[1] 由此推之,人在语言内部反抗语言的力量是非常有限的。新青年派知识群体都深感古典文学世界的语言的笼统与含蓄造成了中国人思维方式的粗疏与落后,于是合力进行以白话代文言的文学革命,意图对从语言变革到思维变革再到包括审美意识在内的整个精神来一个思想换血。正是认识到此,他们才不遗余力地对古典文学进行批判,在胡适文论中不难寻到蛛丝马迹。胡适文学革命初期文论中,摆着一副就文学论文学的学者派头,仔细体味其中言语,却莫不是对国民性的批判。例如胡适在"文学革命八事"的通信中说:"凡人用典或用陈套语者,大抵皆因自己无才力,不能自铸伟辞,故用古典套语转一弯子,含糊过去,其避难趋易最可鄙薄。"[2] 不难看出,胡适对用典等文学修辞的批判,实际指向的正是作此种文学之人,批判他们"含糊""避难趋易"的毛病。与胡适相较,陈独秀直率得多,他批驳"雕琢的阿谀的贵族文学""陈腐的铺张的古典文学""迂晦的艰涩的山林文学",明确指出"此种文学,盖与吾阿谀、夸张、虚伪、迂阔之国民性,互为因果"。[3] 陈独秀深悟此"互为因果"必然导致中国的政治革命出现"虎头蛇尾"的结果。他说:"吾苟偷庸懦之国民,畏革命如蛇蝎。故政治界虽经三次革命,而黑暗未尝稍减,其原因之小部分,则为三次革命,皆虎头蛇

---

[1] 〔英〕维特根斯坦:《维特根斯坦说逻辑与语言》,〔加〕孔欣伟编译,华中科技大学出版社2017年版,第102页。
[2] 胡适:《通信》,《新青年》第2卷第2号,1916年10月1日。
[3] 陈独秀:《文学革命论》,《新青年》第2卷第6号,1917年2月1日。

尾，未能充分以鲜血洗净旧污；其大部分，则为盘踞吾人精神界根深蒂固之伦理、道德、文学、艺术诸端，莫不黑幕层张，垢污深积，并此虎头蛇尾之革命未有焉。此单独政治革命所以于吾之社会，不生若何变化，不收若何效果也。推其总因，乃在吾人疾革命，不知其为开发文明之利器故。"① 傅斯年认为："文学者，群类精神上之出产品，而表以文字者也。""以群类精神为总纲，而文学与政治、社会、风俗、学术等为其结果。文学既与政治、社会、风俗、学术等同探本于一源，则文学必与政治、社会、风俗、学术等交互只见有相联系之关系。""文学之用，在所以宣达心意。心意者，一人对于政治、风俗、社会、学术等一切心外景象所起之心识作用也。政治、风俗、社会、学术等一切心外景象俱随之变迁，则今日之心意，自不能与古人同。"② 基于这样的认识，启蒙先贤深味启蒙工程的艰巨繁杂，钱玄同开出"废除汉文"的药方，其致陈独秀的信也表达了这一见解："先生前此著论，力主推翻孔学，改革伦理，以为倘不从伦理问题根本解决，那就这块共和招牌一定挂不长久（约述尊著大意恕不列举原文）。玄同对于先生这个主张，认为救现在中国的唯一办法，然因此又想到一事：则欲废孔学，不可不先废汉文；欲驱除一般人之幼稚的野蛮的顽固的思想，尤不可不先废汉文。"在文中，钱玄同批判了时人提出的如改用罗马拼音文字等汉字改革路径，认为这些都是形式上的变迁，而非实质上的变革。由此，钱玄同大胆宣言："欲使中国不亡，欲使中国民族为二十世纪文明之民族，必以废孔学，灭道教为根本之解决，而废记载孔门学说及道教妖言

---

① 陈独秀：《文学革命论》，《新青年》第2卷第6号，1917年2月1日。
② 傅斯年：《文学革新申义》，《新青年》第4卷第1号，1918年1月15日。

第四章 审美的抉择:"五四"新文学审美意识的现代改造

之汉文,尤为根本解决之根本解决。"① 任鸿隽对钱玄同等人废灭汉文的主张以"杀人"相取笑。当然,杀人是不可能的,废灭汉文也不是轻轻松松可以完成的,但文学革命将中国人审美从含蓄委婉转向直白却是实实在在的。

中国古代的诗文上都忌讳直露、浅白,讲究的是隐约朦胧,崇尚的是含蓄不尽,用比兴、用典来表达内心,以求透于外而含于内。而胡适等倡导的新文学要求文学语言尤其是诗歌语言既"白"且"信",这在很大程度上是剥夺文学语言的"美"。要知道,语言"信"与"美"是不可通约的两面。胡适说:"吾所谓'用典'者,谓文人词客不能自己铸词造句以写眼前之景、胸中之意,故借用或不全切、或全不切之故事陈言以代之,以图含混过去,是谓'用典'。""明明是客子思家,他们须说'王粲登楼''仲宣作赋';明明是送别,他们却须说'《阳关》三叠''一曲《渭城》'","古人灞桥折柳以送行者,本是一种特别土风,阳关、渭城亦皆实有所指。今之懒人不能状别离之情。于是虽身在滇越,亦言灞桥;虽不解阳关、渭城为何物,亦皆言阳关三叠、渭城离歌。又如张翰因秋风起而思故乡之莼羹鲈脍,今则虽非吴人不知莼鲈为何味者,亦言皆自称有'莼鲈之思',此则不仅懒不可救,直是自欺欺人耳"。② 胡适认为这种"有了意思,却须把这意思翻成几千年前的典故""有了感情,却须把这感情译为几千年前的文言"的做法,产生不了活文学。"凡人用典或用陈套语者,大抵皆因自己无才力,不能自铸新辞,故用古典套语转一弯子,

---

① 钱玄同:《钱玄同文集》第1卷,中国人民大学出版社1999年版,第166-167页。
② 胡适:《文学改良刍议》,《新青年》第2卷第5号,1917年1月1日。

含糊过去。其避难趋易最可鄙薄。"① 以此种工具理性的思维观照文学修辞,自然关注的只是修辞对表达清晰性的影响,关注的只是语义的"通"与"不通",而无法欣赏到"香稻啄余鹦鹉粒,碧梧栖老凤凰枝"遣词造句的精妙。

三 从内敛到外扬:国人"情感结构"的转换

借助今天的学界判断,"五四"时期文白语言的演变尽管容纳了明确的启蒙意识,但说到底是一种文学权力规则之间的话语斗争。在这场话语与权力的斗争中,白话战胜了文言,新文学战胜了古典文学,同时也完成了从西方"直白"文化对东方"含蓄"文化的审美意识改造。正是这个审美意识改造,逐渐改变了现代中国民族的情感结构。雷蒙·威廉斯创造了"情感结构"这个术语,将其作为分析艺术表达与社会变迁关系的工具。有学者指出雷蒙·威廉斯创造的"情感结构"比"意识形态"更能贴切地把握时代的动态。这个术语"在它'沉淀'和被给予固定的形式前,更好地捕捉到了正在进行中的,或者不断变化的生活体验的社会意识"。② 中国的含蓄美是社会道德规范下的伦理美,早在孔孟时代,"美"已经与"善"等德性维度联系,反映了传统宗法制社会对群体内部情感维系的特定要求,具有社会功利的意义。正如当代学者指出的:"情感文化就是社会文化,其中包括与社会制度相耦合的人的情感态度、价值取向、情感行动等,属于社会结构的感性

---

① 胡适:《通信》,《新青年》第2卷第2号,1916年10月1日。
② 林郁沁:《施剑翘复仇案:民国时期公众同情的兴起与影响》,江苏人民出版社2011年版,第26页。

第四章 审美的抉择:"五四"新文学审美意识的现代改造

力量。"① 以温婉含蓄为尚的审美观念渐渐积淀成一种集体无意识,影响着几千年来中国文人的文艺创作,也塑造着几千年来整体中国人的情感结构。梁漱溟说:"儒家极重礼乐仪文,盖谓能从外而内以诱发涵养乎情感也。必情感敦厚深醇,有发行,有节蓄,喜怒哀乐不失中和,而后人生意味绵永乃自然稳定。"② 对文艺心理学研究有素的美学家宗白华曾经指出:"中国人的个人人格,社会组织以及日用器皿,都希望能在美的形式中,作为形而上的宇宙秩序,与宇宙生命的表征。这是中国人的文化意识,也是中国艺术境界的最后根据……中国人感到宇宙全体是大生命的流行,其本身就是节奏与和谐。人类社会里的礼和乐,都是反射着天地的节奏与和谐。一切艺术境界都根基于此。"③ 这就是由儒学所建造的中国文化心理的重要特征之一。这种文化心理有表层、深层之分:"所谓儒家的'表层'的结构,指的便是孔门学说和自秦汉以来的儒家政教体系、典章制度、伦理纲常、生活秩序、意识形态等等。它表现为社会文化现象,基本是一种理性形态的价值结构或知识/权力系统。""所谓'深层'结构,则是'百姓用而不知'的生活态度、思想定势、情感取向;它并不能纯是理性的,而毋宁是一种包含着情绪、欲望,却与理性相交绕纠缠的复合物,是欲望、情感与理性(理智)处在某种结构的复杂关系中。它不止是由理性、理智去控制、主宰、引导、支配情欲,如希腊哲学所主张;而更重要的是所谓'理'中有'情','情'中

---

① 郭景萍:《情感社会学:理论·历史·现实》,上海三联书店2008年版,第58页。
② 梁漱溟:《东方学术概观》,江苏文艺出版社2008年版,第100页。
③ 宗白华:《艺术与中国社会》,载《宗白华全集》第2卷,安徽教育出版社1994年版,第415~416页。

有'理'及理性、理智与情感的交融、贯通、统一。"①

值得玩味的是，尊崇"发乎情，止乎礼"之温柔敦厚的中国人，经过"五四"知识人的批判性检视，转而沦为"情感薄弱的民族"。傅斯年在《白话文学与心理的改革》中如是说："单说思想革命，似乎不如说心理改换，因为思想之外，还有情感，思想的革命之外，还有情感的发展。合情感与思想，文学的内心才有所凭托，所以泛称心理改换，较为普遍了……中国人是个情感薄弱的民族，所以自古以来很少有伟大的文学出产。现在希望一种有价值的新文学发生，自必发挥我们大家的人的情感……"② 傅斯年的这种观念，虽针对文学而发，但对于从事启蒙运动的"五四"知识人而言，毋宁说是一种共同的思想诊断。在中文语境中，"思想"与"情感"经常是并列而行的，在社会改造过程中，"五四"启蒙先贤也特别注重以文艺审美的变革来对中国人的情感结构进行改造。对于启蒙者来说，用理性说理的方式来启蒙中国人需要漫长的过程，而情感动员则是倚马可待的有效手段。

情感是人对客观事物态度的一种反映，是人对客观事物是否符合自我需要而产生的心态体验。自理论言之，不同特性的主体有着不同的情感需要，选择不同的情感对象和手段，从而形成不同的情感方式。但"五四"文学革命中自含蓄到直白的语言革命也将中国人的情感结构改变了。在白话文运动的影响下，"五四"新文学实践一洗古典文学的含蓄温婉之风，开始直白的抒情。例如汪静之的新诗《过伊门前》："我冒犯了人们的指摘，一步一回头地瞟我意中人，我怎样欣慰而胆寒

---

① 李泽厚：《波斋新说》，香港天地图书公司1999年版，第177~178页。
② 《傅斯年选集》，天津人民出版社1996年版，第45页。

第四章 审美的抉择:"五四"新文学审美意识的现代改造

呵。"在诗中,汪静之的书写一扫旧诗词"发乎情,止乎礼"的传统感情,直接而大胆地倾诉自己爱的心声,毫无顾忌地表现自我,抒发内心最真切的情感,热烈表达他对爱人的恋慕和渴望。这首诗刚一刊布便遭胡梦华等人撰文批评,指责其诗歌浅薄堕落、有意挑拨人们的肉欲、是自己兽性冲动之表现等。但"五四"新文学派皆伸出援手。胡适说:"他(汪静之)的诗有时未免有些稚气,然而稚气究竟远胜于暮气;他的诗有时未免太露,然而太露究竟远胜于晦涩。况且稚气总是充满着一种新鲜风味,往往有我们自命'老气'的人万想不到的新鲜风味。"宗白华说:"在这个老气深沉,悲哀弥漫,压在数千年重担下的中国社会里,竟然有个二十岁天真的青年,放情高唱少年天真的情感。没有丝毫的假饰,没有丝毫的顾忌。颂扬光明,颂扬恋爱,颂扬快乐。使我这个数千里外的旅客,也鼓舞起来,高唱起来,感谢他给予我的快乐。"汪静之以真切率直的抒情表白方式写诗,像一颗小石投入湖中,激起层层涟漪。而来自创造社的郭沫若一出手更是掀起了狂风巨浪,他在诗作《天狗》中以"天狗"自居,喊出了吞月、吞日、吞一切星球的话语:"我是一条天狗呀!我把月来吞了,我把日来吞了,我把一切的星球来吞了,我把全宇宙来吞了。我便是我了!"[1] 这种抒情风格改变了"温柔敦厚"的儒家诗风,打破了古老的思想感情的束缚,为整个新诗坛注入了一股自由狂飙之风。以至于后辈新诗人臧克家也不得不承认:"新诗在表现时代与现实生活方面,容量大,开拓力强,但失之散漫,不耐咀嚼。古典诗歌,精美含蕴,字少而味多"。[2] 诗歌如此,小

---

[1] 郭沫若:《天狗》,《时事新报·学灯》1920年7月。
[2] 转引自吕进《文化转型中国新诗》,重庆出版社2000年版,第438页。

说创作也开启了直白书写的风潮。例如郁达夫在《沉沦》中以自身为蓝本,以路遇—自戕—窥浴—野合—宿妓为叙事脉络,大胆直白地讲述自己的性苦闷以及由此引发的对国家弱小的悲哀。该作品出版后立即震撼了文坛。而丁玲在《莎菲女士的日记》中以"郁达夫式"的大胆和坦率,刻画了一个追求灵与肉统一的爱情却又陷入失望和痛苦中的女性形象,以其性爱表现的真挚与大胆震动当时的文坛。

小 结

文学与情感有着十分紧密且微妙的关系,文学既是作者抒发喜怒哀乐等各种情感的方式,也会将读者带向恐惧、悲痛、愤怒、欢喜和雀跃。在"五四"文学革命的影响之下,中国文学从崇尚含蓄表达到标举直白书写,塑造了不同的情感方式,直接影响着书写主体对客观现实的评价,也影响着社会文化和心理结构的演变。古代中国用温柔敦厚的文学理念培养了一代又一代的文人雅士,形成了含蓄温婉的社会性格和温柔敦厚的文化类型。经过"五四"文学革命,新的一代在直白书写的新文学中也会养成自己的情感结构,然而,他们以种种不同的审美方式来体验整体的文学审美和社会生活,会形成情感结构的革命性转型,并进入一种新的情感结构之中。

第五章　书写的差异：文白之争中的"经济"问题

"五四"文学革命一起，吹皱一池春水，霎时间文界论战频发、舆论四起。面对反对阵营的质疑与驳论，主张白话文学的新青年派围绕文学革命"狠打了几次大仗"①，此中便包括举世瞩目的"文白之争"。"文白之争"作为文学革命的重头戏，自然成为当时文界论战关注的焦点，而关于文言与白话孰优孰劣的讨论有诸多的考量维度，事后学界也涌现出很多研究文章。有的从媒介学角度指出以白话代文言的文学革命适应了印刷媒介的转型②，有的从批评策略角度梳理了文白之争中使用的话语技巧与遗留问题③，有的从文言白话的语言断裂来审思文白之争中的武断、偏执、自负问题④。本研究也从民主意识、科学主义、唯新主义、审美观念等角度对以白话代文言的文学革命进行了梳理探讨，本章拟在前人研究基础上，撷取

---

① 鲁迅：《朝花夕拾》，江苏凤凰文艺出版社2018年版，第223页。
② 汤文辉、黄斌：《印刷术与文、白之争——白话文运动的媒介学分析》，《浙江学刊》2007年第4期。
③ 周海波：《文白之争与五四文学的批评策略》，《东方论坛·青岛大学学报》1997年第2期。
④ 张宝明：《"文白不争"引发的历史悲情——从文化社会学的视角看现代性的两副面孔》，《学术界》2005年第2期。

"经济"这一关键词来观测文言与白话的正当性斗争,希望借此能客观认识并评价文言与白话的斗争,梳理"文白之争"背后的思想理路。

一 语言的"经济":文言与白话正当性争夺的关键词

文学革命的重要任务是推翻文言的统治,树立白话文学书写语言的正当性。正当性本是一个政治哲学词,它是指在经验和理性两个维度上寻求最高的"合法性",就经验层面而言,正当性表现为得到社会的普遍认同和尊重;就理性层面而言,正当性是经过道德哲学论证而取得的合理性。[①] 这里援引"正当性"来阐释白话、文言两个阵营的知识分子如何为自己所支持的书写语言进行论证和伸张的问题。阅读文学革命的论战文章,其中充斥着白话与文言文学语言正当性的争夺问题。

(一)"文白之争"中的"经济"争论

作为文学革命的首倡旗手,胡适在为倡导白话文学著文作论时最先提及语言文学的"经济"一词。1918年5月15日,胡适在《新青年》第4卷第5号发表《论短篇小说》一文。在该文中,他引用斯宾塞的话来为其白话文学主张辅助论证:"斯宾塞说,论文章的方法,千言万语,只是'经济'一件事。""文学自身的进步,与文学的'经济'有密切关系。文学越进步,自然越讲求'经济'的方法。"以此为标准,胡适

---

① 邓济乾:《解析"合法性":"元立点"的探寻》,《甘肃理论学刊》2010年第3期。

第五章 书写的差异：文白之争中的"经济"问题

认为"把所挑出的'最精彩的一段'作主体"的"短篇小说"才是"最经济的"，而只会记"某时到某地遇某人，作某事"的文言小说《聊斋》和只会做那无穷无极的《九尾龟》之类的文学都是"不经济"的文学。① 后来吴宓在《学衡》发表《论今日文学创作之正法》对胡适以"经济"立论的"短篇小说"加以批评："编著小说杂志者，为迎合此大多数人之心理，而广销路其见，遂专作为短篇小说。盖短篇小说可于十分钟十五分钟内读毕一篇，而其中人物极少，情事极简单，易于领会，且稿费印工较少，故杂志之定价亦可较廉，而凭广告以博巨资也。此短篇小说之所以盛也。"②

1919年3月15日，《东方杂志》刊出了胡先骕的《中国文学改良论》，该文对文学革命以白话代文言提出批评，认为"用白话以叙说高深之理想，最难剀切简明，今试用白话以译Bergson之创制天演论，必致不能达意而后已。若欲参入抽象之名词，典雅之字句，则又不为纯粹之白话矣，又何必不用简易之文言，而必以驳杂不纯口语代之乎？"③ 针对胡先骕对"白话难易表达高深之思想"的批评，时为北京大学学生的罗家伦代师出征，撰文予以批驳，指出文言文看似"简易"，其实很不"经济"："表白各种思想，白话更是容易明白。请问胡君得到一个新思想的时候，还是先有白话的意思呢？还是先有文言的意思呢？我想无论什么人都不敢说，他一有思想，就成文言。若是先有白话的意思，则表白的时候，自己翻成文言，令读者了解的时候，又翻成白话，无论几次翻过，真意全

---

① 胡适：《论短篇小说》，《新青年》第4卷第5号，1918年5月15日。
② 吴宓：《论今日文学创作之正法》，《学衡》第15期，1923年3月。
③ 胡先骕：《中国文学改良论》，《东方杂志》第16卷第3期，1919年3月15日。

失，就是对于时间同精力也太不经济了。"①

1919年6月，在《新青年》第6卷第6号上有一则名叫陈懋治的读者的来信，信中比较直接地探讨"白话不经济"问题。后面载有胡适和钱玄同的回信，比较集中地讨论了文言和白话之间的经济问题。陈懋治早年就读于盛宣怀所创之交通大学，此时任职教育部，致力于国语研究和推广工作。他尝试把同音异意的复音词（例如"工厂"和"公娼"、"美洲评论"和"每周评论"）扩充以避免歧义，他把"工厂"改作"制造厂"，"公娼"改作"公设的娼妓"，把"美洲评论"改作"亚美利加洲的批评"，把"每周评论"改作"每星期的评论"。但如此一来，字数多一点，似乎稍微累赘。推衍及文，社会上对白话出现诸多质疑之声："用白话作文，固然好；但是字数不得不多，那就不能不多费时间和纸张，似乎有点不经济。"胡适回信说：文言不是真经济，而是"偷懒"；白话有一种根本的经济，乃是"教育的经济"。钱玄同回信说，白话文"多用复音词"，"意义正确明显"，阅读起来不费力，才是真的"经济"。②

新青年派"文白之争"的"经济"论述，也影响到了学衡派的文学理论阐释。尽管学衡派的梅光迪曾经痛斥新青年派所说的文言书写的"不经济"乃是"欺人之谈"。但梅光迪的同壕战友吴芳吉则开始使用"经济"一词来为文学定法则了。吴芳吉说："文章与言语虽为一道，而实异体。以思想传达于笔端，究比传达于口头者为难。言不必有秩序，文必有秩序

---

① 罗家伦：《驳胡先骕君的"中国文学改良论"》，《新潮》第1卷第5号，1919年5月。
② 陈懋治、胡适、钱玄同：《同音字之当改与白话文之经济》，《新青年》第6卷第6号，1919年11月1日。

也。言不必选择，文必选择也；言不必尚经济，文必要经济也。"①"文学之中，则无文言与白话之别。既为文学，则所选用文字，一必要明净，二必要畅达，三必要正确，四必要适当，五必要经济，六必要普通，欲定文学形式上之死活，必要合此标准。"②

（二）"耗费少而收益多"：经济的含义

关于"经济"一词的含义，在中华传统文化中，其本来是"经世济民""经国济物"的缩写形式，有"经邦""经国"和"济世""济民"等含义，渗透着"治国平天下"的儒家思想。"经世济民"的"经济"一词多指人的思想抱负和精神信条，不过曾国藩也曾将"经济"列为为学为文之准则。曾国藩继承桐城派的衣钵，并在义理、考据、辞章的桐城文法三则之外增加了"经济"一条，以经济充实义理，解决了桐城文章空疏的弊病，造就了桐城文派中兴的局面。曾氏将"义理、考据、辞章、经济"与孔子的德行、文学、言语、政事四科相比附加以阐释："义理者，在孔门为德行之科，今世目为宋学者也。考据者，在孔门为文学之科，今世自为汉学者也。辞章者，在孔门为言语之科，古艺文及今世制义诗赋皆是也。经济者，在孔门为政事之科，前代典礼政书及当代掌故皆是也。"③曾氏将"经济"与"政事"相勾连加以阐释说明，虽有创新，但依然无法绕过"经世济民"之意，其本意在于劝导士林群体撰文不要单讲儒家义理造就空头文章，而要脚踏

---

① 吴芳吉：《再论吾人眼中之新旧文学观》，《学衡》第21期，1923年9月。
② 吴芳吉：《论吾人眼中之新旧文学观》，《湘君》季刊第1号，1923年7月。
③ 朱东安选注《帷幄辞章 曾国藩文选》，百花文艺出版社2002年版，第303页。

实地，结合时势政事以求文章达到经世济民的效果。当然，以上是对"经济"一词的古典阐释。至于现代，"经济"一词实为中国仁人志士转译日本译词的"跨语际实践"之成果。清朝末期，日本人掀起"脱亚入欧"的思潮，大量翻译西方书籍，译介西方思想，其中便将"Economics"一词译为"经济"，最早可见于1862年出版的《日英对译袖珍辞典》。晚清，留学、流亡日本的仁人志士开始致力于以日本为桥梁向中国引介西方文化思想。当然，中国人最早将"Economics"译为"富国策""生计""理财学"等词。梁启超在1902年发表的《论自由》一文中将该词译为"生计"时还专门注明"即日本所谓经济"。自此以后，"经济"一词开始在中国推广使用，成为现代汉语中的"经济"一词的重要使用含义。

查阅汉语各类词典，我们会发现"经济"一词下面有许多解释。例如《辞海》便有以下六种解释。其一，经世济民；治理国家。其二，社会生产关系的总和。其三，经济活动，包括产品的生产、分配、交换或消费等活动。其四，一个国家国民经济的总称，或指国民经济的各部门。其五，指家庭或个人的生活用度。其六，用较少的人力、物力、时间获得较大的成果。[1] 撇开语源的差异，现在人们对"经济"普遍达成了意义上的认同，即如何在各种可能的选择中，在各种主观与客观、自然与人际条件的制约下，选取代价最小而收效最大的那种选择。本部分使用"经济"一词的第六个解释。例如鲁迅在《致李霁野》中写道："倘暂时在北京设一分发处（一个人，

---

[1] 参见辞海编辑委员会《辞海》第六版索引本，上海辞书出版社2010年版，第949页。

一间屋）……就可以经济得多了。"① 开始是指在金钱上的"经济"，后来引申为语言的"经济"。例如朱自清在《历史在战斗中》说："著者是个诗人，能够经济他的语言，所以差不多每句话都有分量。"② 简言之，"经济"就是如何以最小的代价取得最大的效果。本章倘若不加特殊说明，"经济"一词都是在这个意义上使用的。选择"耗费少而收益多"这个含义，我们能够很清楚地理解"五四"白话之争的问题是语言是否便捷省力。虽然"白话"与"文言"哪个便捷省力看起来一目了然，但深入分析起来却有着复杂的面向。在现实的语言实践中，人们会用文字书写和思考问题，而语言书写和语言思考中的"经济"问题却有着不同的考量标准，由此我们也可以通过当事人的争论对此进行了解。

二 书写的"经济"：文言和白话的书写费力程度

文言与白话之间的经济问题表现在语言学习的难易、语言应用的繁简上。在中国古代，语言书写技能一直掌握在少数人手中，一方面底层民众忙于生计无财力、精力学习文章书写技能，另一方面繁体字、文言文等语言要素阻碍着更多的人掌握学习书写能力。而这也是"五四"启蒙先贤把新文化运动聚焦在"以白话代文言"的文学革命上的原因。下面我们将从文白之争中语言书写的难与易、篇章的简与繁两个方面进行梳理，以剖析文白之争中的"经济"问题。

---

① 李新宇、周海婴主编《鲁迅大全集》第5卷，长江文艺出版社2011年版，第75页。
② 朱自清：《朱自清书评集》，古吴轩出版社2018年版，第135页。

重访"五四":在语义与场域之间

(一) 书写的难与易

"五四"先贤认为文言比较费力难学,而白话则易学易写。这个问题晚清文学改良运动中已经提及。例如黄遵宪就曾提出"言文合一"使"通文者多"的观点:"泰西论者,谓五部洲中以中国文字为最古,学中国文字为最难,亦谓语言文字之不相合也。""盖语言与文字离,则通文者少;语言与文字合,则通文者多。"因此,他呼吁创造一种"明白晓畅,务期达意","适用于今,通行于俗",使"天下之农工商贾,妇女幼稚皆能通文字之用"的新文体。① 《留美学生季报》上有篇关于文字改良的文章《文言改良浅说》,开宗明义,"近日国事危急,教育普及之重要,人人能言之。然以吾国文字之艰难,虽全国童男女,皆入学校,其能于数年之后,阅报读书,作普通书信文件,是未可必也"。② 胡适在美国留学期间,也曾经写过一篇名曰《如何可使吾国文言易于教授》的文章。文章如是说:中国语言的问题的中心,在于"汉文究可为传授教育之利器否";中国语言文字的不易普及,在于教授方法之不得法。在旧的教学方法之弊端中,胡适提出古文是半死的文字,白话是活的文字;文言文是死的语言,白话文才是活的语言。教授死文字,需要像教外国文一样,用翻译之法,"译死语为活语"。③ 至"五四"文学革命之际,启蒙先贤依旧阐述"中国90%的人都不识字,'因为中国的文言太难学了'"

---

① 黄遵宪:《日本国志·学术志二》,载陈铮编《黄遵宪全集》下,中华书局2005年版,第1420页。
② 易鼎新:《文言改良浅说》,《留美学生季报》第2卷3第号,第23页。
③ 胡适著,曹伯言整理《胡适日记全编》(2),安徽教育出版社2001年版,第259~260页。

第五章 书写的差异：文白之争中的"经济"问题

的观点。① 当然，他们批判的矛头已经有所偏移，不再纠缠于简单地从言文分离来为文言难学立论，而开始在古代文言书写自身的模式化方面进行批判。中国古代文学喜欢以典故入诗，这样才能造就言简意丰的效果。古人在口头表达和书面表达中都特别喜欢引经据典。刘勰的《文心雕龙》中特别开辟了"征圣""宗经"的章节探讨古人如何引用典故。但动辄引用典故进行表达也会提高文学书写的难度。如果写客子思家，需要用"王粲登楼""仲宣作赋"等来表达；如果写送别的场景，需要用"《阳关》三叠""一曲《渭城》"等来表达。这种文言文的书写方式需要阅读很多书籍，了解很多典故，而且能够灵活使用以表达今日的意义，因此无形中提高了书写难度，提高了文学创作的准入标准。

在论证文言书写的"不经济"的同时，倡导白话文学的新青年派也提出白话语言简单易学的"经济"观点。"有什么话，说什么话；话怎么说，便怎么写"，这是胡适在《建设的文学革命论》中提出来的白话写作的方法。他也以此来论证白话文简单易学。傅斯年也为白话文的书写伸张正义："白话文学的介壳，就是那些'什么'、'那个'、'月亮'、'太阳'的字眼儿，连在一起的，就是口里的话写在纸上的。这个的前途定然发展的很宽，成功的很速。"② 胡适还以自己小侄子学习白话书写的例子来证明："我有一个侄儿，今年才十五岁，一向在徽州不曾出过门。今年他用白话写信来，居然写得极好。我们徽州话和官话差得很远，我的侄儿不过看了一些白话

---

① 辜鸿铭：《归国留学生与文学革命——读写能力和教育（1919）》，载《辜鸿铭国学要义》，当代世界出版社2017年版，第60页。
② 傅斯年：《白话文学与心理的改革》，《新潮》第1卷第5号，1919年5月1日。

小说，便会作白话文字了。"① 当然，坚持文言书写的人并不同意白话文学派的主张。在他们看来，白话是否简单易学，看似是一个简单的问题，但需要区分对谁而言。对小朋友而言，学习白话应该容易学习掌握，但对于已经熟悉文言的人来说学习白话并非轻而易举之事。那些自幼接受传统的文言教育的文人，对于胡适所言的文言书写"不经济"的观点尤为恼火，认为"做白话很不容易，不如做文言的省力"。② 对于这个问题，其实胡适在劝勉同壕战友使用白话文书写时也曾透露，掌握白话需要"下一些狠劲""用点苦工夫"等："我们从小到如今，都是用文言作文，养成了一种文言的习惯，所以虽是活人，只会作死人的文字。若不下一些狠劲，若不用点苦工夫，决不能使用白话圆转如意。"③ 胡适的白话诗创作是难是易，我们现在不敢妄言，但当时有人曾经书写宝塔诗戏弄胡适，讽刺其痴迷做白话诗，而且做得特别慢："痴！适之！勿读书，香烟一支！单做白话诗！说时快，做时迟，一做就是三小时！"而当然胡适也不甘示弱，做了一首宝塔诗回赠，以反驳白话作诗慢的观点："咦！希奇！胡格哩，勿要我做诗！这话不须提。我做诗快得希，从来不用三小时。提起笔，何用费心思？笔尖儿嗤嗤嗤嗤地飞，也不管宝塔诗有几层儿！"④ 尽管有质疑有反驳，但这些诗歌为我们留下了白话文学创作并非易事的点滴

---

① 胡适：《建设的文学革命论》，《新青年》第 4 卷第 4 号，1918 年 4 月 15 日。
② 胡适：《建设的文学革命论》，《新青年》第 4 卷第 4 号，1918 年 4 月 15 日。
③ 胡适：《建设的文学革命论》，《新青年》第 4 卷第 4 号，1918 年 4 月 15 日。
④ 胡适：《打油诗一束：胡适日记（十月廿三日）》，《胡适留学日记全集》第 15 册。

第五章 书写的差异：文白之争中的"经济"问题

证据。

(二) 篇章的简与繁

对于文言文学不经济、白话文学经济的观点，质疑反对之声并非集中在语言学习的难易方面，而是聚焦在语言篇章的简与繁的问题上。刘师培早在1904年倡导白话书写时就曾讨论过文白的简繁问题："凡文言一句，演为白话，必在三句以上，故论者每病其词繁而旨俭。"[①] 以文言文学与白话文学相较，其实不难看出文言有着"凝练""言简义丰"的优势。胡适曾说："凡文言之所长，白话皆有之。而白话之所长，则文言未必能及之。"[②]客观而言，胡适"王婆卖瓜自卖自夸"的言论并非客观公正。坊间广为流传的黄侃与胡适的故事也反映了文言与白话的简繁问题。黄侃在讲课中赞美文言文的高明，举例说："如胡适的太太死了，他的家人电报必云：'你的太太死了！赶快回来啊！'长达11字。而用文言则仅需'妻丧速归'4字即可，仅电报费就可省三分之二。"后来在课堂上，有学生以黄侃关于文言文电报省钱的论点向胡适提问，讨论白话文语言不简洁，打电报用字多、花钱多的问题。胡适说："不一定。要不我们做个试验。前几天，行政院有位朋友给我发信，邀我去做行政院秘书，我不愿从政，便发电报拒绝了。如果用文言发电报一般会写：'才学疏浅，恐难胜任，恕不从命。'而用白话文五个字即可概括表达：'干不了，谢谢。'"由此胡适得出结论："语言的简练，并不在于是用白话文，还

---

① 刘师培：《论白话报与中国前途之关系》，《警钟日报》1904年4月26日。
② 胡适：《逼上梁山》，载《胡适文集》第1卷，北京大学出版社1998年版，第150页。

是用文言文，只要用字恰当，白话也能做到比文言文更简练。"①阅读这则故事，我们可以看出在篇章字数的繁简问题上文言与白话好像各有千秋。当然，其时白话电报是极少见的，电报完全摒弃文言也是不可能的。1934年1月，胡适撰写《报纸文字应该完全用白话》时曾指出："这时候全用白话办日报，的确还有不少的困难：第一是用白话打电报，字数比文言多，电报费太重。第二是用白话记载新闻，字数也比文言多，占篇幅太多。"②

20世纪40年代，有记者问时任北京大学校长的胡适："胡校长在美国当大使时，听说发回的电报全是文言的，这是为什么？"记者的提问让一直坚持白话简练经济的胡适有点难堪。好在胡适面对镜头大方承认，文言可作为白话的缩写，在中国语言文学中处于特殊地位。同时他还不无幽默地说："那是特殊情况，我在美国当大使时，光打电报就为政府省下很多美金啊！"③

两则故事中，第一个故事真实性存疑，第二个故事则是1947年的《新民报》上的新闻报道。

撇开这些坊间传播、媒体报道的八卦故事，我们回到文学革命论争现场去找寻丝马迹。钱玄同在篇章字数的繁简角度剖析过文言白话的经济问题。钱玄同是主张文学革命的得力干将，他最早源自章太炎门下，学习古文字、古文学，到"五四"之时陡然一转，开始支持以白话代文言的文学革命来。

---

① 刘继兴：《另类故史 谈资时代的历史爆料》，百花文艺出版社2013年版，第260页。
② 胡适：《报纸文字应该完全用白话》，载《胡适全集》第20卷，安徽教育出版社2003年版，第448页。
③ 贺家宝：《北大红楼忆旧》，大众文艺出版社2007年版，第21页。

他对文言与白话都有着较为深刻的书写阅读体验，因此他能比较客观辩证地分析文言与白话的经济问题。钱玄同承认现代白话在字数篇章上比文言书写要多要长。他说："我个人的意思，无非是说：愈分晰，愈精密，愈朗畅的文章，字数一定是愈多的……比到旧日的古文，他俩的字数，必至成了五与三的比例，——或者竟至加了一倍，——一般人觉得本来只要写三百个字就完事的，现在要写到五百个字才算完事，于是就说，'这是不经济'。"① 其实，这种简繁之变乃是顺应进化论的。中国古代书写媒介简陋，大都采取镂于金石、琢于盘盂、书于竹帛的方式，而且古书金石、竹帛，篇卷繁重，因此中国古代文人在书字行文、谋篇布局之时都不得不力求简练。而随着时代发展，书写媒介也由笨重的竹帛发展为轻捷的纸张，因此现代文人已经无须再坚守古代文人书写简练的传统。正如刘师培所指出的"今之文言，本袭古体，天演之例由简而繁"②。

三 思想的"经济"：文言与白话的翻译转换

除了书写的"经济"问题，思想的"经济"也是自文言到白话的文学变革正当性的重要论据。语言与思维有着千丝万缕的联系，有人甚至直接认为语言本身就是一种思维过程。由此推之，书写的经济问题也一定会牵涉思想的经济问题。本节通过阅读文献，从"表意的显与隐""翻译的有与无"两部分展开讨论。

---

① 钱玄同：《文学革新杂谈》，《北京高等师范学校周刊》第70期，1919年5月20日。
② 刘师培：《论白话报与中国前途之关系》，《警钟日报》1904年4月26日。

(一) 表意的显与隐

既然白话相较文言在字数篇章上显得"不经济",那么文学革命倡导白话书写用意何在呢?原来,他们所极力打造的现代白话强调语法,重视语言表情达意的严谨度、精细度和通畅度。钱玄同指出"字简就是经济"不过是"似是而非的话"。① 古代书写工具不发达,文人也因陋就简,形成文言写作的传统,这在当时有其合理性,虽有言简义丰的优点,但也存在模糊、笼统的缺点。钱玄同以《左传》中"惠公元妃孟子"一句为例来谈古文言的文法缺失。我们认真分析不难发现,该句连写三个名词,中间没有虚字虚词相连接,实在无法确定它在表达何种意义。随着语言的发展,介词、连词等虚词开始加入,如果说用汉唐以来的文章语言来写则应为"惠公之元妃曰孟子",加了"之""曰"两个字,就比《左传》原文明白清晰。如果说改为现在的白话文,其可以写作"惠公的元妃叫做孟子",或再明白些可以写作"惠公的第一个夫人叫做孟子"。② 拿白话文与《左传》中的文字相比,我们无法做出"简易"的文言更经济的判断。这也是胡适说出以下这段话的原因。他说,做文言的文"要忍受意义不正确的不经济""忍受文法不精密、不完全的不经济""忍受听者读者误解误听的不经济"。③ 其实,文言语法不精密是发起文学革命的启蒙先贤的共识,例如鲁迅就曾明确地指出:"中国的文和话,法子

---

① 陈懋治、胡适、钱玄同:《同音字之当改与白话文之经济》,《新青年》第6卷第6号,1919年11月1日。
② 陈懋治、胡适、钱玄同:《同音字之当改与白话文之经济》,《新青年》第6卷第6号,1919年11月1日。
③ 陈懋治、胡适、钱玄同:《同音字之当改与白话文之经济》,《新青年》第6卷第6号,1919年11月1日。

第五章 书写的差异：文白之争中的"经济"问题

实在太不精密了，作文的秘诀，是在避去熟字，删掉虚字，就是好文章，讲话的时候，也时时要辞不达意，这就是话不够用。"①

中国古文写作求简练、求新奇，因此造成"辞不达意"的问题，胡适、鲁迅、钱玄同等人的判断是有道理的，但问题是我们如何补救古文的不精密，让语言明白晓畅呢？"五四"文学革命的先贤所想的对策就是用白话代文言，胡适、鲁迅、傅斯年都强调要用欧化文法来补充改造中国的白话语言。对此钱玄同持完全赞同的态度，并且曾经在《北京高等师范学校周刊》第70期发表《文学革新杂谈》专门谈这个问题，他建议从以下两个方面入手：一是单音词变成复音词，避免误解和歧义；二是补充介词、连词等辅助性词语。他说："因为要他分晰，要他精密，要他朗畅，则介词连词之类应该有的，一个也阙（缺）少不得；名词动词之类，复音比单音的要明显，——譬如一个'道'字，最普通的有两个意义。若都用一个单音的'道'字，则容易误解。若用复音语，曰'道路'，曰'道理'则一望便明白了——那就该用复音的。介词连词应有尽有，名词动词改用复音。"② 从单音词到复音词，从重动词、名词到补足介词、连词，这些都会增加白话篇章的字数，会造成篇章字数变多的问题。如果从字数多寡方面来看，白话文自然不经济，但是其语言上的清晰晓畅在阅读接受上来讲省时省力，非常经济。钱玄同举例说："假定一分钟能看二十个字，看那古文，因为文章笼统，粗疏，含糊；所以三

---

① 鲁迅：《关于翻译的通信》，载《鲁迅全集》第4卷，人民文学出版社1981年版，第382页。
② 钱玄同：《文学革新杂谈》，《北京高等师范学校周刊》第70期，1919年5月20日。

百个字虽然十五分钟就已看完,可是还要仔细推求,才能明白,——说不定还有误会的地方,——这仔细推求的时间,或者还要费上两三个十五分钟,也未可知。若看白话的文章,因为文章分晰,精密朗畅,所以五百个字虽然要看到二十五分钟,可是看完了,意思也明白了,用不着再瞎费仔细推求的工夫。"由此钱玄同以反问的句式抛出了他的观点"请问谁经济,谁不经济呢?"① 正是在这个意义上,钱玄同说:"今语体(白话文)的文章,多用复音的词,文法上应有的字一一写入,这都是使意义正确明显,写的人可以完全把意思表达出,看的人可以一看就明白,少费了许多锻炼揣测的瞎工夫,真可谓经济到极。"②

(二) 翻译的有与无

比较文言与白话,除了语言本身的显与隐问题,还有文言与白话之间的翻译有无问题。前已有述,在胡适眼中,使用文言的人表情达意需要将其"翻成"历史上的典故,"译为"佶屈聱牙的文言。"翻""译"的问题在文学革命之初就提出来了,而且被认为是文言不经济的重要证据。但所谓的"翻""译"是否存在呢?胡适的这个观点与前辈刘师培"持文言之书而讲解之,必补入无数语言,始易了解,事同翻译"③之阐述相呼应,在同时代新青年派团体中也有很多的应和。例如周作人便曾指出:"思想自思想,文字自文字,写出来的是很中

---

① 钱玄同:《文学革新杂谈》,《北京高等师范学校周刊》第70期,1919年5月20日。
② 陈懋治、胡适、钱玄同:《同音字之当改与白话文之经济》,《新青年》第6卷第6号,1919年11月1日。
③ 刘师培:《论白话报与中国前途之关系》,《警钟日报》1904年4月26日。

第五章　书写的差异：文白之争中的"经济"问题

间须经过一道转译的手续，因此不能把想要说的话直捷（接）的恰好的达出，这是文言的一个致命伤。"① 周氏这里使用的是"致命伤"，其实隐含的就是"思想不经济"的问题。这个问题被学生辈的罗家伦直接点破，在驳斥胡先骕的《中国文学改良论》时，罗家伦如是说："表白各种思想，白话更是容易明白。请问胡君得到一个新思想的时候，还是先有白话的意思呢？还是先有文言的意思呢？我想无论什么人都不敢说，他一有思想，就成文言。若是先有白话的意思，则表白的时候，自己翻成文言，令读者了解的时候，又翻成白话，无论几次翻过，真意全失，就是对于时间同精力也太不经济了。"② 胡适认为翻译是存在的，他还以编写讲义为例进行说明："譬如我编讲义，用文言写了……但是在上课堂时，我不能不替自己作翻译，这番功夫躲得过吗？又如学生记我的讲义，他们听的是白话，又翻成文言，字虽少写了几个，究竟经济何在？若是翻译错了，失了原意，那更不经济了。所以要是做文言的文，一定要忍受心里翻译的不经济……这真是不大经济了。"③

倡导文学革命的同人异口同声，强调坚持文言的人在写作中存在由白话转文言的翻译过程。而自幼接受传统教育、一直坚持文言写作的梅光迪显然不同意这个观点。他在《评提倡新文化者》中如是说："彼等又谓思想之脑也，本为白话，当落纸成文时，乃由白话而改为文言，犹翻译然，诚虚伪与不经济之甚者也。然此等经验，乃吾国数千年来文人所未尝有，

---

① 周作人：《国语改造的意见》，《东方杂志》第19卷第17号，1922年9月20日。
② 罗家伦：《驳胡先骕君的"中国文学改良论"》，《新潮》第1卷第5号，1919年5月。
③ 陈懋治、胡适、钱玄同：《同音字之当改与白话文之经济》，《新青年》第6卷第6号，1919年11月1日。

非彼等欺人之谈而何？"[1] 梅氏在此处提及"经验"一词至关重要，因为人的经验不同，得出的观点也各有差异。即以白话、文言书写来看，何者为难？新派与旧派有着不同的认知判断，而这种认识判断的差异乃是长年累月书写实践中的经验累积和习惯养成在发挥作用。明白了这个问题，我们再谈书写文言是否存在白话转文言的问题。在胡适等人看来，坚持文言写作的人乃是用白话思维、用文言表达，因此存在翻译问题。其实这个问题也是从事文言/白话书写的文人人言言殊的问题，也牵涉各自的书写经验和思维体验。胡适自幼喜欢阅读白话小说，十五六岁便参与白话报《竞业旬报》的编辑，自述"白话文从此形成了我的一种工具"。[2] 语言书写本身也是思维的过程，长期的书写实践也会使其逐渐以白话语言思维来思考问题。但是拿一己的经验来推及他人，却容易出现问题。世上没有两片相同的树叶，也不可能存在两个相同的大脑。晚清的现实情境是文言与白话存在着严重的壁垒，大部分未经训练的读书人很难在两者之间自由转换。其实在文学书写中，摒弃文言、白话的种种执念，追求自然才是书写的首要原则。尽管在"五四"白话文运动者的眼中，文言是一种落后反动的语言，白话展现着科学、民主等现代性质素。但必须看到，文言作为统一的书面语存在了两千多年，早已成为中国文人自我表达的惯用语言。对于中国文人而言，文言的书写并非复杂艰难，反而白话书写是他们还没有完全掌握的书写语言。可以说，倘若没有经过训练，对他们来说写作白话文有时比撰写文言文可能费时更多。梅光迪、胡先骕、吴宓、吴芳吉等人自幼接受传统

---

[1] 梅光迪：《评提倡新文化者》，《学衡》第1期，1922年1月。
[2] 胡适：《四十自述》，载《胡适文集》第1卷，北京大学出版社1998年版，第85页。

第五章 书写的差异：文白之争中的"经济"问题

教育，中间没有经过作白话文的实践，如果硬说他们用白话思维确实有以己推人的自我想象，并没有触及思维的真实状况。吴宓便曾自述在长期的学习创作中"经义史事"和"事实感情"的水乳交融之感。他说："于是经义史事，遂与我今时今地之事实感情，融合为一，然后入之辞藻，见于诗章。是故典故之来，由于情志之自然，非待掇拾寻扯，故典不累诗而有裨补于诗。"

世界上没有两片同样的树叶，也没有两个同样的心灵。由此语言思维的差异也是自然之理，无须大惊小怪。其实，承认语言思维的差异也正是胡适提倡的"异乎我者未必即非，而同乎我者未必即是"的自由容纳原则。[①] 讲完写作体验与思维差异的问题，我们再来看旧派对"白话—文言—翻译"的问题。坚持文言写作的文人不但不承认在写作中存在由白话翻文言的程序，而且反唇相讥，认为新文学派的白话乃是将中国的口语翻译成欧化的白话，与中国人的阅读接受口味相隔，欲要阅读还需要再加以翻译："新派之自贵其白话者，以其最近言语之自然也。然试一读新派之作，将见其中有一共同之象，即彼等所为白话，全与吾人言语不相接近。彼等白话之组织，乃用外国文法，吾人言语，须用新式标点始明，吾人言语，不如是其破碎也。彼等白话，须再经翻译始达，吾人言语，不如是

---

① 胡适：《致陈独秀（1925年12月）》，《胡适来往书信选》上册，中华书局1979年版。原文如下："你我不是曾同发表一个'争自由'的宣言吗？那天北京的群众不是宣言'人民有集会结社言论出版的自由'吗？《晨报》近年的主张，无论在你我眼睛里为是为非，决没有'该'被自命争自由的民众烧毁的罪状；因为争自由的唯一原理是：'异乎我者未必即非，而同乎我者未必即是；今日众人之所是未必即是，而众人之所非未必非是。'争自由的唯一理由，换句话说，就是期望大家能容忍异己的意见与信仰。凡不承认异己者的自由的人，就不配争自由，就不配谈自由。"

其隔阂也。"①

四 "经济"的审思：文学如何在文言、白话之间抉择

力倡白话的新青年派认为文言需要经过翻译成白话才能进行表达，徒费精力，不如白话来得"经济"。而坚守"文言"的学衡派认为"白话派"的"经济"理论只是自我书写习惯使然，并不能涵盖文言书写的全部。本部分以"经济"为关键词对"五四"时期的"文白之争"进行解剖分析，希望能够更客观地认识"文白之争"的经济问题。

（一）语言的经济：思想与启蒙

回顾前文，我们从"书写的难与易""篇章的简与繁""表意的显与隐""翻译的有与无"等四个方面讨论了文言与白话之间的"经济"问题。对于这个问题，前文提供了新青年派的观点，也摆出了学衡派的意见，这里并非要对其做出孰高孰低、孰优孰劣的判断，而是进行入情入理的纾解。但同时我们可能也会看出其中的问题，当时人的讨论把语言和文学一锅煮，上文的述评也是以"语言的经济"和"文学的经济"一锅炖的方式进行的，而文学与语言是有着明显差异的，其是否"经济"的评价标准也会引致南辕北辙，这也就是胡先骕强调"文学自文学，文字自文字"的原因。胡先骕说："文学自文学，文字自文字，文字仅取达意，文学则必于达意之外，有结构，有照应，有点缀，而字句之间，有修饰，有锻炼，凡

---

① 吴芳吉：《四论吾人眼中之新旧文学观》，《学衡》第42期，1925年6月。

第五章 书写的差异：文白之争中的"经济"问题

曾习修辞学作文学者，咸能言之。非谓信笔所之，信口所说，便足称文学也。故文学与文字，迥然有别，今之言文学革命者，徒知趋于便易，乃昧于此理矣。"① 罗家伦在反驳文中说："文学（Literature）同文字（Language）的分别，我们谈文学革命的学问虽浅，但是不等胡君指示，已经早知道了。"② 罗家伦的答言虽然用了意气性的话语，但其观点绝非意气性的观点，文字与文学的区别并不难理解。1916年10月，胡适第一次致函《新青年》杂志讨论"文学革命八事"，陈独秀在回信中便明确提出"文学之文与应用之文"的区别问题："第五项所谓文法之结构者，不知足下所谓文法，将何所指，仆意中国文字，非合音无语尾变化，强律以西洋之 Grammar，未免画蛇添足……文学之文与应用之文不同，上未可律以论理学，下未可律以普通文法，其必不可忽视者，修辞学耳。"③ "文学之文与应用之文"的区别和"文学同文字"的分别表述不同，但意思相仿，后来陈独秀、刘半年、常乃德等都与胡适讨论此问题。

由此可以证明，以胡适为代表的新青年派不可能不知道"文学自文学，文字自文字"的道理，但为什么"今之言文学革命者，徒知趋于便易，乃昧于此理"呢？其实他们正是想借用文学革命来推动语言革命，进而进行思维革命。恰如当事人所言："我们在这里制造白话文，同时负了长进国语的责任，更负了借思想改造语言，借语言改造思想的责任。"④ 其

---

① 胡先骕：《中国文学改良论》，《东方杂志》第16卷第3期，1919年3月15日。
② 罗家伦：《驳胡先骕君的"中国文学改良论"》，《新潮》第1卷第5号，1919年5月。
③ 胡适、陈独秀：《通信》，《新青年》第2卷第2号，1916年10月1日。
④ 傅斯年：《怎样做白话文？》，《新潮》第1卷第2号，1919年2月1日。

明确了新青年派的思想启蒙路径，我们再回望前面的文白之间的"经济"问题，可能一切就会豁然开朗。新青年派无论是批判文言书写的"难"、文言语法的不精密、文言书写的翻译程序，还是自我证明白话书写的"易"、白话语法的精细、无须翻译的"我手写我口"，都是为了思想启蒙。刘师培曾说："以通俗之文，助觉民之用，上至卿士下至齐民，凡世之稍识字者皆可以家置一编，而觉世之力愈广矣。"① 从晦涩繁难的文言到浅显易懂的白话，阅读与书写容易起来，省时省力，而且阅读书写的技能不断下移，真正实现"书写的民主化"；从诗性含蓄的文言表达到精确晓畅的白话表达，使用白话的人思维精密起来，渐行渐密，而且其逻辑思维的水平不断提高，真正实现"书写的科学化"。而书写的民主化和科学化相协同，共同构成了白话文在思想启蒙中的"经济"价值，不但可以"以最小的代价，取得最大的效果"，同时他们在这里倡导实践白话文，也负了以文学革命"经世济民"的文人担当。

（二）文学的经济：文学与审美

上面我们以"理解之同情"的态度阐明了文学革命将"文学与语言"捆绑的启蒙心态，下面我们将分析这种"文学与语言"捆绑式革命压抑了哪些声音，遮蔽了哪些问题。学衡派吴芳吉指出："文无一定之法，而有一定之美，过与不及，皆无当也。此其中道，名曰文心。""文心之作用，如轮有轴，轮行则轴与俱远，然轴之所在，终不易也。""故作品虽多，文心则一，时代虽迁，文心不改。品之生灭，惟在文心

---

① 刘师培：《论白话报与中国前途之关系》，《警钟日报》1904年4月26日。

第五章　书写的差异：文白之争中的"经济"问题

之得失，不以时代论也。"① 吴芳吉在此提到了一个关键词——"美"。而这正是倡导文学革命的新青年派所忽略的，语言表达的评价维度，不单单有"清晰"，也有"美"。学衡派便坚持认为："吾国文字，表西来之思想，既达且雅，以见文字之效用，实系于作者之才力。苟能运用得宜，则吾国文字，自可适时达意，固无须更张其一定之文法，摧残其优美之形质也。"② 如果在语言表达中审美只是其中一种质素的话，那么可以说文学书写的重心便是"审美"，其实吴芳吉笔下的"文心"也主要指文学创作的规律和作者对美的内在追求。把握文学书写讲求"审美"这一准则，我们就可以理解为什么面对新文学派的批判质疑，诗人们依然喜欢用典。诗歌中所援引的典故，是一个个具有哲理或美感的故事的凝聚形态。其被诗人们反复使用、加工、转述，又不断融合与积淀了新的意蕴，由此能让诗歌在简练的形式中包容丰富的、多层次的内涵，而且使诗歌显得精致、富赡而含蓄。③ 例如李商隐的诗歌《锦瑟》中间四句："庄生晓梦迷蝴蝶，望帝春心托杜鹃。沧海月明珠有泪，蓝田日暖玉生烟。"在新青年派看来，这些诗句表情达意太过含混模糊，阅读理解费时费力，不够经济省力；而在学衡派等坚持文言、坚持古典诗歌的人看来，正是这些典故的使用才生成了回味无穷的审美话语。在这个意义上，我们更能理解学衡派邵祖平的话："以文艺论，吾中国数千年来之诗，古文词曲、小说、传奇，固已根柢深厚，无美不臻，抒情叙事

---

① 吴芳吉：《三论吾人眼中之新旧文学观》，《学衡》第 31 期，1924 年 7 月。
② 《学衡派杂志简章》，《学衡》第 1 期，1922 年 1 月。
③ 葛兆光：《汉字的魔方　中国古典诗歌语言学札记》，复旦大学出版社 2016 年版，第 118 页。

之作，莫不繁简各宜。"①

当然，百年之后标举学衡派被压抑的声音，并非要完全否定新青年派的价值意义。尽管新青年派为了进行思想启蒙，有意模糊语言与文学的边界，但检视新青年派谈及的文白之争中的"经济"话语，也并非没有恰当之言。例如胡适说："《木兰辞》，记木兰的战功，只用'将军百战死，壮士十年归'，十个字，记木兰归家的那一天，却用了一百多字。十个字记十年的事，不为少。一百多字记一天的事不为多。这便是文学的'经济'。"②"'最经济的文学手段'形容'经济'两个字，最好是借用宋玉的话：'增之一分则太长，减之一分则太短；着粉则太白，施朱则太赤。'须要不可增减，不可涂饰，处处恰到好处，方可当'经济'二字。"③ 这种详略得到、恰到好处的"经济"描述可以得文学审美的精妙。在胡适看来，"短篇小说是用最经济的文学手段，描写事实中最精彩的一段，或一方面，而能使人充分满意的文章"。"'短篇小说'要把所挑出的'最精彩的一段'作主体才可有全神贯注的妙处。若带点迂气，处处把'本意'点破，便是把书中事实作一种假设的附属品，便没有趣味了。"④ 这里大段地引述胡适的话，是想让大家一起阅读理解胡适的"经济"言说。应该来说，胡适这里对文学"经济"面向的阐述是站得住脚的，也是对文学阅读有过较深的体悟才能够提出来的。胡适如是阐述其主张文学经济的原因："世界的生活竞争一天忙似一天，时间越宝贵了，文学也不能不讲究'经济'，若不经济，只配给那些吃了

---

① 邵祖平：《论新旧道德与文艺》，《学衡》第 7 期，1922 年 7 月。
② 胡适：《论短篇小说》，《新青年》第 4 卷第 5 号，1918 年 5 月 15 日。
③ 胡适：《论短篇小说》，《新青年》第 4 卷第 5 号，1918 年 5 月 15 日。
④ 胡适：《论短篇小说》，《新青年》第 4 卷第 5 号，1918 年 5 月 15 日。

第五章　书写的差异：文白之争中的"经济"问题

饭没事做的老爷太太们看，不配给那些在社会上做事的人看了。"① 仔细品味这段话，其包含两层意思。第一，文学应该随时势而变，适应现代社会的碎片化阅读趋势。站在当代互联网时代，我们体味胡适这段话确实心有戚戚。胡适在百年之前就倡导以小巧经济型的"短篇小说"来应对时间竞争中的碎片化阅读，的确有先见之明。第二，文学作品要通俗、精短以适应平民化的阅读。百年之后，置身市场经济时代，文学只有在阅读市场中抓住更多的受众才有存活的可能，否则只能沦为夭折的"死文学"。品味出这两点，我们可以证明胡适有高超的判断力，但同时我们也不得不说胡适以时代与市场的"经济"维度来观测文学，缺少了必要的超越性。文学除了贴地飞行之外，本身还有天空领航的能力，它是具有超越性一面的，而在胡适的文学经济论述中，我们并没有看到，不能不说是一大遗憾。

---

① 胡适：《论短篇小说》，《新青年》第4卷第5号，1918年5月15日。

第六章　自我的审查：从"不避俗字"到"力避文言"的白话写作

众所周知，"五四"文学革命以倡导"不避俗字俗语"的白话文著称于世，然而作为理论倡导者的胡适在白话书写实践中，却存在着"力避文言"的自我书写审查。在《力山遗集》里，潘力山记下了这样一个历史细节："我在京时，适之先生曾向我说：'示恩'两字，想不出相当的俗字来，想了许久，才想出'见好'两字。"随后，他评论道："我以为刘申叔先生遇着一个常用的字，总要找一个生字来替换，自然不对；反转过来，胡适之先生遇着一个稍文点字定要找个俗字来替换，也可以不必。"① 如果说潘力山的话是"五四"白话文运动中的外缘人对白话倡导者的批评，那么白话文同人钱玄同的批判则面向了部分白话文书写的群体，同时也呼应了潘力山"力避文言"的质疑："现在有些人拿起笔来做白话文章，常常提心吊胆，觉得某句太像文言，某字不是白话中所常用的，总非将彼等避去不可；于是对于像文言的句子，必须逐字直译为白话，弄成一句'盘空生硬'的白话，对于白话中不常用的字，

---

① 潘力山：《论文》，载《力山遗集》，上海法学院1932年版，第374页。

第六章 自我的审查：从"不避俗字"到"力避文言"的白话写作

必须找一个常用的字来替代，弄得字义似是而非。"① 由潘力山和钱玄同的批评可以推见，"力避文言"的白话书写理念已经不只是倡导者胡适的一己实践，其引领了白话文赞同者的群体书写。然而，对于这一问题，学界尚没有关注讨论。有鉴于此，本章拟对"五四"时期白话文学书写中"力避文言"的偏至理念进行专题探讨，深入分析胡适在白话书写的理论实践中存在的"自我审查"问题，并且剖析这种"力避文言"的"自我审查"对"五四"时期文学创作所产生的影响。

一 自我审查：从"不避俗字"到"力避文言"

阅读历史文献，我们会发现胡适在白话书写中存在从"不避俗字"到"力避文言"的"自我审查"问题。所谓"自我审查"，依据学者的解释是指"在没有明确外部审查机制、压力和要求的情况下，从业者和媒介组织自身对新闻生产进行的自我施压、自我监管或自我控制"。② 当然，在学者解释中，"自我审查"往往限定于媒体从业人员为了规避风险而进行的自我审查，其内容也主要限定于政治敏感类问题，而本章援引该概念来观照胡适的白话书写行为，却发现胡适的"自我审查"有着别样的心理。

（一）"不避俗字"：胡适的白话书写主张

众所周知，"五四"白话文运动改变了中国人的现代书写

---

① 钱玄同：《三国演义序》，载《三国演义》，文化出版社1991年版，第13页。
② 张志安、陶建杰：《网络新闻从业者的自我审查研究》，《新闻大学》2011年第3期。

语言，而这场书写改革运动则是以胡适的《文学改良刍议》为开端的。在这篇理论文章中，胡适提出了包含"不避俗字俗语"在内的文学改良"八事"原则："一曰须言之有物，二曰不摹仿古人，三曰须讲求文法，四曰不作无病之呻吟，五曰务去滥调套语，六曰不用典，七曰不讲对仗，八曰不避俗字俗语。"① 胡适认为在文学书写中古代的文言并不足以为现代生活表情达意，有时以日常生活使用的俗字俗语来表情达意更加生动活泼。也正因如此，胡适将"不避俗字俗语"作为其白话文理论的重要组成部分。胡适通过梳理历史，历数文学史中"不避俗字俗语"的案例，如佛经的白话翻译、唐宋的白话诗词、宋代的白话语录，尤其是明清的《水浒传》《西游记》《三国演义》《红楼梦》等白话小说，这些皆是俗字俗语进入文学创作的明证，而且胡适认为当言文接近时，文学创作就会繁荣，言文远离便会导致文学的僵化。胡适断言："以今历史进化的眼光观之，则白话文学之为中国文学之正宗，又为将来文学必用之利器。"② 正是秉持着文学创作"不避俗字俗语"的理念，胡适认为施耐庵、曹雪芹的价值超过归有光、姚鼐等人，并且认为以后的创作要以施耐庵、曹雪芹等人的文学创作为典范。

胡适曾如是描写"五四"白话文中的"白话"之义："白话的'白'，是戏台上'说白'的白，是俗语'土白'的白。故白话即俗话。"③ 胡适的白话诗理论也体现了"不避俗字俗语"的理念："我到北京以后所做的诗，认定一个主义：若要做真正的白话诗，若要充分采用白话的字，白话的文法和白话

---

① 胡适：《尝试集》，人民文学出版社1984年版，第150页。
② 胡适：《文学改良刍议》，《新青年》第2卷第5号，1917年1月1日。
③ 胡适、钱玄同：《通信》，《新青年》第4卷第1号，1918年1月15日。

第六章 自我的审查：从"不避俗字"到"力避文言"的白话写作

的自然音节，非做长短不一的白话诗不可。这种主张，可以叫做'诗体的大解放'。诗体的大解放就是把从前一切束缚自由的枷锁镣铐，一切打破；有什么话，说什么话；话怎么说，就怎么说。这样方才有真正白话诗，方才可以表现白话的文学可能性。"① 林纾在阅读了《新青年》杂志宣扬白话文学的相关文章后，嘲笑白话文"鄙俚浅陋""不值一哂"，将之称为"引车卖浆之徒所操之语"。② 学衡派的梅光迪也曾指出："夫文学革新，须洗去旧日腔套，务去陈言固矣。然，此非尽屏古人所用之字，而另以俗语白话代之之谓也……足下以俗语白话为向来文学上不用之字，骤以入文，似觉新奇而美，实则无永久之价值。"③ 尽管面对各界的批评声音，但胡适对自己"不避俗语"的白话书写无怨无悔，并且在《新青年》杂志和北京大学师生中大力倡导。

（二）"力避文言"：胡适的自我书写审查

胡适主张"不避俗字俗语"的白话书写，但是其开始并没有"力避文言"的"自我审查"，其白话诗歌创作不但偶有文言出现，而且有不少诗歌使用了古体诗的格式。作为倡导白话的旗手，胡适白话文学写作却并不能彻底身体力行，这就引起了同人的批评。1917年7月2日，钱玄同致信胡适，对其白话文学书写的不彻底性进行了不留情面的批评："玄同对于先生之白话诗窃以为未能脱尽文言窠白。"④ 胡适接到信并没

---

① 胡适《尝试集·自序》，载《胡适学术文集·新文学运动》，中华书局1993年版，第381页。
② 林纾：《致蔡鹤卿太史书》，《公言报》1919年3月18日。
③ 耿云志主编《胡适遗稿及秘藏书信》第33册，黄山书社1994年版，第439页。
④ 转引自胡适《尝试集·尝试后集》，贵州教育出版社2014年版，第164页。

有责怨同壕战友的批评，而是谦虚地回信，讲述自己白话书写的心路历程，进而承诺以后写作要始终"力避文言"。他说："此等诤言（未能脱尽文言窠臼——引者注），最不易得。吾于去年（民国五年）夏秋初作白话诗之时，实力屏文言，不杂一字。如《朋友》《他》《尝试篇》之类皆是。其后忽变易宗旨，以为文言中有许多字尽可输入白话诗中。故今年所作诗词，往往不避文言……但是先生10月31日来书所言，也极有道理……所以我在北京所作的白话诗，都不用文言了。"① 从胡适的讲述中可以发现，关于白话书写是否回避文言的问题，他自己也有过思想的变化，但最后还是听从同人的劝告，表示遵从"力屏文言，不杂一字"的理念。这一表态，不仅是胡适对自己"不避俗字俗语"白话书写主张的切实践行，也是他对战友钱玄同"未能脱尽文言窠臼"批评的友好回应。

追溯胡适白话理论的渊源，其实他早年在留学日记中便曾表明"力避文言"的心曲："吾岂好立异以为高哉？徒以'心所谓是，不敢不为。'吾志决矣。吾自此以后，不更作文言诗词。吾之去国集乃是吾绝笔的文言韵文也。"② 后来胡适在白话文学创作中时刻以曹雪芹、施耐庵等白话文学家为标杆，坚持以"俗字俗语"代"文言字眼"。这种白话写作的"自我审查"要求自己一旦遇到文言字词，第一反应是回避，第二反应是在字典里寻找可以代替"文言"词语的"白话"说法。他在《建设的文学革命论》中将"力避文言"的书写心理表露无疑："《字典》说'这'字该读'鱼彦反'，我们偏读它做'者个'的者字。《字典》说'么'字是'细小'，我们偏

---

① 钱玄同、胡适：《通信》，《新青年》第4卷第1号，1918年1月15日。
② 胡适：《胡适留学日记》，岳麓书社2000年版，第694页。

第六章 自我的审查:从"不避俗字"到"力避文言"的白话写作

把它用作'什么'、'那么'的么字。字典说'没'字是'沉也''尽也',我们偏用它做'无有'的'无'字解。《字典》说'的'字存许多意义,我们偏把它用来代文言的'之'字、'者'字、'所'字和'徐徐尔,纵纵尔'的'尔'字。"① 作为时代的领潮人,胡适孜孜以求地实践其"力避文言"的书写策略,不久便产生全国性的影响。甲寅派的章士钊对"五四"以来"不避俗字俗语"的书写氛围加以痛斥,从侧面印证了胡适"力避文言"在全国范围内的影响:"今日之贤长者,图开文运,披沙拣金,百无所择,而惟白话文学是揭。如饮狂泉,胥是道也。"而跟随"力避文言"之白话文风的人皆"以适之为大帝,绩溪为上京","一味于胡氏《文存》中求文章义法,于《尝试集》中求诗歌律令……以致酿成今日的底他它吗呢吧咧之文变"。② 从"之乎者也矣焉哉"到"的底他它吗呢吧咧","五四"知识界的书写语言在胡适"力避文言"的倡导下发生了天翻地覆的变化。

二 存典立范:胡适白话书写中的"导师"意识

挖掘胡适白话写作中的"自我审查"心理,我们要从胡适的"白话开创者"的心态去分析。胡适之所以切断晚清以来白话文发展的线索,隐去北洋政府的推动之力,将白话文的推广归于一己之功,也是因为其"开创"意识。③ 在"五四"

---

① 胡适:《建设的文学革命论》,《新青年》第4卷第4号,1918年4月15日。
② 章士钊:《评新文化运动》,《新闻报》1923年8月21、22日。
③ 褚金勇:《启蒙的抑或政治的?——解读"五四"白话文传播的历史密码》,《郑州大学学报》(哲学社会科学版)2012年第2期。

白话文运动中，尽管胡适也谦虚地抱着"尝试"的态度从事白话创作，但是他又时刻以白话写作的"导师"身份出现，希望自己的白话写作成为供他人学习模仿的"典范"。

（一）导师情结：逼上梁山的"白话闯将"

描述白话文运动的发生发展时，胡适喜欢以"逼上梁山"的个人叙事，凸显其价值贡献，这与其性格中的"导师"意识息息相关。对胡适而言，白话文学的创作并非单纯的文本写作实践，也是其"导师"身份的展现。胡适回忆自己幼年之时的经历，为我们描述了一个"小老师"的形象："无论在什么地方，我总是文诌诌地。所以家乡老辈都说我'象个先生样子'，遂叫我做'糜先生'。"① 胡适从小便有"导师"情结，而这种导师情结要求其处处表现出一定的典范意识。具体到白话文学的创作，胡适的导师情结要求自己的写作要完全践行自己的白话文主张，成就白话文学的典范文本，供世人学习。当然这种存典立范的书写心理有时也会造就胡适"本我"与"超我"的认知不协调。胡适希望将白话文塑造为全民通用的语言，但他本身是一个温文尔雅、自由包容的人，倡导"同乎我者未必是，异乎我者未必非"的观念。因此，即使倡导白话文，他也不会轻易以霸道口气迫人就范。同时在其客观包容的理念支配下，他未尝没有认识到文言存在的价值，也未尝没有认识到自己"力避文言"的偏至之处。但是因为他的"白话闯将"身份，因为他想要塑造白话文典范的书写心理，他不能"我口说我心"暴露自己的理性认知，而要"我手写我口"践行自己的白话主张。

---

① 胡适：《四十自述》，上海书店影印亚东1939年版，第53～54页。

第六章　自我的审查：从"不避俗字"到"力避文言"的白话写作

作为一个"白话闯将"，胡适需要以大刀阔斧、披荆斩棘的魄力开创自己的白话事业；但作为"白话导师"，他又需要保持宽容理性的态度示人，以平实说理的方式保持导师的风度。这让胡适非常苦恼："因为我行的事，做的文章，表面上都像是偏重理性知识方面的，其实我自己知道很不如此。我是一个富于感情和想象力的人，但我不屑表示我的感情，又颇使想象力略成系统。……我最恨的是平凡，是中庸。"① 百年之后，学界同人时常"深刻的片面"评价"五四"白话文运动，而当时的胡适却讨厌自己处处小心，造成"全面的平庸"。与胡适交往过的人大都认为胡适对自己要求严格，他非常"爱惜羽毛"。② 当然，关于"爱惜羽毛"的说法大多就胡适的政治言论而发，其实这个词也可以用来分析胡适白话文创作中的"自我表率"意识。胡适在日记中也曾夫子自道："有人说我们'爱惜羽毛'，钧任（罗文干）有一次说得好：'我们若不爱惜羽毛，今天还有我们说话的余地吗？'"③ 所谓"爱惜羽毛"，指的就是做人行事只有对自身严格要求，才能让别人郑重视之。胡适认为知识分子进行政治评论时要保持洁身自好的姿态；而在白话文创作中，"爱惜羽毛"的胡适也严格要求自己，不敢将白话文章轻易示人，而是认真经营，以"力避文言"的理念为白话文章的书写存典立范。

（二）身体力行：白话书写的自我表率

作为白话文运动的导师，胡适有责任投入精力来用心经营白话文写作，以创作出供世人模仿学习的具有典范性的白话文

---

① 袁鹰主编《日记书信篇》，华夏出版社2003年版，第371页。
② 唐德刚：《胡适杂忆》，华文出版社1990年版，第45页。
③ 胡适：《胡适全集》第29卷，安徽教育出版社2003年版，第633~634页。

章。正因如此，在胡适书写之中，导师情结和典范意识成为悬在他头顶的精神灯塔，由此无须他人提醒，他内心中总有一双眼睛在盯着自己，分析一字一句的行文是否存在可供别人攻击的问题，是否能引领当世的白话书写。为白话文章的书写存典立范的情结深深镌刻于胡适的内心，因此他在白话文创作中时时进行自我审查，听到友人的批评也谦虚接受。钱玄同针对胡适《尝试集》中存在大量的文言旧诗痕迹进行了梳理批评："《月》第一首后二句，是文非话；《月》第三首及《江上》一首，完全是文言……又先生近作之白话词，鄙意亦嫌太文。"随后，钱玄同又给胡适写信提出自己的建议："现在我们着手改革的初期，应该尽量用白话去作才是，倘若稍怀顾忌，对于'文'的一部分不能完全舍去，那么，便不免存留旧污，于进行方面，很有阻碍。"① 作为白话文的开创者，胡适并没有反感友人友好的批评，而是时刻保持虚心接受的态度。他回信说："我极以这话为然。所以在北京所作的白话诗，都不用文言了。"② 胡适的谦虚谨慎源于他为白话文章的书写存典立范的意识。由于这份意识，他不但时刻保持"自我审查"意识，还主动邀请钱玄同、鲁迅、周作人等人对其《尝试集》中的白话诗进行"他者审查"。

然而，现在我们看到的经过"自我审查"和"他者审查"的《尝试集》，依旧保留了很多"未能脱尽文言窠臼"的诗歌作品，这令人匪夷所思。正如时人阅读《尝试集》所言："不过我对于适之的诗，也有小小不满意的地方：就是其中有几首还是用'词'的句调；有几首诗因为被'五言'的字数所拘，

---

① 转引自胡适《尝试集·尝试后集》，贵州教育出版社2014年版，第164页。
② 胡适、钱玄同：《通信》，《新青年》第4卷第1号，1918年1月15日。

第六章 自我的审查：从"不避俗字"到"力避文言"的白话写作

似乎不能和语言恰合；至于所用的文字，有几处似乎还嫌太文。"① 作为白话新诗的继承者，朱湘评价白话导师胡适的诗歌时也对其"文言""旧诗"的遗迹不甚满意："胡君适的《尝试集》，共分四编；第四编《去国集》同第一编都是旧诗词，我们不谈。我们现在要谈的是第二、第三两编，就是这两编也不完全是新诗……第二编里的《鸽子》《三溪路上大雪里一个红叶》《如梦令》《十二月一日奔丧到家》《小诗》同第三编里的《我们三个朋友》《希望》《晨星篇》都整篇的或一半的是旧诗词，这都是我们谈的时候所要略去的。"② 作为白话文的开创者，胡适的自我审查和同人对他的期待都无法容忍其"文言""旧诗"的存在，但是作为开创者胡适又非常难作出尽善尽美的白话新诗。于是胡适转变"自我审查"的思路，强调起"历史兴趣"来，他说："这本书含有点历史的兴趣。我做白话诗，比较的可算早，但是我的诗变化最迟缓……从那些很接近旧诗的诗变到很自由的新诗，这一个过渡时期在我的诗里最容易看得出。"③ 由此可见，胡适已经从"力避文言"退而求其次，希望这混杂着文言白话、新诗旧诗的《尝试集》能够做一个从文言到白话、从旧体诗到白话诗的历史见证。

三 从偏执到自然：文言与白话的自然呈现

承上所论，胡适的白话文创作理念从"不避俗字"的书写革命走向了"力避文言"的书写偏至。这种白话书写的偏至理念源于他自小形成的"作圣"情结，他希望自己能够建

---

① 转引自胡适《尝试集·尝试后集》，贵州教育出版社2014年版，第164页。
② 方铭主编《朱湘全集》（散文卷），安徽文艺出版社2017年版，第173页。
③ 胡适：《尝试集》（增订四版），人民文学出版社1984年版，第185页。

构完美纯粹的白话理论，同时也希望自己能够以一己书写完成白话从理论到实践的落地生根，并创作出可供世人模仿学习的白话典范。但需要指出的是，胡适这种"力避文言"的书写理念有违其白话文运动倡导的"回归自然"的原则。如果说古代文章"力避俗字"是一种有违自然的书写偏至，那么胡适白话文创作中的"力避文言"也是有违自然的书写偏至。如果要纠正此偏至，需要重新找回"回归自然"的书写理念。

（一）理论偏至：文学革命中的"变态"心理

从"不避俗语"的白话主张到"力避文言"的书写偏至，胡适的白话写作理论变得更加彻底，也更加偏激。如果说"不避俗语"是对当时一统天下的文言世界的"革命"，那么"力避文言"变成了遵从自然书写的文学法则的"反动"。当然这种理论偏至乃是文学革命特定时期的"变态"心理所致。在文学革命中，四平八稳的理论并没有号召力和冲击力，遵从"温良恭俭让"的学者风范只会一事无成。正如后来被胡适推举为白话书写第一人的毛泽东所言："革命不是请客吃饭，不是做文章，不是绘画绣花，不能那样雅致，那样从容不迫，文质彬彬，那样温良恭俭让。"[①] 谈起从文言到白话的语言革命，其实早在1916年12月10日，与胡适同在一个战壕的李大钊就说："吾今持论，稍嫌过激。盖尝秘窥吾国思想界之销沉，非大声疾呼以扬布自我解脱之说，不足以挽积重难返之势。"[②]文学革命中，陈独秀也曾以"不容讨论"向胡适建言："改良文学之声已起于国中，赞成反对者各居其半。鄙意容纳异议，

---

① 毛泽东：《湖南农民运动考察报告》，载《毛泽东选集》第1卷，人民出版社1991年版，第17页。
② 李大钊：《李大钊文集》上册，人民出版社1984年版，247页。

第六章　自我的审查：从"不避俗字"到"力避文言"的白话写作

自由讨论，固为学术发达之原则。独至改良中国文学，当以白话为文学正宗之说。其是非甚明，必不容反对者有讨论之余地，必以吾辈所主张者为绝对之是而不容他人之匡正也。"[1] 李大钊、陈独秀等友人的"革命理念"慢慢影响了胡适，他开始认为以"温良恭俭让"的态度进行白话文运动太过中庸，开始批判"调和论"存在的严重问题。他说："调和是人类懒病的天然趋势……我们走了一百里路，大多数人也许勉强走三四十里。我们若讲调和，只走五十里，他们就一步都不走了。"[2] 而胡适作为"白话导师"的这份理念偏至，也深深影响了当时的知识群体，使得知识界的书写理念在逃离"力避俗字"的虎穴之后又掉进"力避文言"的狼窝。这让一直"跟着少年奔跑"的梁启超也开始对当时的白话书写不满起来："有一派新进青年，主张白话为唯一的新文学，极端排斥文言，这种偏激之论，也和那些老先生不相上下。"[3] 刘勰在《文心雕龙》中有言："自晋来用字，率从简易，时并习易，人谁取难？今一字诡异，则群句震惊；三人弗识，则将成字妖矣。"而"五四"之后知识界的文学创作也出现了"一字诡异，则群句震惊；三人弗识，则将成字妖"的情形，作家文人渐渐感觉到白话文势力的压迫，不敢轻易将文言、旧诗等书写作品发表示人。叶公超就曾指出有些人"因为酷爱'新'的热情高于一切，竟对于旧诗产生一种类乎仇视的态度，至少是认为新诗应当极力避旧诗的一切"。[4] 汪静之曾表达过这样

---

[1] 陈独秀：《通信》，《新青年》第3卷第3号，1917年5月1日。
[2] 胡适：《胡适文存》卷四，亚东图书馆1926年版，第161~162页。
[3] 梁启超：《晚清两大家诗钞题辞》，载《饮冰室合集》文集第十五册卷四十三，中华书局1989年版，第74~75页。
[4] 叶公超：《论新诗》，载《中国现代诗论》（上编），花城出版社1985年版，第320页。

的书写心理:"我当时把写白话新诗当作创作,是正经工作,偶然写一首绝句或小令词,只当作游戏——写新诗要留稿保存,写旧体诗词不留稿,不准备保存,更不发表。"① 郭沫若也描述文学界"不敢发表旧诗"的现象:"我过去闹闹旧诗是挨过骂的,有时候不敢发表旧诗,在编集子时把旧诗都剔出来成为'集外'。我们的洋气太盛,看不起土东西,这是'五四'以来形成的一种风气。"②

(二) 尊奉自然:文学创作中的"常态"模式

对于胡适倡导的从"不避俗字"到"力避文言"的白话书写,在《新青年》杂志发表之初就有读者来信质疑:"盖文字只为物,本以适用为唯一目的。'俗字俗语'虽有时可以达文理上之所不能达,然果用之太滥,则不免于烦琐。"③ 诗人朱湘针对胡适创作的《尝试集》曾经不客气地指出:"我们看过了这十七首诗之后,有一种特异的现象引起我们的注意,便是胡君'了'字的'韵尾'用得那么多。这十七首诗里面,竟用了三十三个'了'字的韵尾。(有一处是三个'了'字成一联)不用说'了'字与另一字合成的组同一个同样的组协韵时是多么刺耳,就是退一步说,不刺耳;甚至再退一步说,好;但是同数用得这么多,也未免令人发生一种作者艺术力的薄弱的感觉了。'内容粗浅,艺术幼稚',这是我试加在《尝

---

① 汪静之:《六美缘——诗因缘与爱因缘》,十月文艺出版社1996年版,第11页。
② 郭沫若:《就当前诗歌中的主要问题答〈诗刊〉社问》,《诗刊》1959年第1期。
③ 余元濬:《读胡适先生〈文学改良刍议〉》,《新青年》第3卷第3号,1917年5月1日。

第六章 自我的审查：从"不避俗字"到"力避文言"的白话写作

试集》上的八个字。"① 学衡派从文学艺术的自然原理上指出胡适等人"只知有历史的观念，而不知有艺术之道理"。学衡派认为："吾国文字，表西来之思想，既达且雅，以见文字之效用，实系于作者之才力。苟能运用得宜，则吾国文字，自可适时达意，固无须更张其一定之文法，摧残其优美之形质也。"② 如何选择文言或者白话，其实都需要遵从自然，遵从审美原则。吴芳吉认为，在文学创作中，"文中一语一字之取舍，必以修辞之理衡之，又非可强定条例，谓俗语俗字之避不避也"。③ "文学亦天演之事，是非取舍，悉当任其自然，岂在晓晓之争辩为欢。"④ 客观说来，"五四"时期以"力避文言"的极端做法倡导白话文学，在特殊时期有着理论选择的合理性。但这违反了文学创作遵从自然的艺术原理。

随文择字的自然书写是文学创作的常态。即使胡适倡导白话文时有自己的偏见，但内心也有对文学遵从自然的理论认知。胡适文学理论中诸如"诗体大解放""作诗如作文""作诗如说话""自然的音节"等都流布着文学遵从自然的创作理念。胡适曾经指出："五七言诗是不合语言之自然的，因为我们说话决不能句句是五字或七字。""句法太整齐了，就不合语言的自然，不能不有截长补短的毛病，不能不时时牺牲白话的字和白话的文法，来牵就五七言的句法。""一切语言文字的作用在于达意表情。达意达得妙，表情表得好，便是文学。"⑤ 与胡适处于同一战壕的钱玄同尽管之前批评胡适"未能脱尽

---

① 方铭主编《朱湘全集》（散文卷），安徽文艺出版社2017年版，第173页。
② 《学衡派杂志简章》，《学衡》第1期，1922年1月。
③ 吴芳吉：《再论吾人眼中之新旧文学观》，《学衡》第21期，1923年9月。
④ 吴芳吉：《三论吾人眼中之新旧文学观》，《学衡》第31期，1924年7月。
⑤ 胡适：《建设的文学革命论》，《新青年》第4卷第4号，1918年4月15日。

文言窠臼"，但也知道"文遵自然"的书写法则："一文之中，有骈有散，悉由自然。凡作一文，欲句句相对，与欲句句不相对，皆妄也。"① 周作人认为："以口语为基本，再加上欧化语、古文、方言等分子，杂糅调和，适宜地或吝啬地安排起来，有知识与趣味的两重的统制，才可以造出有雅致的俗语文来。"② 鲁迅也以自己的写作实践来说明文学写作需要遵从自然的艺术原理："我做完之后，总要看两遍，自己觉得拗口的，就增删几个字，一定要它读得顺口；没有相宜的白话，宁可引古语，希望总有人会懂，只有自己懂得或连自己也不懂的生造出来的字句，是不大用的。"③ 梁启超也曾指出文学的好坏取决于意境和材料，而不是以文言和白话为标准："就实质方面论，若真有好意境好资料，用白话也做得出好诗，用文言也做得出好诗。如其不然，文言诚属可厌，白话还加倍可厌。"④ 在朋友和对手两面的批评夹击的影响之下，胡适的"力避文言"的观念也有了新的转变。作为白话文运动旗手，胡适在《国语的进化》中对文言字词能否进入白话书写做了一定程度的让步，他说："文言里的字，除了一些完全死了的字之外，都可尽量收入。复音的文言字，如法律、国民、方法、科学、教育等字，自不消说了。"⑤ 由此可见，胡适已经对"力避文言"的思想有所修正，表达了"不避文言"的书写理念，尽管他说的这些所谓"文言"已经与我们现在使用的"白话"无异。

---

① 钱玄同：《通信》，《新青年》第2卷第6号，1917年2月1日。
② 1928年的《〈燕知草〉跋》。
③ 鲁迅：《鲁迅散文集》，万卷出版公司201年版，第158页。
④ 梁启超：《晚清两大家诗钞题辞》，载《饮冰室合集》文集第十五册卷四十三，中华书局1989年版，第74～75页。
⑤ 胡适：《国语的进化》，《新青年》第7卷第3号，1920年2月。

第六章 自我的审查：从"不避俗字"到"力避文言"的白话写作

小 结

作为"五四"启蒙运动的重要组成部分，以白话代文言的白话文运动，是以语言的形式展示新文化的民主自由。但是，从"不避俗字"的书写革命到"力避文言"的书写偏至，胡适倡导的白话文运动走向了自己的反面，是值得我们深思的。当然，本章将此问题进行专论，也认识到"力避文言"只能存在于理念上，在创作上真正做到"力避文言"是很难的。而且文言和白话并没有清晰的界限，胡适自己对于文白之别也是一笔糊涂账，曾经将"法律、国民、方法、科学、教育"等字也纳入文言范围。[①] 同时需要指出，"力避文言"在实践上很难行得通，但是"五四"之后的很多现代文人作家在创作中始终忌讳谈"文言""旧诗"等字眼，而这便是"力避文言"书写理念下的"自我审查"心理导致的。

---

① 胡适：《国语的进化》，《新青年》第 7 卷第 3 号，1920 年 2 月。

中 编

重访"五四"文学革命中的文体新变

第七章　诗歌的尝试：《尝试集》与"五四"新文学话语规则的确立

相较于古代诗歌，中国现代诗歌有着截然不同的话语言述方式，这种诗歌话语体式转变发生在"五四"时期。"五四"文学革命的倡导者把旧体诗看作古典文学的大本营，因此将诗歌革命作为"重点战役"来打，胡适曾说："白话文学的作战，十仗之中，已胜了七八仗。现在只剩下一座诗的堡垒，还须用全力去抢夺。待到白话征服这个诗国时，白话文学的胜利就可说是十足的了。"① 白话诗歌理论的倡导需要白话诗歌的创作实践协同作战，才能彰显理论的可行性和影响力。由此，胡适一边进行理论阐释讨论，一边加紧白话诗歌创作，并很快编辑出版《尝试集》来辅助文学革命。可以说，胡适《尝试集》的出版是其早期文学革命理念的实践，也是《文学改良刍议》的现实模板，更是其"个人主张文学革命的小史"。② 本章以胡适诗集《尝试集》为中心，探讨在作品与理论的互动中"五四"白话诗歌话语规则确立的幽微曲折。

---

① 胡适：《逼上梁山》，载《中国新文学大系·建设理论集》，上海良友图书印刷公司1935年版，第19页。
② 陈方竞：《〈尝试集〉的问世与再版》，《华中师范大学学报》（人文社会科学版）2011年第2期。

一 理论的创作践行：文学革命中的
诗歌理论与创作

1916年8月4日，胡适给同在美国留学的任鸿隽的信中，豪情满怀地说："我此时练习白话韵文，颇似新辟一文学殖民地。可惜须单身匹马而往，不能多得同志，结伴同行。然吾去志已决。公等假我数年之期。倘此新国尽是沙碛不毛之地，则我或终归老于'文言诗国'，亦未可知。倘幸而有成，则辟除荆棘之后，当开放门户，迎公等同来莅止耳！"胡适后来在回顾"我为什么要做白话诗"时，重新引述了这段话来表明心志。[①] 此时他的白话诗理论已经产生反响，他也已经发表了数量可观的新诗作品。胡适最早的诗歌创作发生在留学期间，后来许多作品在《新青年》杂志上出版发行。胡适在理论发生期同步创作，有了切实可行的实践成果，不是只有空头理论。

（一）新诗理论：写诗如作文

"五四"白话新诗理论话语，主要是胡适建构的，主要见于《文学改良刍议》《谈新诗》《尝试集》的三篇自序。《文学改良刍议》所论文学革命八事全部与诗有关。所谓"文学革命八事"如下所述："一曰，不用典。二曰，不用陈套语。三曰，不讲对仗（文当废骈，诗当废律）。四曰，不避俗字俗语（不嫌以白话作诗词）。五曰，须讲求文法之结构。此皆形式上之革命也。六曰，不作无病之呻吟。七曰，不摹仿古人，

---

① 胡适：《我为什么要做白话诗》，《新青年》第6卷第5号，1919年5月1日。

第七章 诗歌的尝试：《尝试集》与"五四"新文学话语规则的确立

语语须有个我在。八曰，须言之有物。此皆精神上之革命也。"① 尽管这些文学改良的事针对全体文学而发，但仔细阅读，却都是从对古典诗歌的批评中生发出来的。胡适《文学改良刍议》中的"八不主义"是单从消极破坏的方面着笔的，后来他在《建设的文学革命论》中由"八不主义"发展到了"四说主义"："自从去年归国以后，然各处演说文学革命，便把这'八不主义'都改作了肯定的口气，又总括作四条，如下：（一）要有话说，方才说话。这是'不做言之无物的文字'一条的变相。（二）有什么话，说什么话；话怎么说，就怎么写。这是（二）（三）（四）（五）（六）诸条的变相。（三）要说我自己的话，别说别人的话。这是'不摹仿古人'一条的变相。（四）是什么时代的人，说什么时代的话。这是'不避俗话俗字'的变相。"② 他的"文学革命八事""有什么话，说什么话；话怎么说，就怎么写"，都是其白话诗歌理论建构的重要篇章。

1919 年，胡适发表了关于新诗理论的重头文章《谈新诗》。如果说《文学改良刍议》对新诗写作还保持一种相对克制的理论表述的话，那么这篇《谈新诗》则采取坦白直率的表达方式。这篇文章开宗明义，观点鲜明：其一，诗体必须大解放；其二，诗的进化即诗体解放；其三，新诗语言须有"音节"；其四，新诗语言须"具体"。胡适说："五七言诗是不合语言之自然的，因为我们说话决不能句句是五字或七字。"③ 在《尝试集》自序里，胡适说："句法太整齐了，就不合语言的自然，不能不有截长补短的毛病，不能不时时牺牲白

---

① 胡适：《文学改良刍议》，《新青年》第 2 卷第 5 号，1917 年 1 月 1 日。
② 胡适：《建设的文学革命论》，《新青年》第 4 卷第 4 号，1918 年 4 月 15 日。
③ 胡适：《谈新诗》，《星期评论》1919 年 10 月 10 日。

话的字和白话的文法,来牵就五七言的句法。"在《尝试集》自序中,胡适表达了"作诗如作文"的观点,认为文学革命首要的是打破一切枷锁镣铐,新诗的音节须顺应诗意,旧诗如缠脚,新诗是天足。

我们来看看胡适在回钱玄同的信中对文学的解说:"文学有三个要件,第一要明白清楚,第二要有力能动人,第三要美。"单看此言,虽然"明白清楚"有些工具性的指向,但至少还强调了"动人"与"美",而且以"美"为关键词的确抓住了文学的特质。然而,胡适对"美"的界说的确让人不敢恭维:"美就是'懂得性'(明白)与'逼人性'(有力)二者加起来自然发生的结果……第一是明白清楚,第二是明白清楚之至……"其实他所谓的文学的"美"的要件与其"明白清楚"的要件殊名同归:"要把情或意,明白清楚的表出达出,使人懂得,使人容易懂得,使人绝不会误解。"结合胡适文学概念中的"表情达意""明白清楚""容易懂得""不会误解"等关键词,总括其对文学的见解,其实就是以一种工具理性的思维看文学,极力追求语言表达的清晰化、理性化,用其语言来说就是"文学不过是最能尽职的语言文字""文学的基本作用(职务)还是达意表情"[①]。

(二)诗歌作品:"自古成功在尝试"

理论喊得震天响,倘若没有创作,就会成为创作无能的空头理论家。白话诗歌的创作对于新文学理论的倡导传播有着积极的建设意义。胡适作为第一个吃螃蟹的人,虽然有理论的自

---

① 胡适:《什么是文学——答钱玄同》,载《胡适文集》第2册,北京大学出版社1998年版,第149页。

第七章　诗歌的尝试：《尝试集》与"五四"新文学话语规则的确立

信，但循着自己的理论，将理论落实到纸面上进行创作，并非易事。更何况，既然自己倡导，就要创作出新文学的典范。他在《尝试集》序言中如是说："'尝试成功自古无'，放翁这话未必是。我今为下一转语：自古成功在尝试！莫想小试便成功，那有这样容易事！有时试到千百回，始知前功尽抛弃。即使如此也无愧，即此失败便足记。告人此路不通行，可使脚力莫浪费。我生求师二十年，今得'尝试'两个字。作诗做事要如此，虽未能到颇有志。作'尝试歌'颂吾师，愿大家都来尝试！"① 胡适在倡导白话诗歌时很谦虚："以上所言，或有过激之处，然心所谓是，不敢不言。倘蒙揭之贵报，或可供当世人士之讨论。此一问题关系甚大，当有直言不讳之讨论，始可定是非。适以足下洞晓世界文学之趋势，又有文学改革之宏愿，故敢贡其一得之愚。伏乞恕其狂妄而赐以论断，则幸甚矣。匆匆不尽欲言，即祝撰安。"② 而白话新诗的创作和《尝试集》的出版证明他从理论创作出成型的文学作品，尽管里面有着种种不成熟的印记。

胡适诗歌创作中存在着种种的不彻底性，在《尝试集》中也保存了很多旧体诗歌。这位首倡文学革命的旗手，尽管在理论倡导时可以旗帜鲜明，可以声嘶力竭，但一旦进入文学实践，也不自觉谦虚谨慎起来。关于新诗革命，胡适虽然与梅光迪、任叔永有种种讨论和争执，但随着新诗从当初的理论设想落实到纸面创作，胡适也从以前的"好为人师"的自信走向了"三人行必有我师"的谦虚。在《尝试集》出版定本之时，胡适邀请文学革命同人钱玄同、鲁迅、周作人等阅读增删。由

---

① 胡适：《尝试集·尝试后集》，贵州教育出版社2014年版，第56页。
② 胡适：《文学改良刍议》，《新青年》第2卷第5号，1917年1月1日。

此，陈平原认为通行本的《尝试集》即增订四版，"并非只是胡适个人心血的凝聚"，胡适大举邀请五位当世名流为其"删诗"，使该诗集经典地位得以确立，但是"'删诗'所涉及的，远不只是诗人本身，还包括第一代白话诗人的审美眼光、新诗发展的趋向、白话诗理论与实践之间的张力等问题"[1]。胡适在《尝试集》再版自序中说："这本书含有点历史的兴趣。我做白话诗，比较的可算早，但是我的诗变化最迟缓。从第一编的《尝试篇》，《赠朱经农》，《中秋》，……等诗到第二编的《威权》，《应该》，《关不住了》，《乐观》，《上山》等诗；从那些很接近旧诗的诗变到很自由的新诗，——这一个过渡时期在我的诗里最容易看得出。"[2] 胡适很清楚自己所尝试书写的新诗并非成熟之作，新诗和自己的理论倡导相比还有很大差距。但差距归差距，胡适把这些作品当作自己的孩子一样珍视，他既希望同人进行品评增删，又觉得他们不能理解自己的创作价值。于是，胡适产生了"立此存照"的想法，既可以回应来自内外的批评，又能保存自己的诗歌作品。由是再看《尝试集》，我们就不能简单抱着批评的态度来评判诗歌的现代性问题，而是将其看作诗歌从传统到现代的转型历程。这些诗歌保存着白话诗歌探索的具体形态，其从古典诗歌脱胎，一点点解放，一点点探索。以诗留痕，是书为证，《尝试集》包含复杂多元的诗歌形态，其不仅是诗歌作品集，而且是中国新诗脱胎转型的见证者，因此有立此存照的历史价值。

---

[1] 陈平原：《经典是怎样形成的——周氏兄弟等为胡适删诗考（一）》，《鲁迅研究月刊》2001年第4期。
[2] 胡适：《再版自序》，载《尝试集》（增订四版），人民文学出版社1984年版，第185页。

第七章 诗歌的尝试：《尝试集》与"五四"新文学话语规则的确立

二 诗作的出版传播：胡适白话诗歌的社会讨论

正如时人所言："改良文字非空言可以收效，必须有几种文学上的产品，与世人看看。果然有了真正价值，怕他们不望风景从么？"① 最初胡适对白话诗歌的倡导"既没有人赞同，也没有人反对"，社会反映寥寥。后来《新青年》杂志为了制造轰动效应，借助刘半农、钱玄同二人唱"双簧戏"的方式打开局面，引起社会关注。当然胡适的白话诗歌创作，可以寻溯到胡适主编《竞业旬报》期间，而自觉意义上的白话诗歌创作，则在胡适留学期间。胡适留学期间的很多白话诗歌作品有的在《留美学生季报》发表，有的在《新青年》杂志发表。从尝试性的白话诗歌的创作实践，再到白话诗歌的期刊发表传播，当作品积攒到一定数量时，胡适便开始筹备《尝试集》的编辑出版事宜。作为中国第一部白话诗歌集，也是第一部新文学作品集，《尝试集》被赋予了许多象征意义，因为胡适自己所倡导的白话诗歌理论需要用这部集子验证，文学革命的诸多理论需要用这部集子彰显。

（一）散篇的刊布传播

1917年对于学术界而言是一个多事之秋。是年2月，陈独秀主编的《新青年》杂志第2卷第6号，发表了胡适的《白话诗八首》，据说这是中国最早发表的新诗。尽管这一说法大可质疑，但许多论者和史家还是坚持这样的叙述口径。自

---

① 任鸿隽：《新文学问题之讨论（1918年6月8日）》，《新青年》第5卷第2号，1918年8月15日。

1917年《新青年》《新潮》等开始刊发白话新诗歌,白话诗的时代到来了。钱玄同为胡适《尝试集》做序时尚没有见过胡适,只是通过杂志看到了他的白话诗歌:"那时我还未曾和适之见面,所举各诗,都是登在《新青年》里面的。"① 可见当时很多人通过《新青年》《新潮》等报刊阅读胡适的白话诗歌。当然除了令人瞩目的《新青年》《新潮》,其他杂志也刊载传播胡适的白话诗歌。具体可见表7-1。

表7-1 胡适白话诗歌发表期刊

诗歌	发表刊物	年份/卷期
白话诗八首:《希望》《赠朱经农》《月(三首)》《他》《江上》《孔丘》	《新青年》	1917年/第2卷第6期
白话词四首:《生查子》《采桑子·江上雪》《沁园春·生日自寿》《沁园春"新俄万岁"有序》	《新青年》	1917年/第3卷第4期
《鸽子》《人力车夫》	《新青年》	1918年/第4卷第1期
《一念》《除夕》《景不徙》	《新青年》	1918年/第4卷第3期
《新婚杂诗(五首)》《老洛伯》(中英文对照)	《新青年》	1918年/第4卷第4期
《"赫贞旦"答叔永》	《新青年》	1918年/第4卷第5期
《四月二十五夜》《戏孟和》	《新青年》	1918年/第5卷第1期
《三溪路上大雪里一个红叶》《如梦令(两首)》	《新青年》	1918年/第5卷第4期
《关不住了》	《新青年》	1919年/第6卷第3期
《一涵》《应该》《希望》	《新青年》	1919年/第6卷第4期
《送任叔永回四川》《一颗星儿》	《新青年》	1919年/第6卷第5期

---

① 钱玄同:《尝试集》序,载《尝试集》(增订四版),人民文学出版社1984年版。

第七章 诗歌的尝试:《尝试集》与"五四"新文学话语规则的确立

续表

诗歌	发表刊物	年份/卷期
《威权》《乐观》	《新青年》	1919年/第6卷第6期
《追悼许怡荪》	《新青年》	1920年/第8卷第2期
《译张籍的〈节妇吟〉》《艺术》《我们三个朋友》《老洛伯》《湖上》	《新青年》	1920年/第8卷第3期
《梦与诗》《十一月二十四夜》《礼!》	《新青年》	1921年/第8卷第5期
《死者》《四烈士冢上的没字碑歌》	《新青年》	1921年/第9卷第2期
《希望》《平民学校校歌》	《新青年》	1921年/第9卷第6期
《十二月一日到家》	《新潮》	1919年/第1卷第2期
《关不住了》(中英文对照)	《新潮》	1919年/第1卷第4期
《上山》	《新潮》	1919年/第2卷第2期
《朋友篇》《别叔永杏佛覩庄》《五月》	《留美学生季报》	1917年/第4卷第4期
《赠朱经农》《月》	《通俗周报》	1917年/第6期
《爱情与痛苦》	《广益杂志》	1919年/第6期
《乐观》	《星期评论》	1919年/第17期
《希望》	《晨报副刊》	1921年10月12日
《醉与爱》	《民国日报·觉悟》	1921年/第1卷第31期
《四烈士冢上的没字碑歌》	《民国日报·觉悟》	1921年/第6卷第12期
《我们的双生日》《晨星篇:送叔永莎菲往南京》	《诗》	1922年/第1卷第2期
《西湖》	《努力周报》	1923年/第53期
《南高峰上看日出》	《努力周报》	1923年/第65期
《译诗一篇:不见也有不见的好处……》	《语丝》	1924年/第2期
《题凌叔华女士画的雨后西湖》	《现代评论》	1925年/第2卷第44期
《八月四夜》	《现代评论》	1925年/第2卷第46期

续表

诗歌	发表刊物	年份/卷期
《译诗一篇》	《妇女杂志（上海）》	1925 年/第 11 卷第 1 期
《瓶花》	《现代评论》	1925 年/第 2 卷第 49 期
《记言》	《现代评论》	1925 年/第 2 卷第 42 期
《杭州西湖烟霞洞东偏……》	《兴华》	1926 年/第 23 卷第 17 期
《素斐》	《现代评论》	1927 年/第 5 卷第 127 期
《鸽子》	《民立学期刊》	1928 年/第 1 期
《旧梦》	《新月》	1928 年/第 1 卷第 6 期

（二）诗集的出版传播

从散篇刊发到结集出版，胡适一边创作白话诗，一边也在刊布传播白话诗。当创作发表的新诗作品积累了一定数量后，胡适开始着手将其整理成新诗集。这部新诗集的名字便取自陆游的"尝试成功自古无"。胡适写道："'尝试成功自古无'，放翁这话未必真。我今为下一转语，自古成功在尝试！""莫想小试便成功，那有这样容易事！有时试到千百回，始知前功尽抛弃。即使如此已无愧，即此失败便足记。告人此路不通行，可使脚力莫浪费。我生求师二十年，今得'尝试'两个字。作诗做事要如此，虽未能到颇有志。"[①] 1920 年 3 月，胡适整理收集的新诗作品集——《尝试集》于上海亚东图书馆出版，是中国新文学史上第一部白话诗集。

诗集的问世，引起整个文学界的思想震动和诗学争论，文学界有批评也有赞赏。连晚清维新派的学问大家梁启超也致函胡适："《尝试集》读竟，欢喜赞叹，得未曾有。吾为公成功

---

① 胡适：《尝试集》（增订四版），人民文学出版社 1984 年版。

第七章 诗歌的尝试：《尝试集》与"五四"新文学话语规则的确立

祝矣。"① 《尝试集》出版之后，社会上阅读《尝试集》也成为一大现象。章士钊的痛斥之言从一个侧面印证了《尝试集》的阅读盛况："今日之贤长者，图开文运，披沙拣金，百无所择，而惟白话文学是揭。如饮狂泉，胥是道也。"而跟随"以质救文"之白话文风的人皆"以适之为大帝，绩溪为上京"，"一味于胡氏《文存》中求文章义法，于《尝试集》中求诗歌律令……以致酿成今日的底他它吗呢吧咧之文变"。② 甚至鲁迅写于1922年的小说《端午节》，也让主人公方玄绰读起了《尝试集》，且有手不释卷、欲罢不能的阅读欲望："他（方玄绰）喝了两杯，青白色的脸上泛了红，吃完饭，又颇有些高兴了，他点上一支大号哈德门香烟，从桌上抓起一本《尝试集》来，躺在床上就要看。""他又要看《尝试集》了。""方玄绰也没有说完话，将腰一伸，咿咿呜呜的就念《尝试集》。"③ 尽管在鲁迅笔下，让方玄绰读《尝试集》的情节书写不无讽刺意味，但方玄绰一有闲空阅读《尝试集》也可以管窥胡适白话新诗的阅读传播效应。胡适在再版序言中也反映了《尝试集》的阅读盛况："《尝试集》这一点小小的'尝试'，居然能有再版的荣幸，我不能不感谢读这书的人的大度和热心。"④ 由此可见，胡适的《尝试集》还是受到广大读者的欢迎的。

---

① 耿云志主编《胡适遗稿及秘藏书信》第三十三册，黄山书社1994年，第15页。
② 章士钊：《评新文化运动》，《新闻报》1923年8月21、22日。
③ 鲁迅：《端午节》，《小说月报》第13卷第9号，1922年9月。
④ 胡适：《尝试集·尝试后集》，贵州教育出版社2014年版，第179页

三　新诗的阅读讨论：《尝试集》的传播效应

在文学革命后期，胡适将散发在《新青年》上的白话诗歌进行结集，出版《尝试集》，这本身就对新文学话语规则的确立起着重要的作用。1920年3月，胡适的《尝试集》出版之后，学衡派的胡先骕写了两万多字的《评〈尝试集〉》进行批评，并指出："白话诗不可能打败古典诗歌，胡适不可能入主咸阳夺了秦玺，成为汉高祖刘邦，胡适及其《尝试集》的历史地位，不过是首举义旗而走不出多远的陈胜吴广。"然而，这时的白话诗已经成为浩浩荡荡的时代潮流，大有"顺我者昌，逆我者亡"的气势。梁启超所忧虑的白话霸权已经形成。据吴宓回忆："《评〈尝试集〉》撰成后，历投南北各日报及各文学杂志，无一愿为刊登，亦无一敢为刊登者。"[①] 这些批评《尝试集》的人不得不自办《学衡》杂志以刊布，由此也可窥见新诗兴起后的文学大势。

（一）白话诗歌的质疑

在文学界，兼事理论批评和创作实践殊非易事。因为理论可以说得天花乱坠，批评可以刺刀见红，但在理论主张之外、批评他人之后，如何用自我的文学实践来印证理论主张，来回应他人批驳，是很重要的一环，很多文学批评者会因此马失前蹄。所以很多文学批评者守住笔头不去文学创作，省的落人口实。而我们所关注的胡适却并不在此列，由此也引致他人的批评与嘲讽。例如1916年胡适曾经批评南社诗人之诗"夸而无

---

①　吴宓：《吴宓自编年谱》，生活·读书·新知三联书店1995年版，第229页。

第七章　诗歌的尝试：《尝试集》与"五四"新文学话语规则的确立

实,滥而不精,浮夸淫琐,几无足称者",而等到胡适的白话诗问世,南社领袖柳亚子不由发出嘲讽之语:"胡适自命新人……倡文学革命,文学革命非不可倡,而彼之所言殊不了了,所作白话诗,真是笑话!"① 从胡适最早创作的白话诗,到后来白话诗在《新青年》杂志上的发表,再到《尝试集》的出版、再版,围绕胡适白话诗创作的讨论,一直就没有停止过。诸多讨论文本我们无法列举分析,具体可参见表7-2。

表7-2　胡适《尝试集》所引发的社会批评文本

评论文章	作者	刊物	年份/卷期
《读胡适之尝试集：答胡怀琛先生》《诗的音节》《致朱执信先生第二书》	胡怀琛、朱执信	《俭德储蓄会月刊》	1920年/第2卷第1期
《尝试集讨论续记》	胡怀琛	《美育》	1920年/第4期
《评〈尝试集〉》	胡先骕	《学衡》	1922年/第1、2期
《"评尝试集"匡谬》	式芬	《晨报副刊》	1922年2月4日
《关于胡适的尝试集底"正谬"》	海臣	《群众月刊》	1929年/第1期
《新诗评：尝试集》	朱湘	《晨报副刊：诗刊》	1926年/第1期
《读尝试集》	秦蕴芬	《暨南校刊》	1929年/第22期
《读胡适之先生底"醉与爱"》	大白	《民国日报·觉悟》	1921年/第2卷第2期
《胡适最近的诗》	山风	《清华周刊：书报介绍副刊》	1925年/第16期
《答胡适之先生诗》	寄尘	《民众文学》	1926年/第13卷第14期
《由文学的革命到革命的文学：胡适誓诗以后》	甘乃光	《艺术界周刊》	1927年/第15期

---

①　柳亚子：《与杨杏佛论文学书》,《民国日报》1917年4月23日。

续表

评论文章	作者	刊物	年份/卷期
《论胡适的尝试集》	苏雪林	《新北辰》	1935年/第11期
《诗的"新路"与"胡适之体"》	吴奔星	《文化与教育》	1936年/第88期
《谈胡适之：由其诗可见其人》	李长之	《天地人（上海）》	1936年/第9期
《谈谈"胡适之体"的诗》	胡适	《自由评论（北平）》	1936年/第12期
《我也谈谈"胡适之体"的诗》	梁实秋	《自由评论（北平）》	1936年/第12期
《略谈胡适之的诗》	任钧	《诗音丛刊》	1947年/第1期
《胡适之诗》	束	《论语》	1947年/第135期

新文学话语开疆拓土，也并非易事，因为这将影响对文学的重新评价和定义。关于胡适的白话诗尝试，从1919年8月的《我为什么要做白话诗》《〈尝试集〉自序》，到1933年底的《逼上梁山》，再到50年代的《胡适口述自传》，经由胡适本人的再三追忆与阐发，连一般读者都已耳熟能详。学衡派的胡先骕曾经就胡适的《尝试集》写专文进行批评："今试一观此大名鼎鼎之文学革命家之著作，以172页之小册，自序、他序、目录已占去44页，旧式之诗词复占50页，所余之78页之《尝试集》中，似诗非诗似词非词之新体诗复须除去44首。至胡君自序中所承认为真正之白话诗者，仅有14篇，而其中《老洛伯》《关不住了》《希望》三诗尚为翻译之作。似此即可上追李杜，远拟莎士比亚、弥尔敦，亦不得不谓为微末之生存也。然苟此十一篇诗义理精粹，技艺高超，亦犹有说，世固有以一、二诗名世者。第平心论之，无论以古今中外何种之眼光观之，其形式精神，皆无可取。即欲曲为胡君解说，亦

第七章　诗歌的尝试：《尝试集》与"五四"新文学话语规则的确立

不得不认为'不窨已死之微末之生存'也。"① "然吾所尤喜者乃在小词，或亦夙昔结习未忘所致耶？窃意韵文最要紧的是音节。吾侪不知乐，虽不能为必可歌之诗，然总须努力，使勉近于可歌。吾乡先辈招子庸先生创造《粤讴》，至今粤人能歌之，所以益显其价值。望公常注意于此，则斯道之幸矣。厌京华尘浊，不欲数诣，何时得与公再续良晤耶？惟日为岁。"② 白话诗人朱湘后来阅读胡适的白话诗也有自己的看法："胡君适的《尝试集》，共分四编；第四编《去国集》同第一编都是旧诗词，我们不谈。我们现在要谈的是第二、第三两编，就是这两编也不完全是新诗……第二编里的《鸽子》《三溪路上大雪里一个红叶》《如梦令》《十二月一日奔丧到家》《小诗》同第三编里的《我们三个朋友》《希望》《晨星篇》都整篇的或一半的是旧诗词，这都是我们谈的时候所要略去的。" "我们看过了这十七首诗之后，有一种特异的现象引起我们的注意，便是胡君'了'字的'韵尾'用得那么多。这十七首诗里面，竟用了三十三个'了'字的韵尾。（有一处是三个"了"字成一联）不用说'了'字与另一字合成的组同一个同样的组协韵时是多么刺耳，就是退一步说，不刺耳；甚至再退一步说，好；但是同数用得这么多，也未免令人发生一种作者艺术力的薄弱的感觉了。'内容粗浅，艺术幼稚'，这是我试加在《尝试集》上的八个字。"③

守旧派的林纾对胡适白话新诗也有评价："胡君之诗，即舍其形式不论，其精神亦仅尔尔。胡君竟欲以此等著作，以推

---

① 胡先骕：《评〈尝试集〉》，《学衡》第 1 期，1922 年 1 月。
② 耿云志主编《胡适遗稿及秘藏书信》第 33 册，黄山书社 1994 年版，第 15 页。
③ 方铭主编《朱湘全集》（散文卷），安徽文艺出版社 2017 年版，第 173 页。

倒李杜苏黄，以打倒《黄鹤楼》，踢翻《鹦鹉洲》乎！"① 胡怀琛编的《〈尝试集〉批评与讨论》（泰东图书局1923年版），为我国新诗早期重要的诗评论著。这本集子是以通信形式研究文学的一种尝试，收集整理胡怀琛和他人互相讨论《尝试集》的文章和通信。这些批评与讨论的文字，并没有形成系统的理论，也不涉及《尝试集》的思想内容，只是评价《尝试集》新诗的用字造句，并且存在任意更改作者诗句的情况。如此这般，胡适当然不会接受。当时如刘大白等很多文人都参与了《尝试集》的讨论，但大家讨论的重点仍限于双声叠韵等细枝末节的问题。民主革命家朱志新也参加了讨论，他认为不应该拿自己所见去勉强人家，同时又说写心事，不懂音节是危险的事，将来要弄到诗的破产。这本集子分上下两编。上编收《胡适致张东荪的信》、《胡怀琛致张东荪的信》、《刘大白致李石岑的信》、《胡怀琛致李石岑的信》、朱执信《诗的音节》、《胡怀琛致朱执信函》、《胡怀琛致朱执信先生第二书》、《朱侨致胡适之函》、《对于胡适之通信的意见》、《胡怀琛批评〈尝试集〉到底没有错》等。下编收胡怀琛《〈尝试集〉正谬讨论的信》、吴天放《评胡怀琛的〈尝试集正谬〉》、《胡怀琛解释胡涣、吴天放二君的怀疑》、《胡怀琛给胡适之信》等。作为编者，胡怀琛在导言部分表明了自己对《尝试集》的批评态度："胡适之的《尝试集》，我都读完了，我对他的那篇自序，我想另做一篇文章讨论。现在所谈的，便是他集中的诗。我现在所说的话，完全是虚心研究的话。他的好处，我完全不敢抹杀，他的不好处，我也不顾忌讳，老实说出来。我再有一句话要先说明，我所讨论的是诗的好不好的问题，并不是文言和白

---

① 转引自胡先骕《评〈尝试集〉》，《学衡》第1期，1922年1月。

第七章 诗歌的尝试:《尝试集》与"五四"新文学话语规则的确立

话的问题,也不是新体和旧体的问题。"① 1924年3月,胡怀琛又在上海晓星书局出版了一本《诗学讨论集》,继续与郭沫若、刘大白、吴芳吉等人讨论有关新诗的音乐问题,书中收入他的一篇《胡适之派新诗根本的缺点》,断定胡适的诗有两大缺点:"第一,不能唱。只算白话文,不能算诗;第二,纤巧。只能算词曲,不能算新诗。"②

相对胡怀琛、林纾等人的批评,梁启超的评判之言更加中立客观,并且有高度和深度。对于胡适"有什么话说什么话""话怎么说便怎么写"的自然主义诗歌主张,梁启超持反对态度。他认为"诗是一种技术",而且是一种"美的技术",所以"格律是可以不讲的,修辞和音节却要十分注意"。自称"并不反对白话诗"的梁启超,在批评守旧的老先生不该蔑视文学史上早已粲然可观的白话诗的同时,也顺带批评了新诗派完全排斥文言的"偏激之论":"至于有一派新进青年,主张白话为唯一的新文学,极端排斥文言,这种偏激之论,也和那些老先生不相上下。就实质方面论,若真有好意境好资料,用白话也做得出好诗,用文言也做得出好诗。如其不然,文言诚属可厌,白话还加倍可厌。"梁启超随后针对《尝试集》很委婉地说出了自己的评判之言:"我也曾读过胡适之的《尝试集》,大端很是不错。但我觉得他依着词家旧调谱下来的小令,格外好些。为什么呢?因为五代两宋的大词家,大半都懂音乐,他们所创的调,都是拿乐器按拍出来。我们依着他填,只要意境字句都新,自然韵味双美。我们自创新音,何尝不能?可惜我们不懂音乐,只成个'有志未逮'。而纯白话体有

---

① 胡怀琛编《〈尝试集〉批评与讨论》,泰东图书局1923年版,第1页。
② 胡怀琛:《胡适之派新诗根本的缺点》,原载《时事新报·学灯》1921年1月11日,后收入胡怀琛编《诗学讨论集》,上海晓星书局1924年版。

最容易犯的一件毛病，就是枝词太多，动辄伤气。试看文言的诗词，'之乎者也'，几乎绝对的不用。为什么呢？就因为他伤气，有碍音节。如今做白话诗的人，满纸'的么了哩'，试问从那里得好音节来？字句既不修饰，加上许多滥调的语助辞，真成了诗的'新八股腔'了。"①

梁启超这段话也应算作对胡适在《〈尝试集〉再版自序》中花了许多篇幅讨论其白话诗"音节上的试验"的回应。胡适仔细说明了他借用"词曲的音节"以及采纳双声叠韵造成的美感，而更让他兴奋的是他发现了"'白话诗'的音节"，并举《关不住了》等诗句为例："一屋里都是太阳光，这时候爱情有点醉了，他说，'我是关不住的，我要把你的心打碎了！'"《关不住了》被胡适自许为"我的'新诗'成立的纪元"。② 对此，胡适回应说："任公有一篇大驳白话诗的文章，尚未发表，曾把稿子给我看，我逐条驳了，送还他，告诉他，这些问题我们这三年中都讨论过了，我很不愿意他来旧事重提，势必又引起我们许多无谓的笔墨官司！他才不发表了。"③

（二）白话诗歌的确立

《尝试集》出版之后，尽管批评很多，但无法阻挡新诗前进的脚步。在求新求变的民国初年，胡适的《尝试集》引领了读新诗、做新诗的社会风潮，当时的文学杂志也只能呼应社会风潮以刊载文学作品和文学理论，以至于胡先骕写的长篇批

---

① 梁启超：《晚清两大家诗钞题辞》，载《饮冰室合集》文集第十五册卷四十三，中华书局1989年版，第74~75页。
② 胡适：《〈尝试集〉再版自序》，载《尝试集·尝试后集》，贵州教育出版社2014年版，第196~198、200~201页。
③ 胡适：《致陈独秀（时间不详）》，载《胡适来往书信选》上册，中华书局1979年版，第119~120页。

第七章　诗歌的尝试：《尝试集》与"五四"新文学话语规则的确立

评文章《评〈《尝试集》〉》没有杂志愿意刊载，直到胡先骕参与创办的《学衡》杂志创刊文章才发表出来。时代潮流所至，连先前嘲笑胡适白话诗的柳亚子也开始有翻悔之意，他在给一位诗友的信中如是说："二十年前，我们是骂人家老顽固的，二十年后，我们不要做新顽固才好。"之后，胡适的诗歌理论一直处于被攻击的状态，但现代诗歌最终还是冲破了格律的束缚。章士钊的痛斥之言从一个侧面印证了这一贡献：创作新诗的人皆"以适之为大帝，绩溪为上京"，"于《尝试集》中求诗歌律令"，"以致酿成今日的底他它吗呢吧咧之文变"。① 新诗成为潮流，也造成了诗歌创作的泛滥无归。曹聚仁曾经描述了这一现象："我曾经在邵力子的《觉悟》编辑室中，看到了成千份的诗稿，有一位诗人，他就十天之中，写三百多首白话诗。其结果，大部分的白话诗，只是把白话文，分行来写，简直不是诗，却也不是散文。这也可说是新诗的流弊。"② 在《诗学讨论集》中，王庚在《尝试集批评讨论的结果到底怎样》中指出："尽管赞成胡适主张的人数居多，但完全处于失败的地位，胡怀琛先生是完全对的。"③ 正如当代学者毛翰所指出的："不必指证胡适白话诗理论的破绽，不必嘲笑胡适《尝试集》诗作的青涩，也不必嫉妒胡适的暴得大名。历史走到这一刻，胡适审时度势，果断出场，其马到成功原本是可以预期的。胡适的理论和创作再不济，也会因为响应者的不断加盟，而以盟军首领的资格彪炳史册。就算胡适只是陈胜，做不了汉高，在中国诗歌的《史记》里，得不到一篇'本纪'，也

---

① 章士钊：《评新文化运动》，《新闻报》1923年8月21、22日。
② 曹聚仁：《文坛五十年》，东方出版中心2006年版，第146页。
③ 胡怀琛编《诗学讨论集》，上海晓星书局1924年版。

少不了一页'世家'。"①

"五四"文学革命之后，出现了《近代中国文学思想的变迁》《五十年来中国之文学》《中国新文学大系（1917—1927）》等诸多史学梳理著作和作品选集，这些文献已经将白话新诗纳入中国文学史正宗地位。以《中国新文学大系（1917—1927）》为例，虽然诗集并非胡适编辑，朱自清对于胡适的诗歌并不恭维，但还是选编了很多胡适的诗歌。1935年至1936年初出版的大型丛书《中国新文学大系（1917—1927）》历来被认为是"中国现代文学"学科的奠基之作，被奉为文化出版和文学研究方面的"经典"。《中国新文学大系（1917—1927）》对胡适新诗的收录也无异于给中国新诗创作加冕，从此新诗压倒旧体诗，成为中国现代诗歌创作的正宗。尽管很多人颇有微词，尽管新诗人同时也有"勒马回缰作旧诗"的冲动，但旧诗依然成为被压抑的声音，诗歌语言的讨论也就此沉寂。直到20世纪90年代，郑敏的论文《世纪末的回顾：汉语言变革与中国新诗创作》对"五四"以来确立的新文学话语规则进行反思批判，② 这篇文章将压抑许久的诗歌语言问题重新提出来，让我们回到历史现场，又结合新诗写作的世纪经验，更理性平和地审思"五四"时期掀起的新诗革命。当然，审视历史不是为历史而历史，是为了新诗写作更好地再出发。

---

① 毛翰：《白话诗胡适》，《书屋》2017年第2期。
② 郑敏：《世纪末的回顾：汉语言变革与中国新诗创作》，《文学评论》1993年第3期。

第八章　小说的崛起：文明演进视野下两种文化启蒙

梳理"五四"新文学的发展脉络，无法绕过现代"小说"的勃兴与影响。作为一种文学体裁，小说以讲述故事、刻画人物为中心，它一般通过完整的故事情节和环境描写来反映丰富深广的社会生活。小说居四大文学体裁之首，在现代文学中占据举足轻重的位置。但小说在古代文学界曾是难登大雅之堂的文体。鲁迅在20世纪30年代回忆文学格局的变化时如是说："小说和戏曲，中国向来是看作邪宗的，但一经西洋的'文学概论'引为正宗，我们也就奉之为宝贝，《红楼梦》《西厢记》之类，在文学史上竟和《诗经》《离骚》并列了。"① 这确实道出了历史的真实。自晚清到"五四"，学术界在评价中不断抬高小说的功用价值和艺术价值，使得不登大雅之堂的"小说"成了万众敬仰的"大说"，甚至有"小说为文学之最上乘"② 的判断。此中到底发生了哪些故事呢？本章依据史料回到历史现场，打捞小说地位跃迁的原委曲折。

---

① 鲁迅：《徐懋庸〈打杂集〉序》，载《鲁迅全集》第6卷，人民文学出版社1981年版，第291～292页。
② 梁启超：《论小说与群治之关系》，载《饮冰室合集》文集之十，中华书局1989年版，第7页。

一 地位变迁:"小说"如何登上大雅之堂?

古代中国的文学谱系并没有给小说留下位列,受传统礼乐文化的影响,中国文人士大夫将圣贤文章和诗词曲赋列为文学正典,而将小说看作供贩夫走卒游戏消遣的作品,认为小说只具有消磨人的精神、拉低士人审美趣味的负面作用,不能列入文学正典。但从晚清到"五四",小说文体的地位不断攀升,从边缘地带逐渐进入文学正典的大雅之堂,享有现代文学艺术殿堂中的至尊地位。那么,小说是如何登上大雅之堂的呢?下面笔者将予以解析。

(一) 消遣之物:传统社会的小说认知

在中国古代,文人用诗歌"言志",用文章"载道"。载道之文的书写乃是经天纬地、修齐治平的大事,言志之诗是体现个性之高洁的"兴观群怨"的事业。与此相较,现代文学所标举的人人追捧的小说文体,在古代只有落魄文人从事,正派文人偶尔为之,也恐被文坛耻笑。作为一种文学体裁,小说现在是为我们所熟知的。但是"小说"两个字组成的词成为现在人们熟知的含义并不久。先撇除"说"的成分单来分析"小",何为"小"?小说之"小"乃是指言论之"小",最早出现便指"闲言碎语",而且这些闲言碎语为小民所喜言、小民所喜观。谈到"小民",现在我们叫"大众"是从人数上来讲,而当时称为"小民"乃是从社会地位和知识水平而言的。但不管是大众还是小民,他们都喜欢街谈巷语的"小说"。而这些为小民所喜的街谈巷语、闲言碎语自然进不了文人的法眼,并非他们不看,他们未尝不曾看"小说",只是儒家温文

第八章 小说的崛起：文明演进视野下两种文化启蒙

尔雅的悠久传统的规约，引导儒士文人都向往雅言而鄙视小说。由此古代文人雅士即使喜欢阅读小说也只能采取一种隐蔽的阅读方式。

追溯"小说"一语的源头，小说从一开始便被文人雅士鄙弃。"小说"一词最早出现于《庄子·外物》："饰小说以干县令，其于大达亦远矣。"[①] 庄子所谓的"小说"，是指琐碎的言论。班固《汉书·艺文志》将"小说家"列为第十家，其下的定义为："小说家者流，盖出于稗官。街谈巷语，道听途说者之所造也。"[②] 从摘引的古代文人的"小说"语源来看，小说大体不过是小民所喜的闲言碎语，因而被文人轻视。即使东汉桓谭所言："小说家合丛残小语，近取譬喻，以作短书，治身理家，有可观之辞。"小说仍然是"治身理家"的短书，而不是为政化民的"大道"。鲁迅在《中国小说史略》的开头就小说名称的来历提出自己的看法："然案其实际，乃谓琐屑之言，非道术所在，与后来所谓小说者固不同。"[③]这里的"非道术所在"指的便是小说非修身齐家治国平天下的大道。清代罗浮居士曾经论及"小说"的概念，他认为："小说者何？别乎大言言之也。一言乎小，则凡天经地义，治国化民，与夫汉儒之羽翼经传，宋儒之正心诚意，概勿讲焉。一言乎说，则凡迁固之瑰玮博丽，子云相如之异曲同工，与夫艳富、辨裁、清婉之殊科，宗经、原道、辨骚之异制，概勿道焉。其事为家人父子日用饮食往来酬酢之细故，是以谓之'小'。其辞为一

---

① （清）郭庆藩撰，王孝鱼点校《庄子集释》，中华书局1961年版，第925页。
② （东汉）班固：《汉书》，中华书局1962年版，第1745页。
③ 鲁迅：《中国小说史略》，上海古籍出版社2006年版，第1页。

方一隅男女琐碎之闲谈,是以谓之'说'。"① "其事为家人父子日用饮食往来酬酢之细故"的阐述比较接近人们对现代小说的理解,揆诸现代小说文本,大多是书写日常生活、爱情故事、人员往来,并以此反映社会伦理等问题。

在小说创作中,作者一般会以自己所经历的生活样态进行虚构想象,其中容纳了书写者的人生观、伦理观和审美趣味。但这些在古代文人雅士眼中,乃是有伤风化、诲淫诲盗的文字作品。查阅古代的禁书书目不难发现,被列为"禁书"的有很多是小说。因为这些小说尽管保留了很多民生生活的真实形态和真实情感,但它传达的并非正统的道德观念。这种娱乐消遣的文本,在"五四"时期被从事思想启蒙的仁人志士看作误国误民的文学。鲁迅在《我怎么做起小说来》中如是说:"我深恶先前的称小说为'闲书',而且将'为艺术的艺术',看作不过是'消闲'的新式的别号。所以我的取材,多采自病态社会的不幸的人们中,意思是在揭出病苦,引起疗救的注意。所以我力避行文的唠叨,只要觉得够将意思传给别人了,就宁可什么陪衬拖带也没有。"② 这种观点确实反映了传统社会普遍的小说认知。

(二) 启蒙之本:"五四"时代的小说塑造

清末民初,维新派梁启超等大力倡导"小说界革命",小说理论面目一新。小说地位空前提高,乃至被奉为"国民之魂""正史之根""文学之最上乘",再不是无足轻重的"街

---

① (清)罗浮居士:《〈蜃楼志〉序》,载杜云编《明清小说序跋选》,广西人民出版社1989年版,第361页。
② 鲁迅:《我怎么做起小说来》,载《鲁迅全集》第4卷,人民文学出版社1981年版。

第八章 小说的崛起：文明演进视野下两种文化启蒙

谈巷语""琐屑之言"。从"小说误国误民"到"小说救国救民"，志士仁人让小说实现了华丽转身。梁启超在文界革命喊出了"欲新一国之民，不可不先新一国之小说"的口号。他说：

> 欲新一国之民，不可不先新一国之小说。故欲新道德，必新小说；欲新宗教，必新小说；欲新政治，必新小说；欲新风俗，必新小说；欲新学艺，必新小说；乃至欲新人心，欲新人格，必新小说。何以故？小说有不可思议之力支配人道故……而诸文之中能极其妙而神其技者，莫小说若。故曰：小说为文学之最上乘也。[1]

梁启超此篇文章将传统文人视为"小道""末技""不登大雅之堂"的小说抬高到"文学之最上乘"，并且极力标举小说可以新民的启蒙功用。鲁迅在《我怎么做起小说来》中也自承创作小说的动机是启蒙思想："说到'为什么'做小说罢，我仍抱着十多年前的'启蒙主义'，以为必须是'为人生'，而且要改良这人生。"[2] 从此之后，为艺术而艺术的文学时代成为过去，为人生而艺术的文艺时代已然到来。在"五四"的影响下，诸多小说创作者自觉承担起文学启蒙的任务。"政治小说""问题小说""国民性批判小说"无疑都是在启蒙意识下进行创作的，也的确产生了启蒙民众的社会效应。

伯耀在《小说之支配于世界上纯以情理之真趣为观感》

---

[1] 梁启超：《论小说与群治之关系（1902）》，载《饮冰室文集全编》，上海新民书局1933年版，第17页。
[2] 鲁迅：《我怎么做起小说来》，载《鲁迅文集全编》，国际文化出版公司1995年版，第792页。

中如是描写小说的重要性:"世界人道,固有理与理相通、情与情相通者,即有理与情相通、情与理相通者。谁无灵魂?谁无督脉?诚能绎其情理之真趣,则作者之心,与读者之心,已默而化之矣。"① "五四"时期的文学创作自觉承继晚清文学救国的思想,反对封建载道文学和游戏文学,反对纯艺术的文学,强调文学要反映人生,关心民生疾苦,同情"被损害者和被侮辱者",作家们写出了一批反映现实生活的问题小说、乡土小说、国民性批判小说。在"五四"小说创作中做出丰功伟绩的鲁迅曾经说:"在中国,小说不算文学,做小说的也决不能称为文学家,所以并没有人想在这一条道路上出世。我也并没有要将小说抬进'文苑'里的意思,不过想利用他的力量,来改良社会。"② 以鲁迅为代表的新文学作家,以出色的小说创作成绩践行着"改良社会"的想法,同时也大大提高了小说体裁的文学地位,将小说抬进了中国现代文学的"文苑"。

二 形式变革:以"视觉"文本代替"听觉"文本

借助文学革命中的形式变革,小说改头换面,成为洋溢着现代性色彩的文学体裁。这里的形式变革不仅仅包括从文言到白话的语言变革,也包括叙事模式、篇章结构等的变革。这里主要梳理中国现代小说从"章回体"到"截面体"、从"听觉

---

① 伯耀:《小说之支配于世界上纯以情理之真趣为观感》,《中外小说林》第 15 期,1907 年。
② 鲁迅:《我怎么做起小说来》,载《鲁迅文集全编》,国际文化出版公司 1995 年版,第 792 页。

第八章 小说的崛起：文明演进视野下两种文化启蒙

文本"到"视觉文本"的形式转型问题。

（一）体式之变：章回体到截面体

中国古代的小说流行章回体，如明清时期著成并至今流传不衰的小说《西游记》《水浒传》《三国演义》《红楼梦》《儒林外史》《金瓶梅》等都采用章回体结构。所谓章回体，其特点是将全书分为若干章节，称为"回"或"节"，少则十几回、几十回，多则百余回。章回体小说是中国古典长篇小说的主要形式，它的创作继承和发展了中国古代深厚的文学传统，是由话本小说、俗讲变文、史传文学多重源流发展而来的。每回前用单句或两句对偶的文字作标题，称为"回目"，概括本回的故事内容。每回开头以"话说""且说"等起叙，每回末有"欲知后事如何，且听下文分解"之类的收束语，一回叙述一个较完整的故事段落，有相对独立性，但又承上启下。由此逐渐形成具有中国特色的小说叙述体式。[1]

自"五四"文学革命以后，章回体的小说创作模式遭遇批判摒弃。因为在"五四"启蒙者视野中，章回体的套式结构代表着落后的形式，小说应该推举"短篇小说"，强调生活的截面，注重结构的复杂严密，并且他们认为这代表着小说的现代性。在胡适看来："短篇小说是用最经济的文学手段，描写事实中最精彩的一段，或一方面，而能使人充分满意的文章。"[2] 以此为标准，胡适认为只会记"某时到某地遇某人，作某事"的文言小说《聊斋》和只会做那无穷无极的《九尾

---

[1] 杨小敏、饶道庆：《明清章回体小说文体探源》，《社会科学家》2009年第12期。
[2] 胡适：《论短篇小说》，《新青年》第4卷第5号，1918年5月15日。

龟》之类的文学都是"不经济"的文学。① 当然这种现代性追求是以西方为参照的。这种小说理论追求一种精英化的阅读式的小说消费。吴宓曾经指出："故编著小说杂志者，为迎合此大多数人之心理，而广销路其见，遂专作为短篇小说。盖短篇小说可于十分钟十五分钟内读毕一篇，而其中人物极少，情事极简单，易于领会，且稿费印工较少，故杂志之定价亦可较廉，而凭广告以博巨资也。此短篇小说之所以盛也。"② 胡适引用斯宾塞的话来为其白话文学主张辅助论证："斯宾塞说，论文章的方法，千言万语，只是'经济'一件事。""文学自身的进步，与文学的'经济'有密切关系。文学越进步，自然越讲求'经济'的方法。"③ 而吴宓则认为胡适倡导的截面体的"短篇小说"不过是迎合现代闲暇消费的低等文学作品。吴宓说："盖人皆趋重物质生活，专心致力于文艺者甚少。彼蛍蛍营营之大多数之人，以文学为消遣品，仅于其作工、治事、图利、赚钱之余暇，以及乘火车、住旅馆、候客人等无聊之片时，展卷以求娱乐，时刻一到，即复抛置。若强以读长篇章回体小说，一时既苦未能终卷，而随意取来一书，中途阅起，亦苦前事不明，线索不清，茫然如坠五里雾中。且彼辈不惟无此时，亦且无此力。盖今世之人，于其所营之事业，所研之专门学问外，其他万事漠不关心，于文艺纯属门外汉。即小说亦不惯诵读，读之亦不甚能解，而厌倦思睡。"④ 吴宓指责因为胡适的诱导，国内新文学家都热心于西式短篇小说，而不再有中国的章回体小说："从古之小说大家所作者皆长篇小

---

① 胡适：《论短篇小说》，《新青年》第4卷第5号，1918年5月15日。
② 吴宓：《论今日文学创作之正法》，《学衡》第31期，1924年7月。
③ 胡适：《论短篇小说》，《新青年》第4卷第5号，1918年5月15日。
④ 吴宓：《论今日文学创作之正法》，《学衡》第31期，1924年7月。

第八章 小说的崛起：文明演进视野下两种文化启蒙

说，而惟长篇小说始有精深优美之艺术之可言。西洋现今作长篇小说之人尚不少，反观吾国则近年新派之言文学创造者，莫不作短篇小说，而鲜有作长篇章回体者。吾以为此亟待改良而不必效西人之所短，且又过之也。"① 吴宓最后做了总结："总之，但以恶劣牵强之白话，每行数字至十余字，英文标点，写一零片一小段极平凡之感情闻见，此种短篇小说，实无价值。而彼专图谋利糊口之下等文人，所作不出酒色歌舞、游乐赌博之事，陈词滥调，堆满词章之非新非旧之小说，其无价值，更何待言也。"②

（二）阅听之别：听觉传播到视觉传播

追溯现代小说的源头，一般会述及唐宋勾栏瓦肆中说书人的话本。这种小说话本，通过口头传播形式为大众提供娱乐消遣。例如话本《隋唐英雄传》《水浒传》《三国演义》《西游记》等都以民间说话方式呈现。置身勾栏瓦肆，说书者在台上说小说，听众在台下听小说。这种形式对小说文本的要求不太高，而是讲求故事的生动有趣，讲求说书人的声音动作。中国传统小说都保持着"说"的特色，即用口耳相传的形式进行传播。"章回体"也是说书催生的。"讲史"就是说书的艺人们讲述历代的兴亡和战争。讲史内容一般都很长，说书人经过多次表演才能讲完。每讲一次，就等于后来章回体小说中的一回。在每次讲说前，艺人要用题目向听众揭示主要内容，这就是章回体小说回目的起源。章回体小说中经常出现的"话说"和"看官"等字样，正可以看出它与话本之间的继承关

---

① 吴宓:《论今日文学创作之正法》，《学衡》第31期，1924年7月。
② 吴宓:《论今日文学创作之正法》，《学衡》第31期，1924年7月。

系。每次说书都有一定的文本容量，因此每回话本也要有相当的篇幅，但篇幅之内必须有"悬念""包袱"，也要为下一回埋下伏笔。古时的说书人，还真有点儿像如今的网络主播，捧的是巧舌如簧的饭碗，靠的是围观群众的捧场和粉丝们日积月累的流量。①

如果说之前的小说接受是口耳相传的"听"，那么现代小说接受却在手眼交通的"看"。1918年，胡适在评论中国古代文学时说："即以体裁而论，小说好的，只不过三四部，这三四部之中，还有许多疵病；至于最精采之'短篇小说''独幕戏'，更没有了。"②胡适强调短篇小说的"结构局势"，而结构局势有时只能通过静心阅读才能理清读懂，并不适合口耳相传。由于"五四"启蒙者的倡导推动，现代小说的故事情节更趋复杂，描写也更为细腻，并且推崇故事结构的张力，这种叙事张力已经无法通过"口耳相传"的方式传递，只能通过静坐阅读的方式了解。听书只是了解故事的梗概，而看书就可以有文可依，可以咬文嚼字。这里无法简单地去评判古代章回小说之"口耳相传"与现代小说之"手眼交通"孰优孰劣，只能梳理呈现出来供我们思考。尤其是在视频影像空前爆炸的当下，各种视频影像不断刺激和满足人们对"看"的需求，"读图""阅屏"加重了读者通过眼睛摄入信息的负担，当年的听书人、读书人已演变为无处不在的"刷屏族"与"低头族"，我们携带的智能手机原先重视"听"和"说"的功能，如今更重视阅读和观看体验，由此重审"听书"式文学消费之价值是一个很好的契机。

---

① 易扬：《别拿说书人不当史家》，《文汇报》2018年6月25日。
② 胡适：《建设的文学革命论》，《新青年》第4卷第4号，1918年4月15日。

第八章　小说的崛起：文明演进视野下两种文化启蒙

三　启蒙变革：从"道德教化"到"思想启蒙"

当然，讨论从章回体到截面体的体式转型和从听说到读写的媒介转型，我们还是要回归到文学的启蒙价值上来。"五四"文学革命之后，胡适等将短篇小说推上现代小说的宝座，而将章回体小说打入通俗文学的冷宫，但就小说的启蒙价值而言，通俗小说和精英小说都有启蒙的价值，只是有"表层启蒙"与"深层启蒙"之别罢了。正如有学者指出的"现代'启蒙文学'与古代'教化文学'具有深刻的精神联系"，"现代启蒙传统是古代教化传统的继承和发展"。[①]

（一）题材之易：从帝王将相到劳苦大众

"五四"文学革命倡导现代小说，与传统小说相较，现代小说题材有不同的趋向。如果说传统小说大都选择帝王将相和才子佳人，那么现代小说往往抱着启蒙主义的心态，书写劳苦大众的悲哀，进而为思想启蒙鼓呼，为革命动员服务。作为倡导文学革命的主阵地，《新青年》杂志第7卷第6号作为"劳动节纪念号"隆重举起"劳工神圣"的大旗。该号封面套红，并有"劳工神圣"的罗丹画作。扉页和插页上分别有蔡元培题写的"劳工神圣"、吴稚晖题写的"人日"、孙中山题写的"天下为公"等字眼，此外还有大生纱厂打包工人包礼盛的"互助"、恒丰纱厂打包间工人李善让的"人的生活与快乐唯

---

① 何锡章：《中国现代文学"启蒙"传统与古代"教化"文学》，载《中国现代文学传统》，人民文学出版社2002年版，第116页。

劳动节含有之"等普通工人的题词，再加上数十幅反映工人劳动状况的图片，一起宣告平民时代的降临，也意味着平民文学时代的到来。这个时候的小说把视角转移到底层民众中，即使写才子佳人也已经变成了底层民众协同互助、反抗压迫的笔调。例如郁达夫创作于1923年7月的《春风沉醉的晚上》，以黑暗污浊的大都市为背景，书写了下层知识分子与穷苦工人之间真挚的友谊。作品中的"我"是一位生活无着的穷知识分子，为生活所迫，住进了贫民窟中一个窄小破旧的阁楼里。在那里，"我"遇到了一个同样被生活压迫的烟厂女工。由于有着共同的生活处境和对现实的强烈不满，"我们"相识后很快从相互同情，发展到相互关怀、体贴。① 作品在一定程度上揭示了深刻的阶级矛盾，反映了下层人民的苦难，展示了他们自发的反抗意识及纯洁美好的心灵。

回顾"五四"文学革命前后的文学界，人们都在大谈特谈新文学，但对新文学到底是什么却并没有明确的界定。李大钊对此特别撰文《什么是新文学》来阐释唯形式主义新文学观念的偏至，他说："我的意思以为刚是用白话作的文章，算不得新文学；刚是介绍点新学说、新事实，叙述点新人物，罗列点新名辞，也算不得新文学。我们所要求的新文学，是为社会写实的文学，不是为个人造名的文学；是以博爱心为基础的文学，不是以好名心为基础的文学；是为文学而创作的文学，不是为文学本身以外的什么东西而创作的文学。"在做了许多的"是""不是"的阐释之后，他亮出了自己的思想底牌："宏深的思想、学理，坚信的主义，优美的文艺，博爱的精

---

① 郁达夫：《春风沉醉的晚上》，《创造》季刊第2卷第2号，1924年2月28日。

第八章　小说的崛起：文明演进视野下两种文化启蒙

神，就是新文学新运动的土壤、根基。"[1] 李大钊对新文学的阐释，强调了白话语言形式背后内容的重要性，而在"宏深的思想""坚信的主义""博爱的精神"等新文学指导思想下，新文学观照的题材也逐渐从上层社会不断下移，转而书写对弱势群体、劳动者、下层民众的同情和启蒙。

以鲁迅的小说为例，鲁迅的书写题材突破了传统小说过分追求离奇情节、非凡人物的偏向而转向描写普通人的日常生活和社会的真相，塑造了阿Q、华老栓、祥林嫂、闰土、孔乙己等底层社会众生相。在鲁迅的小说中，饱含浓重的"哀其不幸，怒其不争"的复杂情感。他看到底层民众所遇到的深重苦难，也洞察出他们的弱点和病态，他对中国底层民众的命运是深切同情的，试图阐释他们精神上的病弱的社会原因和历史原因，并以此开启思想启蒙的文学事业。这里特别值得一提的是，鲁迅的《一件小事》以一位人力车夫为主要人物展开叙事，并且撇开了"哀其不幸，怒其不争"的笔调，讲述一位人力车夫撞到人但并没有其他人看见，且在冒着被人讹诈的情况下还去帮助老人的故事。最后主人公"我"深受感动："我这时突然感到一种异样的感觉，觉得他满身灰尘的后影，刹时高大了，而且愈走愈大，须仰视才见。而且他对于我，渐渐的又几乎变成一种威压，甚而至于要榨出皮袍下面藏着的'小'来。"[2] 其实放眼"五四"新文学创作，人力车夫是文人作家关注的重点对象，例如在1918年出版的《新青年》第4卷第

---

[1] 守常（李大钊）：《什么是新文学》，《星期日周刊》"社会问题号"，1920年1月4日。
[2] 鲁迅：《呐喊·彷徨》，四川人民出版社2018年版，第49页。

1号上,沈尹默和胡适发表了同题为《人力车夫》的新诗。①而到20世纪30年代,老舍的小说《骆驼祥子》的问世,将人力车夫的书写推向高潮,但归根结底它也不过是"五四"书写"人力车夫"文学的余绪。新小说中对弱势群体、下层民众的"同情"一方面反映出知识分子的平民意识,另一方面也反映了新小说的"新"意。综观文学革命开启的新小说创作,可以说由帝王将相作主人公到人力车夫等下层人物作主人公的题材变革是一个重要表征,而新文学的现代性意识也由此萌生。

(二)启蒙之别:从深层启蒙到表层启蒙

"五四"文学革命之后兴起的新小说时刻标榜启蒙主义,倡导"为人生而艺术"的创作理念,反对封建的载道文学和游戏文学,反对所谓纯艺术的文学,强调文学的作用是"社会和人生因之改善,因之进步,而造成新的社会和新的人生"。② 这种现实主义的创作倾向其实也内隐着文学工具论的思想意识。吴宓在阐发文学创作理念时就指出:"中国文学之

---

① 沈尹默的《人力车夫》写道:"日光淡淡,白云悠悠,风吹薄水,河水不流。出门去,雇人力车。街上行人,往来很多;车马纷纷,不知干些甚么?人力车上人,个个穿棉衣,个个袖手坐,还觉风吹来,身上冷不过。车夫单衣已破,他却汗珠儿颗颗往下堕。"胡适的《人力车夫》如下:"车子!车子!"车来如飞。/客看车夫,忽然中心酸悲。/客问车夫,"你今年几岁?拉车拉了多少时?"/车夫答客,"今年十六,拉过三年车了,你老别多疑。"/客告车夫,"你年纪太小,我不坐你车。/我坐你车,我心惨凄。"/车夫告客,"我半日没有生意,我又寒又饥。/你老的好心肠,饱不了我的饿肚皮。/我年纪小拉车,警察还不管,你老又是谁?"/客人点头上车,说"拉到内务部西!"参见《新青年》第4卷第1号,1918年1月15日。
② 李玉珍、周春东、刘裕莲等编著《中国文学史资料全编》(现代卷),知识产权出版社2010年版,第79页。

第八章 小说的崛起：文明演进视野下两种文化启蒙

大患，患乎从事文学之人多半未识文学之本体，未明文学之真谛，而不患乎文学之工具。旧派鲜知其故，故以文学为消遣之品，为应酬之物。新派鲜知其故，故以文学为实用之伦，为发明之事，是以文学崩败而不可收拾。"[①] 吴宓对新文学的"实用之伦"批评可谓切中肯綮，当然在救亡图存的社会背景下对这种文学观念进行高低优劣的评判并非简单之事，这里我们暂按下不表，我们所要关注的问题是，秉承着启蒙主义理念的新文学、新小说是否真的起到了启蒙社会的作用。其实这要打一个大大的问号，尽管后面的历史书写都对以文学革命为重要组成部分的新文化运动做出了很高的评价，并以"中国的启蒙运动"呼之，仿佛新文化运动一起，所有旧的思想传统如土委地，一切焕然一新。其实，借助碎片化的文献史料，我们可以发现当时的新文学启蒙尽管观照社会底层，但作品的传播只是停留于精英阶层，而对更大范围的社会民众，启蒙效果甚微。文人作家对底层的"同情""哀其不幸，怒其不争"等诸多文学观照只不过是精英群体的咏叹调而已。有人甚至提出如下观点："启蒙运动表面上激进彻底，实质上软弱无力。""'五四'运动和80年代'文化热'所代表的传统文化启蒙的软弱性和不彻底性在于它的表层性和外在性；而它的表层性和外在性又具体体现在它没有触及传统文化的根基和寓所——传统日常生活世界。"[②] 由此我们能够理解巴金的小说《家》之所以在青年学生那里颇受欢迎，而在市民报纸上却无法连载，是因为更广大的市民阶层并不能理解这些新文学、新观念。以章回体为代表的通俗类小说看似说的都是家长里短和才子佳人，但

[①] 吴芳吉：《再论吾人眼中之新旧文学观》，《学衡》第21期，1923年9月。
[②] 衣俊卿：《日常生活批判与深层文化启蒙》，《求是学刊》1996年第5期。

影响范围更加深入广泛，能够抵达日常生活的底层，抵达民族文化的深处。有人曾问起鲁迅的母亲是否阅读鲁迅的小说，鲁迅母亲说不喜欢看，她更喜欢看张恨水的小说。与新文学出版发行相较，通俗类小说的市场更大，同时也具有深层的文化启蒙价值。"五四"新文化运动的知识启蒙从根本上说除了实现知识分子的自我启蒙之外，并没有真正触及普通民众自在自发的传统生存模式。正是在这个意义上，有人倡导"日常生活批判所代表的深层文化启蒙"。日常生活批判所代表的深层文化启蒙不再是普通民众的"代言人"外在地加诸生活世界的东西，而是在普通民众生活世界根基上发生的文化转型，它表现为精英文化与市民文化在生活世界内部的交汇与整合。① 由此我们也更能体悟通俗文学的启蒙面向，并以此重思从传统小说到现代小说转型的功过是非。

---

① 衣俊卿：《日常生活批判与深层文化启蒙》，《求是学刊》1996 年第 5 期。

第九章 戏剧的变革：中国现代戏剧演进中的"启蒙"问题

在中国戏剧从传统到现代的变革过程中，学界也在探索戏剧的教化启蒙功能。戏剧作为人类古老的艺术形式经久不衰，演员通过对话、歌唱或动作等方式进行故事和情节的叙述。研究中国戏剧的形式特征和思想内涵，不能回避启蒙问题。自晚清以降，文学便与启蒙形成千丝万缕的联系，而戏曲作为中国传统文学艺术之一，是一种"以歌舞演故事"的舞台文艺样式，在中国古代兼具娱乐休闲与思想教化两种功能，因其现场演绎的雅俗共赏、感动人心等特征，在清末民初也曾被用来"改良风俗"。宋人话本《冯玉梅团圆》有言："话须通俗方传远，语必关风始动人。"① 中国戏曲的形式（通俗）和内涵（关风）如何改良才能为现代启蒙服务？在启蒙先驱的热烈倡导之下，社会各界对戏剧改良的讨论越来越深入，对戏剧的启蒙教化作用的认识也提到一个新的高度。关于中国百年话剧与思想启蒙之关系，已经有过学术探讨②，但中国戏剧现代变革中的启蒙与审美的问题仍待我们进一步阐释剖析。本章对传统戏曲形式的"教化"与现代话剧形式的"启蒙"进行比较分

---

① （明）冯梦龙编著《警世通言》，山东文艺出版社2016年版，第97页。
② 董健：《现代启蒙精神与中国话剧百年》，《文学评论》2007年第3期。

析，进而思考中国现代戏剧演进中的"启蒙"问题。

一　道德教化：传统戏曲的通俗话语与道德叙事

中国戏曲起源于原始歌舞，是一种历史悠久的综合舞台艺术样式。经过长时期发展才形成比较完整的戏曲艺术，它由文学、音乐、舞蹈、美术、武术、杂技以及表演艺术综合而成。戏曲的特点是将众多艺术形式以一种标准聚在一起，在共同具有的性质中体现其各自的个性。王国维如是阐释："戏曲者，以歌舞演故事也。"① 中国戏曲经过长期的发展演变，逐步形成了"京剧、越剧、黄梅戏、评剧、豫剧"五大戏曲剧种，其以唱念做打结合舞台艺术去演绎故事，深受中国各阶层民众的喜爱。

（一）通俗形式与教化价值

"话须通俗方传远。"戏曲是中国的文化瑰宝，无论是地方戏还是中国的国粹京剧，都是以人们喜闻乐见的通俗形式出现的。中国传统戏曲讲究通俗易懂，戏曲中所讲述的很多故事也是一些类型化的民间故事类型。陈独秀以"三爱"为名发表《论戏曲》一文，大力鼓吹戏剧改良，并从理论上阐述了戏剧的教育功能。陈独秀在《论戏曲》中基于对戏曲与中国社会关系的认知，开篇便说："列位呀！有一件事，世界上人没有一个不喜欢，无论男男女女老老少少，个个都诚心悦意，受他的教训，他可算是世界上第一大教育家，却是说出来，列

---

① 王国维：《戏曲考源》，载《王国维戏曲论文集》，中国戏剧出版社1984年版，第163～182页。

第九章 戏剧的变革：中国现代戏剧演进中的"启蒙"问题

位有些不相信，你道是一件什么事呢？就是唱戏的事啊。列位看俗话报的，各人自己想想看，有一个不喜欢看戏的吗？我看列位到戏园里去看戏，比到学堂里去读书心里喜欢得多了，脚下也走的快多了，所以没有一个人看戏不大大的被戏感动的。"进而，陈独秀重点指出："戏馆子是众人的大学堂，戏子是众人的大教师，世上人都是他们教训出来的。"① 从陈独秀的叙事言说中，我们可以看出，在中国不但戏曲是受众最广的艺术形式，而且戏曲演艺具有道德教化作用。

以戏曲来教化民众，陈独秀有很多同世知音。康有为与陈独秀不谋而合，他从戏曲艺术形式传播效果的发生机制予以阐述戏曲的教化作用："诗皆乐章也，戏曲即古乐府，能深入人心，使人乐，使人悲，忽然不知所由来。故移风易俗，莫善于乐。戏曲，实为六教之大本，宜隶学官，损益以赠民。"② 同处晚清的时空之下，面对救亡图存、启蒙下层民众的任务，陈去病专门撰写《论戏剧之有益》来阐述戏剧对改良社会的巨大作用。他认为戏剧在启迪民众方面"奏效之捷，必有过于劳心焦思，孜孜矻矻以作《革命军》、《驳康书》、《黄帝魂》、《落花梦》、《自由血》者，殆千万倍"。③ 陈独秀也从情感教育和艺术感化的角度来阐释戏曲的启蒙功用。他说："戏曲者，普天下之人类所最乐睹、最乐闻者也，易入人之脑蒂，易触人之感情。故不入戏园则已耳，苟其入之，则人之思想权未有不握于演戏曲者之手矣。使人观之，不能自主，忽而乐，忽而哀，忽而喜，忽而悲。忽而手舞足蹈，忽而涕泗滂沱，虽些

---

① 三爱（陈独秀）：《论戏曲》，《安徽俗话报》第11期，1904年9月10日。
② 康有为：《日本书目志》，载《康有为全集》第3集，上海古籍出版社1992年版，第1013页。
③ 陈去病：《论戏剧之有益》，《二十世纪大舞台》第1期，1904年。

少之时间，而其思想之千变万化，有不可思议者也。故观《长坂坡》、《恶虎村》，即生英雄之气概；观《烧骨计》、《红梅阁》，即动哀怨之心肠；观《文昭关》、《武十回》，即起报仇之观念；观《卖胭脂》、《荡湖船》，即长淫欲之邪思；其他神仙鬼怪，富贵荣华之剧，皆足以移人之性情。由是观之，戏园者，实普天下人之大学堂也；优伶者，实普天下人之大教师也。"① 在陈独秀看来，戏剧为改造社会的有力工具。自源头而言，人性是好的，但社会可恶的成规使人的心灵蒙上灰尘。陈独秀主张中国戏曲要弘扬美好的人性，谴责那些败坏人的可恶成规，引导人们去"爱道德恨罪恶"。由此在戏曲剧院里，"以歌舞演故事"的戏曲可以让好人和坏人的心灵进行沟通，让坏人的灵魂得到净化，由此戏曲起到艺术感染和道德教化的作用。

（二）传统教化与现代启蒙

戏曲受到社会大众的欢迎，在引导社会风气方面起着举足轻重的作用。因此在晚清受到仁人志士的重视。1904年刘师培在《国粹学报》上发表了《原戏》一文："戏为小道，然发源则甚古。遐稽史籍，歌舞并言。歌以传声，舞以象容。歌舞本于诗，故歌诗以节舞。以歌传声，复以舞象容。""盖乐舞之制，其利实著：大之可以振尚武之风，小之可以为养生之助。而征引往迹，杂陈古事，则又抒怀旧之蓄念，发思古之幽情，为劝戒人民之一助，其用顾不大哉！"② 晚清人士既认识到戏曲在启蒙中的作用，又希望对戏剧进行改革使其适应现代

---

① 三爱：《论戏曲》，《安徽俗话报》第11期，1904年9月10日。
② 刘师培：《原戏》，载俞为民、孙蓉蓉编《历代曲话汇编》（近代编）第3集，黄山书社2006年版，第26、28页。

第九章　戏剧的变革：中国现代戏剧演进中的"启蒙"问题

社会的情势。为何进行改革？因为传统戏曲所反映的思想内容都是君臣、言情主题，与时代主题不符。传统戏曲，无关时风，缺乏时代启蒙的作用。"中国旧戏，专重唱工，所唱之文句，听者本不求甚解，而戏子打脸之离奇、舞台设备之幼稚，无一足以动人情感。夫戏中扮演，本期确肖实人实事，即观向来。'优孟衣冠'一语，可知戏子扮演古人，当如优孟之像孙叔敖，苟其不肖，即与演剧之义不合；顾何以今日之戏子，绝不注意此是乎。"①"当初兴戏的人，本有维持风化的深意，并不是专给人解闷的……（现在这些戏）只知道当场献媚，丑态妖声，专演些奸盗邪淫的坏事，叫那下等男女看见，真能坏上加坏，固然是人品趋向不高，总有多一半儿，是我们唱戏的罪恶。"②周剑云鉴于西方以戏曲兴欧洲之文化，认为"戏曲一道关乎一国之政教风俗至深刚亘"，因而极力倡导"新剧革命"，"戏剧何必分新旧？日新又新，事贵求新，应新世界之潮流，谋戏剧之改良也。新剧何以曰文明戏？有恶于旧戏之陈腐鄙陋，期以文艺美术区别之也。演新剧者何以不名伶人而称新剧家？因其智识程度足以补教育之不及，人格品行可以作到民之导师也？"③

梁启超1902年在他的剧本《劫灰梦》中说："你看从前法国路易十四的时候，那人心风俗不是和今日中国一样吗？幸亏有一个文人叫福禄特尔的，做了许多小说戏本，竟把一国的人从睡梦中唤起来了。"④欧阳予倩曾非常直白地提出，戏剧

---

① 钱玄同：《寄陈独秀》，《新青年》第3卷第1号，1917年3月1日。
② 茗秀：《唱戏的也敢说话了》，《京话日报》第224号，1905年4月4日。
③ 剑云：《戏剧改良论》，载《鞠部丛刊》，交通图书馆1918年版。
④ 参见《饮冰室文集全编》卷十六，上海新民书局1933年版。福禄特尔，法国启蒙主义思想家、戏剧家，今译伏尔泰。

"必能代表一种社会，或发挥一种理想，以解决人生之难问题，转移误缪之思潮"①。"各处维新的志士设出多少开通风气的法子，象那开办学堂虽好，可惜教人甚少，见效太缓。做小说，开报馆，容易开人智慧，但是认不得字的人，还是得不着益处。我看惟有戏曲改良，多唱些暗对时事开通风气的新戏，无论高下三等人，看看都可以感动，便是聋子也看得见，瞎子也听得见，这不是开通风气第一方便的法门吗？"② 陈独秀在《论戏曲》中提出五种改良方法，包括"多多的新排有益风化的戏""不唱神仙鬼怪的戏""不可唱淫戏"等，这是南北戏曲改良的共识。同时陈独秀提出"采用西法""除去富贵功名的俗套"两条改革方式，"采用西法"主张"夹些演说，大可长人识见，或是试演那光学电学各种戏法，看戏的还可以练习格致的学问"；"除去富贵功名的俗套"针对的是"我们中国人……只知道混自己的功名富贵，至于国家的治乱，有用的学问，一概不管，这便是人才缺少，国家衰弱的原因"。其都志在通过戏曲改良来发挥文学启蒙的作用。

尽管晚清以陈独秀的《论戏曲》为代表的戏曲改良思想与"五四"的写实主义戏剧改良思想相比，是不可同日而语的。但需要看到，晚清从事社会启蒙的思想先贤已经开始将道德教化的戏曲向政治启蒙的路子上引导。根据郑振铎晚清戏曲曲目的收集整理，我们可以一览戏曲作品的内容构成。晚清的戏曲逐渐引入东西方为自由、民主而发生的革命历史故事，如讲述法国罗兰夫人故事的《血海花》、描写日本维新志士故事的《海天啸》、呈现古巴爱国运动的《学海潮》。除了在外国

---

① 欧阳予倩：《予之戏剧改良观》，《新青年》第 5 卷第 4 号，1918 年 10 月 15 日。
② 三爱：《论戏曲》，《安徽俗话报》第 11 期，1904 年 9 月 10 日。

第九章 戏剧的变革：中国现代戏剧演进中的"启蒙"问题

自由民主革命故事中汲取资源，当时的戏曲创作也会关注中国的社会现实，出现一批反映晚清的社会政治状况、歌颂革命运动中的志士仁人的戏曲作品。例如反映邹容事迹的《革命军》（浴血生著，1903 年），描写皖浙起义失败，徐锡麟、秋瑾殉国的《苍鹰击》（伤时子著，1907 年）、《轩亭秋》（吴梅著，1907 年）、《碧血碑》（龙禅居士著，1908 年）、《皖江血》（孙雨林著，1907 年）、《轩亭冤》（湘灵子著，1907 年）等。除此之外，有些戏曲还以寓言的形式来反映社会现实、进行思想启蒙。例如《警黄钟》和《后南柯》〔洪炳文（棣园）著〕等。还有以提倡女权、宣传妇女解放为主旨的戏曲作品，如柳亚子的《松陵新女儿》、大雄的《女中华》、挽澜的《同情梦》、蒋景缄的《侠女魂》、玉桥的《广东新女儿》等。这三类宣扬民族革命的作品"皆激昂慷慨，血泪交流，为民族文学之伟著，亦政治剧曲之丰碑"。①

在晚清戏曲作品中，当时影响最大的是汪笑侬编写并被搬上京剧舞台的《瓜种兰因》。该剧主要根据《波兰衰亡史》改编而成，是我国第一部以外国故事为题材的时装京戏，是晚清京剧改良运动中的代表性剧目之一。《瓜种兰因》演出后反响强烈，取得很好的社会效果，一些报刊著文予以表彰。《安徽俗话报》在转载此剧第一本时，加编者按语说："听说这本《瓜种兰因》是说波兰国被各国瓜分的故事，暗切中国时事。做得异常悲壮淋漓，看这戏的人无不感动。列位看俗话报的，在家有事，不得到上海看这样好新戏。所以我要将这本戏文，登在报上给列位一看呀。"有学生在观看《瓜种兰因》之后，还曾给汪笑侬写信，赞赏该剧以戏曲促进社会改革的巨大效

---

① 郑振铎：《晚清戏曲小说目》，上海文艺联合出版社 1954 年版，"序"。

用:"足下与三数同志,采泰西史事,描写新戏,以耸动国人危亡之惧,起爱国之念。鄙人闻之,不禁大喜。谓笑侬此举,询于开民智中多一利器矣。……欲造新世界,除非鼓吹文明感动大众,使人咸思奋趋,则一国兴矣。今笑侬以新戏改良,处处激刺国人之脑,吾知他日有修维新史者,以笑侬为社会之大改革家,而论功不在禹下矣。"[1] 阅读这封信函,作者并非基于戏曲本身的艺术审美而言,他更多的是关心这部戏曲唤起民众、改革社会的教化启蒙价值。

二 思想启蒙:现代话剧的精英话语与思想叙事

中国传统戏曲以唱、念、做、打为形式,以写意性、程式化的方式演绎故事,具有一定的道德教化价值;而话剧则是在艺术形态和美学特征上完全不同的另外一种戏剧。话剧对于中国民众而言是全新的剧种,它不是民间土壤自然生成的,而是现代知识分子将西方剧种移植到中国的结果,当然话剧除了对中国传统戏曲形式造成冲击、再造中国戏剧之外,也承担着思想启蒙的功能。历数中国现代话剧作家,他们的思想资源尽管各异,但是大都秉承着思想启蒙的创作意识。他们的思想"底色"是启蒙,是追求自由、民主,是以戏剧改革的方式追求国民的现代化。从普遍意义上讲,启蒙是一种思想文化现象,简言之就是解蔽、启智,就是祛魅,叫人觉醒。西方所说的启蒙,词根是"光""亮",就是把人因受蒙蔽而晦暗、蒙昧的头脑照亮。[2] 鲁迅、陈独秀两人实际在提出:"是故将生

---

[1] 美国留学生:《致汪笑侬书》,《二十世纪大舞台》第2期,1904年11月。
[2] 〔德〕康德:《什么是启蒙运动?》,载《历史理性批判文集》,商务印书馆1991年版。

第九章　戏剧的变革：中国现代戏剧演进中的"启蒙"问题

存两间，角逐列国事务，其首在立人，人立而后凡事举，若其道术，乃必遵个性而张精神。"① "解放云者，脱离夫奴隶之羁绊，以完全成其自由自主之人格之谓也。"② 有戏剧研究专家指出："以话剧为标志、为代表的中国现代戏剧，是五四新文化运动的产物，它是以五四启蒙精神为灵魂的。"③

（一）紧扣时风：社会问题剧

前已有述，白话文运动解决了中国文学从古典形态向现代形态转型的语言问题，而胡适在《新青年》杂志撰写的《易卜生主义》一文则从现代启蒙精神上确立了话剧发展的文化方向，即捍卫人的个性、自由和尊严，推动社会的公正、平等和民主，真实地反映和批判现实。启蒙所要求的现实主义精神即在此。④ 在"五四"时期的中国，启蒙思想家之所以信奉"为人生"的写实话剧，乃是基于启蒙思维，当时中国正处于激变之中，写实的话剧可以承载新思想、新观念，并以此对中国人进行思想的启蒙。在这一点上，无论是中国的民间戏曲还是余上沅等人所倡导的"纯粹艺术"的"国剧"，都无法达到思想启蒙的目的。⑤ 新文化运动前后，在对外来文化的开放吸收和对传统文化的批判大潮中，戏剧改良又掀起一阵热潮来。《新青年》杂志甚至于1918年10月推出了一期"戏剧改良专

---

① 鲁迅：《文化偏至论》，载《鲁迅全集》第1卷，人民文学出版社1981年版，第57页。
② 陈独秀：《敬告青年》，《青年杂志》1卷1号，1915年9月15日。
③ 董健：《中国大陆当代戏剧启蒙精神之衰落》，《当代作家评论》2010年第3期。
④ 董健：《现代启蒙精神与中国话剧百年》，《文学评论》2007年第3期。
⑤ 胡志毅：《五四新文化运动中的戏剧文化观念场域》，《文艺争鸣》2015年第9期。

号",胡适所撰的《易卜生主义》阐明了写实型戏剧对中国思想启蒙的重要性。他说:"人生的大病根在于不肯睁开眼睛看世间的真实现状。明明是男盗女娼的社会,我们偏说是圣贤礼仪之邦;明明是赃官污吏的政治,我们偏要歌功颂德;明明是不可救药的大病,我们偏说一点病都没有!却不知道:若要病好,须先认有病;若要政治好,须先认现今的政治实在不好;若要改良社会,须先知道现今的社会实在是男盗女娼的社会!易卜生的长处,只在他肯说老实话,只在他能把社会种种腐败龌龊的实在情形写出来叫大家仔细看。"①

在《新青年》杂志上,陈独秀、钱玄同、刘半农、胡适、周作人、傅斯年等都撰文批判传统戏曲的落后元素,并且畅谈改造新戏的规划与想法。中国传统戏曲唱作念打等传统技巧和"抬脚便是万水千山"类写意元素都被打上落后的标签予以批判。胡适认为中国传统戏剧形式完全没有留存的价值,他把旧戏中的脸谱、嗓子、台步、武把子、唱功、锣鼓、马鞭子、跑龙套等统称为历史的"遗形物",并且认为这些戏曲元素乃是人类守旧的惰性使然,"如男子的乳房,形式虽存,作用已失,本可废去,总没废去,故叫'遗形物'……这种'遗形物'不扫除干净,中国戏剧永远没有完全革新的希望……扫除旧日的种种'遗形物',采用西洋最近百年来继续发达的新观念、新方法、新形式,如此方可使中国戏剧有改良进步的希望"。② 在老师的指导之下,学生辈的傅斯年也写出戏剧改良文章予以配合。他说:"中国戏剧的观念,是和现代生活根本矛盾的,可以受中国戏剧感化的中国社会,也是和现代生活

---

① 胡适:《易卜生主义》,《新青年》第4卷第6号,1918年6月15日。
② 胡适:《文学进化观念与戏剧改良》,《新青年》第5卷第4号,1918年10月15日。

第九章 戏剧的变革：中国现代戏剧演进中的"启蒙"问题

根本矛盾的……就技术而论，中国旧戏，实在毫无美学的价值……再就文学而论，现在流行的旧戏，颇难担得起文学两字……论到运用文学的思想，更该长叹，中国的戏文不仅仅到了现在，毫无价值，就当它的'奥古斯都期'，也没有什么高尚的寄托……当今之时，总要有创造新社会的戏剧，不当保持旧社会创造的戏剧……将来中国的命运和中国人的幸福，全在乎推翻这个，另造个新的。使得中国人有贯彻的觉悟。总要借重戏剧的力量，所以旧戏不能不推翻，新戏不能不创造。"①而专门研究戏剧的欧阳予倩的观点更加激进，他认为按西文戏剧的标准来看，中国戏曲并非真正的戏剧，而只是一种技艺。他说："试问今日中国之戏剧，在世界艺术界，当占何种位置乎？吾敢言，中国无戏剧，故不得其位置也。何以言之？旧戏者，一种之技艺。昆戏者，曲也。新戏萌芽初苗，即遭蹂躏，目下已如腐草败叶，不堪过问，舍是更何戏剧之可言？戏剧者，必综文学、美术、音乐及人身之语言、动作组织而成。有其所本焉，剧本是也，剧本章学既为中国从来所未有，则戏剧自然无从依附而生。"②

观照《新青年》杂志掀起的戏剧改良运动，一般都是借助西方文艺理论资源来考量中国戏曲的价值。如果以西方文艺为样本来评判中国戏曲，自然很难做出客观的判断。但此中，我们能够从倡导戏剧改良的诸位先贤的言论中感受到，他们的戏剧改良容纳了思想启蒙的思路。倡导戏剧改良的"五四"启蒙先贤也肯定了晚清时期汪笑侬、包天笑等人创作的一系列

---

① 傅斯年：《戏剧改良各面观》，《新青年》第5卷第4号，1918年10月15日。
② 欧阳予倩：《予之戏剧改良观》，《新青年》第5卷第4号，1918年10月15日。

新戏,如《瓜种兰因》《一缕麻》等。新文化知识分子们认为,虽然这些新剧在反传统方面做得还不够,达不到他们期待的新剧标准,但毕竟是受人欢迎的好剧。虽然中国传统戏曲并未因此消亡,继续在民间流行存在,但其在现代文学领域逐步让位于以话剧为主导模式的新剧式。"五四"时期的戏剧改革讨论突破了中国传统戏曲的俗套形式,逐渐形成了现代戏剧观念,并且推动了话剧与现代知识分子思想启蒙的结合。

(二)偏向教训:审美的缺乏

1921年,在上海成立的民众戏剧社所发表的宣言暨简章中开宗明义提出:"萧伯纳曾说'戏场是宣传主义的地方',这句话虽然不能一定是,但我们至少可以说一句:当看戏是消闲的时代现在已经过去了,戏院在现代社会中确是占着重要的地位,是推动社会使之前进的一个轮子。又是搜寻社会病根的X光镜;它又是一块正直无私的反射镜;一国人民程度的高低,也赤裸裸地在这面大镜子里反照出来,不得一毫遁形。"[①]以"宣传主义"为艺术目的,现代戏剧从诞生之时便与思想启蒙相互捆绑,由此现代戏剧出现了偏向教训、审美缺乏的特点。《新青年》尽管策划了戏剧文学改良的讨论,但并没有切实推进现代戏剧作品的创作。作为倡导戏剧改良的大将,胡适尽管也躬身实践,创作了《终身大事》等戏剧作品,但认真阅读不难发现这些作品只是易卜生的拙劣模仿。而环顾"五四"时期在易卜生的影响下创作的社会问题剧,确实容纳了很多思想启蒙的元素,引导人睁眼看这充满社会问题的世界,但是在艺术审美方面乏善可陈。

---

① 葛一虹主编《中国话剧通史》,文化艺术出版社1997年版,第452页。

第九章　戏剧的变革：中国现代戏剧演进中的"启蒙"问题

戏剧文学与小说、诗歌、散文等文学形式不同，它的成功与否需要现场观众"以脚投票"。尽管"五四"先贤将传统戏曲骂得一无是处，把话剧说得天花乱坠，但这种理论界的讨论无法兑现成民众的审美趣味。在当时的戏剧市场，民众很少买话剧的票，话剧落的一地尴尬。汪仲贤对此也心急如焚，他说："演新剧者无真实学问，办新剧者无极大资本，新剧剧团之能生存于今日者，仍持看客。"① 同时他指出话剧不可以硬性的方式加入"演说"等启蒙手段，而忽略真正的艺术魅力："新剧中万不多多加演说。盖演说自演说，剧自剧。若剧中多加演说，则非剧矣。况乎演说则必对看客立言，此大背于新剧之原理。"② 但必须看到，"五四"前后所编排的话剧大都采用了思想教训的艺术形式，由此使得话剧"艺术"枯竭，无法生成艺术美感，也无法吸引民众到演剧场看戏。正如有人指出的："剧为文艺美术之混合物。剧之取材与构造，必以美术为归；枯涩无味、纷乱无序，皆在摒弃之列。"③ 毛泽东说："洋八股必须废止，空洞抽象的调头必须少唱，教条主义必须休息，而代之以新鲜活泼的、为中国老百姓所喜闻乐见的中国作风和中国气派。"④ 剧评家言："凡人之性，恒善闻奇诞快乐之事迹，而不愿闻苦口药石之危言，故演戏若专从教育上着眼，必致流于宣讲演说派，而不能受人之欢迎矣。"⑤ 以话语为主导的现代戏剧虽然在文学史中的地位得以确立，但在民间一直不温不火。20世纪三四十年代，中国共产党倡导文学的大众

---

① 汪仲贤：《不必假社会教育名义》，载朱双云《新剧史》，新剧小说社1914年版。
② 《啸虹轩剧话》，《游戏杂志》第18期，1915年。
③ 《剧学讲义》，《游戏杂志》第12期，1914年。
④ 《毛泽东选集》第2卷，人民出版社1991年版，第534页。
⑤ 《啸虹轩剧话》，《游戏杂志》第18期，1915年。

化，强调戏剧一定要与传统的曲艺形式结合，才能成为民众喜闻乐见的艺术形式，起到思想宣传和政治启蒙的作用。

在戏剧现代变革中，戏曲作为传统的曲艺形式确实存在一定的落后元素。例如，戏曲不擅长表现现实生活题材，也很难将启蒙主义纳入"以歌舞演故事"的艺术表演之中，它难以像话剧那样承担现代人对社会生活的思考。但是必须看到，戏曲在中国民众中有着广泛的接受度，它在思想启蒙上的弱势无法遮盖它契合民族心理的优势。由是，以京剧为代表的传统戏曲在"五四"时期受了现代意识的批判之后，以梅兰芳为代表的传统戏曲家在物质上利用社会现代化所提供的条件，依靠文化传统的"心理惯性"，以世俗文化的姿态占据文化市场，而在精神上与"现代化""启蒙主义"保持着距离，只把功夫下在戏曲本身的艺术上。① 在戏剧市场中，话剧并不能与戏曲匹敌。尽管戏剧曾经领过时代风骚，但"五四"启蒙热潮过去之后，话剧逐渐式微，戏剧展演舞台逐渐又成了中国戏曲的天下。鲁迅不由得发出感慨："戏剧还是那样旧，旧垒还是那样坚……先前欣赏那易卜生之流的剧本《终身大事》的英年，也多拜倒于《天女散花》《黛玉葬花》的台下了。"② "五四"时期曾经与胡适等人就戏剧改革论战过的张厚载此时也哭笑不得，他说："胡适之近来对于旧戏，也有相当的赞成，去年在北京常在开明戏院看梅兰芳的戏，很加许多的好评……当时我费了多少笔墨，同他们辩论，现在想想，岂不是多事吗？"③

---

① 董健：《中国戏剧现代化的艰难历程——20世纪中国戏剧回顾》，《文学评论》1998年第1期。
② 鲁迅：《〈奔流〉编校后记》，载《鲁迅全集》第7卷，人民文学出版社1981年版，第164页。
③ 张厚载：《新文学家与旧戏》，《北洋画报》1926年7月28日。

第九章　戏剧的变革：中国现代戏剧演进中的"启蒙"问题

如此看来，戏曲改革不能与诗歌、小说、散文的变化变革同日而语。因为戏剧是需要市场、大众支持的。戏剧改革并不能根据知识分子的设想，完全通过欧化的方式赋予启蒙的色彩。戏剧改革必须要照顾民众的兴趣，要雅俗共赏，让大家喜闻乐见，这样才能在曲艺园地造就新鲜活泼的中国作风与中国气派。

三　戏曲与话剧：中国戏剧变革中的两种启蒙面向

中国戏曲是中华民族创造的载歌载舞的传统戏剧样式，它雅俗共赏，既古老又现代，是华夏文明的一张亮丽"名片"。但在"五四"文学革命中，以启蒙心态评价文学价值的先驱将话语标举出来，希望将戏曲打倒。这种戏剧革命确实对中国传统戏剧美学造成了冲击，中国戏剧观念和艺术价值体系也发生了翻天覆地的变化，但百年之后重新审视传统"戏曲"和现代"话语"，我们并不能得出孰优孰劣的价值判断，只不过它们代表着中国戏剧变革中的两种启蒙面向而已。

（一）"话须通俗"与"语必关风"

"话须通俗"与"语必关风"从形式和内容两方面给戏剧的改良提出了方向。运动的旗手们一边鼓吹宣传这种新的艺术样式，一边将戏曲作为旧观念、旧思维的产物进行打击和批判。有意思的是，类属戏曲的京剧却在这之后的十多年进入了又一个鼎盛时期，四大名旦和四大须生唱红了京津沪的各个码头和戏园子。就是当年《新青年》上那些鼓吹西方思想、西方戏剧的斗士们，也一面摆出不容辩驳的坚定立场，一面进戏园子看戏，与名角结交。在接下来的一百年里，中国社会经历了几番动荡，发生了深刻的变革，话剧也在中国生根，并发展壮大：从最初连完整剧本都没有，根据提纲即兴演出，旨在发表演讲的"文明戏"，逐渐发展形成了完整的演出，更是在20世纪20年代中期就出现了《雷雨》等艺术上较为成熟的剧本。一种有别于中国传统戏曲的新演剧样式被引入国内，这种只说不唱的演出被叫作"新剧""文明剧"。直到1928年，留美归来的洪深命名这种样式为"话剧"，从此开启了这个词在中国的历史。①

宋人话本《冯玉梅团圆》有言："话须通俗方传远，语必关风始动人。"早在1902年《大公报》上，就有人如是为戏曲宣导："今不欲开化同胞则已，如欲开化，舍编戏曲而外，几无他术。"② 北京白话报纸《京话日报》也为戏曲鼓吹："是念书不如看书，看大书不如看小说，看小说不如看报，看报不如听讲报，听讲报又不如看好戏了。"③ 仔细品味《京话日报》为我们提供的启蒙媒介序列，一方面是基于晚清识字水平不高的现实社会中"口耳相传"的重要性，另一方面是认识到戏曲于民众情感的巨大感染力："独有那下等多数的人，自小没念过书，差不多一字不识，要想劝化他们，无论开多少报馆，印多少新书，都是入不了他们的眼，一定要叫他知道些古今大事，晓得为善为恶的结果，除了戏文，试问还有什么妙法？"④ 郑振铎曾激情预言："中国的戏剧在思想上与艺术上都没有立足在现代戏剧界中的价值。他们的传统的墙已经倒了。新的光

---

① 董健：《现代启蒙精神与中国话剧百年》，《文学评论》2007年第3期。
② 《编戏曲以代演说说》，《大公报》1902年11月11日。
③ 皆寓：《改戏》，《京话日报》第291号，1905年6月10日。
④ 《说戏本子急宜改良》，《京话日报》第106号，1904年11月29日。

第九章 戏剧的变革：中国现代戏剧演进中的"启蒙"问题

明应该从他的墙的破裂处燃射进去了。"① 周作人的反思值得重视："中国现在提倡新剧，那原是很好的事。但因此便说旧剧就会消灭，未免过于早计；提倡新剧的人，倘若对于旧剧存着一种可取而代之的欲望，又将使新剧俗化，本身事业跟了社会心理而堕落。我的意见，则以为新剧当兴而旧剧也决不会亡的，正当的办法是'分道扬镳'的做法，用不着互相争执，反正这两者不是能够互相吞并，或可以相互调和了事的。"②

（二）戏剧启蒙与传播效果

如果说小众传播的话剧是一种精英式的启蒙，那么大众传播的戏曲才能承担起群众启蒙的重任。晚清以降，中国的仁人志士都试图寻找对中国民众进行思想启蒙、促使中国民众进行现代化转型的路径。但必须看到，对一种根深蒂固的民众文化的改造重建，不能期望像在政治运动中那样一呼百应、一蹴而就，不能满足于一般地呼吁新思想观念的表层文化启蒙。精英化的话剧启蒙只能触及思想观念的表层，还无法深度触及民众的日常生活。而戏曲则是与民众日常生活紧密相连的，也为我们从日常生活世界对民众进行思想启蒙起到作用，这或许就是延安兴起一些新秧歌运动的价值所在。因为这种民间曲艺方式更能够触及中国文化的深层，它超越了"五四"新文化运动所代表的传统的、表层的文化启蒙的局限性，建构起一种新型的、深层的文化启蒙模式。③

---

① 郑振铎：《光明运动的开始》，载赵家璧《中国新文学大系·文学论争集》，上海文艺出版社2003年版。
② 周作人：《中国戏剧的三条道路》，载《周作人自编文集·艺术与生活》，河北教育出版社2002年版，第45页。
③ 衣俊卿：《日常生活批判与深层文化启蒙》，《求是学刊》1996年第5期。

重访"五四":在语义与场域之间

百年之后重临"五四",我们重审"五四"文学革命中的思想启蒙问题,不难发现,当时自以为真理在握的启蒙者不过是掌握了自由、民主、科学、人权等西方舶来的现代思想,至于如何正确地进行阐释传播,是一个无法完成的任务。以话剧为代表的启蒙文学以故事的方式演绎思想,但思想经由文学则逐渐扭曲变形,失去了其原有的思想脉络。概念来自知识逻辑的演绎,它规范了世间万物的存在,同时也就把世间万物归于理性的同一性当中,而这恰好与启蒙运动的解放目标相背离,"只要启蒙运动继续在概念层面上苦思冥想,它实际上就是与自身追求的目标背道而驰的"。[1]《京话日报》描述新戏上演时的盛况是:"座儿拥挤不动,各学堂的学生,都要去看看新戏。合园子里,拍掌称好的声音,如雷震耳,不但上等人大动感情,就连池子里的老哥儿们,和那些卖座儿的,也是人人点头,脸上的神情,与往日大不相同,可见好戏真能感人。"[2]我们反复强调,"五四"文学启蒙的历史经验表明,以科学、民主为表现形态的新文化运动现代化并非简单的思想观念的问题,它包含社会层面的现代化和人自身的现代化两个层面。社会化现代化姑且弃而不论,单就人自身的现代化而言,它触及了中国人如何从传统人转变为现代人的问题。从根本上说,文化启蒙所追求的人自身的现代化是指人由凭借习惯、传统、风俗、情感而自在自发活动的日常生活主体向具有主体性和创造性、具有人本精神和技术理性的自由自觉的现代主体的转变。[3] 此中,话剧、戏曲等文学样式确实发挥着作用,但有不

---

[1] 〔美〕安东尼·卡斯卡迪:《启蒙的结果》,严忠志译,商务印书馆2006年版,第62页。
[2] 《新戏感人》,《京话日报》第622号,1906年5月20日。
[3] 衣俊卿:《文化哲学》,云南人民出版社2005年版,第307页。

第九章 戏剧的变革：中国现代戏剧演进中的"启蒙"问题

同的启蒙面向。以话剧为代表的精英文学可以引领时代风骚，以高压锅的方式掀起运动式的思想启蒙，而以戏曲为代表的民间文学则只能通过小火慢炖的方式进行点滴启蒙，这点滴启蒙虽然慢，但深藏着进行深层文化启蒙的价值。

第十章　散文的涌现：中国近代知识人书写的范式变化

梳理中国近代知识人文学书写的变迁，在诗歌、小说、戏剧之外，就剩下散文这一题材了。但作为中国现当代文学体裁之一的散文，其实有着更加复杂的历史背景。需要看到，散文是一个相对晚出的概念。正如郁达夫所言："我们现在所用的'散文'两字，还是西方文化东渐后的产品，或者简直是翻译也说不定。"① 郁达夫的说法或有争议，但是在漫长的中国古文发展历史中，典籍文献中关于"散文"的说法并不多见，而文章的说法却俯拾皆是。自古以来，中国文人便非常重视文章书写。但这里的文章并非一切文字书写的概指，而是专指文人用以"载道"的书写体式。自"五四"以后，古代的文章日益被散文取代，散文成为大家熟知的名称，并成为中国现代文学四大体裁之一。值得说明的是，中国现代散文研究已有百年，但对于"文""文章""散文"等概念并没有理清楚。当然，一个非常清楚的问题是，"文章""散文"概念的出现频次在晚清"五四"打了一个反差。这在一定意义上反映出知识人观念中"文章"和"散文"的转变，也成为中国知识人

---

① 郁达夫：《中国新文学大系·散文二集·导言》，上海良友图书印刷公司1935年版，第1页。

第十章 散文的涌现：中国近代知识人书写的范式变化

书写体式变迁的一个非常重要的观测点。本章围绕从文章到散文的体式演进，来观照中国知识人的书写观念和文体追求。

一 体式差异：文章脉络与散文园地

梳理近代文章变化的趋势，最重要的便是从文章到散文的变化。这里面牵涉书写范式的变化，"范式"指的是观察、研究社会的方式和思路，是学科研究领域中公认的模型或模式，它能够吸引一批坚定的拥护者，使他们脱离科学活动的其他思维路径，成为很多知识人"所共有的信念、价值、技术等等构成的整体"。[①] 这里所说的理论范式则对应着理论化的既成观念、一种范畴化的现成框架或各种固定不变的形式和规则。而这里我们谈到的范式是指从文章到散文的写作范式，库恩对理论范式转型的阐释可以为写作范式转型分析提供思想资源。

（一）文章脉络：中国古代知识人的书写理念

在中国古代，所谓"文"并没有一个确定的含义，但却有着清晰的语义演进脉络。《周易·系辞下》有言："物相杂，故曰文。"韩康伯注曰："刚柔交错，玄黄错杂。"《礼记·乐记》中有言："五色成文而不乱。"当然这些典籍以及注疏里"文"尚非文章之文。作为文章意义的"文"，到秦汉以后方为人们所熟知、习用。例如《汉书·贾谊传》中有言："以能诵《诗》《书》属文，称于郡中。"[②] 这里的"文"已有文章之义，但其含义还较为宽广，包含有韵之文和无韵之文。至魏

[①] 〔美〕托马斯·库恩：《科学革命的结构》，金吾伦、胡新和译，北京大学出版社2003年版，第157页。
[②] （东汉）班固：《汉书》，凤凰出版社2011年版，第125页。

重访"五四":在语义与场域之间

晋南北朝时期,文章分类更加细致,"文"开始专指韵文,与不押韵的"笔"相对。魏晋南北朝是文学的自觉时期,除了"有韵为文""无韵为笔"的分类,对于奏议、书论、铭诔、诗赋等都开始有更为细致的要求,不同的文体有着不同的写作规则。例如曹丕的《典论·论文》:"夫文本同而末异,盖奏议宜雅,书论宜理,铭诔尚实,诗赋欲丽。此四科不同,故能之者偏也;唯通才能备其体。"① 陆机的《文赋》:"诗缘情而绮靡,赋体物而浏亮。碑披文以相质,诔缠绵而凄怆。铭博约而温润,箴顿挫而清壮。颂优游以彬蔚,论精微而朗畅。奏平彻以闲雅,说炜晔而谲诳。虽区分之在兹,亦禁邪而制放。要辞达而理举,故无取乎冗长。"② 由上引述可见,随着时代变迁,中国古代文章书写的体式存在差异,各种文体的格局侧重或有变化,但文章书写规则越加完备烦琐,让人望而兴叹。至清末民初,在文章书写方面占据主导地位的是"桐城文派"和"选学文派"。"五四"启蒙先贤为了推行白话文和新文学,高举"文学革命"的大旗,主要打倒以文言体式书写的"出头鸟文学"。而陈独秀、钱玄同等理论书写中列举的要攻占打倒的两个文学"山头",分别为以林纾为代表的桐城派文学和以黄侃、刘师培为代表的选学派文学。在文学革命者的笔下,他们分别被冠名为"桐城谬种""选学妖孽"。③

---

① 李壮鹰主编《中国古代文论》,高等教育出版社2001年版,第48页。
② 转引自李壮鹰主编《中国古代文论》,高等教育出版社2001年版,第62页。
③ 钱玄同:"顷见五号《新青年》胡适之先生《文学(改良)刍议》,极为佩服。其斥骈文不通之句,及主张白话体文学说最精辟。公前疑其所谓文法之结构为讲求 Grammar,今知其为修辞学,亦当深以为然也。具此识力,而言改良文艺,其结果必佳良无疑。惟选学妖孽、桐城谬种,见此又不知若何咒骂,虽然,得此辈咒骂多一声,便是价值增加一分也。"《通信》,《新青年》第2卷第6号,1917年2月1日。

第十章 散文的涌现：中国近代知识人书写的范式变化

清末民初，桐城文派乃中国最大的文章派别，前后绵延两百多年，其规模之大、影响之深、评价之分歧，在中国文学史上可谓首屈一指。明清之际，士林群体流行一句话："天下文章，其在桐城乎？"由此可以窥见桐城文派在明清士林群体的深广影响。桐城文派创始人如戴名世、方苞、刘大櫆、姚鼐等都是安徽桐城人，因此该文派被称为"桐城文派"。作为一个文学流派，桐城文派道统上尊崇程朱，文统上继承唐宋八大家，讲"义法"，讲"神气音节"，讲"神理气味格律声色"，自有一套看家本领。曾国藩、姚永朴、吴汝纶、严复、林纾等都算是后桐城派的为文代表。桐城派重视理论阐发，教人文章写法。姚永朴的《文学研究法》、林纾的《春觉斋论文》都以专著的形式阐发桐城派古文理论，讲述的是古文的学习法与写作法。讲述古文的写作经验及法则，示人途径，使初学者有阶梯可寻，有一定的积极意义，其中也确有作者的深刻体会与真知灼见。当然，人上一百，才气各有大小，学识各有高低，同是做桐城文章，也可能形成不同的书写特色，但大体能做到清通畅达、雅驯简洁，由此又有共同的文章风格。至于桐城文派文章写作方面的问题，也正出在他们所尊崇的"义法"与"雅驯"上。桐城派既然开门立派，自然形成各种文则章法，这些文则章法起初是指导读书人迅速掌握文章书写规律，并践行文章书写之道的，但后来文法禁忌逐渐增多，文则章法日渐繁复，成为束缚文章写作者的枷锁。"五四"白话文运动倡导白话文，认为当时"文学大家，下规姚曾，上师朝政，更上则取法秦汉魏晋，以古为好"。[①] "所谓说理精粹、行文平易者，固未尝不在周秦、两汉、六朝、唐宋文中也。惟选学妖孽

---

① 胡适：《文学改良刍议》，《新青年》第2卷第5号，1917年1月1日。

所尊崇之六朝文，桐城谬种所尊崇之唐宋文，则实在不必选读。"① 这些文学主张看似批判源远流长的文学流派，实际也在批判北京大学教师群体内部的桐城派支持者。钱玄同、陈独秀笔下所批判的"桐城谬种"，指的既是坚决反对白话文和新文学的林纾，也兼指曾经在北京大学国学门中大讲桐城派散文的几个教授。

（二）散文园地：中国现代知识人的书写实践

在中国古典文学理论之中，散文并没有切实的地位，甚至也不能算是一个严格意义上的体裁名目，很多时候它在中国传统文人的口头及笔下更像是一个单纯表示文章格式的形容词。② 但自"五四"以后，"散文"的行情渐长，人人都可以从事散文写作，共同耕耘百花齐放的散文园地。"五四"启蒙文学倡导者借助外国文学的理念资源来激活中国固有的散文写作传统，并引导中国文章写作发生新变，散文因短小无拘束，迅速成为新文学家们信手拈来的文体。当然，这个园地的开垦以对桐城派古文的批判和对公安派小品文的提倡开始。胡适、周作人在梳理新文学的渊源时都曾追溯到公安派的小品文，由此得出"文章应以表现情与思为言之有物，而不是'载道''明道'为言之有物"的结论。③ "五四"时期有许多新文学倡导者如刘半农、傅斯年、周作人、王统照、胡梦华、朱自清、鲁迅、郁达夫、林语堂、阿英等，他们的具体主张和观察角度虽各有不同，但他们都认为中国古典文章写作方法亟待打倒，而散文写作传统也需要进行现代化改造。1919 年，傅斯

---

① 《通信》，《新青年》第 3 卷第 5 号，1917 年 7 月。
② 参见褚斌杰《中国古代文体概论》（增订本），北京大学出版社 1990 年版。
③ 胡适：《文学改良刍议》，《新青年》第 2 卷第 5 号，1917 年 1 月 1 日。

第十章 散文的涌现：中国近代知识人书写的范式变化

年在《怎样做白话文？》中说："散文在文学上，没甚高的位置，不比小说、诗、戏剧。但是日用必需，整年到头的做他。"①与文章写作比较，关于散文的写法规则讨论很少。"散文无常"似乎成了士林群体的共识。打着"形散神不散"的招牌，散文把杂文、小品文、美文等书写体式都纳入其中，形成一个无所不包的文体库。

朱自清谈到"五四"时期散文创作时认为其派系林立、体式多样："有种种的样式，种种的流派，表现着、批评着、解释着人生的各面。迁流蔓延，日新月异：有中国名士风，有外国绅士风，有隐士，有叛徒，在思想上是如此。或描写，或讽刺，或委曲，或劲健，或绮丽，或洗炼，或流动，或含蓄，在表现上是如此。"② 晚清小说家曾朴也指出："新文学成绩第一是小品文字，含讽刺的，分析心理的，写自然的，往往着墨不多，而余韵曲包。"③ 例如杂文，中国古代没有类似的文体，自"五四"以后才出现。鲁迅尤其擅长杂文写作，但他也曾承认，没有想把"杂文"抬进文苑。周作人在文章中明确把"真实简明"作为美文的审美理想和审美规范，并且号召"有治新文学"的作者，依照外国的"模范"做去，但是"须用自己的文句与思想"创作"美文"，"给新文学开辟出一块新的土地来"。④ 1922 年，胡适在《申报五十年的纪念特刊》上发表长篇论文《五十年来中国之文学》指出："白话散文很进步了，长篇议论文的进步，那是显而易见的，可以不论；这几

---

① 傅斯年：《怎样做白话文？》，《新潮》第 1 卷第 2 号，1919 年 2 月 1 日。
② 朱自清：《论现代中国的小品散文》，《文学周报》第 345 期，1928 年。
③ 转引自阿英《现代十六家小品·序》，载《现代十六家小品》，光明书局 1935 年版。
④ 周作人：《美文》，《晨报副刊》1921 年 6 月 8 日。

年来,散文方面最可注意的发展,乃是周作人等提倡的小品散文。这一类的小品,用平淡的谈话,包藏着深刻的意味;有时很像笨拙,其实却是滑稽。这一类作品的成功,就可以彻底打破那'美文不能用白话'的迷信了。"① 胡梦华在《絮语散文》中将"familiar essay"译为"絮语散文",指出"絮语散文是一种不同凡响的美的文字","它是散文中的散文"。② 周作人对于"五四"以来的散文风格有过精彩的点评归纳:"适之仲甫一派的文章清新明白,长于说理讲学,好像西瓜之有口皆甜,平伯废名一派涩如青果,志摩可以与冰心女士归在一派,好像是鸭儿梨的样子,流丽清脆。"③ "胡适之、冰心和徐志摩的作品,很像公安派的,清新透明而味道不甚深厚。好像一个水晶球样,虽是晶莹好看,但仔细地看多时就觉得没有多少意思了。和竟凌派相似的是俞平伯和废名两人,他们的作品有时很难懂,而这难懂却正是他们的好处。"④

二 历史动因:文界革命与报章书写

承上所论,中国近代发生了从文章到散文的书写体式变化,散文完全摆脱了古典文章书写中的陈规旧俗。那么,是什么造成了这种变化呢?揆诸历史,其发生有些复杂。其中最重要的两个原因:一是自晚清到"五四"的知识界所倡导的"文界革命";二是自晚清诞生的现代媒介方式报刊的催生。

---

① 姜义华主编《胡适学术文集·新文学运动》,中华书局1993年,第160页。
② 胡梦华:《絮语散文》,《小说月报》第17卷第3期,1926年3月。
③ 周作人:《志摩纪念》,《新月》月刊第4卷第1期,1932年8月1日。
④ 周作人:《中国新文学的源流》,华东师范大学出版社1995年版,第28页。

第十章 散文的涌现：中国近代知识人书写的范式变化

（一）文界革命：中国近代知识人的自觉追求

中国是文章的国度，中国文人自古注重文章写作。曹丕在《典论·论文》中如是说："盖文章经国之大业，不朽之盛事。年寿有时而尽，荣乐止乎其身，二者必至之常期，未若文章之无穷。是以古之作者，寄身于翰墨，见意于篇籍，不假良史之辞，不托飞驰之势，而声名自传于后。"再加上隋唐以来的科举取士制度，更是以文章写作为取士的标准，由是文章写作成为中国士人的第一使命。时至晚清，科举取士的文章写作已经沦为八股取士，导致中国知识人沉溺于文章写作的义理考据之中，忽略了现实生活的实践，忽略了科学技术的发展。而这也成为整个中国的价值取向，造成了中国的积贫积弱。因此，当西方列强侵犯中国的时候，那些先知先觉的中国知识人开始批判八股取士制度，开始倡导文界革命。最早进行倡导的是黄遵宪、梁启超等人，但影响有限。接续而来的"五四"白话文运动则将"文界革命"推向了高潮。胡适的《文学改良刍议》中以"八不"为原则的"文学革命八事"、陈独秀《文学革命论》中的"推倒""建立"的"三大主义"，倡导打破传统文章写作的格式俗套。陈氏从"质文代变"的角度梳理了中国历代的文学演进历程，历数古典文学骈偶、韵律、雕琢、铺张之弊，指出"此等雕琢的、阿谀的、铺张的、空泛的贵族古典文学，极其长技，不过如涂脂抹粉之泥塑美人"。就其想要推倒的三种文学，陈独秀也有着"抑文"的指向："贵族文学藻饰依他，失独立自尊之气象也；古典文学，铺张堆砌，失抒情写实之旨也；山林文学，深晦艰涩，自以为名山著述，与其群之大多数无所裨益也。其形体则陈陈相因，有肉无骨，有形无神，乃装饰品而非实用品。"① 他说："古人行文，不但风尚对偶，且多韵语，故骈文家颇主张骈体为中国文章正宗之说。不知古人传钞不易，韵与对偶，以利传诵而已。后之作者，乌可泥此？"正是基于这样的观念认知，陈独秀对于"一变前代板滞堆砌之风"的魏晋称颂颇多，对于"一洗前人纤巧堆垛之习"的韩、柳也钦佩莫名，皆谓其乃"文学一大革命"。② 陈独秀此段言论与胡适写下的《藏晖室札记》可以相互印证："（六朝时）骈俪之体大盛，文以工巧雕琢见长，文法遂衰。韩退之'文起八代之衰'，其功在于恢复散文，讲求文法，一洗六朝人骈俪纤巧之习。"③ 周作人早期曾经号召新文学作家向外国的美文学习，但经过写作的实践和思想的历练之后，他逐渐转向学习明清"名士派"散文。他如是阐述道："我常这样想，现代散文在新文学中受外国的影响最小，这与其说是文学革命的还不如说是文艺复兴的产物，虽然在文学发达的程途上复兴与革命是同一样的进展。在理学与古文没有全盛的时候，抒情的散文也已得到相当的长发，不过在学士大夫眼中的情趣几乎一致，思想是固然难免有若干距离，但如明人所表示的对于礼法的反动则又很有现代气息了。"④

（二）报章书写：中国近代媒体变革的客观效应

自先秦到晚清，中国一直以来都是以书籍为主导的媒介场域，由此也形成了与书籍媒介相适应的书写传统。而晚清报刊

---

① 陈独秀：《文学革命论》，《新青年》第2卷第6号，1917年2月1日。
② 陈独秀：《文学革命论》，《新青年》第2卷第6号，1917年2月1日。
③ 胡适：《吾国历史上的文学革命》，载《胡适全集》第28卷，安徽教育出版社2003年版，第334页。
④ 周作人：《〈陶庵梦忆〉序》，《语丝》第110期，1926年12月18日。

第十章 散文的涌现：中国近代知识人书写的范式变化

媒介的崛起，改变了传统的书写规则，打破了文章写作的传统家法。正所谓："自报章兴，而吾国之文体，为之一变。"① 报刊有着注重时事新闻、面向大众传播的特点，由此催生了现代报章文体，这种文体往往以新知识、新思想为内容，以通俗易懂的白话文体来开拓阅读市场。细细审思其中玄奥，报刊对于书写体式的变化主要源于其速度化和大众化的特点。众所周知，报刊是周期出版的印刷文本，由此形成求新求快的特点。1833年的《东西洋考每月统记传》刊载了一篇名曰《新闻纸略论》的文章，讲述了现代报刊体例与出版特点："在西方各国有最奇之事，乃系新闻纸篇也……新闻纸有每日出一次的，有二日出一次的，有七日出二次的，亦有七日或半月或一月出一次不等的，最多者乃每日出一次的……"② 报刊采取周期出版方式，需要文人提高写作速度，按时按量完成写作任务，由此斟词酌句、沉潜凝练的传统书写遭到解构。《申报》创刊初期，明确说明报章文字与其他文字之区别所在："作新闻日报者，每日敷衍数千言，安能求其句雕字琢，词美意善，可与经史子集同列，亦不过惟陈言之务去，欲新事之多列，不至蹈龙图公案、今古奇观诸小说之窠臼，已能为其尽其职矣。即阅报者，亦不过日费十余文购阅一张，求其娱目快心，以博一笑，并非欲藏之名传之其人也。果能如是，则作者、售者、阅者之职均已尽，其他则非所知也。"③ 例如，梁启超自述其写作任务："每期报中论说四千余言，归其撰述；东西文各牌二万余言，归其润色；一切奏牍告白等项，归其编排；全本报章，归其复校。十日一册，每册三万字，经启超自撰及删改者几万

---

① 《中国各报存佚表》，《清议报》第100册，1901年12月。
② 《新闻纸略论》，《东西洋考每月统记传》1833年12月。
③ 《辨惑》，《申报》1874年10月19日。

字，其余亦字字经目经心。六月酷暑，洋蜡皆变流质，独居一小楼上，挥汗执笔，日不遑食，夜不遑息。"① 在此种高强度任务之下，他的书写观念也发生了变化："每有所触，应时援笔，无体例，无次序，或发论，或讲学，或记事，或钞书，或用文言，或用俚语，唯意所之。"② 而王韬在从事《循环日报》政论文写作时也曾经有过类似表达。他在《弢园文录外编》自序中说："鄙人作文窃秉斯旨，往往下笔不能自休，若于古文辞之门径则茫然未有所知，敢谢不敏。"③ 在自传中如是说："老民于诗文无所师承，喜即为之下笔，辄不能自休，生平未尝属稿，恒挥毫对客，滂沛千言，忌者或訾其出之太易。"④ 这种速度写作到"五四"时期，体现得更加淋漓尽致。报刊催生的大众化书写首先要求语言的通俗化。王韬的报章体，梁启超的时务体、新文体还只是在语言上简单夹杂俚语口语，而晚清的白话报刊则完全是以民间口语的方式呈现。当然，晚清白话报对整个知识界书写体式的影响是有限的。真正影响学界书写体式的是"五四"白话文运动。

三 价值审思：自由民主与泛滥横绝

直到今天，"文章""散文"仍旧是"剪不断，理还乱"的两个概念，其实中国古代并不常用散文的概念，而是常用

---

① 梁启超：《创办〈时务报〉原委》，载夏晓红辑《〈饮冰室合集〉集外文》，北京大学出版社2005年版，第45~46页。
② 梁启超：《自由书》，吉林出版集团有限责任公司2012年版，第1页。
③ 王韬：《自序》，载《弢园文录外编》，上海书店出版社2002年版，第1页。
④ 王韬：《弢园老民自传》，载《弢园文录外编》，上海书店出版社2002年版，第273页。

第十章　散文的涌现：中国近代知识人书写的范式变化

"文章"的概念。古代文章重在"代圣人立言""向当权者建言"，而现代散文追求"个人性情"和"社会批评"。当然，审思从文章到散文的体式变革，我们不得不说现代散文的开创有其"自由民主"的价值底色，但也存在"泛滥横绝"的创作乱象。散文确实有冲破网罗的革命色彩，但想要真正打造具有生命力的现代文学体裁，不单单需要打破旧的写作框架，同时需要建立规则以自我设限。正如学者指出的："在现代书写观念里，某些书写实践如果要成为一种现代意义上的专业性书写，它首先就要具备与其他书写所能区别的独立的自身逻辑和自我界限。"[1]

（一）自由民主：书写体式变革的正面作用

从古代"文章"到现代"散文"，书写体式的变革绝不仅仅意味着形式的变化，更重要的是观念背景、认识框架和思维格局的全方位调整，这可以从观念变革、语言变革和题材拓展等方面进行观照。首先，观念的变革。古文推崇的"义理"原则逐渐被现代散文"审美"原则所取代。正如刘半农所指出的："所谓散文，亦文学的散文，而非文字的散文。"[2] 古代知识人的文章写作通常看中其"义理""考据""辞章"，此中"义理"最为重要，"义理"不足的作品总被置为下品。而对于白话优势时期的文学作品，人们通常以诗意和情感的含量高低为最重要的指标来衡量其水准，如"五四"时期冰心、朱自清散文虽与时代主旋律的强音间隔较远，但事实上一直被奉为白话文学的经典。其次，语言的变革。"五四"散文小品

---

[1] 夏晓虹、王风等：《文学语言与文章体式》，安徽教育出版社2006年版，第116页。
[2] 刘半农：《我之文学改良观》，《新青年》第3卷第3号，1917年5月1日。

在文章写作变化中做出了自己的贡献。在白话的基础上加上古文、方言，欧化种种成分，使得引车卖浆之徒的话进而成为一种富有表现力的文章。无论是随意书写的杂文随感录，还是闲谈体的美文小品文。再次，题材的拓展。清末民初的古文创作远离生活，题材狭窄，而中国近代书写变革将日常生活中的诸多事宜都纳入书写范围，让散文园地呈现百花齐放的文学活力。鲁迅总结五四散文创作状况时如是说："到'五四'运动的时候，才又来了一个展开，散文小品的成功，几乎在小说戏曲和诗歌之上。这之中，自然含着挣扎和战斗，但因为常取法英国的随笔（Essay），所以也带一点幽默和雍容；写法也有漂亮和缜密的，这是为了对旧文学的示威，在表示旧文学之自以为特长者，白话文学也并非做不到。"①

从文章写作到散文书写，上面总结的三点变化共同促成了书写的自由民主。清末民初占据文坛主导地位的桐城文派关于文章书写有太多的规则法式，阻碍书写行为的民主化和自由化。胡适在梳理评判中国古典文学时如是说："即以体裁而论，散文只有短篇，没有布置周密，论理精严，首尾不懈的长篇。"② 而通过自晚清到"五四"的书写体式变革，桐城文派和选学文派的影响被打压下去，文坛迎来了白话自由书写的潮流。梁实秋在《论散文》中认为，散文是最自由的体裁，他说："散文是没有一定的格式的，是最自由的，同时也是最不容易处置，因为一个人的人格思想，在散文里绝无隐饰的可

---

① 鲁迅：《小品文的危机》，载《鲁迅全集》第 4 卷，人民文学出版社 1981 年版，第 576 页。
② 胡适：《建设的文学革命论》，《新青年》第 4 卷第 4 号，1918 年 4 月 15 日。

能，提起笔来便把作者的整个的性格纤毫毕现出来。"① "五四"开始的散文书写，不但让知识人获取了书写自由，也让受众获得了阅读的民主。陈独秀曾经将白话文称作"语言的德谟克拉西"。这种通俗化的写作能够赢得更多的读者，也更容易发挥启蒙的价值。散文的自由书写体现着自由人性的抒发。"五四"先贤以个性化的自由书写抵抗政治、文化所代表的强权力量，抵抗这些强权力量对知识人书写的规训和异化。正如郁达夫所说，"五四运动的最大的成功，第一要算'个人'的发现"，而"现代的散文之最大特征，是每一个作家的每一篇散文里所表现的个性，比从前的任何散文都来得强"。②

（二）泛滥横绝：书写体式变革的负面效应

通过书写体式的变革，中国知识人剥落了粘贴在自己身上的各种权力话语所强加的条条框框，促成了书写的自由和社会的活力。但失去了书写的规则框架，除了造就散文的繁荣之外，也导致了书写的泛滥横绝和文体的散漫无归。正如学衡派吴芳吉所指出的："今人报纸文章，意无不达，以视昔日策论，进矣……艺术不修，言多益少，退也。"③ 针对胡适等人对古文体式的批评，胡先骕从书写规则角度为桐城文派进行了辩护，"桐城文所重者，舍意义外，厥为体制之纯洁"，其所立之"规矩准绳"，也正是"为文之极则"。而这种书写法则正好可以应对"五四"以来散文创作"有什么话说什么话，

---

① 梁实秋：《论散文》，《新月》1928 年 8 月。
② 郁达夫编《中国新文学大系·散文二集》，上海良友图书印刷公司 1935 年版，第 5 页。
③ 吴芳吉：《三论吾人眼中之新旧文学观》，《学衡》第 31 期，1924 年 7 月。

话怎么说便怎么写"所导致的"泛滥横绝，绝无制裁"。① 徐景铨在比较桐城文学说和白话文学说后，指出以艺术而论，文言在"声""色"上都完全超过白话，"桐城派古文，虽标考据义理词章不可偏废之说，而致力最深者，实为词章"，而后人学习桐城文派，学习的并非其思想，而是其艺术法则。他说"文学名著，绝不徒以思想精神故，抑又以期文词之优美也。其所以永保不朽者，亦文词自身有价值"，而"今之为白话文者，竟言文学最重思想，思想佳者，不问艺术之若何，即无害为佳妙之文学"。② 自思想史角度来审视，桐城派文学不但在引领一种文学写作方式，也在引领一种文人的生活方式："他们一方面企图在政治形势的纷纭变化之中，保持怨而不怒，中庸温和的儒者风度，以别于政治家的偏激与激烈，另一方面，也是努力少涉纷杂，以求得文章的醇厚雅洁。"③

现代散文的个性化写作张扬的是人的精神价值和心灵自由，而不是文体、题材、观念上的了无约束、绝对自由。"五四"文学革命中胡适、周作人等的散文理论希望借助西方散文思想资源来冲击中国古文写作传统，以接续古代散文写作的精神。然而，从古典文章到现代散文的书写变迁，在很大程度上失去了可以规训文人书写的规则，让中国知识人的书写行为变得散漫无归，丧失了斯文延续的"文统"，也丧失了文章书写中灌注的"道统"。朱熹曾说："道者，文之根本；文者，道之枝叶，惟其根本乎道，所以发之于文，皆道也。三代圣贤

---

① 胡先骕：《评胡适〈五十年来中国文学〉》，《学衡》第18期，1923年6月。
② 徐景铨：《桐城古文学说与白话文学说之比较》，《文哲学报》第1期，1922年3月。
③ 关爱和：《后期桐城派与五四新文化运动》，《江淮论坛》1986年第3期。

第十章 散文的涌现：中国近代知识人书写的范式变化

文章，皆从心写出，文便是道。"① 学衡派吴宓指出："作文之法，宜借径于古文，无论己所作之文为何类何题何事何意，均须熟读古文而摹仿之。盖凡文以简洁、明显、精妙为尚，而古文者同吾国文章之最简洁、最明显、最精妙者。能熟读古文而摹仿之，则其所作自亦能简洁、明显、精妙也。故惟精于古文者，始能作佳美之时文与清通之白话。古文一降而为时文，时文再降而为白话，由浓而淡，由精而粗，又如货币中之金银铜，其价值按级递减。取法乎上，仅得乎中，若共趋下，必至覆亡。故即作白话文者，亦当以古文为师资，况从事于文学创造者耶。"② "以古文与词章八股较，果孰有价值孰无价值也哉！果孰为空疏陈腐也哉！且吾以言之，今之学古文，乃学其格律，非学其材料。则作出之文之空疏与否，当视作者之有无材料为断，而不得辄为前人格律之咎也。"③ 林语堂的散文写作受到中西散文传统的影响，看待中国自古典文章到现代散文的书写转型问题也更加客观中正。在林语堂看来，完全摒弃传统文章写作是不必要的，白话文也并非如胡适所提倡的"话怎么说，便怎么写"，而是可以提炼成意味隽永的小品文的。

小 结

检视中国近代的文体变革，从"文章"到"散文"的体式变化最能体现知识人的书写观念和文体追求。清末民初的桐城派文章继承文以载道的古文传统继续统治着中国文坛，而"五四"文学革命将古文打翻在地，将"散文"重点推举出

---
① 《朱子语类》卷一百三十九，明成化九年陈炜刻本，第2215页。
② 吴宓：《论今日文学创作之正法》，《学衡》第31期，1924年7月。
③ 吴宓：《论今日文学创作之正法》，《学衡》第31期，1924年7月。

来。"自由而发抒""任意而闲淡"的中国现代散文,不但被赋予了艺术品格,也被赋予了社会批评的责任。这里有中国知识人"文界革命"的自觉追求,也有中国近代媒体变革带来的客观效应。但需要清楚的是,从"文章"到"散文"的书写体式变化,既给中国知识界带来书写民主和书写自由,也造成了"泛滥横绝"和"文统不继"的问题。

第十一章 文质的辩证:"五四"新文学审美体式的生成

描述古典中国文学的审美理念与历史演进,无法绕开"文/质"这对美学范畴,即使是西潮影响下诞生的中国新文学也以"文质之辩"发端,并始终与其保持着一种微妙的关系。"文/质"之论发源于先秦,从历史思想领域逐渐被引入文学审美领域,有着动态的丰富的历史意涵。作为贯穿中国文学历史发展的重要线索,"文/质"论影响着关于文学嬗递的想象。"文/质"论由"文"与"质"对立统一的两个概念构成。"物相杂,故曰文"。[①]"文"的本义,即物之交错杂陈的纹理。质的本义,有物体的本体、秉性等意味。当"质"与"文"对举时,意义一般被界定为与"文"相应的两层含义:一是由未经加工的"素材""质地"扩展来的可与"华美"相对应的"质朴";二是由"本体""实体""本质"之义引申来的与"形式"相对应的"内容"。明乎此,我们会发现"文"与"质"在漫长的中国文学发展史中消长起伏、相互激荡,而两者之间的复杂关系又成为文学发展的基本动因。有鉴于此,本章拟从"文/质"论角度考察中国古典文学到"五

---

① 《周易·系辞下》。

四"新文学的转型。可以说,以此为中心考察并透视新文学发生时的精神脉动,既是深化学科建设的内在需要,也为我们重新审思20世纪中国文学史提供了一个富有诗学价值的视角。

一 "抑文扬质"与"五四"新文学的观念建构

论及现代中国文学的转型及新文学观的建构,"新青年派"知识群体围绕《新青年》杂志所进行的一系列原创性工作为我们提供了确切的证词。1915年9月,陈独秀在上海创办《青年杂志》,致力于文学文化启蒙事业。然而,理想并非现实,当陈氏满腔抱负却一筹未展之际,胡适"文质之辩"的来信,悄然拉开了文学革命的序幕。信中,胡适批评主编推举古典文学作品的文学观念并直言道:"尝谓今日文学之腐败极矣。其下焉者,能押韵而已矣。稍进,如南社诸人,夸而无实、滥而不精、浮夸淫琐,几无足称者。"对当时文学境况一番批判之后,他总结道:"综观文学堕落之因,盖可以'文胜质'一语包之。文胜质者,有形式而无精神,貌似而神亏之谓也。欲救此文胜质之弊,当注重言中之意,文中之质,躯壳内之精神。古人曰:'言之无文,行而不远。'应之曰,若言之无物,又何用文为乎?"[①] 解读这封信函,并不难看出胡适对中国古典文学"文胜之弊"感触颇深,此中也埋下了其"抑文扬质"的思想隐线。

先撇下"抑文扬质"的思想面向不谈,早在美国留学时其对"文胜之弊"就有了较为集中的思考。1914年,胡适在寄友人的信中谈到此弊,还开出了"以质救文"的"三事"

---

① 胡适:《通信》,《新青年》第2卷第2号,1916年10月1日。

第十一章　文质的辩证："五四"新文学审美体式的生成

药方："今日文学大病在于徒有形式而无精神，徒有文而无质，徒有铿锵之韵，貌似之辞而已。今欲救此文胜之弊，宜从三事入手：第一须言之有物，第二须讲文法，第三，当用'文之文字'时，不可避之。三者皆以质救文胜之弊也。"① 相较于后来的"文学革命八事"，这三剂药方略显粗疏，从其"以质救文"的方向上来看，虽然没有明确提出倡导白话文学的口号，但其"当用'文之文字'时，不可避之"的表达已经孕育理论雏形。胡适后来回忆说："这时候，我已仿佛认识到了中国文学问题的性质。我认清了这问题在于'有文而无质'。怎么才可以救这'文胜质'的毛病呢？我那时的答案还没有想到白话上去，我只敢说'不避文的文字'而已。"② 然而，就是这种浑朴的思想倾向，遭到了梅光迪与任鸿隽的质疑。梅光迪瞩目于"诗之文字"与"文之文字"的差别，而任鸿隽在承认"文胜质"判断的同时给出了这样的商榷意见："要之，无论诗文，皆当有质，又问无质，则成吴国近世萎靡腐朽之文学，吾人正当廓而清之。然使以文学革命自命者，乃言之无文，欲其行远，得乎？近来颇思吾国文学不振，其最大原因，乃在文学无学。救之之法，当从绩学入手。徒于文字形式上讨论，无当也。"③

朋友的质疑并没有改变胡适从文字形式上救治"文胜之弊"的思想路径。因为他坚信"文字形式往往是可以束缚文学的本质的"，而且得出了这样的结论——"一部中国文学史

---

① 胡适：《藏晖室札记·1916年2月3日》，载《胡适学术文集·新文学运动》，中华书局1993年版，第333页。
② 胡适：《逼上梁山》，载《胡适学术文集·新文学运动》，中华书局1993年版，第199页。
③ 任鸿隽《通信》、胡适《逼上梁山》，载《胡适学术文集·新文学运动》，中华书局1993年版，第199页。

只是一部文字形式（工具）新陈代谢的历史"。后来他在倡导白话文学时也重申了这一思想。胡适说："新文学的语言是白话的，新文学的文体是自由的，是不拘格律的。初看起来，这都是'文的形式'一方面的问题，算不得重要。却不知道形式和内容有密切的关系。形式上的束缚，使精神不能自由发展，使良好的内容不能充分表现。若想有一种新内容和新精神，不能不先打破那些束缚精神的枷锁镣铐。"① 从最初"以质救文"的"三事"，到后来"文学革命八事"，胡适白话文学的思想逐渐成熟，其"抑文扬质"理论也更加凸显。观其"文学革命八事"，"一曰，须言之有物。二曰，不摹仿古人。三曰，须讲求文法。四曰，不作无病之呻吟。五曰，务去滥调套语。六曰，不用典。七曰，不讲对仗。八曰，不避俗字俗语"。"八事"中除第一、三两项，其他六项都致力于贬抑"文饰"之貌、打造"质朴"文风。胡适认为骈律、对仗等修辞手法"束缚人之自由过甚"，斥其为"文学末技"，极力倡言"废骈""废律"："排偶乃人类言语之一种特性，故虽古代文字如老子，孔子之文，亦间有骈句。"然而他们的骈句"皆近于语言之自然，而无牵强刻削之迹。尤未有定其字之多寡、声之平仄、词之虚实者也。至于后世文学末流，言之无物，乃以文胜；文胜之极，而骈文、律诗兴焉，而长律兴焉。骈文、律诗之中非无佳作，然佳作终鲜。所以然者何，岂不以其束缚人之自由过甚之故耶？……不当枉废有用之精力于微细纤巧之末，此吾所以有废骈废律之说也。即不能废此两者，亦但当视为文学末技而已，非讲求之急务也。"②

---

① 胡适：《中国新文学大系·建设理论集·导言》，上海良友图书印刷公司1935年版，第27页。
② 胡适：《文学改良刍议》，《新青年》第2卷第5号，1917年1月1日。

第十一章　文质的辩证:"五四"新文学审美体式的生成

当然,胡适并非只注重形式上的"抑文扬质",他还注重在内容上对新文化、新思想进行倡扬。回到历史现场,胡适"以质救文"之"质"既有与"文饰"相对的"质朴"的指向,也有与"形式"相颉颃的"内容"的内涵。他所谓的"言之有物"恰恰是新文学的"神"、"灵"乃至主心骨。从早期"三事"到后来"八事","言之有物"一以贯之。在《文学改良刍议》的"须言之有物"一栏,胡适这样写道:"吾国近世文学之大病,在于言之无物。今人徒知'言之无文,行之不远',而不知言之无物,又何用文为乎?吾所谓'物',非古人所谓'文以载道'之说也。""情感"、"思想","文学无此二物,便如无灵魂、无脑筋之美人,虽有秾丽富厚之外观,抑亦末矣。近世文人沾沾于声调字句之间,既无高远之思想,又无真挚之情感,文学之衰微,此其大因已。此文胜之害,所谓言之无物者是也。欲救此弊,宜以质救之,质之者何?情与思二者而已"。①就胡适的"言中之意""文中之质"来看,他的"言之有物"是新文学"以内容救形式"的撒手锏。尽管此时"情与思"还颇有些空洞抽象,但无疑强调了内容的重要性。而这"言之有物"所强调的"情与思"后来有了"人的文学"理论的加盟,也逐渐丰满起来。对于胡适"以质救文"的"文学改良八事",主编陈独秀有着"言之有物"与"文以载道"的辨别,也有着"文学之文"讲求"文法"还是"修辞"的论争。但他从大的方向对胡适"以质救文"给予了支持,这从其《文学革命论》中揭櫫的"三大主义"可以略窥一二。君不见其所推倒的文学中"雕琢的""铺张的""迂晦的"等形容词无不包含着"抑文"的内涵,而其

---

① 胡适:《文学改良刍议》,《新青年》第 2 卷第 5 号,1917 年 1 月 1 日。

所求建立的文学中"平易的""明了的""通俗的"等形容词皆内蕴着"扬质"的倾向。观览其文，陈独秀对传统文学"乃装饰品而非实用品"的贬斥更是将其思想暴露无遗。

胡适与陈独秀联手搭起了"抑文扬质"的文学革命戏台，新青年派知识群体中的其他成员纷纷唱和起来。钱玄同将讲求义法的桐城斥为"谬种"，将务于骈偶的选学贬为"妖孽"①，甚至批评"抑文扬质"主将胡适的作品"未能脱尽文言窠臼"，"嫌太文了"，"现在我们着手改革的初期，应该尽量用白话去做才是。倘使稍怀顾忌，对于'文'的一部分不能完全舍去，那么便不免存留旧污，于进行方面，很有阻碍"②。而刘半农则用欲抑先扬的论说为"抑文扬质"鼓呼："夫文学为美术之一，固已为世界文人所公认。然欲判定一物之美丑，当求诸骨底，不当求诸皮相。譬如美人，必具有天然可以动人之处，始可当一美字而无愧。若丑妇浓妆，横施脂粉，适成其为怪物。故研究文学而不从性灵中、意识中讲求好处，徒欲于字句上、声韵上卖力，直如劣等优伶，自己无真实本事，乃以花腔滑调博人叫好，此等人尚未足与言文学也。"③ 与此同时，罗家伦也为"抑文扬质"摇旗呐喊："几千年的所谓文学家，只是摇头摆膝的'推敲''藻饰'，哪知道'推敲'还是'推敲'，'藻饰'还是'藻饰'，文学的体用还是文学的体用！我那里的乡下人说'茅厕板上雕花'，正是这个道理！我们倡文学革命的，就是要推翻这些积弊。"④ 由此，我们可以看出，

---

① 钱玄同：《通信》，《新青年》第 2 卷第 6 号，1917 年 2 月 1 日。
② 胡适、钱玄同：《通信》，《新青年》第 4 卷第 1 号，1918 年 1 日 15 日。
③ 刘半农：《我之文学改良观》，《新青年》第 3 卷第 3 号，1917 年 5 月 1 日。
④ 罗家伦：《驳胡先骕〈中国文学改良论〉》，《新潮》第 1 卷第 5 号，1919 年 5 月。

第十一章 文质的辩证:"五四"新文学审美体式的生成

尽管当时"新青年派"同人在学术资源、知识背景、思想路径和价值趋向上有着这样或那样的不同,但在铺垫"抑文扬质"的思想底色上却并行不悖,主导了"五四"文学的革命路向和新文学的发生发展。

二 思想启蒙与"五四"文质观的价值审择

审视文学革命中"抑文扬质"的理论面向,"五四"文学先驱乃从文学语言形式入手,致力于打破古典文学传统加于文学的重重束缚。的确,用返璞归真的白话文学"以质救文"是文学改良的重大举措。然而,倘只停留在这样的层面显然并不足以阐释"抑文扬质"的深层思想逻辑。其实,"抑文扬质"理论下"五四"文学先驱的启蒙设计才是最值得我们深入挖潜的。古谚有云:"项庄舞剑,意在沛公。"面对水深火热的国情,"五四"文学先驱有着"抑文扬质"改革文学的追求,但更有着借助文学革命解决国民启蒙问题的愿望。其实,从周作人的质问中不难看出端倪:"近年来文学革命的运动渐见功效,除了几个讲'纲常名教'的经学家,同做'鸳鸯瓦冷'的诗余家以外,颇有人认为正当,在杂志及报章上面,常常看见用白话做的文章,白话在社会上的势力,日见盛大,这是很可乐观的事。但我想文学这事物本合文字与思想两者而成,表现思想的文字不良,固然足以阻碍文学的发达,若思想本质不良,徒有文字,也有什么用处呢?"[①] 李大钊在解释"什么是新文学"时如是说:"我的意思以为刚是用白话作的文章,算不得新文学;刚是介绍点新学说、新事实,叙述点新

---

① 周作人:《思想革命》,《每周评论》第11期,1919年3月2日。

人物，罗列点新名词，也算不得新文学……宏深的思想，坚信的主义，优美的文艺，博爱的精神，就是新文学新运动的土壤、根基。"①

其实，从文学革命到思想革命的革命路径上，新青年派有着显见的思想共识。阅读文学革命论著，"五四"启蒙先驱时常将"文胜之弊"与国民性进行捆绑式批判。胡适的"抑文扬质"理论摆着一副就文学论文学的学者派头，仔细体味其中言语，却莫不是对国民性的批判。例如胡适在"文学革命八事"的通信中说："凡人用典或用陈套语者，大抵皆因自己无力，不能自铸伟辞，故用古典套语转一弯子，含糊过去，其避难趋易最可鄙夷。"② 不难看出，胡适通过批判用典等"文胜"之处，实际指向的正是作此种文学之人，批判他们"含糊""避难趋易"的毛病。与胡适相较，陈独秀直率得多，他批驳"雕琢的、阿谀的贵族文学"，"陈腐的、铺张的古典文学"，"迂晦的、艰涩的山林文学"，明确指出"此种文学，盖与吾阿谀、夸张、虚伪、迂阔之国民性，互为因果"③。陈独秀答复读者的疑问指出写实主义具有荡涤浮华"文弊"的功能："士之浮华无学，正文弊之结果。浮词夸语，重为世害，以精深伟大之文学救之，不若以朴实无华之文学救之。既以文学自身而论，世界潮流固已弃空想而取实际，吾华文学，以离实凭虚之结果，堕入剽窃浮词之末路，非趋重写实主义无以救之。"④ 傅斯年从文学乃"群类精神上之出产品而表以文字者"立论，细致剖析中国传统文学各派"文胜之弊"，批斥

---

① 李大钊：《什么是新文学？》，《星期日》社会问题号，1919年12月8日。
② 胡适：《通信》，《新青年》第2卷第2号，1916年10月1日。
③ 陈独秀：《文学革命论》，《新青年》第2卷第6号，1917年2月1日。
④ 陈独秀.《通信》，《新青年》第2卷第1号，1916年9月1日。

第十一章 文质的辩证:"五四"新文学审美体式的生成

国民之"病"。①

文学形式与人类的感觉、理智和情感生活所具有的动态形式有着同构的关系。正如胡适所言:"形式和内容有密切的关系。形式上的束缚,使精神不能自由发展,使良好的内容不能充分表现。若想有一种新内容和新精神,不能不先打破那些束缚精神的枷锁镣铐。"正是基于同样的认识,曾经与胡适在文学革命进行论争的任鸿隽也主张变革中国学术思想,要使学术思想从"文学的"变为"科学的"。任鸿隽指出:"吾国之学术思想,偏于文学。所谓文学者,非仅策论词章之伦而已。凡学之专尚主观与理想者,皆此之类也。是故经师大儒之所训诂,文人墨士之所发舒,非他人之陈言,则一己之情感而已。人之智识,不源于外物,不径于官感者,其智识不可谓真确。无真确无智识而欲得完美之学术,固不可得之数矣。"② 任氏此论颇契合陈独秀在《青年杂志》创刊号中所呼吁的"科学的而非想象":"想象者何?既超脱客观之现象,复抛弃主观之理性,凭空构造,有假定而无实证,不可以人间已有之智灵,明其理由,道其法则者也。"③ 周作人说:"我们反对古文,大半是原为他晦涩难解,养成国民笼统的心思,使得表现力与理解力都不发达。"④ 傅斯年批判桐城派:"桐城家者,最不足观,循其义法,无适而可。言理则但见庸讷而不畅微指也,达情但见其陈死而不移人情也,纪事则故意颠倒天然之次叙,以为波澜,匿其实相,造作虚辞,曰,不如是不足以动人也……故学人一经瓣香桐城,富于思想者,思力不可见,博于

---

① 傅斯年:《文学革新申义》,《新青年》第4卷第1号,1918年1月15日。
② 任鸿隽:《吾国学术思想之未来》,《科学》第2卷第12期,1916年12月。
③ 陈独秀:《敬告青年》,《青年杂志》第1卷第1号,1915年9月15日。
④ 周作人:《思想革命》,《每周评论》第11期,1919年3月2日。

学问者，学问无由彰；长于感情者，情感无所用；精于条理者，条理不能常。""骈文有一大病根存，即导人伪言是也。模棱之词，含糊之言，以骈文达之，恰充其量。"① 他们那种跳跃式的逻辑，让我们无法把捉其思维内质。倘若将语言本质设想成修辞性的，就意味着对语言的一种真实形式的意指，也意味着重视字面语言而对修辞语言不予维护。

文学革命先驱对古典文学"文胜之弊"的检讨，同时也是为"以质救文"的白话文学鸣锣开道。胡适指出："形式上的束缚，使精神不能自由发展，使良好的内容不能充分表现。若想有一种新内容和新精神，不能不先打破那些束缚精神的枷锁镣铐。"② 抑文扬质的理论导向，不单单看重白话文通俗易懂、容易为一般民众理解接受，更看重白话文本身所蕴含的一种全新的思维模式。在《怎样做白话文?》一文中，傅斯年重点引介西洋文法，使其成为作白话文的"高等凭借物"，他说："直用西洋文的款式文法，词法，句法，章法，词枝（Figure of Speech）……造成一种超于现在的国语，欧化的国语，因而成就一种欧化的文学。"③ 白话文要传达新思想，就不可能只传达内容而不传达形式，这些形式就存在于白话文的词法、句法、章法和修辞技巧之中，同时这些形式与国民思维也有同构的关系。关于白话文学"以质救文"的好处，傅斯年这样总结道："新文学之伟大精神，即在篇篇有明确之思想，句句有明确之义蕴，字字有明确之概念。"④ 与傅氏相较，

---

① 傅斯年:《文学革新申义》,《新青年》第4卷第1号，1918年1月15日。
② 胡适:《中国新文学大系·建设理论集·导言》，上海良友图书印刷公司1935年版，第27页。
③ 傅斯年:《怎样做白话文?》,《新潮》第1卷第2号，1919年2月1日。
④ 傅斯年:《文学革新申义》,《新青年》第4卷第1号，1918年1月15日。

第十一章 文质的辩证:"五四"新文学审美体式的生成

倒是张厚载这位被视为反动势力的人总结的比较全面。他认为"以质救文"的白话文学有"绝能窒碍思想之弊""使文学有明确之意思真正之观念""为文言一致之好机会"三大利益。对于第二条,他解释说:"旧文学之弊,在笼统含糊……新文学则绝无此种弊病,一字有一字之意思,一句有一句之意思,一节有一节之意思,文字浅显而意思明确;多作此种文字,可使吾人头脑清楚,知识明白。"[①] 正是因为形式和内容有密切的关系,文学形式也承担了内容生产的意义,所以可以说白话文的推广使用成为一种思想改造活动。

思维就是一种语言过程,语言影响思考、情感与知觉。我们常说语言是交流的工具,其实语言不只是交流的工具,也不只是思想的外壳,还是思想本身,是思维过程和思维内容。因此可以说,文学的变革必须依赖于语言的变革,而一个民族的文化、精神、思想的革命同样需要语言的革命。这里我想引用傅斯年的话来说明问题,他说:"我们在这里制造白话文,同时负了长进国语的责任,更负了借思想改造语言,借语言改造思想的责任。"[②]"借思想改造语言,借语言改造思想",诚哉斯言!"五四"文学革命中,启蒙先驱"抑文扬质"的理论导向致力于将西方逻辑性语言引入中国,乃是为了纠正中国传统语言及思维不精密的弱点,实现传统思维方式及语言的变革。

三 "文质之辩"与新文学发展的理想品格

承上所论,"抑文扬质"的文学革命理论既有改良文学的

[①] 张厚载:《通信》,《新青年》第4卷第6号,1918年6月15日。
[②] 傅斯年:《怎样做白话文?》,《新潮》第1卷第2号,1919年2月1日。

想法，又内蕴着思想启蒙的内在诉求。客观地说，"抑文扬质"文学革命理论在"五四"语境中的生成有其内在的合理性。面对内忧外患的境况，倘若再在理论上纠缠于文学的本体论价值，显然无助于解决中国的问题。我们知道，古典文学与政教伦理思想胶着，与国民性思维水乳交融，与封建专制思想纠结交错，想要条理清晰地予以剥离，并不是一件轻松的事情。"五四""抑文扬质"理论以一种激进的姿态与传统文学决裂以求得自己的新生，拯救了文学的衰退，也为思想启蒙立下了汗马功劳。但同时我们需要注意到，这种抑文扬质的文学革命使文学走上了"质胜文"的道路。

审视文学革命先驱的"抑文扬质"理论，莫不流布着对"质"的推举与对"文"的疏离。且看胡适对"文学的界说"："文学有三个要件，第一要明白清楚，第二要有力能动人，第三要美。"单看此言，虽然明白清楚有些工具性的指向，但至少还强调了"动人"与"美"，而且以"美"为关键词的确抓住了文学的特质。然而，其对"美"的界说让人不敢恭维："美就是'懂得性'（明白）与'逼人性'（有力）二者加起来自然发生的结果……第一是明白清楚，第二是明白清楚之至……"其实他所谓的文学的"美"的要件与"明白清楚"的要件殊名同归："要把情或意，明白清楚的表出达出，使人懂得，使人容易懂得，使人绝不会误解。"结合胡适文学概念中的"达意表情""明白清楚""容易懂得""不会误解"等关键词，总括其对文学的见解，其实就是以一种工具理性的思维看文学，极力追求语言表达的清晰化、理性化，用他的话来说就是"文学不过是最能尽职的语言文字""文学的基本作用

第十一章 文质的辩证："五四"新文学审美体式的生成

（职务）还是达意表情"。① 环顾文学革命中的各家文论，对文学作"达意表情"的工具性理解的并不少见。此中，文学革命以科学求真的思维来衡量文学之"文"的审美价值，甚至在很大程度上将"质"之真等同于"文"之美。如此这般，文学形式追求的是科学化、清晰化的表达，显然忽视了文学之"文"问题。以此种工具理性的思维观照文学修辞，自然关注的只是修辞对表达清晰性的影响，关注的只是语义的"通"与"不通"，而无法欣赏到"香稻啄余鹦鹉粒，碧梧栖老凤凰枝"遣词造句之"文"的精妙。要知道，文学虽然以语言为物质载体，但文学必须超越语言，才能进入自语的审美经验世界。

在文学革命风起云涌、渐趋高潮之时，无论是文学理论家还是文学创作者都对"质胜文"的白话文学路径，尤其是"作诗如作文"的白话诗歌提出质疑。成仿吾疾呼："诗的任务只在使我们兴感 to feel，而不在使我们理解 to understand。使我们理解，有更为明了更自由的散文。"② 穆木天要求严判"诗与散文的纯粹的分界"，"诗不是像化学的 $H_2+O=H_2O$ 那样明白的"。③ 周作人在《扬鞭集》的序言中更是指出了"质胜文"文学创作方法的弊端："一切作品都像是一个玻璃球，晶莹透彻得太厉害了，没有一点儿朦胧，因此也似乎缺少了一种余香与回味。"④ 倘若说以上都是从文学创作层面对"抑文扬质"理论提出的批评，那么下面我们可以看到理论上对

---

① 胡适：《答钱玄同书》，载《胡适文集》第2册，北京大学出版社1998年版，第35页。
② 成仿吾：《诗之防御战》，《创造周报》第1号，1923年5月13日。
③ 穆木天：《谭诗》，《创造月刊》第1卷第1期，1926年3月16日。
④ 周作人：《〈扬鞭集〉序》，载《谈龙集》，河北教育出版社2002年版，第41页。

"抑文扬质"的质疑。针对文学革命中"质胜文"的现象，吴芳吉指出："新派之陷溺由此始者，盖只知有历史的观念，而不知有艺术之道理也。夫文无一定之法，而有一定之美，过与不及，皆无当也。"① 胡先骕指出语言与文学混淆的问题，他说："文学自文学，文字自文字。文字仅取达意，文学则必于达意而外有结构，有点缀，而字句之间，有修饰，有锻炼，凡曾习修词学作文学者咸能言之……故文学与文字，迥然有别，今之言文学革命者，徒知趋于便易，乃昧于此理矣。"② 胡先骕对文学革命中文学与文字（语言）的混淆的批评是非常深入到位的。其实，关于"文字"与"文学"的问题，在胡适"文学改良八事"刊出时，就伴随陈独秀的质疑。陈独秀针对其"须讲求文法"一说论道："文学之文与应用之文不同，上未可律以论理学，下未可律以普通文法，其必不可忽视者，修辞学耳……窃以为文学之作品，与应用文字作用不同。其美感与伎俩，所谓文学、美术自身独立存在之价值，是否可以轻轻抹杀，岂无研究之余地？"③ 他在不到八百字的信函中两次强调"文学之文""应用之文"的区别，而且特别点出修辞学于"文学之文"不可忽视，点出"文学、美术自身独立存在之价值"，可见其"岂无研究之余地"显然是无疑而问。文学毕竟隶属于审美领域，追求的是"文"之美，倘若片面的"抑文扬质"，不仅仅是"言之无文，行而不远"，甚至等于取消了"文学"的存在。这正如刘宗周所言："人知文去而质显，不

---

① 吴芳吉：《三论吾人眼中之新旧文学观》，《学衡》第31期，1924年7月。
② 胡先骕：《中国文学改良论》，《东方杂志》第16卷第3期，1919年3月。
③ 胡适、陈独秀：《通信》，《新青年》第2卷第2号，1916年10月1日。

第十一章 文质的辩证:"五四"新文学审美体式的生成

知文亡而质与俱亡也。"① 这正是"五四"文学革命应该反省的。

孔子有言曰:"文胜质则史,质胜文则野。"② 这句话辩证地对"质胜"与"文胜"两种情况进行了比较。在孔子看来,"文胜"而"质"不实,则有虚华无实之嫌;"质胜"而"文"不足,则仅有淳素质朴之态。从这个意义上说,"文"与"质"并没有绝对的高下之分,理想的状态是"一文一质"相互弥补,呈现交替演化的态势。"五四"文学革命虽然借助"质"野一面冲破繁"文",但其最终还是为旧"文"新命的重新开始准备土壤。遗憾的是,中国现代文学发展已百余年,但崇质轻文的思想观念并没有消逝,它以种种显见的或隐形的方式出现在我们的文学创作与研究中。百年回眸,我们理应给"文"重新正名,让"文""质"齐飞。唯其如此,我们才能理性地认识文学之"文"的价值诉求,才能给予旧体诗词、文言散文、传统戏曲"了解之同情",也唯有如此,我们才能摒弃重写实轻想象、重内容轻形式的创作惯式,让中国文学在"文"与"质"的颉颃对抗中开辟一方百花竞艳的自由天地。

---

① 刘宗周:《论语学案三》,载《刘子全书》第三十卷,清光绪18年(1892年)刻本。
② 杨伯峻译注《论语译注》,中华书局1980年版,第61页。

下 编

重访"五四"文学革命中的话语格局

第十二章　语言的政治："五四"白话文运动的政治密码

中国近代白话文传播的兴衰起落，时至今日已经不是什么新鲜话题。但就已有的研究成果而言，研究者往往受到白话倡导者启蒙叙事的影响，将研究重心放在文化学者如何倡导、发起白话文运动的问题上，而对于政府权力的正面介入或者语焉不详，或者将其置于白话传播的对立面。其实，白话文的传播普及并不是一个自然形成的现象，也从来不是倡导者自家之事，它上挂政治，下连教育，有着极其复杂的社会背景和运行机制，不但需要在野知识分子的鼓吹，也需要政府制度化、组织化的推广，以扩大并巩固其效果。本章通过考察新青年派与北洋政府两种势力对白话文传播的诉求与打造，探讨在启蒙与政治颉颃互动中白话文传播的幽微曲折和价值意义。

一　被凸显的启蒙叙事：新青年派的白话民主诉求

描述白话文传播的历史，我们耳熟能详的是胡适主导的启蒙叙事。这种叙事一方面强调白话的民主意蕴，另一方面标举在野知识分子对白话文传播的主导作用。如胡适在《中国新文学大系·建设理论集》的导言中,就曾有这样的表述:"白话文的局面,若没有'胡适之、陈独秀一班人',至少也得迟出现二三十年。"① 胡适深知叙述建构历史的秘密,以他为中心的叙述被"逼上梁山","'偶然'在国外发难"的叙述成了白话文兴起唯一的"历史的引子",一班白话文倡导者集于陈独秀主编的《新青年》杂志,对文言发起攻击,其间虽受林纾等"守旧党"刁难,且守旧党与当权的安福系沆瀣一气,欲以武力压制文学革命,但革命还是"轻轻俏俏地成功了",白话"一跃而升格成为'国语'"。② 此中,无论清末白话文运动的铺垫工作还是北洋政府的推动工作,都被悄悄地隐去,历史背景就这样被抽离,逐渐塑成了新青年派知识群体白话启蒙的叙事框架。这一环环相扣的线性叙述,通过反复强调白话的民主、平等的启蒙特质述说着这场语言运动的历史进步性与合法性。

有关白话文运动的历史叙述,是胡适等人通过对一系列概念事件的组织编排有意建构的,此中"白话"与"文言"关系也被逐渐建构成你死我活的语言斗争。在胡适、陈独秀等文化学者看来,白话文是以通俗化、大众化、平民化为取向的,它与象征着"等级分立"的文言文长期处于对抗状态。早在1916年,胡适便抛出白话民主的理路来与文言文决战:"吾以为文学在今日不当为少数文人之私产,而当以能普及最大多数之国人为一大能事。吾又当以为文学不当与人事全无关系。凡有价值之文学,皆尝有大影响于世道人心者。"③ 用当事人自

---

① 胡适:《中国新文学大系·建设理论集·导言》,上海良友出版公司1935年版。
② 胡适:《胡适口述自传》,广西师范大学出版社2005年版,第170页。
③ 胡适:《胡适全集》第28卷,安徽教育出版社2003年版,第403页。

第十二章 语言的政治:"五四"白话文运动的政治密码

己的话语来说,白话文"乃是我们全国人都该赏识的一件好宝贝"。这样的指称不但具有广泛普及意识,而且同时拥有对平等观念的毋庸置疑态度。就在北洋政府明令允许白话文进入国语课本之际,胡适还掷地有声地批评清末白话文运动的话语特权传统,以彰显"五四"白话文运动白话面前人人平等的先进理念:"他们(清末白话文运动)最大的缺点是把社会分作两部分:一边是'他们',一边是'我们'。一边是应该用白话的'他们',一边是应该做古文古诗的'我们'。我们不妨仍旧吃肉,但他们下等社会不配吃肉,只好抛块骨头给他们吃去罢。这种态度是不行的。"① 胡适对于清末白话文运动的铺垫作用不但掩盖不提,而且对其进行批评,以建立其白话传播的主导地位。正是在胡适的鼓动下,"新青年派"才能一鼓作气。朱希祖曾这样总结白话文反对者的想法:"我们雅人,只要学古;白话的文,由他们俗人作通俗文用罢了。"② 周作人在《新文学的源流》中说"古文是为'老爷'用的,白话是为'听差'用的"。③ 当然这些人对这种"他们""我们"的分层都是持批判态度的。正是在这个意义上,陈独秀在武昌文华大学演讲时明确提出了"白话文是文学上的德莫克拉西"的口号。演讲中,他不仅强调白话文具有与文言文不同的"时代精神的价值",非用白话文"不能达高深学理",而且特别指出"白话文与古文的区别,不是名词易解难解的关系,乃是名词及其他一切词'现代的'、'非现代的关系'","做白话文"的目的不复杂,就是以此"反对一切不平等的阶级

---

① 胡适:《胡适全集》第28卷,安徽教育出版社2003年版,第328页。
② 朱希祖:《白话文的价值》,《新青年》第6卷第4号,1919年4月15日。
③ 周作人:《新文学的源流》,海南出版社1994年版,第62~63页。

特权"。① 不难发现，新青年派为白话鼓呼，已经将白话文看作矫正语言等级制度的首选工具。在此，通过文学话语和文化权力的隐形杠杆，白话取代文言师出有名：就是要颠覆文言文与白话文之间的等级秩序和对立关系，把白话建构成雅俗共赏、全民共用的新国语。

由此可见，关于白话民主启蒙叙事的形成不只是一两个人的自觉，更是新青年派集体意识的合力效果。具体到每一位白话文倡导者心底最细软的那一部分，可能会有不同的着色，但就白话文的曲谱来看，他们还是同唱一首歌的。无论是陈独秀的大刀阔斧还是周作人的娓娓道来，无论是胡适借助来信挑起"是非"还是朱希祖借用他人之言推波助澜，总之中国人在白话文学面前洋溢着人人平等的意识。既通过当时新青年派的齐声合唱，又通过后来胡适的浓染重抹，关于白话文运动的评价逐渐形成了白话进步、文言反动的刻板印象，由此以胡适为主导的启蒙叙事也越来越成为历史叙事的主流。几十年后，唐德刚在论述胡适的历史贡献时便重复了这样的叙事传统，他说："正式把白话文当成一种新的文体来提倡，以之代替文言而终于造成一个举国和之的运动，从而为今后千百年的中国文学创出一个以白话为主体的新时代，那就不能不归功于胡适了。""白话文运动，在他画龙点睛之后，才走上正轨；从此四夷宾服，天下大定。"② 揆诸历史，以胡适为首的"新青年派"知识群体在中国近代白话文传播普及上，的确做出了一系列原创性工作。但倘若将一切功劳揽到自己身上也难以让人信服。对于胡适洋洋自得的叙事框架，最早提出质疑的竟然是处于同一

---

① 陈独秀：《我们为甚么要做白话文？》，《晨报》1920年2月12日。
② 唐德刚：《胡适杂忆》，广西师范大学出版社2005年版。

第十二章 语言的政治:"五四"白话文运动的政治密码

战壕的陈独秀。1923年,已习惯从唯物史观看待历史事件成败的陈独秀,对于胡适个人意志论的白话叙事颇有微词。他说:"常有人说:白话文的局面是胡适之陈独秀一班人闹出来的。其实这是我们的不虞之誉。中国近来产业发达人口集中,白话文完全是应这个需要而发生而存在的。适之等若在三十年前提倡白话文,只需章行严一篇文章便驳得烟消灰灭,此时章行严的崇论宏议有谁肯听?"① 应该说,陈独秀批判胡适个人意志论的历史叙事,以及呈现白话传播的复杂因素是值得认可的。然而面对陈独秀的质疑,胡适并不买账。他说:"我们若在满清时代主张打到古文,采用白话文,只需一位御史的弹本就可以封报馆捉拿人了。但这全是政治的势力,和'产业发达、人口集中'无干。当我们在民国时代提倡白话文的时候,林纾的几篇文章并不曾使我们烟消灰灭,然而徐树铮和安福部的政治势力却一样能封报馆捉人。"尽管陈、胡的白话历史叙事取向各异,但都遮蔽了政府势力的正面推动作用,倘若说陈独秀是为了凸显经济力量决定论有意遮蔽北洋政府的推力,那么胡适则为了凸显个人的启蒙叙事将北洋政府推向白话文运动的对立面,从而完全抹杀了其白话传播之功。那么,历史真实到底如何呢?我们将在下一节细细讲解。

二 被遮蔽的政治推力:北洋政府的语言政治底色

1920年1月,在白话文运动徐徐开展之时,北洋政府教

---

① 陈独秀:《答适之——科学与人生观序》,载《科学与人生观》,山东教育出版社1997年版,第31页。

育部下令各省："自本年秋季起，凡国民学校一二年级先改国文为语体文，以期收言文一致之效。"① 面对新青年派为白话民主的鼓与呼，北洋政府不但没有像胡适所说的"封报馆捉人"予以压制，反而表现得与新文化派勠力同心，公然支持起白话文运动来。这不能不说是对白话文运动的极大鼓舞。教育部的这张训令，无疑表征着政府体制内对于白话语言的接纳。在野鼓吹白话的新青年派，得到政府的鼎力支持，自然颇为得意。胡适指出："这个命令是几十年第一件大事。他的影响和结果，我们现在很难预先计算。但我们可以说：这一道命令，把中国教育的革新，至少提早了二十年。"② 作为被教育者，学生在强大的教育体制面前只能接受白话文的改造。全国不同方言地区的青少年学生都需要按教育部规定接受白话国语教育，而他们的方言也随之变成不规范、不标准的土语了。几年间，在整个教育系统，从小学到大学，白话文借助行政力量迅速普及开来。这从章士钊在《评新文化运动》的感慨中可见一斑："今之贤长者，图开文运，披沙拣金，百无所择，而惟白话文学是揭。如饮狂泉，举国若一，胥是道也。"③ 梅光迪也曾指出："某大学招考新生，凡试卷用文言者，皆为某白话文家所不录。夫大学为学术思想自由之地，而白话文又未在该大学着为功令，某君何敢武断如是？"④ "今之学者，非但以迎合群众为能，其欲所取悦者，尤在群众中幼稚分子，如中小

---

① 《教育杂志》第 12 卷第 2 期，1920 年 1 月。转引自朱有瓛主编《中国近代学制史料》第 3 辑上，华东师范大学出版社 1990 年版，第 158 页。
② 胡适：《国语讲习所同学录·序》，载《新教育》第 3 卷第 1 册，1921 年 2 月。
③ 章士钊：《评新文化运动》，载《文学运动史料选》第 1 册，上海教育出版社 1979 年版，第 305 页。
④ 梅光迪：《评今人提倡学术之方法》，《学衡》第 2 期，1922 年 2 月。

第十二章　语言的政治："五四"白话文运动的政治密码

学生之类。吾国现在过渡时代,旧知识阶级渐趋消灭。而新知识阶级尚未成立,青年学生为将来之新知识阶级,然在目前则否也。而政客式的学术家,正利用其知识浅薄,无鉴别审择之力,得以传播伪学,使之先入为主。然青年学生,最不可恃者也,以其知识经验,无日不在变迁进化之中。"[1]

由上所见,语言得到政治权力的支持会迅速而广泛地传播,可以说白话文的推广普及离不开政府推广。其实,语言改革需要依赖政府行政力量的支持,这早已被晚清的拼音化运动所验证,当年王照、劳乃宣依赖袁世凯、端方的力量,声势浩大,屡屡向学部逼宫,几乎成功。民初之所以能确定"国音",也是教育部召开了"读音统一会"。1912年,民国建元,"国音"是新政权建设的一部分,第二年,政府召开了"读音统一会",开始构拟民族共同语的框架。1916年,北洋政府教育部里有几个人觉得最紧迫而又最普遍的根本问题还是文字问题,便相约各人做文章来极力鼓吹文字改革,主张"言文一致"和"国语统一"。在行政方面,便是恳请教育长官下令改国文科为国语科。[2] 这种朝野合作的语言变革到段派北洋政府与新青年派知识群体时达到顶峰。段派掌权时期,北洋政府虽然对新文化运动中的一些过激学说保持警惕,但对白话代文言的语言变革运动,政府非但没有拒斥,反而在1920年颁布教育指令予以推广,助其发展,这不能不说是白话文传播的一大幸事。后来黎锦熙在为胡适讲义《国语文学史》作序时,将1920年看作"四千年来历史上一个大转折的关键"。他说:"这一年中国政府竟重演了秦皇、汉武的故事。第一件,教育

---

[1] 梅光迪:《评今人提倡学术之方法》,《学衡》第2期,1922年2月。
[2] 黎锦熙:《国语运动史纲》,商务印书馆2011年版,第133页。

部正式公布《国音字典》，这和历代颁行韵书著为功令的意味大不相同，这是远承二千二百年前秦皇李斯'国字统一'的政策进而谋'国语统一'的，二千二百年来历代政府对于'国语统一'一事绝不曾这样严重的干过一次。第二件，教育部以明令废止全国小学的古体文而改用语体文，正其名曰'国语'，这也和历代功令规定取士文体的旨趣大不相同，这是把那从二千一百年前汉武、公孙弘辈直到现在的'文体复古'的政策打倒，而实行'文学革命'的，二千一百年来历代政府对于文体从不敢有这样彻底的改革，从不敢把语文分歧的两条道路合并为一。"① 北洋政府在推动白话文传播方面立下功劳，需要指出的是，尽管北洋政府有着与在野学者相同的白话倾向，但其内在的价值诉求并非完全一致。在野的文化学者是主动的鼓吹，而北洋政府更多的是被激起的民主民意推动而无法推卸。接纳民意当然是出于政治的考虑，北洋时期是小政府大社会，倘若政府要树立权威，招揽、接纳有识之士，标榜维新、民主的态度就成为其重要手段。当新文化运动水涨船高之时，拥护支持白话文运动也成了咸与维新的政治招牌。因此，北洋政府支持白话并非全然因为白话的现代性，更是有着其现实性的政治考虑。我们知道，作为白话文运动的十字箴言——"文学的国语，国语的文学"，其背后有着民族国家想象与建构的作用："天下事合力易成，独立则难治。力之能合，由于情之互契，欲情之互契，必赖语言之传达，语言者，沟通情意之利器也……全国语言，胥归一致，于是上下一德，勠力同心，政治修明，工商发达，一跃而称霸东亚。"② 北洋政府显然

---

① 胡适：《胡适全集》第 11 卷，安徽教育出版社 2003 年版，第 20 页。
② 《统一国语之利》，《申报》1926 年 2 月 22 日。

第十二章 语言的政治:"五四"白话文运动的政治密码

对此有着深刻认识,它大力支持并推动白话文运动,便在于国语统一计划与其国家统一计划构成语言政治学上的深刻关联。

尽管白话文运动只是一种语言改革,但语言改革的背后显然渗透着现实政治的考量。这里的语言政治要考察的是国语统一的方式以及这种方式所包含的权力关系。深入解读国语统一与国家统一的关系,二者都有着黎锦熙在《国语运动史纲》中一再提及的"强南就北"的特点。我们知道,段派北洋政府从1918年就有由北向南的国家统一计划。段祺瑞推行武力统一,对南方用兵,固然想扫平西南军阀,但其最想铲除的其实是另立中央的南方革命政权。由此我们可以看到,与白话文运动相关的社会各方因素是复杂的,正如官话与方言的关系,此中也象征着政治上正统与非正统的不平等关系。为了深入理解,我们详细解析一下国语统一的方式。当时,具有充当共同语资格的无疑是最具权威的代行共同语职能的官话。当时的官话并不统一,有南派、北派之分。南派官话以南京话为基础,北派官话以北京话为代表,而且当时南派官话具有相当高的地位,其地位甚至高于北派官话。尽管如此,用北京话来统一全国语言的主张仍是当时的主流。胡适所说的白话是以北方方言为基础的语言系统。1920年教育部正式公布《国音字典》并发布训令:"查读音统一会审定字典,本以普通音为根据。普通音即旧日所谓官音,此种官音,即数百年来全国共同遵用之读书正音,亦即官话所用之音,实具有该案所称通行全国之资格,取作标准,允为合宜。北京音中所含官音比较最多,故北京音在国音中适占极重要之地位。"[1] 一旦把北京音定为国音,把北方方言立为国语,其将在话语上获得强势的地位。"国

---

[1] 黎锦熙:《国语运动史纲》,商务印书馆2011年版,第154页。

语"统一的目的在于造就一种中国全民使用的共同语。方言固然不可能完全消灭，但共同语一旦建立合法性，便具有了强制作用，从而压制地方方言，将地方语言习俗限制在一定的范围之内。可以说，南北方对"国语"话语权的争夺，既是对文化领导权的争夺，也饱含着政治层面谁压倒谁的意蕴。正是基于这样的认识，北洋政府与新青年派合作，将白话文予以推广普及，寄希望于形成一种话语的强势地位，获得不同方言区的认同。而这种强势地位的白话国语对各地方言形成了压制，也暗示着北方正统地位的壮大与巩固。

三 白话传播的历史密码：在野与在朝的颉颃互动

作为"五四"白话文运动的当事人，胡适不可能不知道北洋政府在推动白话文传播中的功劳不可抹杀。然而随着段派北洋政府的失势，被众人推举的白话盟主胡适急于"漂白"自己，于是逐渐抽离历史背景，将北洋政府的推动工作悄悄隐去，凸显个人力量的启蒙叙事逐渐建构出来。为此，胡适不厌其烦地重复其被"逼上梁山"的故事，但偶尔也会露出白话文迅速普及的政治原因。在梳理国语运动历史时，胡适意外地说出了这样的话："政府是一种工具。就把国语来讲，政府一纸空文，可以得私人几十年的鼓吹。凡私人做不到的事，一定要靠政府来做。"[①] 其实，此理我们从黎锦熙的论说中也可窥见一二："中国向来革新的事业，不经过行政方面的一纸公

---

① 胡适：《国语运动的历史》，载《胡适学术文集·语言文字研究》，中华书局1993年版。

第十二章　语言的政治:"五四"白话文运动的政治密码

文,在社会方面总不容易普及的;就算大家知道了,而且赞成了,没有一种强迫力也不会实行的。"① 准此,重访"五四"白话文运动势如破竹的盛行局面,我们会发现朝野双方的互动在白话文的推行和普及上起到了举足轻重的作用。黎锦熙在评价 1916—1920 年白话文运动时如是说,"在中国现代史中,有比辛亥革命更为艰巨的一种革命,就是'国语运动'",它"实实在在牵涉了几千年来的文化和社会生活","单靠政府的力量,虽起秦皇于地下,迎列宁于域外,雷厉风行,也不见得能办得通","政府和社会互助而合作,三五年工夫,居然办到寻常三五十年所办不到的成绩"。②

审视从 1916 年到 1920 年间的白话文运动,朝野双方尽管有着不同的价值诉求,但配合是默契的。在朝的政府权势借重文化学者的知识权威谋求政治利益,在野的文化学者借助政府政策推广其民主理想。然而,好景不长,这种朝野相互借重、相互支持的颉颃局面随着北洋政府内部的裂变逐渐走向了终结。1920 年 7 月爆发直皖战争,直系军阀曹锟、吴佩孚联合奉系军阀张作霖,对皖系军阀段祺瑞发动了大战,段祺瑞的大败与安福系的名誉扫地也导致新文化派与在朝权势者"白话蜜月期"匆匆结束。相较于此一时段的段派北洋政府,后来的北洋政府以及国民党政府基于现实的政治考虑都失去了推广白话文的兴趣,政府与在野知识分子在白话文运动上的配合再也没有出现过 1916 年到 1920 年朝野互动的默契程度,反而呈现出两相对抗的状态。在白话盛行一段时期之后,文言的使用逐渐出现了回潮现象,报纸社论或案牍文告的文言色彩相当明

---

① 黎锦熙:《国语运动史纲》,商务印书馆 2011 年版,第 139 页。
② 参见黎锦熙《国语运动史纲》,商务印书馆 2011 年版。

显和普遍。社会上应用的公文仍坚持文言，这很容易给攻击白话文者以口实："语体文在社会上就没通行。你们看，上自宪法法律政治公文，下至合同契约日用便条，那一件不是用文言去写？现在凡用语体文写的东西，多半是浮浅的创作或小说，这些都是不合于应用的哟！不是我们要反对语体文，实是语体文自己没站在不叫人反对的地位上。"① 官场文字都用文言，白话的民主价值标签自然无以为立，便不能见信于社会，不为一般社会所欢迎。此时的胡适虽然还重复着"胡适一班人"如何如何的话语，但不免也深陷白话文传播的窘境。1928年，胡适致信在政府任职的罗家伦："你现在政府里，何不趁此大改革的机会，提议政府规定以后一切命令、公文、法令、条约，都须用国语，并须加标点、分段。此事我等了十年，至今日始有实现的希望，若罗志希尚不能提议此事，我就真要失望了。"② 然而，此时的国民党政府为了儒化三民主义，为蒋介石提供意识形态保障，不但宣扬文言，而且倡导读经运动，自然对白话文嗤之以鼻。至1957年，胡适依然不忘旧怨，指责国民党"虽然执政数十年，但是它对推动这一活语言和活文学的运动，实际上就未做过任何的辅导工作"，对"这项运动的停滞和阻扰，是无可推卸其责任的"。③

综上所论，白话文的传播普及有着极其复杂的社会背景和运行机制，不但需要在野知识分子的鼓吹，也需要政府制度化、组织化以扩大并巩固其效果。纵观在朝在野在白话文运动中的互动，会发现它们有着不同的思考立场和思维方式，尽管

---

① 杜聿成：《致钱玄同信》，《国语周刊》第24期，1925年11月22日。
② 胡适：《致罗家伦》，载《胡适书信集》，北京大学出版社1996年版，第474~475页。
③ 胡适：《胡适口述自传》，广西师范大学出版社2005年版。

第十二章 语言的政治:"五四"白话文运动的政治密码

它们在推广白话文运动时也有过合作,但不同的价值诉求也决定了其有着走向对抗的必然性。同样是宣扬白话文运动,文化学者高张民主大旗,而政府权势却有着现实政治的考量。其实这种价值诉求的不同恰似政治家与政论家不同的思考立场。于此,李大钊对政治家与政论家的社会责任分工的论述可以让我们加深理解:"政论家之责任,在常于现代之国民思想,悬一高远之理想,而即本以指导其国民,使政治之空气,息息流通于崭新理想之域,以排除其沉滞之质;政治家之责任,在常准现代之政治实况,立一适切之政策,而即因之以实施于政治,使国民之理想,渐渐显著于实际政象之中,以顺应其活泼之机。故为政论家者,虽标旨树义超乎事实不为过;而为政治家者,则非准情察实酌乎学理莫为功。世有厚责政论家,以驰于渺远之理想,空倡难行之玄论,而曲谅政治家以制于一时之政象,难施久远之长图者,殆两失之矣。"① 回到"五四"时期的白话文运动,北洋政府借助推广白话达成由北向南统一的政治目的,而在野的胡适们借重政府践行白话,自有其白话民主的诉求。一个高悬民主理想,一个近据乎现实政治,一个看重进步,一个为了维护秩序。那么,在启蒙与政治之间,在在野的知识分子和在朝的政府权势之间,我们应该如何评判?其实,无论是在野的激进主义还是保守主义,无论其态度如何激烈或固执,都不会伤及无辜,倒是在朝的激进主义或保守主义需要加以防范。在很多历史关头,在野与在朝的互动或说激荡,看似水火不容,实则相克相生。也正是从这个意义上说,在朝、在野两股势力在颉颃对抗中演绎了白话文运动消长起伏的历史长卷。

---

① 李大钊:《李大钊文集》上册,人民出版社1984年版,第322页。

第十三章　思想的游牧：文学在"五四"思想启蒙中的角色扮演

自"五四"启蒙运动发生到今天，关于"文学与启蒙"的研究有了丰厚的积累，但这些研究成果往往集中在两个角度，或是颂扬"五四"新文学在思想观念传播中的启蒙之功，或是从纯文学角度批判文学承担起思想观念的传播而挤压了艺术性与自主性。[①] 至今却无人站到思想传播的立场来探讨文学启蒙对思想理性的负面影响。文学启蒙往往诉诸情感与形象，通过营造一种气氛或使用感情色彩强烈的言辞来感染对方，以谋求特定的效果；而思想启蒙理应是诉诸理性与逻辑，冷静地摆事实、讲道理，运用理性或逻辑的力量来达到启蒙的目的。倘若想呈现"文学与启蒙"关系的复杂性，我们必须省视文学介入思想启蒙、担纲思想传播，并非只是思想挤压了文学的艺术性与自主性，同时诉诸感性与形象的文学启蒙也导致了思想自主性的迷失。厘清这个问题，我们才能更客观地评价文学在思想传播中的角色扮演，更全面地理解"文学与启蒙"的复杂关系。

---

① 参见张光芒《中国近现代启蒙文学思潮论》，山东教育出版社2002年版；马睿《无法安放的文学想象：现代中国文学自治论的发生及困境》，《现代中国文化与文学》2005年第1期。

第十三章　思想的游牧：文学在"五四"思想启蒙中的角色扮演

一　文学在思想启蒙中的角色扮演

探讨"五四"启蒙运动的观念传播与思想普及，无法绕开其时文学创作之提供媒介与推波助澜。近代中国一直处于社会变革与思想启蒙的大环境中，文学身处这种环境，理应而且也必然会反映社会问题，传播思想观念。梳理"五四"时期的文学理论与创作，其无不与思想启蒙有着千丝万缕的联系：文学理论中都洋溢着"思想压倒艺术"的色彩，文学创作都担纲着传播启蒙思想观念的任务。胡适的一段话将此说得明白通透："有人说，思想是一件事，文学又是一件事，学英文的人何必要读与现代新思潮有关系的书呢？这话似乎有理，其实不然。我们中国人学英文，和英国、美国的孩子学英文，是两样的。我们学西洋文字，不单是要认得几个洋字，会说几句洋话，我们的目的在于输入西洋的学术思想。所以我以为中国学校教授西洋文字，应该用一种'一箭双雕'的方法，把'思想'和'文字'同时并教。例如教散文，与其用欧文的《见闻杂记》，或阿狄生的《文报选录》，不如用赫胥黎的《进化杂论》。又如教戏曲，与其教莎士比亚的《威匿斯商》不如用 Bernard Shaw 的 *Androcle and The Lion*，或是 Galsworthy 的 *Strife* 或 *Justice*。又如教长篇的文字，与其教麦考来的《约翰生行述》，不如教弥尔的《群己权界论》。"[①] 再如傅斯年所倡导的："真正的中华民国必须建设在新思想的上面。新思想必须放在新文学的里面……所以未来的中华民国的长成，很靠着文学革

---

① 胡适：《归国杂感》，载《胡适全集》第1卷，安徽教育出版社2003年版。

命的培养。"① 思想的文学化是"五四"启蒙运动中文学致思的主要方式，思与文之间搭建了一座无形的桥梁，诸如个性解放、婚姻自由、人道主义、改造国民性等，都是文学表现的思想主题。正如宗白华所言："现在一班著名的新杂志（除去《北京大学月刊》同《科学》杂志），都是满载文学的文字同批评的文字，真正发阐学理的文字极少，只能轰动一班浅学少年的兴趣，作酒余茶后的消遣品，于青年的学识简介上毫不增益，还趾高气扬的自命提倡新思潮。"②

"五四"文学革命中，很多作家把启蒙中的各种思想主题都化为作品中的内容和主题要素。当我们快速扫描印象中的自由、民主、个人主义、人道主义等"五四"启蒙思想理念时，更多想起的是文学作品。谈到"五四"对封建礼教的批判时，会想到发现"礼教吃人"的"狂人"，想到鲁迅的《狂人日记》；提起个人主义时我们会想起出走的娜拉，想起"五四"先驱译介的《玩偶之家》（也译为《傀儡家庭》）以及当时涌现出的一批关于为婚姻自由离家出走的爱情小说；谈到人道主义时，我们会想到"五四"先驱笔下的人力车夫，想到刘半农的《缝衣曲》，想到周作人译介的《卖火柴的小女孩》。如果让我们再就"礼教批判""个人主义""人道主义"等思想理念的深切意涵加以追问，很多人都会语焉不详。其实，这并不难理解，思想往往通过具体生动的人物形象或故事情节来传播，人们对具体的人物形象和生动的故事情节的体认与记忆远比抽象复杂的逻辑说理更有兴趣。"五四"启蒙先驱深谙此理，因此在文学的创作、译介上下了很多"思想传播"的功

---

① 傅斯年：《白话文学与心理改革》，《新潮》第1卷第5号，1919年5月。
② 宗白华：《致〈少年中国〉编辑诸君书》，《少年中国》第1卷第3期，1919年9月15日。

第十三章　思想的游牧：文学在"五四"思想启蒙中的角色扮演

夫。以易卜生作品的译介为例，这种译介并非只以文学审美、文学艺术为标准。曾为易卜生作品极力鼓吹的胡适在一封通信中将个人心路表露无遗："我们注意的易卜生不是艺术家的易卜生，乃是社会改革家的易卜生。但实际上不仅对思想革命，也对文学革命起到了重大的作用。"① 易卜生的作品《玩偶之家》《国民公敌》等曾在北京、上海等地被搬上过舞台，给中国观众留下了深刻的印象。易卜生的每部剧都有着自己的主题，这些艺术形象并非简单的文学行为，而是借以传播启蒙思想的工具。比如《玩偶之家》主要探讨女性为独立自由逃离家庭，而《国民公敌》则是为了呈现启蒙者力抗群言的勇敢无畏。与胡适热衷易卜生剧作相比，李大钊对托尔斯泰的引介并无丝毫迟疑。当然，李氏介绍文学家托尔斯泰并非因为他的文学作品艺术性高、美学价值不同凡响，根本着眼点还在于"彼生于专制国中……扶弱摧强，知劳动之所以为神圣"。更为关键的是，托氏"为文字字皆含血泪"。② 凡此种种，恰与其早期思想一脉相承。早在1917年底，李大钊就曾呼吁反抗"阶级制度之不良"的"文豪"出现。求成心切，他连"文豪"的本职都可以不要，希望他们个个都像杰尔邦德士一样，"少年投笔，荷戈从军"，要么爆发出令人不敢想象的特异功能："洒一滴墨，使天地改观，山河易色者，文豪之本领也。"③ 托尔斯泰之所以能够被李大钊选中作为文豪楷模予以引介，就在于其文学作品中洋溢着对弱小者、弱势者的同情和关怀的人

---

① 胡适：《通信·论译戏剧》，《新青年》第6卷第3号，1919年3月15日。
② 李大钊：《介绍哲人托尔斯泰》，载《李大钊文集》上卷，人民出版社1984年版，第186~187页。
③ 李大钊：《文豪》，载《李大钊文集》上卷，人民出版社1984年版，第70~71页。

道主义思想。研读"五四"时期的文学作品,无论是创作还是翻译,都承担着传播思想的任务。自由、民主、平等、个人主义、人道主义等很多启蒙思想在文学中都有表现。文学如何把思想传递给观众?思想穿上文学外衣,不去考虑是否自然,在明确表达概念性的观点和鲜明的思想时,文学具有很大的潜力。因为毕竟谈思想理论大都深奥抽象,只有通过形象具体的文学作品才能将思想演绎成雅俗皆懂的思想图景。"五四"启蒙文学几乎每个毛孔里都渗透了启蒙思想之血。

综上,我们可以看到,孕育于文学革命的"五四"新文学作为启蒙运动的重要一翼,自诞生之日起,就自觉地承担起了思想启蒙的使命,有力地配合了当时的理论性思想启蒙。文学作品(或者说文学性启蒙)与理论著述(或者说理论性启蒙),被看作思想启蒙的双翼,共同构筑了"五四"思想启蒙大业。由于"五四"文学大都正面宣传思想启蒙的学说和主张,文学作品往往成为启蒙先驱哲学思想、政治主张的图解,因而带有鲜明的哲理性。文学作品中对思想主题的呈现不是以教条的形式表现出来的抽象理念,而是溶解在审美形象中的思想灵魂,有机地配合了"五四"启蒙运动的思想宣传。文学实践作为情感的动力与形象的载体,以审美的形式在理性解构和建构的历史进程中表现出强大的功能和独特的价值。正是在这个意识上,有学者指出:"中国的启蒙是由文学的千丝和思想的万缕共同编织而成的精神织品,无论是抽去了思想的纬线还是拆掉了文学的经线,都会破坏这一历史图景的完整与斑斓。"[1]

---

[1] 王桂妹:《文学与启蒙——新青年与新文学传统》,中国社会科学出版社2010年版,第2页。

第十三章　思想的游牧：文学在"五四"思想启蒙中的角色扮演

二　思想在文学文本中的意象化呈现

《周易·系辞上》有言："书不尽言，言不尽意。"因此"圣人立象以尽意"①，"象"即卦爻象，"意"即圣人之"意"，"尽"是充分表达。这段话是说文字不能完全表达语言的丰富巧妙，语言又不能表达思想的深邃精密，圣人的思想和语言要完全表达就要设立爻象来表。其实当启蒙运动兴起之时，文学便承担了"立象以尽意"的思想传播功能。文学语言具有强烈的暗示功能，它与科学语言有着显著的差异，科学语言通过俗白、严谨的语言尽量减少语言的歧义性，而文学语言强调的是弦外之音、意外之旨。正如罗兰·巴尔特所指出的："文学包含很多科学知识……但是由于本身这种真正百科全书式的特点，文学使这些知识发生了变化，它既未专注于某一门知识，又未使其偶像化；它赋予知识以间接的地位。"② 由此可见，文学所聚集、呈现的知识、思想既不全面又失去了原初的精确性。我们知道，"五四"文学作品中充斥着诸如自由、民主、平等、个人主义、人道主义之类的思想主题。然而，当思想编织在文学叙述的脉络中时，只是通过形象去想象，并不能真正的去了解思想的来龙去脉。文学中的思想主题脱离思想本身的逻辑体系，已经布不成阵，成为思想的散兵游勇。固然我们无法否认文学中所蕴含的思想哲理是丰富且深邃的，但文学在传播思想时运用比喻、象征、联想的自由来诱惑读者进入文本世界，文本中通过情节描写、形象刻画所反映的思想有着卓见与

---

① 袁庭栋：《周易初阶》，巴蜀书社2004年版，第218页。
② 〔法〕罗兰·巴尔特：《符号学原理》，李幼蒸译，生活·读书·新知三联书店1988年版，第7页。

盲视的两面性。下面，我们举几个事例对此给予解析。

事例一：礼教批判的主题。《狂人日记》中所反映的"礼教吃人"的思想主题。在这篇小说中，鲁迅用文学的形式揭露了封建礼教吃人的本质。作品主要描写了一个"迫害狂"患者的精神状态和心理活动。他假借"狂人之口"说道："我翻开历史一查，这历史没有年代，歪歪斜斜地每页都写着'仁义道德'几个字。我横竖睡不着，仔细看了半夜，才从字缝里看出字来，满本都写着两个字是'吃人'！"还说"将来容不得吃人的人，活在世上"。应该说，《狂人日记》具有复杂的思想内涵，但长期以来处于主流话语的依旧是："礼教吃人。""只手打倒孔家店的老英雄"吴虞于1919年11月在《新青年》第6卷第6号发表《吃人与礼教》一文。他说："我觉得他这日记，把吃人的内容和仁义道德的表面，看得清清楚楚。那些戴着礼教假面具吃人的滑头伎俩都被他把黑幕揭破了。"所以，结尾他大声疾呼道："我们如今应该明白了！吃人的就是讲礼教的！讲礼教的就是吃人的呀！"[1] 此文一出，"礼教吃人"的说法遂广为流行，并成为"五四"时期新文化的主流话语。与鲁迅有隙的苏雪林也指出："《狂人日记》是一篇掊击旧礼教的半象征性文章，发表后'吃人礼教'四字成为'五四'知识阶级的口头禅，其影响不能说不大。"[2] 这样，《狂人日记》的主题便被定下来，以致今天人们对"吃人"的言说也大都在"礼教"上作文章，而且在文字的表述上也大同小异。应该说，鲁迅这篇小说别具慧眼，有很强的启蒙意义，配合了当时的批判封建礼教的思想运动。但是需要说

---

[1] 吴虞：《吃人与礼教》，《新青年》第6卷第6号，1919年11月。
[2] 苏雪林：《〈阿Q正传〉及鲁迅创作的艺术》，载《鲁迅研究学术论著资料汇编》第1卷，中国文联出版社1985年版，第1039页。

第十三章 思想的游牧：文学在"五四"思想启蒙中的角色扮演

明的是，《狂人日记》是一个寓言故事，而"吃人"只是一个文学意象。《新潮》第1卷第2号的《书报介绍》中最早评价该小说："用写实笔法，达寄托（symbolism）的旨趣，诚然是中国近来第一篇好小说。"[①] 这个评语言简意赅，敏锐注意到小说主题的引申意义——象征主义倾向（symbolism）。文学象征就是象征，我们不能将这种虚构意象实体化，但吴虞的《吃人与礼教》却将"吃人"这一文学意象实体化，人们对于礼教问题的认识，也逐渐失去理性分析的耐心，趋于囫囵吞枣的批判讨伐。其实什么事物都会有利有弊，而且我们倘若只通过作品，从吃人的角度观察礼教，只能一叶障目不见泰山。客观地说，中国几千年来以礼教统治天下，礼教当然有其内在的合理性。当然我们也不能排除它形式化的弊端。但我们必须区分礼教两种形式：一是完整的、理想的、发自内心并沟通天人之礼，亦即真正的礼；二是在现实中异化了的、形式与实质相互分离的礼，亦即虚假的礼。"五四"启蒙先驱重点批判的是形式化的虚假之礼，而对于情感深处生成的礼却持保留态度。对礼教批判最重的陈独秀也承认，中国道德伦理的本源出于"情感"，其"情感"的失落由伦理化、规范化所致。陈认为"忠孝节"有"情感的"和"伦理的"之别，"情感的忠孝节，都是内省的，自然而然的，真纯的；伦理的忠孝节，有时是外铄的，不自然的，虚伪的"。[②] 就此，我们可以发现，启蒙先驱等反对"忠孝节"，并不是反对情感上的"忠孝节"，而是反对伦理上的"忠孝节"。

事例二：个人自由的主题。在"五四"思想观念的传播

[①] 《书报介绍》，《新潮》第1卷第2号，1919年2月。
[②] 陈独秀：《独秀文存》，安徽人民出版社1981年版，第281页。

中，个人自由是一个非常重要的话题。当时有很多文学作品呼应个人自由的启蒙主题。譬如胡适所推崇的易卜生话剧《傀儡家庭》，其在中国的译介传播便是为了破除传统家庭观念的束缚，传播个人自由的思想。新文化运动发生之时，胡适与其学生罗家伦合作翻译了《傀儡家庭》，并刊登在《新青年》杂志上，一时之间"娜拉出走"成为当时中国知识人热谈的话题，并且极大震动了当时的知识青年。谈起自由独立的话题时，人们也都喜欢用"娜拉"作为话题，比如鲁迅就曾写过《娜拉走后怎样》分析"娜拉出走"的后续。我们先来看看《傀儡家庭》的经典情节：

>（郝尔茂）……你就是这样抛弃你的最神圣的责任吗？
>（娜拉）你以为我的最神圣的责任是什么？
>（郝）还等我说吗？可不是你对于你的丈夫和你的儿女的责任吗？
>（娜）我还有别的责任同这些一样的神圣。
>（郝）没有的。你且说：那些责任是什么。
>（娜）是我对于我自己的责任。[1]

《傀儡家庭》中娜拉与丈夫的这段对话，在当时引起了强烈反响。胡适后来归结为，"娜拉抛弃了家庭丈夫儿女，飘然而去，只因为她觉悟了她自己也是一个人，只因为她感觉到她，无论如何，务必努力做一个人"。[2] 娜拉的形象，不仅是

---

[1] 胡适：《易卜生主义》，《新青年》第4卷第6号，1918年6月1日。
[2] 胡适：《介绍我自己的思想》，载《胡适全集》第4卷，安徽教育出版社2003年版。

第十三章　思想的游牧：文学在"五四"思想启蒙中的角色扮演

个性主义的典型，而且唤起了妇女自我解放的追求。受"娜拉出走"爱情模式的影响，很多文学作品也就此展开描写，将个人与家庭描写得水火不容，将恋爱描绘成浪漫的彩虹。这一被时人解读为"个性自由"思想的践行感召了很多人，青年男女纷纷走出"封建家庭"，追求婚姻自由。他们抛却"门当户对""齐大非偶""媒妁之词"的经济式的婚姻，追求文学式的浪漫爱情。虽然"五四"先贤们借助"易卜生主义"等在理论上解放了自我和个性，但我们应能清楚地看到，这样的解放并不意味着对个性自由的正确理解，也不等于争来了自由。因为更加现实更加严峻的人生问题接踵而至，对现实的思考及时地并且有力地阻止了浪漫意识的横飞。细细思量，娜拉出走爱情模式影响下的个性自由更多的是一种"意志自由"，而不是真正意义上的自由——"公民自由"。公民自由意味着负责人的自由。"自由不仅意味着个人拥有选择的机会并承受着选择的重负，而且还意味着他必须承担起行动的后果，接受对其行动的赞扬或谴责。"[1] 而"五四"文学中的个人自由洋溢着的是一种浪漫主义心态，不是把自由受限理解为一种纯粹个人的防卫原则，而是把自由膨胀为涵盖一切并能够解决一切问题的观念。正像梁实秋所叙述的那样："所谓新文学运动，处处要求扩张，要求解放，要求自由。情感就如同铁笼里的猛虎一般，不但把礼教的桎梏重重的打破，把监视情感的理性也扑倒了。"[2] 这种文学中反映的自由看似最尊崇自由，最突出个人人格，但是它所说的自由乃是一种涵盖一切的意志自由。

---

[1] 〔英〕弗里德利希·冯·哈耶克：《自由秩序原理》上册，邓正来译，生活·读书·新知三联书店1997年版，第83页。

[2] 梁实秋：《现代中国文学之浪漫的趋势》，载《梁实秋批评文集》，珠海出版社1998年版，第40页。

这种自由强调的是个人的自我实现,却没有负责任的态度。应该看到,个性自由绝不单单是"娜拉"式的个性发展,还有着"哀梨妲"式的责任意识。"哀梨妲"是易卜生剧《海上夫人》中的人物,她也像娜拉一样渴望自由,但当丈夫允许其出走,并告诉她"有了完全自由,还要自己担干系时",她反而选择了留下。① 在"五四"时期,青年男女在娜拉剧中认识到的自由充满了偏至,对于所承担的责任却置若罔闻。

事例三:人道主义的主题。人道主义也是"五四"启蒙文学重点表现的主题。在"五四"文学创作中,反映人道主义思想的作品层出不穷。有对"人力车夫"的同情,也就是对弱势群体、劳动者、下层民众的同情,同时期冀人人平等愿望的达成。普遍的同情心从人力车夫施及农夫、石匠、打铁的、抬轿的,还有娼妓。"五四"作家对这样一个具有代表性群体的关注来自他们对生活的直接观察和感悟。在鲁迅的小说《一件小事》《故乡》《祝福》等中,我们都能够感到人道主义的同情心。作者路遇车夫撞人扶人,深受其感发:"我这时突然感到一种异样的感觉,觉得他满身灰尘的后影,刹时高大了,而且愈走愈大。须仰视才见。而且他对于我,渐渐的又几乎变成一种威压,甚而至于要榨出皮袍下面藏着的'小'来。"② 从同情人力车夫到歌颂人力车夫,启蒙先驱的思想感情在迅速发生变化,而且是翻天覆地的变化。文学中所宣扬的这种普遍的同情心,更多的是一种民粹主义色彩的人道主义。客观地说,当时流行的人道、平等观念更多只是情感上的体认,引起

---

① 胡适:《易卜生主义》,《新青年》第4卷第6号,1918年6月1日。
② 鲁迅:《一件小事》,《鲁迅全集》第2卷,人民文学出版社1981年版。

第十三章　思想的游牧：文学在"五四"思想启蒙中的角色扮演

了极大的反响。理论上说，人道主义讲求人本身的权利、欲望，提倡人道，但在文学作品中人道主义变成同情心的代名词。无限制的同情在"五四"文学作品中蔓延开来。最有影响的就是关于"人力车夫"的描绘。专为人力车夫抱打不平的文学，以为神圣的车夫被经济制度压迫过甚，同时又以为劳动是神圣的，觉得人力车夫值得赞美。其实人力车夫凭借自己的血汗力气赚钱糊口，也可以算是诚实的生活。作为一种职业，人力车夫无须同情可怜，也无须无限赞美拔高。文学作品中表达的平等愿望是值得推崇的。但同时需要注意到体味个中"真义"，尽管提倡每个人都平等，但我们强调的应该是机会的平等，而不是绝对的平等。人类文明史上的无数例子证明，绝对"平等"只能存在于乌托邦式的幻想上或说理论上，除非通过极端的方式压制所有天资较高的人，才能实现所谓的"平等"，而这只能是一些平庸的人出于嫉妒的不平衡心理所寄予的畸形愿望。这种绝对平等的要求，其实是一种恶性平等。因为如此这般社会便不能给每个人一个平等自由发展的机会。由此可见，实际的平等（诸如出身、血缘等天赋性的东西）与机会的平等（诸如人格、机遇等社会性的内容）是一对永远无法摆平的悖论命题。

承上所论，"五四"思想启蒙中文学承担也有着"立象以尽意"的思想传播功效，由此我们可以通过阅读文学来体悟哲理。但同时必须看到，文学作品中的哲理是寓言式的，文学作品中的思想词汇与现实中的思想词汇并不能等同，文学作品中的思想主题也并非不辨自明。钱锺书曾经说："理颐义玄，说理陈义者取譬于近，假象于实，以为研几探微之津逮……《易》之有象，取譬明理也，'所以喻道，而非道也'。求道之能喻而理之能明……变其象也可：及道之既喻而理之既明……

舍象也可。"① "立象尽意""取象明理"是中国古代思想家的惯用修辞方式，但文学故事化的思想演绎也容易埋下"执象忘喻""执指忘月"的隐患。如果启蒙的确切思想内涵是月亮的话，文学化的思想演绎是指向月亮的手指，而启蒙应该唤起我们去真正探索月亮的奥秘，探索自由、民主、个人主义、人道主义等思想观念的逻辑意涵。倘若执指忘月，我们就会只看到启蒙思想意涵的某一思想点，而其他部分却同时遭到遮蔽，被抽离思想体系。真正的思想启蒙意味着遵循理性科学的认知原则，对思想观念进行条分缕析地理解、辨别，最后达到认同或者不认同的逻辑思维过程；而文学是一种虚构、想象性的诗性世界，渗透着作家主观的精神意愿与价值取向，能够唤起读者的情感认同。尤其值得注意的是，在文学化演绎中，我们更容易记住文学之"象"，忘了思想之"喻"。需要了解的是，思想应该是逻辑系统化的"树状"思维模式，而文学承担的思想主题则是游牧式的"块茎"思维模式。文学中的思想只是思想的碎片化呈现，其本身并没有一个有体系的思想根基，因此在文学的思想传播中，伟大的思想中往往也蕴藏着伟大的迷思。

三　启蒙在情感"说服"中的自我背离

其实，探讨文学在思想观念传播中的角色扮演，关涉的一个重要问题就是"思与言"的问题。语言是知识人传播知识、表达思想的符号。文学与思想都无法绕开语言表达，但是文学与思想的表达有着不同的语言要求。文学更多追求的是一种生

---

① 钱锺书：《管锥编》上卷，生活·读书·新知三联书店2001年版。

第十三章 思想的游牧：文学在"五四"思想启蒙中的角色扮演

动、形象、情感化的表达，比兴传意是文学语言的常见形式；而思想则重在追求语言表达的清晰性、严谨性，概念、判断、推理是思想语言中的推导模式。相较而言，文学启蒙往往诉诸情感，通过营造一种气氛或使用感情色彩强烈的言辞来感染对方，以谋求特定的效果；而思想启蒙理应是诉诸理性，冷静地摆事实、讲道理，运用理性或逻辑的力量来达到启蒙的目的。

面对水深火热的社会态势，思想先驱们追求的是立等可取的传播功效，他们无暇纠结于两个知识领域的不同话语规则。中国近代的启蒙先驱曾经盛赞文学的启蒙功效。李大钊说："洒一滴墨，使天地改观，山河易色者，文豪之本领也。"[①] 傅斯年说："文学的妙用，仅仅是入人心深，住人心久。"[②] 朱希祖的话最能让我们感到此含义："夫文学可以操纵人心，感化不觉，一利一弊，出人至巨，故其权能为最高。"他认为，诗歌、戏剧、小说"此三者为天下至可娱乐之品，文学家据此，得以最浅近之语言输最高美之情感，此可以鼓动一世而为感化大同之利器也"。他认为，俄国革命，托尔斯泰为原动力。其力可以震撼大地，操纵人类。[③] 文学书写被赋予揭露黑暗、启迪蒙昧的功能，它一方面包含着感性体验，另一方面承载着思想主题。由此，我们更能深深感受到文学语言的观念符号给人以感性的活力。然而，需要我们深思的是，文学体验式的思想、文学化的美感叙事可以引发情感的爆发，但这种情感的爆发并非一种理性可控的力量。

悠久的历史经验让我们看到文学书写中的思想表达并不能

---

① 李大钊：《文豪》，载《李大钊文集》上卷，人民出版社1984年版，第70~71页。
② 傅斯年：《怎样做白话文?》，《新潮》第1卷第1号，1919年2月1日。
③ 朱希祖：《文学论》，《北京大学月刊》第1卷第1号，1919年1月。

精确地传达观念。于此，我们不得不重新审思这种片面追求立等可取的启蒙方式。其实这种方式是片面追求情感的觉悟，而非理性的启蒙。梁启超在 20 世纪 20 年代说过："天下最神圣的莫过于情感：用理解来引导人，顶多能叫人知道那件事应该做，那件事怎样做法，却是被引导的人到底去做不去做，没有什么关系；有时所知的越发多，所做的到越发少。用情感来激发人，好像磁力吸铁一般，有多大分量的磁，便引多大分量的铁，丝毫容不得躲闪，所以情感这样东西，可以说是一种催眠术，是人类一切动作的原动力。"[①] 通过梁氏的分析，我们看到思想传播中"诉诸理解"与"诉诸情感"的效果区别，情感能够"激发"人、"引导"人，其具有"催眠"作用。其实梁启超的大量"笔锋夹带着感情"的政论文，就是对情感"催眠"深刻认识基础上写就的。"五四"启蒙思想家显然继承了梁启超的这种传统，他们的思想书写中夹杂着很多的文学修辞、情感化的表达。这种"笔锋夹带着感情"的思想文本确实激起了中国人救亡图强的热情。

在谈到中国"思想之历史"的时候，任鸿隽非常痛心的指出："综观神州四千年思想之历史，盖文学的而非科学的。"何为"文学的"？任氏解释道："所谓文学者，非仅策论词章之伦而已。凡学之专尚主观与理想者，皆此之类也。是故经师大儒之所训诂，文人墨士之所发舒，非他人之陈言，则一己之情感而已。人之智识，不源于外物，不径于官感者，其智识不可谓真确。"[②] 任氏点出了中国思想重体悟玄想而轻科学实证的特点。关于此点，其实"五四"启蒙先驱观点相近，陈独

---

① 梁启超：《中国韵文里头所表现的情感》，载《梁启超全集》，北京大学出版社 1999 年版。
② 任鸿隽：《吾国学术思想之未来》，《科学》第 2 卷第 12 期，1916 年 12 月。

第十三章 思想的游牧：文学在"五四"思想启蒙中的角色扮演

秀《敬告青年》推崇"科学"、贬斥"想象"的观点与任氏异曲同工："想象者何？既超脱客观之现象，复抛弃主观之理性凭空构造有假定而无实证"；"科学者何？吾人对于事物之概念综合客观之现象诉之主观之理性而不矛盾之谓也"。[①] 但回眸"五四"，虽然启蒙先驱认识到了中国人思想有"文学的非科学的""想象的非科学的"的思维特征，但他们本身并没有超越此种情况。文学以情感化的方式、以情感引导人的方式，促使人觉悟。文学形象的思想演绎，很容易让人觉悟到"自由"的价值、"平等"的重要、"人道"的好处。但必须看到在文学作品中展现的只是碎片化的思想观念，而缺少对思想观念的认知和理解。易言之，通过文学作品我们可能会接受作品想给读者传达的观念，但是如何正确理解这种观念，如何塑成"自由""平等""人道"观念背后的正确思维方式却是不容易的。必须看到，"五四"时期，当思想遭遇文学，对社会大众而言，文学只是说服他们形成一种可以接受的意见，尽管启蒙者也想让大众理解观念背后的思想原理和思维方式，但大众接受的仍然只是一种思想观点。

众所周知，启蒙的重要内涵就是重塑人类的"理性"，这一点我们可以从康德《对这个问题的一个回答：什么是启蒙？》中窥见一斑："启蒙就是人类脱离自我招致的不成熟。不成熟就是不经别人的引导就不能运用自己的理智。如果不成熟的原因不在于缺乏理智，而在于不经别人的引导就缺乏运用自己理智的决心和勇气，那么这种不成熟就是自我招致的。Sapere aude！要有勇气运用你自己的理智！这就是启蒙的座右

---

① 陈独秀：《敬告青年》，《青年杂志》第1卷第1期，1915年9月15日。

铭。"① 然而，当思想观念用文学形式予以传播之时，尽管大众也接受了"自由""平等""人道"等现代观念，但这些都是情感的认同，而非理性的逻辑推衍。当然，比起客观公正、理性说理的思想语言，可能形象生动、故事叙述型的文学语言，更能迎合大众的接受心理。但是，我们也必须看到，经由文学故事演绎的思想尽管传播范围更广，但其观点的传播接受多是碎片化的，无法呈现思想的内在逻辑，有的时候甚至可能造成误解，使得大众断章取义。在文学与思想的角逐中，文学并非总是处于弱势，文学语言有可能使思想变得"骄嚣"。我们知道，文学语言以各种生动感人的艺术形象透射出思想主题或理性思考。在这种情感式、意象式的运思方式下，其催发的是情感觉悟，而非理性认知。

启蒙先驱采用文学化叙事进行思想启蒙，更容易撬动大众的观念。然而，这种思想启蒙并非建立在理性认知和思想辨析的基础之上，它更多是一种电光火石般的灵光突现后的情感变化。大众的这种情感变化与启蒙先驱所追求的思想启蒙不可同日而语。思想启蒙训练人们对社会生活的实际问题做出判断，扩展人们对社会生活的事实的理性认识。如果启蒙先驱以为文学艺术唤起民众热情就能宣告启蒙任务已经完成，那么他们或许会失望透顶，因为大众的兴趣追求与启蒙先驱的启蒙指向可能完全背道而驰。启蒙先驱以文学作品唤起百万大众，以抄近路、寻捷径的方式来追求思想启蒙，就要承担这种情绪化文学启蒙带来的思想落差。最关键的是，这种文学化的启蒙本身是非理性的，而其掀动起来的情感却难以被启蒙者驾驭。情绪化

---

① 〔德〕伊曼纽尔·康德：《对这个问题的一个回答：什么是启蒙？》，载〔美〕詹姆斯·施密特编《启蒙运动与现代性：18世纪与20世纪的对话》，徐向东、卢华萍译，上海人民出版社2005年版，第61页。

第十三章　思想的游牧：文学在"五四"思想启蒙中的角色扮演

的潮水肆意流淌，有时为善，但有时也有为恶的情况出现。就像陈独秀所言："人类行为，自然是感情冲动的结果。我以为若是用理性做感情冲动的基础，那感情才能够始终热烈坚固不可摇动。当社会上人人感情热烈的时候，他们自以为天经地义的盲动，往往失了理性，做出自己不能认识的罪恶。这是因为群众心理不用理性做感情的基础，所以群众的盲动，有时为善，有时也可为恶。"① 情感激发下的行动，有时为善，有时也为恶。这间接说明了以情感形式出现的文学语言天使与魔鬼的双重品格。柏拉图之所以将诗人赶出理想国，显然也是因为他非常警惕文学所煽动起的有时为善、有时也为恶的难以驾驭的情感。由此，我们有必要重新思考文学的启蒙承担，而这一启蒙承担的切入点，正在于释放并检讨思想启蒙中文学的力量。当然，这里不是说文学应该不应该参与启蒙的问题，而是文学在思想启蒙中扮演何种角色的问题，只有从正、负两方面整体来看，我们才能客观地审视文学启蒙的独特价值及角色扮演。

---

① 陈独秀：《我们究竟应当不应当爱国？》，《每周评论》第 25 期，1919 年 6 月 8 日。

第十四章 争议的错位：学衡派与新文化派的文化论争

勾勒"五四"中国的文化对峙图景，新文化派和学衡派最具有典型意义，这不仅表现在两派论争所产生的社会震撼力上，也表现在两派各自秉持的现代性演进方式对后世的巨大影响上。当然，关于新文化派与学衡派的文化思想比较，时至今日已不是新鲜的话题，但并非说这是一座淘尽宝藏的空山，关键是能否从这些旧话题、旧材料中发现新意，挖掘出前人所不见、史中所确有的问题。上述这点感想源自对蒋书丽《学衡派与新文化派的错位论争》的阅读，该文突破了前人的理论成果，抛出学衡派与新文化派"仁/礼""错位论"，认为"学衡派强调的是儒家的仁，新文化派攻击的是儒家的礼"，由此得出观点"当初那尖锐激烈的论争背后原来更多的是自说自话，很难构成一种针锋相对的对垒，而是发生了严重的错位"。[①]客观说来，蒋文的立文主旨确实有新意，乃前人不见之见，但我们要继续追问的是，这样的立论是不是史中所确有的呢？毋庸讳言，笔者在对蒋文的创新抱有欣赏的同时，也不得不指出其"错位论"的思想光芒正闪耀在其最需要、也最值得商榷

---

① 蒋书丽：《学衡派与新文化派的错位论争》，《人文杂志》2004年第2期。

第十四章 争议的错位：学衡派与新文化派的文化论争

之处。试问，学衡派强调的只是儒家的仁吗？它对礼的态度如何？学衡派与新文化派的论争到底是错位还是对位？他们真正的歧义在哪里？

一 争议之"点"：学衡派与新文化派的"儒礼"认知

在《学衡派与新文化派的错位论争》中，作者指出学衡派强调的是儒家的"仁"，因此与新文化派的礼教批判产生错位。撇开学衡派是否强调"仁"的观点，我们这里要探讨的是，学衡派对礼的态度如何。其实，只要能够基本理解学衡派的思想，就能把握此问题，学衡派立论的重点就是对"礼"的卫护。蒋文说学衡派重视"仁"，不重"礼"，就是学衡派成员在世也不会承认。《学衡》杂志简章秉持的"中正之眼光""无偏无党""不激不随""明白辨析""审慎取择"，以及对"盲肆攻击""尚奇诡"的贬斥都表明了学衡派对"礼"的坚持。众所周知，学衡派服膺白璧德的人文主义，那么我们来解读一下人文主义的思想内涵。白璧德在《卢梭与浪漫主义》中反对对"物的法则"的过度强调，重申"人的法则"："与所有伟大的希腊人一样，亚里士多德认识到人是两种法则的产物：他有一个正常的或自然的自我，即冲动和欲望的自我；还有一个人性的自我，这一自我实际上被看做是一种控制和欲望的能量。如果人要成为一个人性的人，他就一定不能任凭自己的冲动和欲望泛滥，而是必须以标准法则反对自己正常自我的一切过度的行为，不管是思想上的，还是行为上的、感情上的。这种对限制和均衡的坚持不仅可以正确地确定希腊精神的本质，而且也是一般意义上的古典主义精神的本质。"①在他看来，"儒教与亚里士多德的教诲也是一致的。而且总的来说与自希腊以来那些宣布了礼仪和标准法则的人也是一致的。若称孔子为西方的亚里士多德也显然是对的"。②

研读学衡派的思想文本，我们能够深刻感受到他们对"礼"的重视。邵祖平说："以道德论，吾中国数千年孔孟诸哲所示孝悌、任意、慎独、省身诸义，实足赡用于无穷。难者病其为伦理的道德，节制的道德，狭义的道德，非社会的、自由的、广义的道德也，遂欲起而毁弃之。殊不知人人亲其亲、长其长而天下平。伦理何尝不及于社会？大德不逾闲，小德出入可也。节制何尝不及于自由？言忠信，行笃敬，虽蛮貊之邦行矣。狭义何尝不及广义？审如是也，中国旧道德之主义，固不应有抨击，而必采取西邦重译而至之新道德也。"③ 胡先骕指责新文化派缺乏对"家庭制度"是"数千年社会之基础"、"父慈子孝"为"人类道德之起点"的认识，"不仅欲祛除旧家庭之缺点，竟欲举家庭制度根本推翻之"，提倡所谓自由恋爱、儿童公育，甚至攻击父母养育儿女"为贪恋色欲之结果，故无养鞠之恩可言"，这纯粹是"以骇俗为高尚，以激烈为勇敢"的"偏激"行为。④ 蒋文认为"学衡派强调的是儒家的仁"，但倘若我们读读柳诒徵的《明伦》，那么蒋文的观点就会不攻而破。柳诒徵当时明确提出中国文化的核心是"五伦"，他批评新文化派"为欧美蓝色眼睛所障"，难以窥见中

---

① 〔美〕欧文·白璧德：《卢梭与浪漫主义》，孙宜学译，河北教育出版社2003年版，第10～11页。
② 〔美〕欧文·白璧德：《卢梭与浪漫主义》，孙宜学译，河北教育出版社2003年版，第8页。
③ 邵祖平：《论新旧道德与文艺》，《学衡》第7期，1922年7月。
④ 胡先骕：《论批评家之责任》，《学衡》第3期，1922年3月。

第十四章　争议的错位：学衡派与新文化派的文化论争

国旧伦理旧道德的"真际"，"即妄肆其批评"。该文专为阐发中国旧伦理、旧道德的本体而作："何为人伦？何为伦理？何为礼教？此今日研究中国学术、道德、思想、行为之根本问题也……伦理礼教，至庸常而无奇，亦至精微而难解。"在文中，柳氏为"君臣"之伦、"父子"之伦、"夫妇"之伦详加辩解。①

不必再举太多的事例，我想援引对学衡派研究有素的学者沈卫威的一段论述，他说："在对伦理秩序的认同上，学衡派成员有相当的一致性。王国维、陈寅恪、吴宓、钱穆等人都表现出与柳诒徵的求同。"② 由此可见，学衡派对"礼"的重视并不亚于其对"仁"的论说。而学衡派对"礼"的强调也使得蒋君的"错位论"失去立足之地。

二　文饰之"礼"：学衡派与新文化派的真正歧义

承上所论，我们通过证伪的方式可以论证学衡派真正强调的是礼，蒋文的"仁/礼""错位论"并非史中所确有，那么学衡派与新文化派真正的歧义在哪里？其实恰恰就在"礼"上。当然"礼"也并非铁板一块，它的复杂内涵也需要细细析解。"礼"本来有重"真情"与重"文饰"两层意思。

对于"礼"的"真情"一面，其实新文化派与学衡派在态度上并没有差异。虽然新文化派对于"礼"没有好的印象，但对于"礼"的真情一面也是有认识的。陈独秀认为中国道

---

① 柳诒徵：《明伦》，《学衡》第26期，1924年2月。
② 沈卫威：《"学衡派"史实及文化立场》，《社会科学战线》2006年第3期。

德的本源出于"情感",其"情感"的失落由伦理化、规范化所致。陈独秀认为"忠孝节"有"情感的"和"伦理的"之区别,"情感的忠孝节,都是内省的,自然而然的,真纯的;伦理的忠孝节,有时是外铄的,不自然的,虚伪的"。[1] 陈独秀还力倡传统美德"勤俭廉洁诚信",以此为救国之道。同时,陈独秀还承认孔子德性原则具有普遍性道德价值,但他认为这些普遍的德性原则只是人类道德的共相,而礼教才是孔教独有的精华和本质。陈独秀强调:"记者之非孔,非谓其温良恭俭让信义廉耻诸德及忠恕之道不足取;士若私淑孔子,立身行己,忠恕有耻,固不失为一乡之善士,记者敢不敬其为人?"由此,我们也可以理解陈独秀这位批判礼教的人缘何对青年抛弃老母进行批评了:"你说要脱离家庭压制,他就抛弃年老无依的母亲。"[2] 与陈独秀相似,胡适虽然也痛斥礼教,但在《先母行述》中对母亲为弟弟"割股疗病"却颇为推崇:"先母爱弟妹最笃……闻俗传割股可疗病,一夜闭户焚香祷天,欲割臂肉疗弟病……俟舅既睡,乃割左臂上肉,和药煎之。"[3] 其实这并不矛盾,胡适母亲这种"割股疗病"的做法是发自真情的,并非来自文饰之"礼"的压迫。对于文饰之礼,胡适是持批判态度的,这在胡母去世时胡适对丧礼的改革中可见一斑。1919 年,胡母去世,胡适对丧礼进行改革:在讣告中,胡适不用"不孝……祸延孝妣""孤哀子泣血稽颡"等旧习俗的标准格式,只说先母病殁于某市某地,署名是"胡适谨告",不闹"无意识的虚文"。在生母去世一年后,胡适作

---

[1] 陈独秀:《基督教与中国人》,《新青年》1920 年 2 月 1 日。
[2] 陈独秀:《青年底误会》,《新青年》第 9 卷第 2 号,1921 年 6 月 1 日。
[3] 胡适:《先母行述》,载《胡适自述》,云南人民出版社 2015 年版,第 23 页。

第十四章 争议的错位：学衡派与新文化派的文化论争

《我对于丧礼的改革》，反复提到他对传统丧礼的不满："外面击鼓，里面启灵帏，主人男妇举哀，吊客去了，哀便止了。这是作伪的丑态。""不过是做热闹，装面子，摆架子！——哪里是祭！""古人居父母的丧要自己哀毁，要做到'扶尔后能起，杖而后能行'的半死样子，故不能不用杖。我们既不能做到那种半死样子，又何必拿那根杖来装门面呢？"① 可见，新文化派不反对情感之"礼"，反对的是"文饰"之礼。而这正是新文化派与学衡派争论的焦点。

我们知道，"五四"启蒙运动的主题是"立人"。新文化派希望将人从礼教的重重缧绁中拯救出来，他们认为顺从自然之性的人才是美的、善的。周作人在《人的文学》中强调，"人是'从动物'进化的"，"承认人是一种生物。他的生活现象，与别的动物并无不同。所以我们相信人的一切生活本能都是美的善的，应得到满足。凡有违反人性不自然的习惯制度，都应该排斥改正"。② 陈独秀也引介进化论者的话呼唤"兽性主义"："吾人之心，乃动物的感觉之继续。人间道德之活动，乃无道德的冲动之继续。良以人类为他种动物之进化，其本能与其他动物初无异质。"③ 其实新文化派对此有着类似的观点，他们服膺卢梭的教育方法，认为人之本能皆善。由此排斥一切束缚人性的形式，强调激发人的意志自由。因此文饰之"礼"在新文化派看来是万恶的。

对"礼"的"文饰"方面的问题，学衡派与新文化派有

---

① 胡适：《我对于丧礼的改革》，《新青年》第6卷第6号，1919年11月1日。
② 周作人：《人的文学》，《新青年》第5卷第6号，1918年12月15日。
③ 陈独秀：《今日之教育方针》，《新青年》第1卷第2号，1915年10月15日。

着不同的观点。新文化派追求的是全盘式的反"礼",而学衡派在认识到"礼"的过于形式化问题的同时,能够承认"礼"在维护社会道德伦理秩序上的"节制"作用。关于"文饰"之礼的节制作用,其实古文献中可以随处找到,最经典还是《礼运》中所论的:"夫礼,先王以承天之道,以治人之情……何谓人情?喜怒哀惧爱恶欲,七者,弗学而能……讲信修睦,尚辞让,去争夺,舍礼何以治之?饮食男女,人之大欲存焉。死亡贫苦,人之大恶存焉。故欲恶者,心之大端也。人藏其心,不可测度也。美恶皆在其心不见其色也,欲一以穷之,舍礼何以哉?"① 由此可见,在传统中国,礼在维持社会秩序中的重要作用。学衡派显然体悟到这一点,他们对"礼"节制作用的强调流布在许多思想文本中。由这些思想文本中经常出现的关键词也可窥见一斑:"规则""纪律""节制""约束""秩序""界限"等。倘若这些只是零星的表现,那么我们来读读他们的思想文本。张其昀标举儒家的"中庸精神",儒家讲求"发乎情而止乎礼","人伦行为方面折中于过与不及之间"。② 白璧德也多次提及孔子的"中庸之道",他说:"孔子以为凡人类所用具者,非如近日感情派人道主义者所主张之感情扩张,而为人能所以自制之体。"③ 吴宓认为"礼"乃"适宜之谓,乃精神上行事做人之标准,而非形式上步履饮食之规矩也"。"克己复礼"即是"去人性中本来之恶,存人性中本来之善。合而用之,则可使人性企于完善"。吴宓批评新文化派以"寡居守节"不尽人情为由,提倡"铲去贞洁 chastity 之

---

① 《礼记·礼运》。
② 张其昀:《中国与中道》,《学衡》第 26 期。1924 年 2 月。
③ 〔美〕白璧德:《论欧亚两洲文化》,吴宓译,《学衡》第 38 期,1925 年 2 月。

第十四章　争议的错位：学衡派与新文化派的文化论争

念"，以为禽兽无贞洁，人类也就不应有贞洁，凡贞洁都是男子强加给妇女的，是对女权的摧残的观点，"此亦不思之甚矣"。① 他在《论新文化运动》一文中重申："仁义忠信，慈惠贞廉，皆道德也，皆美事也，皆文明社会不可须臾离者也。"② 他甚至认为礼教"为吾国之国粹"。③ 吴宓在《我之人生观》中如是阐释礼的形式和内容的问题："故对父母则孝，对兄弟则友，对师长则敬，对邻里则睦，对贫弱则悯恤。素富贵行乎富贵，素贫贱行乎贫贱。交际酬酢，则蔼然如春，无人能比其温雅；遇国有大事，则执干戈以卫社稷，凛如霜雪，屹如金刚，无人能及其勇武。若而人者，可谓能有礼矣。《易》曰：大人虎变，君子豹变，变亦礼也。故礼者适宜之谓，乃精神上行事做人之标准，而非形式上步履饮食之规矩也。此等繁文缛节之属于形式者，可名仪注。昔尝以礼名之，实仪注之意，要当分别也。虽然，精神上之标准，可意会身体而不易宣。故古之圣贤教人，每举外形实物或某人某事以为例，然吾侪当通其意，不可自为拘泥，或反而攻击礼之本体也。仪注者，琐细之规则也，故随时随地而异，礼者，通达之原理也，故能应万变而无穷，阅千时而不废，且由上述之定义，则今日凡人应行复礼，尚可疑哉。"④ 胡先骕甚至将"五四"后中国出现的社会危机都归于"五四"新文化运动对中国旧伦理、旧道德的批判，他说："五四运动以还，举国上下，鄙夷吾国文化精神之所寄，为求破除旧时礼教之束缚，遂不惜将吾国数千年社会得

---

① 吴宓：《论新文化运动》，《学衡》第4期，1922年4月。
② 吴宓：《论新文化运动》，《学衡》第4期，1922年4月。
③ 〔美〕吉罗德夫人：《按语·论循规蹈矩之益与纵情人性之害》，吴宓译，《学衡》第38期，1925年2月。
④ 吴宓：《我之人生观》，《学衡》第16期，1923年4月。

以维系、文化得以保存之道德基础，根本颠落之。夫如是求其政治不腐败，人心不浇漓，国本不要动摇，未之有也。"① 历史地看，虽然胡先骕的话有点过激，却是有道理的：新文化派倡导的反"礼"、彻底摧毁"礼"的节制作用，很大程度上激化了当时道德失序的现象。"吾虽知中国事不多，然吾深信今中国之人于旧日之教育，尽可淘汰其浮表之繁文缛节。孔教教育中，寻章摘句、辨析毫末之事，亦当删去不讲。即经籍亦有宜改易之处，如《礼记》中所载之礼文，多有与士君子修身立行之原理无关，无异于孔子之不撤姜食也。又中国之人，并宜吸收西方文化中之科学与机械等，以辅中国之所缺。然吾以为虽其末节宜如此改革，然中国旧学中根本之正义，则务宜保存而勿也。盖其所以可贵者，以能见得文化非赖群众所可维持，又不能倚卢骚之所谓公意，及所谓全体之平均点，而必托命于少数超群之领袖。此等人笃信天命而能克己，凭修养之功，成为伟大之人格。吾每谓孔子之道有优于吾西方之人道主义者，则因其能认明中庸之道，必先之以克己及知命也。"②

上文有述，新文化派在立人方面服膺卢梭的自然主义。胡先骕对此痛加批斥："卢梭力主返乎自然，不但对于文学主张废弃一切规律，即对于人生，亦全任感情之冲动，而废除理性制裁。"③ 这些不是胡先骕的原创，其源自学衡派的精神导师白璧德。白璧德以批判卢梭为职志，他著《卢梭与浪漫主义》对其批驳，他认为卢梭倡导的"人自合于自然之中"的感情

---

① 胡先骕：《中国今日救亡之所需新文化运动》，《国风》第1卷第9期，1932年11月24日。
② 胡先骕译《白璧德中西人文教育说》，《学衡》第3期，1922年3月。
③ 胡先骕：《评尝试集》，《学衡》第1期，1922年1月。

第十四章　争议的错位：学衡派与新文化派的文化论争

的自然主义，放纵感情，率意任情行事，不符合社会的道德规范，不利于个人的自我完善，须加以约束与节制。[①]张其昀在《新人文主义》中指出，新人文主义与浪漫主义或唯情主义针锋相对，与自然主义也大相径庭。他以中国的孔子精神和儒教传统赋予人文主义新的内容。他说浪漫主义偏重狂热，以感情衡量万事；人文主义"期于综合理智与感情，而成为中庸之美德。要能驾驭热情，制止冲动，掌握重心，趋于中行，务使感情无过与不及的流弊。浪漫主义不重内心的修养，而欲耽其精力，以谋人群之进步为己任"；人文主义"己立立人，己达达人，先从自身的修养入手，以好学深思，进德修业，向内做功夫为要义"。浪漫主义现身于群众，或一阶级，其弊端为外重内轻；人文主义"则讲本末先后秩序，谋理性与感情的和谐，而求人格上之完整"。[②]我们知道，新文化派"立人"思想受卢梭自然主义影响至深，而学衡派则受到白璧德人文主义的浸染。学衡派与新文化派的论争不过是将白璧德与卢梭的论争搬到了中国展开，其关节点也就落在了"礼"的节制作用上。

三　叙史之"理"：思想史论的书写尺度

以上乃是对于蒋书丽学衡派与新文化派"仁/礼""错位论"观点的驳论，下面谈谈蒋文的论证方法问题。其实蒋文

---

① 〔美〕欧文·白璧德：《卢梭与浪漫主义》，孙宜学译，河北教育出版社2003年版。
② 张其昀：《新人文主义》，载《张其昀先生文集》第11册，（台湾）中国文化大学1989年版。

之所以得出"错位论"的观点，正是因为其论证方法上出了问题。蒋书丽论述学衡派与新文化派的思想错位，但全文主要是对陈独秀与吴宓思想观点进行比较，将该文称为"吴宓与陈独秀的错位论争"才名副其实。我们要问的是，蒋书丽对这两个人的思想观点的论述能否撑起"学衡派与新文化派的错位论争"的题目。当代思想史家张宝明先生曾经指出："孤证或是'只言片语'的引证并不能撑起'史'的厚度与凝重，从而也就难有思想史应具备的说服力。"[①] 诚哉斯言！在细细体味这句话时，我们遗憾地看到，蒋书丽不单用吴宓与陈独秀的"孤证"坐实了"学衡派与新文化派的错位论争"，而且就吴宓与陈独秀的思想观点来说，也只是"只言片语"的引证。仔细阅读《学衡》，我们就会发现吴宓对"礼"的推崇之语。另外，陈独秀对儒学之"仁"意见的保留也潜存在其文章的字里行间。这里想要质问的是，蒋书丽是没有看到，还是故意回避？我怀疑是后者，蒋书丽为了论证自我的"创新"观点，不惜遮蔽历史的真实，筛选对论点有利的论证。这其实是思想史论中常见的问题。

在学界，思想史论有时会被人称为不严谨的研究。这是由思想史学科的特点决定的。通常我们所使用的"历史"一词包含两层意思：一是过去发生过的事件，二是我们对过去事件的理解和叙述。比如说，学衡派曾经批判新文化派，这是无法更改的史实，绝不能说学衡派没有批判过新文化派。但是，对这一历史事件的理解与评判却永远变动不居。20世纪很长一

[①] 张宝明：《失去砝码的天平》，河南大学出版社2009年版，第159页。

第十四章 争议的错位：学衡派与新文化派的文化论争

段时间内，我们都认为新文化派是进步的，而学衡派对新文化派的批判是反动的表现；也有学者认为新文化派是专横的、偏执的，而学衡派的批判不过是对新文化派的纠偏。这表明，历史本身并不是铁板一块，它包含两个层次：一是对史实或史料的认知（历史学Ⅰ），二是对前者（历史学Ⅰ）的理解或诠释（历史学Ⅱ）。在第一个层次上，大家可以有一致的认识。但历史学Ⅱ也是客观不变的吗？我们对史实的理解和诠释，是我们根据历史学Ⅰ所提供的材料炮制出来的，它是随着我们的思想活动的变动而改变的。假如它也是一旦如此就永远如此，那么它就不会因人、因时而异了。这正体现了思想史任意成形的特点。然而，正是因为此点，很多人质疑思想史论的严谨性。在很多人看来，思想史是什么都可以随便思考的学问，他们误以为将历史作为材料，随意地叙述自己的想法就是思想史。这种想法是很自然的，但这种想法却绝对是个错误。在挖掘史料价值层面，思想史可能与一般史学有所不同，但在史料考据方面，思想史与一般史学具有共同的特点，也受历史考证的制约。

但是，我们必须看到，思想史论的任意成形并非"自由的飞翔"，而是"带着镣铐跳舞"。这副镣铐就是历史真实。换言之，思想史也是需要考证的。倘若脱离历史的脉络自说自话，用历史的素材来展现自己的思想，那么也就背离了思想史的学科属性，而只能属于"思想论"的范畴。日本思想史家丸山真男在论及思想史的方法时曾谈到"思想论"与"思想史论"的区别："同样是把过去的思想作为对象，也可以把过去的各种遗产只是单纯地作为素材，完全去掉其所产生的历史的脉络，只是按照自己的想法来自由操作。我们把这种方式称为思想论。"而"思想史论"则是"对历史脉络要存实证主义的态度，以历史事实为依据对过去历史进行重新创造"。① 就此而论，其实蒋书丽的学衡派与新文化派"仁/礼""错位论"恐怕难有"思想史论"之实，而只能归于"思想论"之列。这正是我们思想史研究需要引以为鉴的。

---

① 〔日〕丸山真男：《关于思想史的思考方法》，载《福泽谕吉与日本的现代化》，学林出版社1992年版，第190~191页。

第十五章　场域的斗争：论"五四"文学场域的话语博弈与规则确立

自从《新青年》首倡文学革命以来，新文化运动在社会上引起重大反响，几年时间便形成星火燎原之势。放眼全国，诸多知识青年开始"以适之为大帝，绩溪为上京"，"于胡氏《文存》中求文章义法，于《尝试集》中求诗歌律令"。面对浩浩荡荡的新文化思潮，在政界混得风生水起的章士钊怒斥胡适等人"以鄙俗妄为之举，窃高文美艺之名"，并且认为新文化倡导者只识"运动"之"势"，而不明"文化"之"理"。[①]这里我们姑且不讨论胡适与章士钊文化观念孰对孰错、孰高孰低的问题，先来关注章氏笔下的"势"与"理"的问题。自常理而言，身在政学两界的章士钊比在北京大学刚站稳脚跟的胡适更有"势力"，那么，作为在朝的章士钊为何讲在野新青年派有"势"呢？关于"势"字，现代常常阐释为"权力""威力"，《说文解字》如是解释："势，盛力，权也。"[②]当然，理与势的分析需要将各自的政治、经济、文化等资本考虑在内，想要解析其中奥秘，需要走进"五四"众声喧哗的"文化场域"。走进"文化场域"乃在于透视"五四"新文学

[①] 章士钊：《评新文化运动》，《新闻报》1923年8月21、22日。
[②] （东汉）许慎：《说文解字》。

话语规则在盘根错节的场域权力中如何生成，以及其对文学阐释思想在内的诸种因素的生成与走向所潜存的规训作用。本章试以"五四"新文学的场域占位斗争为基本线索和切入点，通过"重返现场"的方式，考察新青年派在与其他文学流派场域争斗中如何把握知识与资本、话语与权力的奥秘，将其文学观念打造成主导中国现代文学走向的新文学话语规则，通过解析场域争斗与话语规训，透视"五四"时代文学场域中各派话语权力位置关系的理论图景。

一 解构与重组：多种力量角逐的"五四"文化场域

晚清以降，中国社会遭遇前所未有的危机。作为社会中坚的士林群体也从崇信儒家经典转向追求西方新知识。从晚清到"五四"，在这数十年的时间里，绵延两千多年的经学一元知识体系逐渐瓦解，而新的主流知识体系一时还无法建构起来。由此观之，"五四"所置身的文化场域是一种多元中心话语分立竞争的局面。

（一）解构：传统文学格局的瓦解

晚清时期梁启超等人倡导的是零敲碎打式的文学改良，"五四"时期胡适等人掀起的则是翻天覆地的文学革命。以白话代文言的文学革命使得中国文学格局发生了转型，也使得中国传统知识体系解组。中国古代文学隶属于以经学为权威的知识体系，儒家经典及其相关学问记载和解释了汉民族及其文化的起源，经学的发展变迁引导着整个文化的演变，经学成为各

第十五章 场域的斗争：论"五四"文学场域的话语博弈与规则确立

种汉语知识的资源和标准。① 而至清末民初，救亡图存的启蒙心态、欧风美雨的理论洗礼，使得中国知识界出现"经学瓦解，众声喧哗"的思想混乱状态，中国文学领域也形成了多种思潮、流派竞相角逐的文化格局。

以儒家经学为权威的文学知识体系逐渐瓦解，"代圣人立言"的古文写作理论也不再占据主导地位，由此各种被压抑的文学流派、被译介的文学思潮纷纷在"五四"时期登场，竞相提出自己的文学理论主张，以获取文学创作群体的认可与追随，从而力图占据文学话语规则的主导地位。"文学革命"的理论就是在这种情境中出现的，它是在晚清文学改良运动的基础上，适应以思想启蒙为主题的新文化运动而产生的，它反对文言，提倡白话，反对旧文学，提倡新文学，已经从对封建思想的批判转向对封建主义文学的攻击。当然，文学话语规则的建构与文学场域的争斗互为表里，每一种话语规则的产生、发展、演变都不是孤立的，而是内在于所属时代各种思潮理念构织当中。在文学革命如火如荼开展的同时，文学场域中其他力量也跃跃欲试，除却新青年派极力批判的桐城派、骈文派、江西诗派，还有具有现代色彩的文学团体如鸳鸯蝴蝶派、学衡派、甲寅派等等。众声喧哗的时代，多个文学流派充斥着文学场域，由此文学场便成为不同文学理论持有者之间的斗争场所。各种不同的文学理念簇拥着"五四"时期的"文学"，各个文学流派通过不同的途径和手段塑造着文学。

---

① 马睿：《无法安放的文学想象：现代中国文学自治论的发生及困境》，《现代中国文化与文学》2005 年第 1 期；钟厚涛：《场域生成与话语规训——论先秦子学时代的勃兴及其对文学阐释思想的导向》，《东方丛刊》2009 年第 1 期。

（二）重组："五四"新文学格局的形成

自"五四"文学革命以来，中国传统文学知识体系遭遇空前冲击和解构，随之而来则是文学格局的重构和文学知识体系的重组。重组时期，各种文学思潮、流派"八仙过海，各显神通"，"鸳鸯蝴蝶派"是"旧"的，以传统的形式书写消闲、娱乐的内容；学衡派是旧的，是因为其秉持雅驯、凝练的文言；而"新文学"则标举"五四"文学运动的创作理念、采用西化叙述技巧、运用语体写作，以启蒙、救亡是尚，取向"现代"。新青年派倡导以民主、科学为底蕴的白话文学理念。在倡导文学革命的启蒙先贤看来，白话文是"文学上的德莫克拉西"。"文学上的德莫克拉西"的"时代精神的价值"和"政治""经济""社会""道德"上的"德莫克拉西"一样，属于"本体的价值"。创作白话文学的目的就是以此"反对一切不平等的阶级特权"①；李大钊主张新文学创作要拥有"宏深的思想""坚信的主义""优美的文艺""博爱的精神"；"五四"影响下兴起的重要文学团体文学研究会主张"为人生而艺术"，他们向外公开宣言："将文艺当做高兴时的游戏或失意时的消遣的时候，现在已经过去了。我们相信文学是一种工作，而且又是于人生很切要的一种工作。"②

从事通俗文学创作的鸳鸯蝴蝶派则秉承休闲、趣味的文学理念，其凭借"仗我片言，集来尺幅，博人一噱，化去千愁""野老闲谈之料，茶余酒后，备个人消闲之资""无论文言俗语、一以兴味为主"等创作理念，占据了广阔的文学消费市

---

① 陈独秀：《我们为甚么要做白话文？》，《晨报》1920年2月12日。
② 《文学研究会宣言》，《新青年》第8卷第5号，1921年1月1日。

第十五章 场域的斗争：论"五四"文学场域的话语博弈与规则确立

场，拥有大量的读者。而秉持古典人文主义的学衡派则是文学本体论的守护者，他们坚守文学的审美属性，认为文学的发生和发展源自其内在规律。它既不同于生物进化原理，与自然科学的"物质"规律也不相合。偶然性、曲折性、回旋性时有发生，后来者不一定居上，后起者也不一定秀拔。这是人文学科自身的内在规定导致的。[①]《甲寅》周刊是时任段祺瑞执政府司法总长兼教育总长的章士钊创办的，具有"半官报"的性质，他在该杂志上提倡尊孔读经，禁止学生用白话作文。

二 话语与资本：文学场域斗争的矢量格局

承上所论，在"五四"众声喧哗的文化场域，多种力量对话语权进行角逐争夺，就其实质而言乃是对"文学正典"的命名诉求。按照现代社会学的理论，当某一资源因其具有很高的价值而成为争夺对象，并发挥一种"社会权力关系"的结构功能时，这种资源就是一种资本。从这个意义上讲，"五四"文学场域中各派对"名"的认定与争夺就是一种"话语暴力"和对权力资源的认定与争夺。

（一）话语争夺：场域资本与权力资源

"五四"时期是众声喧哗的时代，作为包含各种隐而未发的力量和正在活动的力量的场域空间，文学场中新青年派、鸳鸯蝴蝶派、学衡派、甲寅派等的理论倡导和创作实践并非简单地证明自我的存在，而是力图借助各种资本来争夺话语权力，以期在重组的文学格局和知识体系中占据优势地位。文学场域

---

① 吴宓：《论新文化运动》，《学衡》第4期，1922年4月。

重访"五四":在语义与场域之间

因为其特有的资本分配方式在很大程度上确定了不同资本之间的关系。场域理论中的"资本"一词是从马克思的资本理论发展而来的,但内涵和外延更为广泛。不同的实践领域具备不同形式的资本,如政治场中的政治资本(政权)、经济场中的经济资本(金钱)、文化场中的文化资本(社会地位)等,这些资本形成了行动者在特定场域内赖以凭借的资源。[1] 甲寅派占据了政治资本,鸳鸯蝴蝶派占据了经济资本,学衡派占据了学术资本,新青年派则占据了文化资本。新青年派、鸳鸯蝴蝶派、学衡派、甲寅派寻求各种资本策略来保证和改善他们在场域中的位置,并试图确立一种对他们自身的文学理论倡导和创作实践最为有利的场域规则。

由上可见,作为话语角逐的战场,文学场域并非单纯分析各自文学理论的较量。其中,拥有不同文化资本和秉有不同文化关系的文学行动者不断进行着各种斗争游戏,来自"政治场域"和"经济场域"的外部势力也不断借用"折射"的方式,变成影响"文学场域"内部法则的逻辑力量。[2] 新青年派、学衡派、甲寅派、鸳鸯蝴蝶派等,他们的主张与论争构织着文学场域权力位置关系的网络图景。为了取得自身的合法性,为了控制这个"场"的"特殊利润",他们不断参与话语争夺,以期改善自己在文学场域中的占位,各自塑造强化对他们文学创作最为有利的话语规则。《新青年》杂志借助中国人求新求变的心态高举文学革命的大旗,赢得青年学子的阵阵掌声,在文化市场畅销流行;《学衡》杂志以"文化承命者"的

---

[1] 〔法〕布尔迪厄、〔美〕华康德:《反思社会学导引》,李猛、李康译,商务印书馆2015年版。
[2] 〔法〕皮埃尔·布尔迪厄:《艺术的法则:文学场的生成与结构》,刘晖译,中央编译出版社2011年版。

第十五章　场域的斗争：论"五四"文学场域的话语博弈与规则确立

姿态坚持文言书写和古典主义，苦于应和者少没有市场只能惨淡经营；而《甲寅》杂志的主编章士钊有官方背景，自觉或不自觉地借助政治力量为其文学理论宣传推广服务。由此可见，无论是文学场域内部理论主张的较量，还是外部政治资本、经济资本、象征资本的斗争，都同样影响着"五四"时期文学场域格局的重组，影响着文学观念话语规则的确立。

（二）象征资本：新青年派的资本运作与文化声望

这里要特别阐述一下新青年派所拥有的象征资本。布尔迪厄在《资本的形式》一文中将资本分为经济资本、社会资本、文化资本与象征资本四大类。其中，象征资本指"被接受，且被承认为合法化的资本形式"，它依赖并体现出主体享受的社会承认，包括声誉、名望、信用、认知度等隐形资产。[1] 作为文学革命的倡导者，新青年派成员大都是北京大学的教师，大学教师在当时社会上具有很高的名望，也可以以文学教育的方式向青年学生传播其文学革命思想，同时他们借助《新青年》《每周评论》等报刊和商务印书馆、亚东图书馆、新青年社等出版传媒机构发表作品、出版论著以公开表达思想，尽管收获赞誉的同时不乏批评之声，但仍积攒了很大的社会名气。新青年派以其文化上的引介获得了在特定的社会空间中公认的知名度、声誉、成就感和领袖地位等象征资本。

在文学革命中，启蒙先贤有效利用学校、报刊、学会等各种制度性媒介，一方面传播知识思想，另一方面也在制造名声，而这种精心经营的知名度、声誉和领袖地位为文学革命所

---

[1] "The Forms of Capital," *in Handbook of Theory and Research for the Sociology of Education*, John G., ed., Richardson, Westport: Greenwood, 1986, pp. 241 – 258.

倡导的新文学话语开辟了道路。例如,胡适等在文言一统天下的局面下,一边倡导白话文学写作实践,一边将《红楼梦》《三国演义》《水浒传》《西游记》《儒林外史》等古代白话小说进行编辑出版以扩大传统白话文学的影响力。胡适曾经指出:"我们今日所用的'标准白话',都是这几部白话的文学定下来的。我们今日要想重新规定一种'标准国语',还须先造无数国语的《水浒传》《西游记》《儒林外史》《红楼梦》。"①善于利用出版传媒,在开辟文化市场的同时也为个人赚得白话权威的知名度和话语权。而借助这种象征资本,胡适等又将白话文学之水从源流导向自己所设计挖掘的文学河道。必须看到,文学革命倡导者试图以此论证古代文言文学和白话文学两种文学路径,而且将生长于大众之中的白话文学说成中国文学之正宗,只是为以白话打倒文言的革命目的服务,他们并非真的要将生长于民间的白话通俗文学推向前台。因此,我们看到"五四"白话文学的正宗是新青年派及其追随者所实践倡导的现代白话、文雅白话,而非礼拜六、鸳鸯蝴蝶派等倡导的通俗文学。由于文学场域中诸种变量共时存在,在新青年派所持有的声望(象征资本)影响下,新文学话语体系的独断性促成了文学话语新的统一,而这种新的统一乃是借助了出版传媒、文学教育等机构。凡是熟悉文学革命历史的人都知道,新青年派积极利用出版传媒(《新青年》、亚东图书馆、商务印书馆)、教育机构(北京大学)宣扬新文学理念,他们总是通过与不同学派或机构"联盟"的方式,使自己的资本在互动关系中得到别人和社会的承认,进而转化或强化为宰制性的象征

---

① 胡适:《建设的文学革命论》,《新青年》第 4 卷第 4 号,1918 年 4 月 15 日。

第十五章 场域的斗争：论"五四"文学场域的话语博弈与规则确立

资本。从事文言翻译事业的林纾指斥《新青年》杂志与北京大学之间的紧密联系，并且致函北京大学校长蔡元培："大凡为士林表率，须圆通广大，据中而立，方能率由无弊。若凭位分势力，而施趋怪走奇之教育，则惟穆罕麦德左执刀而右传教，始可如其愿望。今全国父老，以子弟托公，愿公留意以守常为是，况天下溺矣。藩镇之祸，迩在眉睫，而又成为南北美之争，我公为南士所推，宜痛哭流涕助成和局，使民生有所苏息，乃以清风亮节之躬，而使议者纷集，甚为我公惜之。"① 林纾的批评被蔡元培"思想资源，兼容并包"的观点予以回驳，成为学林不断援引的高言妙语。但必须看到新青年派此中的策略性问题，陈独秀、胡适等有效利用报纸杂志、出版等传媒网络，在政、商、学各界建构起"权势网络"，并借此打通向上、向下的通道。最终，在多方协同的合力之下，新青年派所倡导的新文学才可能获得文学界的话语领导权。

三 规训与权力：渐行渐固的新文学话语规则

新文学话语在众声喧哗的"五四"文学场域中脱颖而出，对中国现代文学产生了重大影响。新文学话语为中国现代文学提供了诸多具有原创性的命题、概念、范畴以及逻辑推衍方式。那么，新文学的话语规则是如何巩固传承的？这需要挖掘新文学话语规则背后隐含的复杂的社会历史，特别是权力的"痕迹"，看看文学革命倡导者如何通过"文学命名""史学叙述""作品编选"等方式将新文学话语落实、推广，并形成现代文学的正统性话语。

---

① 林纾：《致蔡鹤卿太史书》，《公言报》1919年3月18日。

（一）话语策略：文学命名与符号斗争

"五四"文学诸派在话语权力的角逐与争夺的过程中，一个非常重要的争夺策略就是通过所谓的"正名"去攻击、颠覆甚至摧毁对方的理论体系。其此而论，文学的优劣是通过"名"，也即话语的争夺和斗争来进行辨别的，这个争夺"名"的权力斗争，包括命名权力与分类权力。"文言""白话""新文学""古文学"的格局重整，一开始就与"文学""文言""白话""死/活"的命名权密切相关，而且在其背后有着极复杂的策略运作和权力争夺。布尔迪厄曾指出，"命名，尤其是命名那些无法命名之物的权力，是一种不可小看的权力"，"命名一个事物，也就意味着赋予这一事物存在的权力"。[①] 新文学最初的诞生是一个无意识的命名行为，但它一旦进入文学生产场域并参与到文学理论的话语争夺中，就形成了一种话语权力。命名是一种话语的立法，文学命名的行为即为话语符号的存在创造合法性，而垄断命名的能力实际上即是垄断了话语符号背后的资本与权力。在"五四"文学革命中，新青年派塑成了一套自己的话语系统，在不断的论战中，把其他人的言论都纳入自己的话语逻辑中来。这也是新青年派的策略所在。

胡适就像设计施工的工匠一样对"文学改良八事"进行详细讲解。撇开一些零零碎碎的改良主张，其文章的关键词莫过于"死""活"二字。虽然以前在日记、通信中时时出现，但在公开发表的文章中使用"死""活"二字，《文学改良刍议》是第一次，如"与其用三千年前之死字，不如用二十世

---

① 〔法〕布尔迪厄：《文化资本与社会炼金术》，包亚明译，上海人民出版社1997年版，第91、138页。

第十五章 场域的斗争：论"五四"文学场域的话语博弈与规则确立

纪之活字""死文言绝对产不了活文学"等。胡适后来在《五十年来中国之文学》中总结新文学战绩的时候有了更为形象的说法："古文死了二千年了，他的不孝子孙瞒住大家，不肯替他发丧举哀；现在我们来替他正式发讣文，报告天下'古文死了！死了二千年了！你们爱举哀的，请举哀罢！爱庆祝的，也请庆祝罢！'"① 为文言发丧的同时迎娶了白话，"死""活"二字无疑促进了新文学的发展。事实上，无论是新青年派对新文学理论的发展延伸，还是反对派对新文学理论的质疑批判，都围绕"死""活"二字展开。胡适在《逼上梁山》中反对钟文鳌，说道："你们这种不通汉文的人，不配谈改良中国文字的问题。你要谈这个问题，必须先费几年功夫，把汉文弄通了，那时你才有资格谈汉字是不是应该废除。"② 事隔十年后，胡适对章士钊反对白话文学的建议还是这种逻辑：如果反对白话文学，你得先会写白话才有资格反对白话。他有自己的逻辑策略，即你要谈文学就得承认"死""活"逻辑的存在。

这种非此即彼的话语逻辑不是争论，而是先发制人地绕过争论，逼迫对手同意未经讨论的观点。这是一种利用心理压力绕过逻辑辩证的表达方式，胡适在把别人的话语纳入自己的话语逻辑时必然使得别人屈从于自己，失去逃避话语符号权力的自由。新青年派通过"非此即彼"的话语模式，力图建立起一种新的"新文学"的话语同一性。这种新的文学话语最显著的特征就是建立文学语言内部的二元对立话语规则，诸如旧/

---

① 胡适：《五十年来中国之文学》，载《胡适全集》第2卷，安徽教育出版社2003年版，第329页。
② 胡适：《逼上梁山》，载《胡适文集》第1卷，北京大学出版社1998年版，第146页。

新、古/今、雅/俗、死/活、文言/白话等都是新文学话语规则的表现形式。这种二元对立的话语模式意味着非此即彼的选择，把"进化"观念作为文学历史构成的基本意识，新旧之争又成了进步和落后之别。①

（二）合法性打造：史学叙述与作品编选

文学革命倡导者借助媒体与教育等机构打造一种新型的文学话语，以倒逼其他文学流派跟随或反对，从而谁都无法忽视新文学话语的存在。文学革命从最初打造一种新型文学话语到最终不断膨胀，试图结束旧有的传统文学势力的统治，让新文学成为一统中国的文学话语。因此，文学革命倡导者胡适自一开始论证文学改良观念时就阐发了他进化论的文学史观念——"文学者，随时代而变迁者也。一时代有一时代之文学"，非常注重从历史叙事视角来梳理白话文学的正当性。为了对白话文取代文言文的合理性进行辩护和论证，胡适以历史的文学观念论为基础，对中国文学史做了新的解释和叙述。"一部中国文学史只是一部文字形式（工具）新陈代谢的历史，只是'活文学'随时起来代替'死文学'的历史。"② 既以古代通俗文学史的梳理证明现代白话文学的合法性，又挤压通俗文学的生存空间。而文学革命刚刚告一段落，胡适、罗家伦等人又用文学史叙述的方式将新文学话语地位固定下来。罗家伦1920年发表的《近代中国文学思想的变迁》是最早对新文学发生发展进行梳理定位的文学史叙述。罗家伦认为，"每个时

---

① 罗岗：《解释历史的力量——现代"文学"的确立与〈中国新文学大系（1917—1927）〉的出版》，《开放时代》2001年第5期。
② 胡适：《逼上梁山》，载《胡适文集》第1卷，北京大学出版社1998年版，第146页。

第十五章 场域的斗争：论"五四"文学场域的话语博弈与规则确立

代文学思想的变迁，正是符合着某个时代政治社会的背景"，他在文中将近代中国文学按国情时势变迁的"闭关时代""兵工时代""政法路况时代""文化运动时代"等四个时代划分为"华夷文学""策士文学""逻辑文学""国语文学"，虽然罗家伦文章对每一类型文学与其所在时代的关系以及文学之间的承传接续，都做了较为细致的分析梳理，但是作为新文学运动参与者，他的落笔点还是在论证"文化运动时代"的"国语文学"上，前三个阶段只是论证"国语文学"出现的必然性和合理性的铺垫和参证。[①] 作为学生的罗家伦在文学史叙述中打头阵，作为青年导师的胡适也不甘示弱，抓紧完成了《五十年来中国之文学》，胡适的这篇长篇文章叙述理念与罗家伦的文章相互应和，梳理呈现中国近代文学的"变迁大势"，并重点强调从"旧文学"到"新文学"的转型是势不可当的潮流趋势。胡适的文学史叙述在于导出新文学运动的发生是历史发展的必然之观点，可以清晰地看出其以进化论为基调的文学叙述史观。[②] 这种进化的文学史观是从新文学话语规则中演化而来的，影响了之后的文学史写作，从罗家伦、胡适的文学史撰述到新时期钱理群、温儒敏、吴福辉等人撰写的《中国现代文学三十年》，这些著作都是新文学话语对中国现代文学的规训。

除却文学史撰写，新文学作品的编辑整理也是建构、巩固新文学话语规则的重要方式。它通过对文学高低优劣的评判来确认文学的价值，这里的编选评判其实也内隐着文学观念的认

[①] 罗家伦：《近代中国文学思想的变迁》，《新潮》第2卷第5号，1920年9月1日。

[②] 胡适：《五十年来中国之文学》，载《胡适全集》第2卷，安徽教育出版社2003年版。

知，同时为社会提供一整套认识、接受和欣赏文学的基本方法、途径和眼光。① 其中最为重要的是 20 世纪 30 年代中国新文学"大系"（1917—1927 年）的编辑和出版。对于中国现代文学的学习者或者研究者来说，《中国新文学大系》可谓是必读的现代文学经典选本。然而值得我们注意的是，《中国新文学大系》本身其实是以一种隐形的批评方式存在的，它内隐着编选者的一种文学批评的观念。新文学大系不仅通过对重要的理论、创作的汇集展现了"革命"与"反动"的知识队列，而且运用相当具有策略性的编辑手法，甚至在文献史料的选择安排上，都力图捍卫"新文学"的合法性，创造了一种独特的方式，把选家之学转变为文学史家之学。《中国新文学大系》各编的"导言"都是精心编撰的，细致编排的作品、史料，以及颇具权威性的编选者，共同汇聚成一股解释历史的力量，描绘出一幅影响至今的"现代中国文学"发生的图景。② 阅读《中国新文学大系》了解中国现代文学早期的历史，研究者就很容易受到其编选观念的影响，形成评判现代文学高低优劣的文学观。如此这般，在以后的文学研究中我们也会不自觉地以此中文学评判的话语规则来考察评判其他的文学作品。

四　反思与再造：亟待重思的中国现代"文学"观

后学往往追慕"五四"多元包容的文学场域，其实多元、

---

① 罗岗：《解释历史的力量——现代"文学"的确立与〈中国新文学大系（1917—1927）〉的出版》，《开放时代》2001 年第 5 期。
② 罗岗：《解释历史的力量——现代"文学"的确立与〈中国新文学大系（1917—1927）〉的出版》，《开放时代》2001 年第 5 期。

第十五章 场域的斗争：论"五四"文学场域的话语博弈与规则确立

共生的文学生态并非当时的许多作家、理论家所乐于接收的理想局面。封建复古派不必说，在对待各种文学思潮、观念和文学流派的态度上，文学革命倡导者也并非持一种承认共生的宽容态度，这造成了中国新文学的诞生先天发育不足、后天发育失调的问题。百年之后，当我们重新审思"五四"文学革命时，不得不认真反思文学革命话语中的场域斗争与权力运作问题，以期更加理性客观地认识文学革命的功绩，反思文学革命的问题。

（一）批评：文学革命前后的学界批评

新青年派以其独特的文化资本和象征资本开创了白话文学的领地，进而改变和影响场的规则和场中所用的话语。但新青年派自倡导白话文学到确立新文化话语规则，一直在遭遇批评与质疑。梅光迪认为提倡新文化运动的人"非思想家，乃诡辩家""非创造家，乃模仿家""非学问家，乃功名之士""非教育家，乃政客"，认为他们"以政客诡辩家与夫功名之士，创此大业，标袭喧攘（嚷），侥幸尝试，乘国中思想学术之标准未立，受高等教育者无多之时，挟其伪欧化，以鼓起学力浅薄、血气未定之少年"。[①] "故彼等以群众运动之法，提倡学术，垄断舆论，号召徒党，无所不用其极，而尤借重团体机关，以推广其势力。"[②] 胡先骕认为胡适等人以独断专行的方式为新文学开辟道路，即使让新文学话语最终确立，但依然难免"学阀"的原罪："吾国学阀之兴，始于胡适之新文化运动。胡氏以新闻式文学家之天才，秉犀利之笔，恃偏颇之论，

[①] 梅光迪：《评提倡新文化运动者》，《学衡》第1期，1922年1月。
[②] 梅光迪：《评今人提倡学术之方法》，《学衡》第2期，1922年2月。

以逢迎青年喜新厌故之心理，风从草偃，一唱百和，有非议之者，则儇薄尖刻之恶声报之。"① 1921年10月11日，胡适在北京大学的开学典礼上特别提到"学阀"的另一重含义："人家骂我们是学阀'，其实学阀有何妨！我们应该努力做学阀，学阀之中还要有一个最高的学阀。"②"学阀"是源自日本的舶来词，多带有贬义，一般是指在文化教育界具有巨大权势和影响力的人物。学衡派的易峻曾经指出："吾尝谓白话文者，为中西文学接触后所引起之一种变迁，而亦古文家义法森严压迫之下的一大反动也。"由此可见，学衡派人士也承认使用白话文是具有历史合理性的。但他同时指出新青年派在主张白话文时的专断话语造成了对文界的整体压迫："今吾人之抨击白话文学运动，亦并非欲打倒其自身所存在之地位，惟反对其于文学取革命行动，反对其欲根本推翻旧文学，以篡夺其正宗地位，而霸占文学界之一切领域，专制文学界之一切权威而已。"③

由此可见，对于"五四"的多种力量而言，文学场域不是意味着包容多种可能性的开放格局，而是意味着对多种可能性中偏离或悖逆理想的部分的挤压、剥夺，最终达成符合自我话语规则的文学形态。在中国现代文学的创制过程中，新青年派借助各种资本来打造新文学话语，形成了"顺我者昌，逆我者亡"的思想潮流，所到之处，披荆斩棘。时至今日，翻开任何一本"中国现代文学史"，透过表面叙述话语的差异深入追踪，不难发现其中都内隐着"白话先进—文言反动"的

---

① 胡先骕：《学阀之罪恶》，《东南论衡》第1卷第6期，1925年。
② 曹伯言整理《胡适日记全编》第3册，安徽教育出版社2001年版，第496~497页。
③ 易峻：《评文学革命与文学专制》，《学衡》第79期，1933年7月。

第十五章 场域的斗争：论"五四"文学场域的话语博弈与规则确立

叙事逻辑。新文学话语经由文学历史叙述、文学作品编选等方式被逐渐确立，并且以习焉不察的方式影响着后来的文学接受者和研究者。胡适创造性命名的旧/新、古/今、雅/俗、死/活、文言/白话成了阐述中国现代文学史的话语规则，发挥着叙述历史的"元语言"的作用。[①] 新文学的命题、概念、范畴以及逻辑推衍方式慢慢固定下来，形成了隐藏在一切话语中普遍化的支配性力量，新青年派在"五四"众声喧哗的文化场域中初步获取了"正宗"地位，以一种强大的话语权力影响了百年的中国文学史的话语叙述方式。在这百年之中，学界对桐城派、选学派、学衡派、鸳鸯蝴蝶派等的文学评判也逐步陷入新青年派新文学叙述话语的规则逻辑中。再扩而观之，连中国古代文学史的现代叙述有时也需要在现代文学"进化史论"的叙述框架中来寻找话语规则。

（二）观念重构：如何超越历史的局限

百余年之后重临"五四"，我们需要审思新文化话语确立过程中存在的种种问题，同时也要为未来的文学理论话语指出可能的方向。一言以蔽之，文学革命本身隐喻着文化权力的兴替和重新分配的话语规则革命。当然，在"五四"文学场域中重新检视新文学话语的"权力"与"规训"，并不是简单地评判这种话语规则的对错，而是将新文学话语放到历史发生的现场，将它们重置于历史的具体过程中。我们考察的是文学场域观念的演变过程，我们可以看到新文学话语规则是如何建立

[①] 罗岗：《解释历史的力量——现代"文学"的确立与〈中国新文学大系（1917—1927）〉的出版》，《开放时代》2001年第5期。

起来，如何巩固保存、影响后世的。新文学话语是在多种力量权力争夺中形成的，为了使文学按照他们设计的规则运行发展，新文学从降生的一刹那就带偏狭性的理解和专断化的评判，例如文言文学、通俗文学都被排斥在现代文学史之外，这种评判并非从文学审美本身出发，而是从场域争斗中构织着新青年派所标举的启蒙主义理念出发的。也正因为如此，我们一直非难文学的意识形态化和政治化，尤其是20世纪80年代以来，"回到文学自身"的呼声日益高涨，要求文学摆脱政治意识形态影响的思想受到推崇。

这里援引梅光迪所倡导的"容纳精神"来为未来文学发展空间论证。梅光迪说："今日言学须有容纳精神（The spirit of toleration），承认反对者有存立之价值，而后可破坏学术专制。"[①] 文学实践是开放的，不妨将被打入"另册"的古典诗歌、通俗文学等其他文学类型纳入开放的文学场域来加以观照。发生在"五四"时代的鸳鸯蝴蝶派文学与新青年派、学衡派与新青年派、甲寅派与新青年派争夺文坛"领导权"的斗争，虽然在文学史中有浓墨重染与轻描淡写之别，但是作为文学活动者，在文学场域中他们都应有自己的位置。这里的新文学当然针对旧文学所言，但不是指某个具体的文学派别，而是倾向不同的美学态度和生命情调。他们在书写形式和生命形态上截然不同，分别代表了那一时代文人不同的思想风尚，但没有实质上的高下之分。同时，我们也必须清醒地认识到，文学场域在现实中也是一个开放的场域，它与政治场域、经济场域、文化场域互动渗透。文学革命的发生与中国社会、政治、

---

① 中华梅氏文化研究会编《梅光迪文存》，华中师范大学出版社2011年版，第550页。

第十五章　场域的斗争：论"五四"文学场域的话语博弈与规则确立

经济、思想和文化的变化有着直接和紧密的关系，绝非用所谓"文学自律"能够解释的。由此，过多地苛责"五四"文学革命倡导者也并非正确的选择。开放、理性、容纳、反思的精神才是我们重访"五四"文学革命需要秉持的理念。

第十六章　话语的裂痕：新青年派在文学革命中的两幅面孔

描述新青年派群体，研究者往往将其激进的思想面向浓墨重染。客观地说，其激进主义者的定位有合理性，但断面式的引证无法描绘一个完整的新青年派，标签式的简单定位也很容易遮蔽其思想的丰富内涵。其实，当全面研读新青年派的著述（包括未发表的日记、私人通信）后，我们不难发现他们的思想话语中有两种明显矛盾的理念：一种以激情似火的语言演绎出了革命的霸气，一种以理性多元的姿态展现出了自由的胸怀，而且这两副面孔在其思想历程中一直出于消长起伏之中。本章以文学革命的重要倡导者钱玄同为个案，对"不容讨论"与"科学容纳"两种思想理念进行深入解读，并挖掘这两种理念消长起伏的深层原因，以此管窥新青年派知识群体在文学革命中的两难心态。

一　"不容讨论"：启蒙心态下的激进表现

论及"不容讨论"之论，应该说是陈独秀的"版权"。回眸文学革命之初，陈独秀紧随胡适《文学改良刍议》发表《文学革命论》为其张目。胡适看到《文学革命论》的刚愎，

第十六章　话语的裂痕：新青年派在文学革命中的两幅面孔

霸气表示"虽不容退缩然亦决不敢以吾辈所主张为必是而不容他人之匡正也"，由此激出了陈独秀的"不容讨论"之论："改良文学之声已起于国中，赞成反对者各居其半。鄙意容纳异议，自由讨论，固为学术发达之原则。独至改良中国文学，当以白话为文学正宗之说。其是非甚明，必不容反对者有讨论之余地，必以吾辈所主张者为绝对之是，而不容他人之匡正也。"①"不容讨论"之论虽然由陈独秀最先提出，但钱玄同后来居上，不但对这一理念大加赞赏，而且进行了淋漓尽致的演绎。陈独秀提出"不容讨论"之论时，闻者无不心惊胆战，唯有钱玄同公开为其呐喊助威：

> 玄同对于白话说理抒情，极端赞成独秀先生之说。亦以为"其是非甚明，必不容反对者有讨论之余地，必以吾辈所主张者为绝对之是，而不容他人之匡正也"。此种论调虽然过悍，然对于迂谬不化之选学妖孽、桐城谬种，实不能不以如此严厉面目加之。②

钱玄同这种果敢决绝的态度令新青年同人颇为钦叹。胡适虽然反对"不容讨论"之论，但还是颇为感慨地说："钱教授是位古文大家，他居然也对我们有如此同情的反映，实在使我们声势一振。"③陈独秀更是语多感激："以先生之声韵训诂学大家而提倡通俗的新文学，何忧全国之不景从也。"④

在杂志同人的激励下，钱玄同愈战愈勇，他向友人倡言：

---

① 陈独秀：《通信》，《新青年》第3卷第3号，1917年5月1日。
② 钱玄同：《通信》，《新青年》第3卷第6号，1917年8月1日。
③ 胡适：《胡适口述自传》，华东师范大学出版社1993年版，第152页。
④ 陈独秀：《答钱玄同》，《新青年》第2卷第6号，1917年2月1日。

"吾人一息尚存,革命之志总不容稍懈。何以故?以中国人为根本败类的民族,有根本改造之必要故。"① 从这种激昂的话语中,我们可以感受到钱玄同那种真理在握、世事看透、不容置疑、"不容讨论"的思想理念。其实,他的这种思想理念在言论中也多有显现,比较集中地体现在废除旧戏与废灭汉文上面。在旧戏改良活动中,他极力呼吁:"要中国有真戏,非把中国现代的戏馆全数封闭不可。"② 对于张厚载的有关旧戏的辩护讨论,钱玄同与胡适、陈独秀、刘半农一起大加挞伐,而且语含讽刺:"我们《新青年》的文章,是给纯洁的青年看的,决不求此辈'赞成'。"③ 对于张厚载的再次"致辩",钱玄同颇为不屑:"我现在还想做点人类的正经事业,实在没有功夫来研究'画在脸上的图案'(指旧戏脸谱——引者注)。张君以后如再有赐教,恕不奉答。"④ 此间,钱玄同对于胡适刊载张厚载的辩护旧戏的文章也颇为不满:"至于张厚载,则吾期期以为他的文章实在不足以污我《新青年》",进而批评胡适:"对于千年腐朽的旧社会,未免太同他周旋了。"⑤

对于废除旧戏"不容讨论",对于废灭汉文的倡言也体现了其这一思想理念。在与刘半农讨论"新文学与今韵问题"的信中,钱玄同初步表达了废灭汉文的想法:"我以为中国旧书上的名词,决非二十世纪时代所够用;如其从根本上解决,我则谓中国文字止有送进博物馆的价值。"⑥ 随后他又致信陈独秀表达了这一见解:"先生前此著论,力主推翻孔学,改革

---

① 钱玄同:《钱玄同文集》第 2 卷,中国人民大学出版社 1999 年版,第 151 页。
② 钱玄同:《钱玄同文集》第 2 卷,中国人民大学出版社 1999 年版,第 151 页。
③ 钱玄同:《钱玄同文集》第 1 卷,中国人民大学出版社 1999 年版,第 216 页。
④ 钱玄同:《钱玄同文集》第 1 卷,中国人民大学出版社 1999 年版,第 242 页。
⑤ 钱玄同:《钱玄同文集》第 6 卷,中国人民大学出版社 1999 年版,第 94 页。
⑥ 钱玄同:《钱玄同文集》第 1 卷,中国人民大学出版社 1999 年版,第 60 页。

第十六章 话语的裂痕：新青年派在文学革命中的两幅面孔

伦理，以为倘不从伦理问题根本解决，那就这块共和招牌一定挂不长久（约述尊著大意恕不列举原文）。玄同对于先生这个主张，认为救现在中国的唯一办法，然因此又想到一事：则欲废孔学，不可不先废汉文；欲驱除一般人之幼稚的野蛮的顽固的思想，尤不可不先废汉文。"在文中，钱玄同批判了时人如改用罗马拼音文字等的汉字改革路径，认为这些都是形式上之变迁，而非实质上的变革。由此，钱玄同大胆宣言：

> 欲使中国不亡，欲使中国民族为二十世纪文明之民族，必以废孔学，灭道教为根本之解决，而废记载孔门学说及道教妖言之汉文，尤为根本解决之根本解决。①

动辄以"废灭汉文"相号召，以"根本解决"来动员，钱玄同思想激烈程度可见一斑。此中，钱氏以"废灭汉文"的名目将"废孔学""灭道教"落实为不容置疑、不容讨论的问题。这正如鲁迅后来指出的：

> 钱玄同先生提倡废止汉字……被不喜欢改革的中国人听见，就大不得了，于是放过了比较平和的文学革命，而竭力来骂钱玄同。白话乘了这个机会，居然减去了许多敌人，反而没有阻碍，能够流行了。②

其实鲁迅只指出了一个方面，批孔运动也乘了"废灭汉文"这个机会，减去了许多敌人。深入体会，我们会发现钱

---

① 钱玄同：《钱玄同文集》第1卷，中国人民大学出版社1999年版，第166～167页。
② 鲁迅：《鲁迅全集》第4卷，人民文学出版社1981年版。

玄同的"废灭汉文"之言行不过是批孔运动不容讨论之理念的体现。周作人曾一针见血地指出："（钱玄同）只是反对礼教，废灭汉文乃是手段罢了。"[①]这一活动染上了浓厚的不容讨论的色彩。钱玄同大力褒扬陈独秀"将东方化连根拔去，将西方化全盘采用"的手段，极力赞同鲁迅将旧书扔到茅厕里的建议，这都体现了他"不容讨论"的思想理念。[②]

由此可见，钱玄同是"不容讨论"这一理念的彻底贯彻者。这一理念显然不同于封建统治者为了维护统治压制群众言论的专制独断，而是为了中国早日脱离腐朽愚昧的旧社会，走上自由文明进步的现代性之路。他们也深知这种"不容讨论"的弊端，但更多的是迫不得已。启蒙是一个漫长的过程，复兴之人需要耐心等待，"俟河之清，人寿几何？"这是一个令启蒙者十分难堪的两难命题。因此，无论是钱玄同还是陈独秀，其在表达"不容讨论"理念时都用转折句式："此种论调虽然过悍，然对于迂谬不化之选学妖孽、桐城谬种，实不能不以如此严厉面目加之。"[③]"鄙意容纳异议，自由讨论，固为学术发达之原则。独至改良中国文学，当以白话为文学正宗之说。其是非甚明，必不容反对者有讨论之余地，必以吾辈所主张者为绝对之是，而不容他人之匡正也。"[④]

在钱、陈看来，他们所潜心追求的是一种正确的价值选择，是放之四海而皆准的终极真理。他们认为，虽然人类之间有知识高低、思想深浅的差异，但人们最终会达成共识。这种共识就是他们现在所宣扬的。虽然现在不能被人普遍承认，但

---

① 周作人：《周作人文类编》第10卷，湖南文艺出版社1998年版，第478页。
② 钱玄同：《钱玄同文集》第6卷，中国人民大学出版社1999年版，第65页。
③ 钱玄同：《通信》，《新青年》第3卷第6号，1917年8月1日。
④ 陈独秀：《通信》，《新青年》第3卷第3号，1917年5月1日。

第十六章　话语的裂痕：新青年派在文学革命中的两幅面孔

是这是人们知识差异造成的"迂谬不化"，而不是路径选择的错误。由此他们认为虽然"不容讨论"之论调过于专制霸道，但是这种"不容讨论"所造成的代价完全可以在最终的价值实现中得到补偿。由此，钱玄同等对于差异不予承认，对于与自己相悖的观点"不容讨论"，他希望通过不自由的手段使中国走上自由发展之路。毋庸讳言，这种自我预设的价值共识在很大程度上是化约的、自负的，它遮蔽了文化发展中许多深刻的异质性内涵，在学理上也缺乏对问题复杂性的透彻了解和自我反思。

二　"科学容纳"：理性反思后的多元胸怀

客观地说，在"不容讨论"的思想理念下，启蒙取得了巨大成效。但我们必须看到，在这种理念影响下，启蒙在携带着现代性降生的一刹那就夹杂着残缺、偏执的病灶。以钱玄同为代表的启蒙先驱在启蒙的焦虑下表现得深刻而又激进、理性而又情绪、进步而又偏执，从而使得启蒙在乌托邦色彩不断染浓的情况下从理性走向非理性。[1] 这正如霍克海默和阿多尔诺指出的那样，启蒙主义使"一切自然的东西服从于专横独断的主体"，"启蒙主义也可以退化为一种神话，使启蒙者丧失自我，丧失对世界的个人感知而服从于专断的理性"。[2]

从新文化运动之初到渐趋高潮，钱玄同全程参与，因此他对于启蒙运动携带的偏执、独断是深有体会的。有感于此，这位冲锋陷阵的急先锋在1919年杂志出完第6卷后几近销声匿

---

[1] 张宝明：《自由神话的终结》，上海三联书店2002年版。
[2] 〔德〕霍克海默、阿多尔诺：《启蒙辩证法——哲学片断》，洪佩郁、蔺月峰译，重庆出版社1990年版，第5页。

迹，他说："我年来颇懊悔两年前的胡乱动笔，至一偶翻以前之《新青年》，自己看见旧作，辄觉惭汗无地。"① 缘何如此？钱玄同的深沉话语透露出自己并不习惯的哲人态度："仔细想来，我们实在中孔老爹'学术思想专制'之毒太深，所以对于主张不同的论调，往往有孔老爹骂宰我，孟二哥骂杨、墨，骂盆成括之风。"② 由此他认为"改变中国人的思想真是唯一要义"，并论道：

中国人"专制""一尊"的思想，用来讲孔教，讲皇帝，讲伦常……固然要不得；但用它来讲德谟克拉西，讲布尔什维克，讲马克思，讲安那其主义，讲赛因斯……还是一样要不得。③

人类社会的发展需要不同的价值理念之间的和平共存，而不是强行纳入一种价值理念。认真体会钱氏上述言论，句句鞭辟入里，直指新文化运动中所携带的偏执、独断现象。对立的价值观念并不一定就是真理与谬误的关系。对立的价值观念可以指向不同的思考角度与生活方式，这些思考角度与生活方式都有存在的权利。就"不容讨论"的思想理念来说，启蒙者虽然宣扬科学民主、倡导个性自由与思想解放、追求独立价值观念的确立，但令人始料未及的是，他们自己却有着"无能为立"的困惑。他们反对传统思想的一元专制，然而他们自

---

① 钱玄同：《钱玄同文集》第6卷，中国人民大学出版社1999年版，第95页。
② 钱玄同：《钱玄同文集》第6卷，中国人民大学出版社1999年版，第32~33页。
③ 钱玄同：《钱玄同文集》第6卷，中国人民大学出版社1999年版，第75~76页。

第十六章 话语的裂痕：新青年派在文学革命中的两幅面孔

己并没有从一元价值观中挣脱出来，在打倒了旧的专制的同时又建立起新的专制。钱玄同认为所谓启蒙、所谓"唤醒国人"，被唤醒者应该是国人全体，而非限于一般民众。他重点强调，"唤醒者自己亦当在被唤醒者之列"：

> 一则凡述说真理，针砭旧疴，本非专为谴责他人，责人以善，其实也是忏悔自己，改善自己；二则天下本无万能的人，A事甲为唤醒者而乙为被唤醒者，B事则又乙为唤醒者而甲为被唤醒者，所以是互相唤醒，无论何人，决不应自居为全智全能全善全圣之上帝，而超然于一切人们之外。①

在这段引文中，我们可以感受到，钱玄同一改以前"绝对之是""不容讨论"的思想理念，进而承认人包括启蒙者的局限性，认为世间绝无"全智全能全善全圣"之人。这是一个很大的进步。因为承认启蒙者理解力的局限，才会产生真正的宽厚容纳之心。在钱玄同致友人的信件中可窥到一些"科学容纳"的思想痕迹。1920年9月25日，钱玄同在给周作人的信件中说：

> 我近来很觉得两年前在《新青年》杂志上做的那些文章，太没有意思。并且养成直观的感情的论调……其实我们对于主张不同之论调，如其对方面所主张，也是二十世纪所可有，我们总该平心静气和他辩论。我近来很觉得要是拿骂王敬轩的态度来骂人，纵使所主张新到极点，终

---

① 钱玄同：《钱玄同文集》第2卷，中国人民大学出版社1999年版，第177页。

不脱"圣人之徒"的恶习……①

在论及沈尹默的时候,他对周作人说:"他近来的议论,我颇嫌他过于'笃旧',不甚赞成。但我以为这完全是他的自由,应该让他发展。况且他对于'旧'是确有心得的,虽他自己的主张似乎太单调了,但我还觉得他今后的'旧成绩'总有一部分可以供给'新的',为材料之补充。"进而他对同人娓娓相劝:"我们以后,不要再用那'必以吾辈所主张者为绝对之是,而不容他人之匡正'的态度来作'哧哧'之相了。"② 从"不容讨论"到反对"不容讨论",我们看到下面的言论也就不会感到突兀:

> 前几年那种排斥孔教,排斥旧文学的态度很应该改变。若有人肯研究孔教与旧文学,鳃理而整治之,这是求之不得的事。即使那整理的人,佩服孔教与旧文学,只是所佩服的确是它们的精髓的一部分,也是很正当,很应该的。但即使盲目的崇拜孔教与旧文学,只要他是他一人的信仰,不波及社会——波及社会,亦当以有害于社会为界——也应该听其自由。③

至此,回味钱玄同"欲使中国不亡,欲使中国民族为二十世纪文明之民族,必以废孔学,灭道教为根本之解决,而废记载孔门学说及道教妖言之汉文,尤为根本解决之根本解

---

① 钱玄同:《钱玄同文集》第6卷,中国人民大学出版社1999年版,第32~33页。
② 钱玄同:《钱玄同文集》第6卷,中国人民大学出版社1999年版,第76页。
③ 钱玄同:《钱玄同文集》第6卷,中国人民大学出版社1999年版,第75页。

第十六章 话语的裂痕：新青年派在文学革命中的两幅面孔

决"①的宣言，我们不能不为他这种"科学容纳"的态度感到欣慰。理解他者，理解不是赞同，即使是站在反对的立场上，我们仍然应该可以理解他者。这正如他自己说的："用科学的精神（分析条理的精神），容纳的态度讲东西，讲德先生和赛先生等固佳，即讲孔教，讲伦常，只是说明它们的真相，也岂不甚好。"② 其实，如果我们阅读钱玄同的日记、信件，就会发现他的这种"科学容纳"的理念在很多地方都有体现，并不是偶然为之的。

"科学容纳"的理念，其实就是承认人理解力的局限性，因为个人都是受局限的存在。所以人与人的价值理念有时是不能通约的。对立的价值观念之间并不是正确与错误的关系，往往真理的另一面还是真理，不同的价值选择都有自己的合理性。因此，不能把自己的价值选择预设为终极的共识。要承认差异性的存在，因为争自由的唯一原理是："异乎我者未必即非，同乎我者未必即是"。"不容讨论"有时压抑了很多合理的价值选择。而有所差异的价值选择在现代性发展道路上是互为补充的。这正如钱玄同日记中所记载的：只要不害于社会，各种信仰、崇拜、爱好可以都听其自由，因为"万物并育而不相害，道并行而不悖"的世界才是我们真正所追求的。③

三 自由的两难：在激情与理性之间

承上所论，"不容讨论"的理念自我预设了一种现代性发

---

① 钱玄同：《钱玄同文集》第1卷，中国人民大学出版社1999年版，第166~167页。
② 钱玄同：《钱玄同文集》第6卷，中国人民大学出版社1999年版，第74页。
③ 鲁迅博物馆编《钱玄同日记》，福建教育出版社2002年版。

展"价值共识"的终极选择,而"科学容纳"的理念是承认个人局限性和个体差异性的多元共存。或许在笔者的行文论述中可以发现,我们的现代性理应走"科学容纳"的多元并存之路。但是这种应然逻辑下的选择之现实可操作性需要深思熟虑。易言之,讨论这样一个问题,站在纯学理的角度是没有意义的,很多时候逻辑的正确性正好遮蔽了历史的复杂性。我们不能将自由主义简单地看作"多元化的宽容态度",我们更要看每一种学说与其他学说和睦共处的外部规则。倘若容纳异议,"容纳"应该建立在什么基础之上,在别人不谈"容纳"的时候盲目地谈"容纳"会不会自取灭亡?这是值得我们深思的。

人们在不同的交际场合,根据不同的交际目的和内容,选择不同的语言手段来表情达意,就形成了有不同情调意味的语体,专门或经常用于某种语体的词语,就必定带有这种语体的情调烙印。其实这也是钱玄同一再考虑的问题,而且我们可以据此觅得其两种思想理念长期处于消长起伏中的根本原因。我们看到,新文化运动前期(1917—1919年),钱玄同基本上秉持的是"不容讨论"的思想理念,这时他提出了废除旧戏、废灭汉文的主张。这鲜明地展现了批判的勇气。及至新文化运动渐进高潮(1920—1922年),新文化新思潮已经占领思想高峰,这时"科学容纳"的思想理念自然浮出水面,提出"用科学的精神(分析条理的精神),容纳的态度讲东西"。然而在1923年钱玄同连续给周作人写了数封信表达他的思想变动:"我近日很动感情,觉得二千年来的国粹,不单科学没有,哲学也玄得利害,理智的方面毫无可满足之点……"[1] "我近来

---

[1] 钱玄同:《钱玄同文集》第6卷,中国人民大学出版社1999年版,第56页。

第十六章 话语的裂痕：新青年派在文学革命中的两幅面孔

犯动感情，以为'东方化'终于是毒药……陈独秀一九一五年——九一七年的《新青年》上的议论，现在还是救时的圣药。现在仍是应该积极去提倡'非圣''逆伦'，应该积极铲除'东方化'……我之烧毁中国书之偏谬精神又渐有复活之象……"① "我近来废灭汉文汉语的心又起了……（我近日翻阅你对于国语的意见一文，的确觉得太和平了）……'将东方化连根拔去，将西方化全盘采用'，这一点上，我是觉得他俩（指吴敬恒和陈独秀——引者注）最可佩服的。"② 面对此情此景，我们满脸困惑，到底是什么促使钱玄同刚刚迈向"科学容纳"的脚步随即又撤回到"不容讨论"的原地？

带着这个问题，我们细细阅读钱玄同的言论文字，他所记下的历史碎片为我们大体勾画出他重操"不容讨论"理念的历史背景："近来怪论渐又见多，梅光迪诸人不足怪，最近那位落华生忽然也有提倡孔教之意……今天早晨看报，又发现好的复古材料，即徐志摩忽然大倡废止标点符号之论……"③ "他（指章太炎——引者注）骂提倡新文化、新道德为洪水猛兽，自是指吾辈而言。他又骂李光地、田起膺、朱老爹穷理之说，而研究天文历数为非；又以'学者浸重物理'为'率人类以与鳞爪之族比'，则反对研究科学，旗帜甚为鲜明矣……《学衡》第三十八期……有吴宓底两篇和景昌极底一篇。你看他们底议论和思想，混乱到什么地位……我觉得它实在有些陷

---

① 钱玄同：《钱玄同文集》第 6 卷，中国人民大学出版社 1999 年版，第 58～59 页。
② 钱玄同：《钱玄同文集》第 6 卷，中国人民大学出版社 1999 年版，第 64～65 页。
③ 钱玄同：《钱玄同文集》第 6 卷，中国人民大学出版社 1999 年版，第 58 页。

溺人心底功效……"① 这个时期，比较重要的复古势力还有章士钊。章氏 1923 年在上海《新闻报》发表著名的《评新文化运动》，对新文化运动极尽抨击。至出任总长之时，他更是变本加厉，他复刊《甲寅》杂志，大力提倡尊孔子读经，攻击新文化运动。由此可见，当时复古派民间与官方联手对新文化运动进行打压，新文化运动取得的成果岌岌可危。这时需要以对抗求生存，如果此时还天真地倡导"科学容纳"，那么自己"万物并育而不相害，道并行而不悖"的追求更是缘木求鱼。因为时代没有造就可以从容实行"科学容纳"理念的社会环境，"科学容纳"的理念应该在多方达成重叠共识后才能实行，在没有达成共识之前，"不容讨论"的理念是不得不为的。只有经过"不容讨论"后赢得与复古势力平等的地位，才能有谈论"科学容纳"的资格并与复古势力达成共识，从容经营"万物并育而不相害，道并行而不悖"的理想社会。自由真正持续不断的生命力，来自信念与宽容之间的紧张关系，一言以蔽之：自由生于对抗，成于谦让。无对抗之力，则无自由；无谦让之德，亦无自由。

周作人在《文艺的宽容》一文中也倡导这种理念："当自己求自由发展时对于迫压的势力，不应取忍受的态度；当自己成了已成势力之后，对于他人的自由发展，不可不取宽容的态度。"② 由此观照钱玄同的言论变化，在以"不容讨论"赢得对抗之力的时候，钱玄同也看到了妄谈"不容讨论"理念背后的隐患；在以"科学容纳"展现谦让之德的时候，他也体

---

① 钱玄同：《钱玄同文集》第 6 卷，中国人民大学出版社 1999 年版，第 114～115 页。
② 高瑞泉：《理性与人道——周作人文选》，上海远东出版社 1994 年版，第 68 页。

第十六章 话语的裂痕：新青年派在文学革命中的两幅面孔

察到了盲目倡导"科学容纳"的危险。由此，钱玄同时而激进，时而平和，时而"不容讨论"，时而"科学容纳"，两种思想理念消长起伏、对抗冲突。正是在这种思想理念的对抗冲突所营构的紧张氛围中，才能生发出自由启蒙的本义。这恰如学者所言："文学和文化一样，本来就是不断以一种'偏至'去抵消另一种'偏至'，就个体而言，似乎都不无偏颇，而就整体而言，都可以呈现出一种相对的'全面'和'完善'来。"[①] 西哲卡西尔也曾指出，"启蒙思想真正性质，从它的最纯粹、最鲜明的形式上是看不清楚的，因为在这种形式中，启蒙思想被归纳为种种特殊的学说、公理和定理。因此只有着眼于它的发展过程，着眼于它的怀疑和追求、破坏和建设，才能搞清他的真正性质。"[②] 因此，我们不应局限于比较"不容讨论"与"科学容纳"两种理念孰优孰劣，而应把它们放在启蒙发展、自由追求的历史进程中，只有这样才能体悟到两种理念对抗紧张中的价值意义。

---

① 李怡：《论"学衡派"与五四新文化运动》，《中国社会科学》1998年第6期。
② 〔德〕卡西尔：《启蒙哲学》，顾伟铭等译，山东人民出版社2007年版，第14页。

结　语

"当我沉默着的时候，我觉得充实；我将开口，同时感到空虚。"① 拉拉杂杂写完以上文字，临到书稿末尾，忽地想起鲁迅这句话，感到莫名的惶恐与心虚。"五四"时代是一个思想启蒙的时代，也是一个众声喧哗的时代，本研究对"文学革命"的审思也只是一己的挂一漏万的学术尝试，"五四"文学革命更深的奥义有待后世不断地研读、体悟。客观而言，"五四"文学革命是现代中国一次最为壮丽的精神日出。在"科学""民主"等"五四"精神的照耀之下，中国现代文学开始萌芽生长，并逐渐普及推至全国，成为中国文学发展的大势。百余年之后重临"五四"，本研究希望借助长时段的回望，以多元视角来展示"五四"文学革命的启蒙主调以及丰富的复调，并对其中被淹没的思想资源进行重新挖掘，对其中存在的问题进行重新审思，为中国现代文学百余年之后再出发提供可资借鉴的资源。

一　文学的纪元："五四"文学革命的贡献

百年回望，我们不得不再次确认，文学革命开启了中国文

---

① 鲁迅：《野草》，江西教育出版社2019年版，第1页。

结　语

学发展的新纪元。以"五四"为界碑，绵延两千多年的中国古典文学戛然而止，自此之后便是现代文学的发生发展的历史。事实确实如此，回溯中国现代文学的发源，谁都无法绕过"五四"文学革命这座大山，以《中国现代文学三十年》为代表的诸多中国现代文学史直接将1917年文学革命作为叙事起点，足见"五四"文学革命的丰功伟绩。[①] 我们也必须清醒地认识到文学革命的历史价值，才能够更平心静气地反思其内在问题。

首先，"五四"文学革命推动了中国文学的现代转换。"五四"文学革命是以文学的名义进行的革命，首要的是文学方面的贡献。文学革命重要的表现在于文言文学转变成白话文学的语言形式方面，包括从古典诗歌到白话新诗，从古典小说到现代小说，从桐城文章到散文小品，从传统戏曲到现代戏剧。当然，从古代文学到现代文学，并非单纯的自文言到白话的语言形式变革，也有着礼教仁义到科学民主的思想观念变革。在文学所承载的思想内容方面，表现为从传统的礼乐教化到现代的科学民主，如民主、科学、人权、人道主义、个人主义等。一言以蔽之，"五四"文学革命所开启的现代文学是使用现代文学语言与文学形式，反映现代中国人的生活，表达现代中国人的思想、感情、心理的文学。

其次，"五四"文学革命促进了中国社会的语言转换。这场文学革命是以文学的名义进行的语言革命。在中国古代，文言文是主流社会的"正统"交际语言，白话文则是末流的"边缘"化民间俗语。鉴于文言文长期以来为贵族士大夫阶层

[①] 钱理群、温儒敏、吴福辉：《中国现代文学三十年》（修订本），北京大学出版社1998年版。

所垄断、难以普及，于是在民主、平等等西方价值观念影响下的启蒙学者便掀起了文言与白话的"死""活"之争，推动了中国日常书写语言从文言到白话的整体转型。此中除了我们熟知的"由文转白"的语言转换，还有标点符号的诞生、繁体字到简化字的变化、竖排左移到横排右移等等，直接确立了现代中国人的书写阅读的语言体系。

再次，"五四"文学革命开启了现代中国人的思维变革。这场文学革命是以文学的名义进行的语言革命，其最终的目的是思想启蒙，希望通过文学语言的变革改变中国人的思维。语言不仅仅是交际的工具，而且还影响着我们的思考、情感与知觉，形塑着我们的思维过程和思维内容。文言文和白话文，看似只是两种不同的书写语言，实际上体现着两种不同的语言逻辑和思维方法。当事人曾经申明，"我们在这里制造白话文，同时负了长进国语的责任，更负了借思想改造语言，借语言改造思想的责任"。[①] 由此可见，用白话文替代文言文不仅是一个语体形式的革命，而且也是借鉴西方语言的表达方式，清洗中国人语言表达的修辞之魅，进而训练中国人清晰的逻辑思维，使之适应现代社会表达以及与现代世界交流的需要。

二 启蒙的反思："五四"文学革命的问题

"五四"之时，文学被绑上启蒙的战车在思想界"南征北战"，二者有着"火借风势""风借火力"的相得益彰，由此，文学革命如火如荼地在全国铺展开来，其取得的效果远远大于文学领域，其影响力也远远超越了文学范围。正因如此，在文

---

① 傅斯年：《怎样做白话文?》，《新潮》1卷2号，1919年2月1日。

结　语

学革命中存在着工具化的文学认知，导致很多本该得到尊重的文学样态遭到了批判和排斥。在焦灼的启蒙心态之下，"五四"启蒙先贤将国民劣根性的罪责归咎于文言文学，从而对文言大加挞伐，将源远流长的古典文学打倒在地，从此白话文学一枝独秀，也使得中国现代文学形单影只，无法打造出本应异彩纷呈、百花争艳的现代文艺花园。

首先，为启蒙而文学的理念造成了文学的工具化认知，遮蔽了对文学本体和多样性的体察。在文学革命中，文学是名义，启蒙是本质，由此也存在文学在文学革命中沦为思想启蒙工具的问题。以工具化的视角开启文学革命，文学的评价标准难免会出现偏离，很多重要的文学革命理论文献，其持论立场不再基于文学艺术性的优劣，而是基于启蒙价值的高低。结合文学革命倡导者对文学概念中的"达意表情""明白清楚"等关键词的重视，总括其文学见解，其实就是以一种工具理性的思维看文学，由是极力追求语言表达的清晰化、理性化。但是，以科学求真的思维来衡量文学修辞的审美价值，甚至在很大程度上将科学的真等同于文学的美，让文学革命走入严重的思想误区，恰恰革掉了文学安身立命的质素。对此，我们以在"五四"文学革命中被打倒的古典文学为例来简单纾解。古典文学在当时的文学论述中被塑造为负面形象，被塑造为文学现代性的敌人，但需要知道古典文学并非十恶不赦的"恶之花"，不能因丛中的杂草而统一施以"灭草剂"，将鲜花和杂草一起除掉。文学现代性与政治经济社会的现代化不同，文学本身是百花齐放的园地，只要打破桐城和选学等的霸权地位即可，无须将其踏上千万只脚，让其永世不得翻身。"一花独放不是春，万紫千红春满园。"文学现代性本应有着多副面孔，每一副面孔都流露出独特的现代性。应该让古典文学、通

· 297 ·

重访"五四":在语义与场域之间

俗文学再次移回文学园地,令其展现独特的现代性价值。

其次,语言与文化的关系可谓"互为表里",语言除了传递信息、表情达意之外,也是文化最重要的负载者、建构者和阐释者。置身危机四伏的"五四"时代,很多仁人志士认为中国的积贫积弱很可能来源于中国人所置身的文化传统,而打破文化传统,则不如直接将文言废除。而对文字与语言演变之规律,强调其内在的连续性,反对仅凭个人臆想武断主张废除或重建一种新文字、新语言。吴宓指出语言之"体制"与个人的风格不同,一个人的语言风格可以变化,但一民族之书面语言有固定之体制,不能随意变化。因为"文字之体制,乃由多年之习惯,全国人之行用,逐渐积累发达而成。文字之变化,率由自然,其事极缓而众不察"。[①] 中国文言为白话文写作的"根底与资源",自"五四"至今一百余年,人们的白话写作能力大都无法从古文泉水中获得滋养,由此也导致了语言的不精致、不典雅。

再次,文学语言的变化引发了观念形态、思维习惯的变化。回望"五四",语言断裂导致我们较难掌握、接续中国传统文献资源。从文言到白话的语言转换改变了现代中国人从事情感再生产的内在观念。中国新文学观念偏离了中国文人的思想情感方式。语言是存在之家,文学乃是心灵乘凉之地。文白语言的演变不过是一种话语斗争,是一种西方文化叙事压倒了固有的中国文化叙事的结果。在文学革命后,中国自身的文学传统、精神体验被遮蔽。20世纪40年代,曾经参与文学革命的周作人置身日本大肆侵华的语境下,对"思想文字语言礼俗"有了更新的认识。他在《汉文学的前途》一文的后记中

---

① 吴宓:《论新文化运动》,《学衡》第4期,1922年4月。

有如是思考："中国民族被称为一盘散沙，自他均无异词，但民族间自有系维存在，反不似欧人之易于分裂。""此是何物在时间空间有如是维系之力？思想文字语言礼俗，如是而已。"①

三 世纪的回眸：中国文学如何重新出发？

正如李大钊所言，无限的"过去"都以"现在"为归宿，无限的"未来"都以"现在"为渊源。"过去"、"未来"的中间全仗有"现在"以成其连续，以成其永远，以成其无始无终的大实在。② 百年之后，重临"五四"，我们审视今日中国的语言文学现状，回望百年之前的文学革命，才能更好地审思百年来中国语言文学走过的道路，为中国文学百年后的再出发探索更加审慎恰切的道路。

首先，文学革命百年之际，是中国文学现代性重思的重要契机。回眸是为了历史与今天的辉映，是为了检视百年文学革命的历史功绩。当我们使用着白话语言、简体字，用左行横移的方式书写着文字的时候，我们要感谢百年之前的文学革命。"一个了解过去的人才能认知现在，一个了解现在的人才可能认知将来。"③ 在近百年文化演进历程中，在东西文明强烈碰撞中，中国文学有成绩，也有教训。

其次，文学革命百年之际，可以更客观理性地审思文学革命埋下的认知偏至。以百年视角重访"五四"，我们确实发现了很多问题。我们不是在历史背后数落前人，而是客观梳理那

---

① 钟叔河编《周作人文选 1937—1944》，广州出版社1995年版，第438页。
② 李大钊：《今》，《新青年》第4卷第4号，1918年4月15日。
③ 〔英〕麦克法兰主讲、清华大学国学研究院主编《现代世界的诞生》，管可秾译，上海人民出版社2013年版，第20页。

些非常重要又被忽略的东西。正如学衡派所言"倒洗澡水不要把里面的婴儿倒掉"。这句话看似危言耸听，却也是值得警醒之言。语言是一种文化现象。任何语言的后面都有深浅不同的文化的积淀。"五四"文学革命忽略了语言的艺术性和文化性，让"白话文"成了"大白话"[①]，失却了中国古典文化的精魂。以至于后来的中国人不大愿读中国的古典作品。文化兴国运兴，文化强民族强。"文化"处于基础性地位，对语言、文学、政治、经济等方面发挥着精神动力和思想保证等作用。满足人民日益增长的美好生活需要，文化是重要因素。

最后，文学革命百年之际，我们需要一起来思考中国文学如何再出发。莎士比亚说："一切过往，皆为序章。"重临"五四"，回顾过去，是为了重新出发，百余年的序章与前奏，为我们的再出发提供了经验与教训。文学审美的意义不只在于它承载的内容对于受者的影响和作用，我们更要从人类交往互动关系出发去理解文学审美的本质，这样也可为理解现代社会开启一个不同的视野。掩卷沉思，文学有着无限的未来，启蒙永远是一个未竟的事业，文学实践是一个世世代代重新开始的战斗，我们无须妄自菲薄，也无须狂妄自大，仅以一颗平常心去创作与实践，我们面前有历史也有未来，肩上是风，脚下是路……

[①] 汪曾祺：《中国文学的语言问题》，载《汪曾祺全集》第4卷，北京师范大学出版社1998年版，第218页。

附 录

学术对话：语言变革、历史书写与媒体的公共性

对话人
张宝明：河南大学历史与文化学院教授
张　剑：洛阳师范学院文学院副教授
褚金勇：郑州大学新闻与传播学院副教授

对话之一：语言是存在之家：重审文白不争的历史悲情

作为中国历史文化转型与进步的标志，白话文取代文言文一直是我们予以认可和首肯的，而由"新青年派"招惹的"文白不争"事件也一直是学术界讨论的热点话题。但同时也需要看到，在白话文运动中，启蒙先驱在现代性的焦虑下表现得深刻而又激进、理性而又情绪、进步而又偏至，从而使得语言现代性演进在乌托邦色彩不断染浓的情况下从理性走向非理性。一代启蒙思想家通过语言"断裂"来实现现代性最大化的演进，这不但导致了中华传统母语的巨大阵痛甚至是非正常死亡，而且导致了汉语发展传承中千年语脉的断裂，使得现代

汉语发展先天不足与后天失调。西哲有云，"语言是存在之家"。今天，重新审视那一缕由"白话文"招惹的现代性思绪带来的偏至，倍感话题的沉重，我们不但要在共享现代性的同时对其招致的致命"自负"以及其他方面予以充分提防，还要从中总结反思，以期为我们探索语言的现代变革乃至整个社会的现代性演进提供可资借鉴的意义资源。

一　谁劫持了我们的语言？

褚金勇：近些年来兴起了国学热，但很多时候所谓的国学热不过是些浮土中滋生的根苗，难以持久，难有收获。这一方面当然有市场经济时代大家无暇读书，更多只是附庸风雅的原因，但另一方面，那些"诘屈聱牙"的文言让现代人有些望而生畏。现在我们面对的一个吊诡问题是，我们的汉语水平无法支撑起这场国学热潮，不要说研究，即使是阅读也成了问题。在现代白话语境中学习成长的人很难达成晚清民国国学大师们的素养。我们常常惊叹晚清民国大师辈出，慨叹当下大师匮乏。撇开其他学科，倘若当代人文学科要出大师，必须要有深厚的国学基础，而且对中国自身文化有深刻理解和同情的态度。而这一点对我们来说确实有些挑战。2004年4月24日《中国教育报》发表了韩军的文章，他形象地将文言和白话的关系比喻为母与子的关系，指出没有"文言"，我们找不到回"家"的路。

张宝明：韩军的这个说法很有意思，历史地看，传统文言确实是现代白话的根基与源泉，二者是有些类似母子关系。在慨叹没有文言找不到回家的路的同时，我们不单单需要审视当下的汉语使用问题，更需要重新回到历史现场，再现文言向白话过渡时语言变革的幽微曲折。在白话文取代文言文的过程中，围绕着《新青年》杂志形成的启蒙知识群体做出了原创性的贡献，但我们也应该重新反思"白话文"提倡过程中的逻辑偏至。在《新青年》同人为寻求良性舆论环境的急切渴望中，我们看到的是一代启蒙思想家通过语言"断裂"来实现现代性最大化的演进，这不但导致了中华传统母语的巨大阵痛甚至是非正常死亡，而且还使得现代文学先天不足与后天失调。激进情绪下的同人所做出的"抽刀断水"式的决断带有硬性的"左"性做派，这个在硬性挤压状态下降生的新文学、白话文在某种意义上违背了自然生成的规律。当今语言学界所发生的文言与白话的争论，无不与作为新文化元典的《新青年》当年催生的白话文息息相关。或许只有回到历史现场我们才能更好理解：今天我们作为母语的白话文还有一个祖母。回到母亲的母亲那里，构成了我们永恒的乡愁。母子的非自然分离充满着历史的悲情，其中的非正常死亡与非自然降生也充满象征。

张剑：是的，以《新青年》杂志为核心的新文化派，都将语言革命作为"权力"突破点，标志性文章便是陈独秀的《文学革命论》。这与其说是科学的论文，不如说是战斗性的檄文。不但"革命"，而且事事要"革命"，要进行捆绑式的、整体式的、完全式的社会革命。这位"愿拖四十二生的大炮为之前驱"的主编，着力营造的是一个崭新的文化言语"场域"。新文化派"打硬仗"（鲁迅语）、发起集体舆论攻势、抢占"真理"控制权（文化资本）等文化行为虽然构成了现代性演进的一个知识积累过程，但是其中蕴含的身份争夺意识、语言暴力倾向、主牌观念则驱使我们从深层结构上反思这些过去被我们一再称颂的所作所为。

张宝明：为了说明文白之争中"不争"的命题，我们有必要弄清楚究竟胡适答应做的那篇"切实"之作是怎样一种态度。其时文学改良渐进高潮,胡适从文学和语言自身发展与演进的规律上寻找"时代性"的依据:"适前著《文学改良刍议》之私意不过欲引起国中人士之讨论,征集其意见以收切磋研究之益耳。今果不虚所愿,幸何如之。""私意""讨论""征集""切磋""研究",胡适的字字句句包含着不以真理压人、踩人的学术气质。陈独秀的回信却令其大失所望:"改良文学之声,已起于国中,赞成反对者各居其半。鄙意容纳异议、自由讨论,固为学术发达之原则。独至改良中国文学,当以白话为文学正宗之说,其是非甚明,必不容反对者有讨论之余地,必以吾辈所主张者为绝对之是,而不容他人之匡正也。"陈独秀不但唱反调,而且唱完全针锋相对的反调。胡适呼唤"平心静气",他的心情却一刻也不能坦然,甚至是暴戾、霸气、急躁;胡适要求"讨论""研究""斟酌"以实现学术民主,而他则盛气凌人、独断专行、自视其是。从他"独尊""正宗""不容反对""绝对之是""不容匡正"的专断语气中,我们看到的是中国语言文学现代化过程中的专制、独尊、一元的气息。

褚金勇:"五四"启蒙先驱"不容讨论"地打倒文言,力挺白话,但他们塑造的白话也不是传统的白话,而是经过精英打造的欧化白话。在"五四"启蒙先驱的引领下,新文学在词语上输入日本或欧美的外来词以补充中国词汇的不足,在句法上采用西洋句法,借鉴西方语言的表达方式。傅斯年较早提出白话文应该欧化的主张,他主张"直用西洋文的款式文法、词法、句法、章法、词枝……造成一种超于现在的国语,欧化的国语,因而成就一种欧化的文学"。鲁迅也主张用欧化的生涩和聱牙来打破中文的老套,给中国文字带来一种新的参考和改观。他说:"欧化文法的侵入中国白话中的大原因,并非因为好奇,乃是为了必要。国粹学家痛恨鬼子气,但他住在租界里,便会写些'霞飞路''麦特赫司脱路'那样的怪地名;评论者何尝要好奇,但他要说得精密,固有的白话不够用,便只得采些外国的句法。比较的难懂,不像茶淘饭似的可以一口吞下去是真的,但补这缺点的是精密。"鲁迅在与人谈及翻译问题时也论及中国文法的问题:"中国的文或话,法子实在太不精密了。作文的秘诀,是在避去熟字,删掉虚字,就是好文章。讲话的时候,也时时要辞不达意。这就是话不够用,所以教员讲书,也必须借助于粉笔。这语法的不精密,就在证明思路的不精密,换一句话,就是脑筋有些糊涂。倘若永远用着糊涂话,即使读的时代,滔滔而下,但归根结蒂,所得的还是一个糊涂的影子。要医这病,我以为只好陆续吃一点苦,装进异样的句法去,古的,外省外府的,外国的,后来便可以据为己有。"

张剑:我们知道,人类文化的进化规律有其自身的逻辑。从中华元典文明的起源、积累和发展过程来看,无论是仓颉造字,还是"河图洛书",抑或是《周易》,都不是"横空出世"的。元典的独立性、"民间性"、自然性与新文化元典形成了鲜明对比。回到作为新文化元典文本的《新青年》,其现实意义在于,激情、焦虑、急躁演绎的历史归途可能带有过于理想化甚至乌托邦的成分。众所周知,《新青年》打造的新文化元典是借助西方的引进和传统的隔断来进行的。文化的阻塞是通过"文学革命"来完成的,而"文学革命"最终还是立足于白话文的书写来割断的。这样新文学和白话文就有了天然的手足情。当白话文随着新文学成为中心的时候,我不禁想起了德里达的在《书写与差异》中的意念,即"中心是开端",

中心就是上帝的位置，它同时意味着"被劫持的语言"的生成以及"暴力与形而上学"的基因滋生。

二 都是"焦虑"惹的祸

褚金勇：刚刚我们谈到了《新青年》所表现出的现代性焦虑，我想正是在现代性的焦虑下，启蒙先驱才表现得深刻而又激进、理性而又情绪、进步而又偏至，从而使启蒙在乌托邦色彩不断染浓的情况下从理性走向非理性。它来自激进派人士对传统积重难返之势的沉痛体验。在启蒙先驱看来，传统因袭势力过重、惰性太沉，要改变现状，矫枉必须过正。基于此种心理预设，他们的内在思路已为其表式上的激进所湮没。挖掘这种焦虑的生成，其实并非难以理解，鲁迅那段名言可以让我们感受一二："许多人所怕的，是'中国人'这名目要消灭；我所怕的，是中国人要从'世界人'中挤出。"其实，当时从进化论视角谈论中国不如何、必将亡的判断论式比比皆是。而鲁迅为现代中国焦虑的，主要还是对中国人"搬动一张桌子也要流血"的滞后思维之担忧。中国人保存"国粹"的心理深厚而且持久，这也是鲁迅何以明知"矫枉"还要"过正"的原因。针对"遗老遗少"的守成，他在一篇短小的随感中将其名之为"现在的屠杀者"："四万万中国人嘴里发出来的声音，竟至总共'不值一哂'，真是可怜煞人。做了人类想成仙；生在地上要上天；明明是现代人、吸着现在的空气，却偏要勒派朽腐的名教、僵死的语言，侮蔑尽现在；这都是'现在的屠杀者'。杀了'现在'，也便杀了'将来'——将来是子孙的时代。"这样一个过激的"言犹未尽"说法，后来慢慢被演绎成了"汉字不灭，中国必亡"的说法。

张宝明：说到"汉字不灭，中国必亡"，可能现在人会感到诧异，但回想陈独秀在《抵抗力》的一段话，就会让我们理解他们的过激话语："群众意识，每喜从同恶德污流，惰力甚大，往往滔天罪恶，视为其群道德之精华，非有先觉哲人力抗群言，独标异见，则社会莫由进化。"面对积重难返的中国情势，启蒙先驱们心急火燎，即使与自己价值取向并行不悖的"调和"字眼都不放过。要知道，李大钊的"调和"与社会上乱嚷乱叫的"伪调和"有天壤之别，但陈独秀就是容不得这类温顺的字眼。1917年4月1日，李大钊在《新青年》上发表了《青年与老人》一文，其中不过是客观辩证地说明了文明"协力"的规律，然而陈独秀还是沉不住气，在文中以编者附志的形式"指点江山"道："吾国社会，自古保守之量，过于进步，今之立言者，其轻重亦慎所择。"这就是当时《新青年》的作风。在这种作风的引导下，后来连爱以"调和"表述思想的李大钊也顺着同人改换了口吻："主张调和的人，自问若没有这么大的本领，请把这件功业让给时代罢！"纠偏旧思想与旧国体的问题，掌舵的主编在一次演讲中两次运用这样的论证句式并转载于《新青年》："如今要巩固共和，非先将国民脑子里所有反对共和的旧思想一一洗刷干净不可。"另一处就出在文章快要杀青时："我们要诚心巩固共和国体，非将这班反对共和的伦理文学等等旧思想完全洗刷得干干净净不可。"不但有"非……不可"，还有更为直截了当的独白："万万不能调和。"这一句"万万不能调和"说出了《新青年》总领性的语言气质。进而言之，其实又何止是思想与国体、国民性与救亡、德赛两先生与国民性的关系问题呢？那《新青年》的主打歌——白话文与文言文之争，不也是以"万万不能调和"为主编的中介的吗？

张剑：是的，所有的理性化启蒙色彩都为这种非此即彼的情绪化气质所掩盖,传统与现代、古典与当代的人为切断,一方面让我们见证了启蒙先驱的现代性焦虑,另一方面也为现代性焦虑提供了严酷的证词。本来,文言和白话都没有自大的资格,它们都是表情达意之工具的一种。从语种上说,它们是一棵树上分出的两个丫叉。自古以来,民间的俗文白话与官方的典雅文言都是在悄无声息地对峙着、交互着、穿插着、相安着。然而我们看到,历史发展到20世纪,当白话要闯进"堂屋"、立为"正宗",不安"厢房""偏居"时,一个质的变化顷刻发生。这时的"语言"家庭的两个大族"文言"和"白话",由原来看似和睦的"相安无事"演绎成了不安本分的"名分相争"。当新青年派已经为白话文做了矫枉过正的"正名"之后,时隔多年学衡派的首席吴宓还耿耿于怀地在对台戏中唱道:"孔子曰:必先正名乎?苏格拉底辩论之时,先确定词语之义。新文化运动,其名甚美,然其实则另行研究。"在这个正名背后,隐藏着极其纠结的历史和思想真实。无论是文言还是白话,当它们作为工具出现时都是一种顺其"自然"的表达。它们作为工具,自我也没有什么自大或越位的可能,只有其被工具化后才更直接表现出难耐的寂寞,时时有跃跃欲试的冲动,处处有准备着僭越的蠢蠢。的确,新青年派将白话作为绝活揽到自己怀中时对这一工具做了"变性"处理,白话升级为话语。同理,当学衡派同人为复古努力,强调"文字之体制"的当口,也就是把"落水的凤凰"打捞上来,修复那奄奄一息的"言顺"的话语。不难看出,由此一来,文言和白话之争就不单纯是一个正名的命题。

张宝明:学衡派致力于为文言正名,而新青年派则致力于打造文言的负面形象。在他们看来,文言文是一种不道德的特权阶层的语言,它不但为少数人所独享,而且少数人用这种权力剥夺了多数人的"信息"知情权、文化阅读权并以此欺压少数人。"文犹师古"与"文以载道"只能是单向的"代圣贤立言",而另一个方向的为下层通达民情的渠道也被独断,从而难以真正实现民主绿色通道。白话文,作为象征符号的文化权力和资本市场,在陈独秀那里,是一种不折不扣的语言意义上的德莫克拉西。当新文化元典的造势高潮已过而白话文不胫而走之时,陈独秀在被当局监视的情况下应邀赴武昌文华大学作关于"我们为甚么要作白话文"的演讲。将白话文与文言文的关系归结为现代性与非现代性的分殊,已经不是语言自身的演变所能囊括的了。"白话文"除却通俗、浅显外,还有深层的"价值"意蕴。陈独秀最后在总结新文化运动教训时提醒诸位要将这个运动"影响到别的运动上面":"新文化运动影响到军事上,最好能令战争止住,其次也要叫他做新文化运动底朋友不是敌人。新文化运动影响到产业上,应该令劳动者觉悟他们自己的地位,令资本家要把劳动者当做同类的'人'看待,不要当做机器、牛马、奴隶看待。新文化运动影响到政治上,是要创造新的政治理想,不要受现实政治底羁绊。譬如中国底现实政治,什么护法,什么统一,都是一班没有饭吃的无聊政客在那里造谣生事,和人民生活、政治理想都无关系,不过是各派的政客拥着各派的军人争权夺利,好象狗争骨头一般罢了。他们的争夺是狗的运动。新文化运动是人的运动;我们只应该拿人的运动来轰散那狗的运动,不应该抛弃我们人的运动去加入他们狗的运动!"这才是新文化运动原始的"价值"与"意义"。也正是这个原始的"价值"与"意义"使得它一开始在理论上和实践上就充满了历史的悲情。

褚金勇:启蒙先驱借助"民主""平等""科学"等现代性价值着力建构的文言反动、白话先进的观念,很是成功。搭乘着"民主""平等""科学"的马车,中国现代知识形态中逐步形成了文言/白话二元对立的思维范式,而秉承这种观念的启蒙先驱也以"顺我者昌,逆我者亡"的思想姿态迅速占领了文化领域的话语权,进而引领了整个中国现代汉语的发展方向。客观地说,文言反动、白话先进的观念在"五四"语境中的生成有其内在的合理性。面对内忧外患的境况,倘若再在理论上纠缠于语言的本体论价值,显然无助于解决中国的问题。历史地看,无论是"五四"先驱思想上的不自觉的错位还是自觉的理论诉求,文言反动、白话先进的观念都为现代启蒙做出了重要贡献。文言与政教伦理的思想胶着,与国民性思维的水乳交融,与封建专制思想的纠结交错,想要条理清晰地予以剥离,并不是一件轻松的事情。文言反动、白话先进的观念以一种"不塞不流、不止不行"的姿态与传统决裂,以求得自己的新生,其在为思想启蒙做出贡献的同时付出了惨痛的代价。可以这样说,文言反动、白话先进的观念如同一把双刃剑,这固然是白话文运动的成功,但在某种意义上,白话的闪亮登场无形中捎带了与文言的纠结和胶着。在肯定其为中国思想启蒙做出巨大贡献的同时,若是从语言本体论的视角反思这一"与生俱来"的病灶,言其"带病上岗"并不过分。

三 寻找"回家"的路

张宝明:我们知道,知识、思想是知识分子立身于社会的凭借,而语言是承载知识、思想并赋以知识分子立身社会的媒介。纵观历史,知识分子总是寻求一种有别于大众书写的特殊语体来传授知识、表达思想。据文献记载,早在西周"雅言"(现代意义上的文言)就成了古代知识分子的标准书写语言,这一"雅言"书写传统一脉相承、绵延不断,在历史上发挥了文化交流涵化的重大效用，"雅言"也成为知识分子安身立命，并立身社会表达存在感受的语言形式。也正是这个原因，任何一个国家或民族的知识分子对语言文字问题都十分敏感。没有语言，作为人类的我们，真的找不到回家的路。在通向语言的途中，海德格尔如是讲："理性就是语言。"尽管这是他在解释哈曼"在这一深渊上始终幽暗莫测"之语言述说时总结的，但是他关于语言的结论在笔者看来还是继洪堡特《论人类语言结构的差异及其对人类精神发展的影响》之后最为有力的论述："我曾把语言称为'存在之家'。语言乃是在场之庇护，因为在场之显露已然委诸道说之成道着或居有着的显示了。语言是存在之家，因为作为道说的语言乃是成道的方式。"这在语言变革各派知识分子身上都有体现。

褚金勇：是的，语言文字是知识分子安身立命之尊严的象征。看到新文化派将文言的正统地位踢翻，传统的崩溃和历史的断裂所形成的价值真空造成了诸如学衡派等文化承命者的精神痛苦，这也正是他们致力于批判当时盛行的白话先进文言反动的观念，一再提醒近代学人不能"把孩子与洗澡水一起倒掉"的根本原因。"语言有一个底座。"这个底座就是具有历史性、民族性的文化信仰。学衡派最敏感的神经还在文化底线上。为了能从根本上戳破白话先进、文言反动的观念，他们从语言的底座切入并予以反击。他们认为文言写成的古典文学，是过去一切经验、生活、智慧堆积而成的蓄水池，普通人读了，可以扩大人的心灵，提高人的道德，教人们如何做一个完全的人。他们认为，新文化派是把有价值的东西毁灭给人看，尽管在白话大潮兴起之时拥护文言、拥护古典文学的壮举看起来是一场悲剧，但他们"不自量力"的无为在自觉不自觉中呈现出一个具有范式意义的位格。在一曲传统文化悲壮的挽歌中,学衡派极具象征意义,在象征意义的背后,我们品味到的更多是一种信仰。本来,在"象征"和"信仰"之间还有一段"历史"的路程,但这里学衡派诸公以殉道者的姿态压缩了时空,在短时段中演绎并完成了漫漫历史的心路。因此,吴宓在学衡派和新青年派诸公的论争中看到的是话语,蕴含的却是象征,背负的乃是信仰。从思想史路径回到历史现场,我们可以清楚地聆听到文化先哲在(语言)文学"场域"为信仰而战的鼓角争鸣。

张剑:陈独秀作为"不容讨论"和不容怀疑白话文价值的主导,他的白话诗歌在《新青年》上只出现过两次。一是"他与我"的《丁巳除夕歌》,二是出狱后回答刘半农的《D——》所作的应酬白话诗《答半农的D——诗》。此外,即使是在后期教育部已经下令中小学教材实行白话文后,陈独秀也没有再做白话诗歌。我们看到,他晚年与友人的唱和诗歌仿佛又回归了传统。他生前最后一首白话诗《挽大姐》即是五言形式的旧体诗。对陈独秀现象的描述并非对他的苛求,而是就此说明白话文代替文言文绝对不如陈独秀们想象的那样一蹴而就,那种乌托邦色彩的决裂和切断只能是现代性焦虑下的残酷证词。自白话文和新文学出山的那一天起,反对和异议之声就不绝于耳。朱希祖的《白话文的价值》就述说了另一种对文白之争的总体看法:"昨天遇见一位老先生,与一位朋友谈天。那老先生说道:'白话的文与文言的文,皆是不可灭的。譬如着衣服:做白话的文,就如着布衣;做文言的文,就如着绫罗绸缎的衣。着得起绫罗绸缎的,就是富人;那贫人着不起绫罗绸缎,只好着布的了。'……'白话的文太繁琐,不如文言的文简洁;白话的文太刻露,不如文言的文含蓄;所以白话的文是毫无趣味的。'……'白话的文,今天看了,一览无余,明天就丢掉了,断不能垂诸久远;文言的文色泽又美,声音又好听,使人日日读之不厌……我们雅人,只要学古;白话的文,由他们俗人作通俗文用罢了。'"针对以上不同的议论,陈独秀们的辩解多少显得有点苍白无力。就主编自我实践的苍白、就其发表的谢无量的旧诗以及评论来看,不要说胡适这样的"同人"都已经指出其"自相矛盾"处,就是《青年杂志》到《新青年》过程中的文言文与白话文的交织本身就已经暴露其自身的无力。读者来信的质疑以及创作"实绩"的过于平淡,让倡导者们自己都感到心绪难平。在默认"现在的白话诗文不好"的前提下,他才有了如下的回应:这些只能说"作者底艺术不精"、"真的白话文年月还浅",这"都和白话文体本身没有关系"。我想,也正是这个原始的"价值"与"意义"使得白话文一开始在理论上和实践上就充满了历史的悲情。

张宝明:现代性的演进是缓慢的,但也是焦急的。一个不容忽视的事实是,语言文字的应用打破了几千年积淀的"时空"常规,亲手破坏这语言"偶像"的现代元典缔造者也出现了前所未有的心理紧张。在某种意义上,他们的语言文字在自信、自豪乃至自大背后,其实蕴藏着无法排遣的无措、失落、焦虑甚至是无地自容。我常常在心灵深处与他们对话:在把母语打得落花流水、捉襟见肘之际,我们这些母语的操持者还能找到诗意栖居的皈依之路吗?也正是在这里,我更愿意透过文字的表象来发现当事人心底的恐慌。中国有句古语(胡适也曾说过):"做了过河卒只有拼命向前。"更何况他们是捆绑在一起的"过河卒"呢!中国还有句俗语:"儿不嫌母丑,狗不嫌家贫。"如果文言文是"正母"、"生母",那么通俗的白话就是"继母"、"后母"。不难想象,当汉语言文字的使用者反戈一击，打中了滋润自己多年的"生母"后，如果痛定思痛，他还能轻松回到"文言"的怀抱吗？这，既是他们后来从不反悔的原因，也是他们后来不是不自觉的"回归"就是另谋归途的原因。当心灵的皈依无法安放于精神的家园之际，他们只能寻找乌托邦式的未来寄托。过于理想化、目的化使他们走上了一条集体无意识的道路：他们宁愿也只好把希望寄托在一个不存在（子虚乌有）的地方。这就是我们常说的"乌托邦"，也是人类进化史上只注重破坏而无力建设的又一代名词。为此，他们在一心一意走世界化道路或说推动现代性演进的同时，也让民族的语言文字付出了沉重的代价。这是一个思想史常见的并行不悖之悖论。

对话之二：思想史书写的转型：从启蒙书写到革命书写

一 角色定位变化："罪感"心理的形成

张宝明：在讨论近现代中国社会思潮与历史变迁时，我们常常会用诸如启蒙、革命、救亡等一些宏大的词。我之前在研究"五四"先驱的心路历程时，就用了"启蒙与革命的两难"这样的描述。现在我所思考的是，用这样宏大的、概括性的词或许会在宏观层面上揭示整个社会的发展趋向，但它并不能代替我们对历史发展的细节感受，也无法触及处于历史中的知识分子的复杂心态。因此，近年来我渐渐将兴趣转移到书写体变革与 20 世纪知识分子现代性思想演进的问题上来。对我来说，兴趣点仍然是 20 世纪二三十年代思想史的演进，但观察的视角无疑要具体而微。如果李泽厚关于 20 世纪二三十年代"救亡压倒了启蒙"的论断大致不差的话，那么我们也可以说，在思想史书写层面，20世纪二三十年代一个最大的区别就是革命（救亡）书写逐渐代替了启蒙书写。当然，这一过程不是一蹴而就的，对于习惯了启蒙书写的"五四"知识分子而言，以一种全新的姿态进行另一种他们并不熟悉的言说方式，是一种严峻的挑战。我想，这一思想史书写方式的转向其实暗含着至关重要的现代性密码，为我们解读中国现代历史的发展提供了另一条线索。

张剑：这的确是一个颇具学术价值的话题，以前我们总是用"从启蒙到革命"、"从文学革命到革命文学"来描述20世纪20年代到30年代社会文化与文学思潮的变化，但这种变化究竟在什么方面体现出来，知识分子在这一过程中艰难转向、调适的细节问题，我们并没有给予足够的关注。从语言学的角度而言，一切社会文化思潮的流变、思想症候的变迁，最终都要通过语言体现出来。如果要讨论20世纪二三十年代的思想史书写方式变迁，我觉得至少可以从以下几个方面着手：一是知识分子自我身份定位与文化心态的调适，这是前提条件；二是知识分子言说方式的变更与体现，这是最能体现思想与言说关系的最为核心的部分；三是言说姿态、言说立场与宣传效应，也即言说方式与实际效果之间的关系。首先要探讨的就是第一个层面的问题，从启蒙到革命的变化，最先是知识分子自身身份定位的变化。我们常常说知识分子与民众之间的关系经历了由"导师"到"学生"的转换，但这种转换是在怎样的社会思想背景下发生的，知识分子的文化心态又有怎样的变化呢？

褚金勇：从"五四"启蒙时代到20世纪30年代的革命岁月，知识分子的确经历了一个从"导师"到"学生"的身份变化。"五四"一代知识分子普遍以导师自命,当时在思想文化界影响巨大的《新青年》几乎就是一部巨型的"导师语录",胡适甚至在青少年时期就在进行着日后做"导师"的准备,他写于1915年5月28日的日记对他的这种"准导师"心态做了直接陈述:"吾生平大过,在于求博而不务精。盖吾返观国势,每以为今日祖国事事需人,吾不可不周知博览,以为他日为国人导师之预备。不知此谬想也。吾读书十余年,乃犹不明分功易事之义乎?吾生精力有限,不能万知而万能。吾所贡献于社会者,唯在吾所择业耳。吾之天职,吾对于社会之责任,唯在竭吾所能,为吾所能为。吾所不能,人其舍谁?"这种预备"他日为国人导师"的求学心态与动机几乎是"五四"先驱的共同特点。但是"五四"本身就是多元的、开放的,在强调知识分子的启蒙作用的同时,"五四"思想界也一直存在着重视劳工的倾向。尤其是到"五四"后期,在苏联式革命的鼓舞下,李大钊等人高呼"劳工神圣",强调知识分子与工农相结合。因此,与其将20世纪二三十年代归结为"从启蒙到革命",不如说是"五四"思想自身不同支脉在特定社会环境中的发展。

张宝明:实际上,不论是从事思想启蒙还是进行革命宣传,知识分子都必须给自己一个恰当的支点,必须找到自己在社会结构中的位置,处理好与政治权力、教育团体、舆论机构的关系。中国晚清之前的社会一直遵循的是"士农工商"的等级秩序,"士"阶层可以通过"学而优则仕"的途径直达权力中心,从而发挥对社会的影响力。晚清时候由于科举制度的废除,"士"阶层通往权力中心的途径被阻断,不再是享受特权的精英阶层。然而我们看到从晚清到"五四"时期知识分子的影响力并没有减弱,晚清梁启超等人在改良失败之后积极办报，通过现代传媒，他们更为快捷、有效地传播自身的救国、新民理念。"五四"知识分子起初曾自觉地跟政治划清界限，胡适当年就抱着"二十年不谈政治"的念头在中国提倡"思想学术艺文"，但恰恰是这些不以政治、权力为目标的书生成了当时中国社会思想传承的主力军，他们的思想、学说深刻影响着中国社会发展的走向。可见，知识分子要想发挥自身的影响力，身处权力核心、拥有政治权力并不是必要条件，最关键的是其必须控制文化舆论。而恰恰是在这一点上，"五四"知识分子与20世纪20年代转向革命的知识分子有着根本的区别：前者选择远离权力中心，在权力边缘化的同时控制文化舆论从而实现思想传播效用的最大化，而后者则在主动迎合政治、革命的过程中失去了知识分子赖以安身立命的批判与反省意识。

张剑：与这种身份定位紧密相关的，是知识分子文化心态的变化。在从启蒙转向革命的过程中，知识分子普遍产生了某种愧疚感或者说"罪"感。与"五四"知识分子那种自信满满的状态相比，这种反差就是一种非常有意思的心理现象。在转向革命文学之后，作家普遍经历了一个自我批判、自我否定的过程，郭沫若说："我从前是尊重个性，景仰自由的人，但在最近一两年之内与水平线下的悲惨社会略略有所接触，觉得在大多数人完全不自主地失掉了自由，失掉了个性的时代，有少数的人要来主张个性，主张自由，总不免有几分僭妄。"成仿吾高喊要努力"克服自己的小资产阶级的根性，把你的背对向那将被奥伏赫变的阶级，开步走，向那龌龊的农工大众！"钱杏邨则指出："个人主义的文学的生命，早已被时代的革命的浪潮掘断了，全世界资本主义高涨及其崩溃的形式，已不仅是初现端倪。文艺是有阶级性的，资产阶级的文艺早已到了进墓洞的时候了。"这虽然离后来毛泽东的论断"拿未曾改造的知识分子和工人农民比较，就觉得知识分子不干净了，最干净的还是工人农民，尽管他们手是黑的，脚上有牛屎，还是比资产阶级和小资产阶级知识分子都干净"还有不小的距离，但这种罪感心理的产生对知识分子文化自信心的重建却产生了极其严重的负面影响。"五四"时期一些作家也有过对自身"有罪"的反省，鲁迅曾经异常深刻地指出："我的心也曾充满过血腥的歌声：血和铁，火焰和毒，恢复和报仇。"但这种"抉心自食，欲知本味"的残酷反省并未影响到自身的主体性，而恰恰是"五四"作家文化自信的展现——正是勇敢无畏、坚定自信的人才敢于暴露自己的缺点。这种类似于基督教中的"原罪"意识能够使人葆有谦卑之心，从而走向人格的完善。而革命文学作家的自我否定与批判却带有一定的被动性，对于他们而言，认同与适应革命时代的逻辑意味着他们不仅要完成自我身份的重新定位，而且要形成一种面对工农时的罪感。这种罪感心理的形成，或许是革命文学作家与"五四"作家在写作心态上最内在的差异。

二　写作策略差异：主体的凸显与隐匿

张宝明：上面我们讨论了在从启蒙到革命的转向过程中知识分子的自我身份与文化心态调整，可以肯定的是，这种调整势必对他们的思想言说与文学表达造成影响。所谓的从启蒙到革命，从文学革命到革命文学，最根本的变化就在作家的言说策略与书写方式上。现代语言学的研究表明，语言不仅仅是一种形式，言说与书写行为直接关涉思维结构、文化理念。因此，对于语言的研究势必有一个由表及里的渐进过程，即通过字面上的修辞、修饰、润色等技巧性的东西探知知识分子

（作家）内在思想理念的发展变化。这是一个艰难然而饶有趣味的过程。

褚金勇：我曾经对近现代以来的思想书写，尤其是"五四"知识分子的启蒙与表达之间的关系做过研究，发现一个很有意思的现象：原先我们一直以为必须具备逻辑性、严密性、准确性的思想学术文章却充满了大量的文学修辞。翻开近现代的启蒙文库，我们虽然不难发现如严复似的措辞严谨、分析透彻的"正襟危坐"的思想论文，但更多的也更能触动人心从而"行远"的却是"笔端常带感情"的"战斗檄文"。邹容的《革命军》就写得激情澎湃："呜呼！我中国今日不可不革命。我中国今欲脱满洲人之羁缚，不可不革命。我中国欲独立，不可不革命。我中国欲与世界列强并雄，不可不革命。我中国欲长存于二十世纪新世界上，不可不革命。中国欲为地球上名国，地球上主人翁，不可不革命。"这一连串的"欲……不可不"与其说是对中国革命必然性的逻辑论证，不如说是对中国革命的热情呼唤。即使是一直强调"说理"的胡适在宣判文言文死刑的时候用也是形象化的说法："古文死了二千年了，他的不孝子孙瞒住大家，不肯替他发丧举哀；现在我们来替他正式发讣文，报告天下'古文死了！死了二千年了！你们爱举哀的，请举哀罢！爱庆祝的，也请庆祝罢！'"近现代启蒙先驱之所以选择这样一种形象化的表达方式，一个重要的原因是启蒙思想传播与接受的需要。而到了 20 世纪 20 年代中后期很多知识分子转向革命文学之后，他们的言说方式也在悄然发生变化。一个很明显的表现是，革命文学论者的理论性普遍增强，他们往往更善于从某种既定的理论出发对中国社会现状与文坛现状进行解剖，比如蒋光慈在论述革命文学的阶级性时说："一个作家一定脱离不了社会的关系，在这一种社的关系之中,他一定有他的经济的,阶级的,政治的地位——在无形之中,他受这一种地位的关系之支配,而养成了一种阶级的心理。"李初梨在论述革命文学的发展时则显得更加"学院化":"一九二六年,郭沫若氏的《革命与文学》,正是这种自然生长的革命意识的表现。因为他对于'革命'与'文学',只作为一般的范畴,而不从一定的历史的形态去把握。这是当时的客观的社会条件所决定的必然的结果。可是,一九二八年的今天,社会的客观条件,完全变了。""无产阶级文学是:为完成他主体阶级的历史的使命,不是以观照的——表现的态度,而以无产阶级的阶级意识,产生出来的一种斗争的文学。"李氏的这篇文章充满了诸如"自然生长(自发性)""范畴""历史形态""观照""表现"等一大堆理论术语,不要说当时文化程度尚有待提高的"大众",就是一般的大学生恐怕也不太好理解。将"五四"时期的启蒙书写与20世纪20年代中后期盛行的革命书写进行比较不难发现,后者的理论性更强了,更像是"论文"了,但吊诡的是其可读性却降低了。

张剑： 的确如此,在翻阅革命文学提倡时期的文章时,我们会发现很多文章写得相当晦涩、掉书袋。20世纪30年代社会学方法、理论在思想界非常兴盛,以某种社会学理论来论证自己的观点似乎是其时知识分子行文的"时髦"。鲁迅就曾经抱怨过自己因"不懂理论"受到年轻后生的嘲笑与讥讽,从而逼迫着自己看了好几种理论书籍。如果说"五四"时期的启蒙书写是真性情的自然流露的话,那么30年代的革命书写却在"理论"的畸形繁荣中遮蔽了"自我"。这一点创造社的表现尤为明显。"五四"时期的郭沫若是睥睨天地、傲视群芳的,他那一时期的言论与诗歌也是充满着叛逆与异端色彩的,然而在转向革命文学之后,他的文采似乎大打折扣。他在论述革命文学时说："革命本来不是固定的东西，每个时代的革命各有每个时代的精神，不过革命的形式总是固定了的。每个时代的革命一定是每个时代的被压迫阶级对于压迫阶级的彻底反抗。阶级的成分虽然不同，反抗的目的虽然不同，然而其所表现的形式是永远相同的。"这种毫无文采可言的对于革命理论的通俗诠释谁都能胜任，而郭沫若却在这种诠释中迷失了。当然，知识分子转向革命在当时的社会情境下是有着必然性与合理性的，但是他们并没有处理好革命与文学的关系，革命文学在实际的操作中为了革命而放弃了文学，甚至变成了郭沫若后来所说的"通俗到不成文艺都成"。这样，革命、革命理论成为束缚作家想象力、禁锢文学灵性的反面的东西了。

张宝明：刚才两位谈到了启蒙书写与革命书写的诸多差异，我觉得最关键的一点即书写行为所体现出的主体性的变化。"五四"启蒙思想书写为什么充满着各种各样的比喻、夸张甚至是偏激？这是因为他们在用写作凸显自身的主体性，突出"自我"的存在。这里我举几个例子说明言说与主体性之间的关系。陈独秀说："欲建设西洋式之新社会，以求适今世之生存，则根本问题，不可不首先输入西洋式之社会国家之基础，所谓平等人权之新信仰，对于与此新社会新国家新信仰不可相容之孔教，不可不有彻底之觉悟，猛勇之决心，否则不塞不流，不止不行。"相对于陈独秀而言，胡适在性格上要温和得多，但他"五四"时期的言论也同样显得底气十足："若要使中国有新文学，若要使中国新文学能达今日的意思，能表今日的情感，能代表这个时代的文明程度和社会状态，非用白话不可。"钱玄同则大胆斥古文学为"桐城谬种""选学妖孽"，并断言："欲使中国不亡，欲使中国民族为二十世纪文明民族，必以废孔学灭道教为根本之解决。"可见，"五四"知识分子的启蒙言说中充满着诸如"欲……不可不……不可不……""若要……非……不可""欲使……必以……"等语句结构,从学术或思想的严谨性角度而言,这种绝对化的论断肯定是经不起推敲的,但恰恰是在这种看似绝对化的论断里面,言说者凸显了主体的自信。可以说,"五四"的很多思想文章都是"有我之文",你可以清晰地感知言说者的存在。郁达夫曾经指出:"五四运动的最大成功,第一要算'个人'的发现。"作为"五四"运动的亲身参与者,郁达夫的这种论断可谓一针见血。"五四"对于个人与主体意识的重视,不仅表现在思想上对个人主义的提倡,在文学上对狂人、过客、战士、"天狗"等形象的营造,还体现在文字表达方式与书写策略上。"五四"启蒙先驱正是通过一篇篇感情充沛的"有我之文"凸显言说者的主体意识。正是在这一点上,后来的革命书写与其有了根本的区别。从提倡革命文学开始,言说者有意无意地掩藏自己,言说者更愿意让自己掩藏在革命、阶级、群体等一些宏大的、集体的概念背后。革命文学提倡者表现出了对社会理论的极大热情,而且热衷于套用各种各样的理论来支撑自己的观点。实际上,在对别人理论的大量引用中,自我的个性、真实感受与见解反而不见了,如果说"五四"启蒙书写是对主体性的凸显的话,那么革命书写就是对主体性的某种隐匿与遮蔽。这一点在文学创作上也非常明显,蒋光慈在"左联"成立前后的"转向"就是一个典型。蒋光慈广为流传的革命文学作品如《冲出云围的月亮》《丽莎的哀怨》等,在"左联"成立之后遭到了猛烈批判,左翼批评界最不能容忍的,是小说浓厚的自传性与主观色彩:"主观色彩太浓,每以篇中第三人称的人物作第一人称的述说,使读者看去觉得个个都是篇中的主要人物。"在此,"第一人称"叙事所暗含的主观色彩已经成为左翼批评界的大忌。经历过批判之后，在蒋光慈后期的作品中，"我"逐渐隐匿，主角变成了"大我"、革命群众。蒋光慈的《短裤党》曾经非常细腻地展示了作为反抗者的李阿四如何在群众中迷失了自我："在众人欢呼的声中，李阿四手持着大刀，不慌不忙地，走向前来将这两位被捕的人劈死了。一刀不行，再来一刀！两刀不行，再来三刀！可惜李阿四不是杀人的行家，这次才初做杀人的尝试，不得不教两位老爷多吃几下大刀的滋味了。这时鲁正平见着这两具被砍得难看的尸首躺在地下，一颗心不禁软动了一下，忽然觉得有点难过起来，但即时又坚决地回过来想道：对于反革命的姑息，就是对于革命的不忠实；对于一二恶徒的怜悯，就是对于全人类的背叛。"在这段描写中，蒋光慈一贯的主观色彩已经淡化，作者有意将写作行为隐匿起来，甚至于在文本前台的"李阿四"也不能自我决定，真正能够决定故事走向的，是欢呼的"众人"。由此，蒋光慈终于在文学叙事层面与写作策略上掌握了革命文学的真谛。随着在文学创作层面作家主体性的全面弱化，革命书写也终于与之前的启蒙书写产生了实质性差异。

三 传播效用比较：思想与传播的悖论

褚金勇：还有一个值得探讨的是书写方式的传播效用问题，也就是说，从传播角度而言，启蒙书写与革命书写这两种差异巨大的思想史与文学书写方式究竟哪种具有比较好的传播效果，思想史写作有没有一种比较理想的状态或者说范例？刚才我们提到，"五四"启蒙书写与20世纪二三十年代的革命书写存在着巨大差异，前者我们可以被称为"激情型"写作，后者（尤其是革命文学提倡的论文）可以被称为"理论型"或者说"学术型"写作。如果单纯从思想的严谨性而言，后者很显然要优于后者。实际上,"五四"的那种激情型写作方式在当时是引起过争议的,学衡派的梅光迪便颇为不屑地称"五四"新文化提倡者为"诡辩家":"盖诡辩家之旨,在以新异动人之说,迎阿少年。在以成见私意,强定事物,顾一时之便利,而不计久远之真理。"平心而论,梅光迪的论断有牢骚的成分,但也确实抓住了"五四"启蒙书写的某些问题。大量的使用比喻、夸张、拟人等修辞手法,将一些复杂、深奥的思想用形象化的方式表现出来,在这一过程之中很容易造成对思想的误读与歪曲。而革命文学提倡者的"学术型"文章往往从苏俄或日本流传来的马克思主义概念如劳动、经济、阶级入手,在论证上显得更加严密。但这只是就文章的逻辑严密性而言的,如果从传播学的角度考虑,可能会得出另一种结论。从读者的阅读与接受来说,"五四"先驱"笔端常带感情"的感性化的文字往往更能打动人,也能形成较好的宣传效果。梁启超曾对"情感"在宣传中的作用做出这样的分析:"天下最神圣的莫过于情感:用理解来引导人,顶多能叫人知道那件事应该做,那件事怎样做法,却是被引导的人到底去做不去做,没有什么关系;有时所知的越发多,所做的却越发少。用情感来激发人,好像磁力吸铁一般,有多大分量的磁,便引多大分量的铁,丝毫容不得躲闪,所以情感这样东西,可以说是一种催眠术,是人类一切动作的原动力。"可以说,"五四"时期这种情感化的文章能够盛行,在很大程度上跟这种文章"行远"的宣传效果是分不开的。而后来革命文学提倡者的文章动辄就是大串的理论术语,不要说一般人,就连鲁迅看了之后也是非常头疼的。所以说,思想史书写似乎存在一个悖论:比较受欢迎的类似于科普性的、形象化的文章会影响到其科学性与严密性,而太具有逻辑性、学术性的文章往往受众面狭小,要在科学性与形象化之间寻找一种理想化的状态，似乎很难企及。

张剑：我在翻阅革命文学提倡时期的一些文章时有一种很强烈的感受，那就是革命文学提倡者们似乎有意要再造一种属于自己的言说方式，而后期归国的创造社斗士们的强项就是社会理论。我认同你刚才说的观点，如果从接受的角度而言，革命文学提倡期的文学理论文章是最机械、最缺乏可读性的。很奇怪的是，他们并没有意识到这方面的问题，反而将之前的"五四"文学说成是"新式文言"，很有些"倒打一耙"的意思。瞿秋白在30年代是对"五四"白话文运动非常不满的："五四的新文化运动对于民众仿佛是白费了似的。五四式的新文言（所谓白话）的文学，以及纯粹从这种文学的基础上产生出来的初期革命文学和普洛文学，只是替欧化的绅士换了胃口的'鱼翅酒席'，劳动民众是没有福气吃的。"实际上，如果把"五四"时期的文学与文章定义为欧化的"新式文言"的话，那么30年代的很多革命文学文章也同样可以称为"苏联化""日本化"的"新式文言"，而且在可读性与读者接受性上比"五四"的文章还要差。

张宝明：刚才你们提到了思想传播中一个极具价值的命题，即思想论文表达的形象性、逻辑性与传播效用之间的关系。另外思想言说主体的文化自信心对于传播效果的影响也是一个值得关注的问题。"五四"的思想传播之所以取得了不错的效果，除了前面提及的文章表达的形象性之外，"五四"知识分子自身那种强烈的文化自信心给人带来的情感冲击与精神触动也是一个重要的原因。"五四"先驱在"舍我其谁"的使命感支配之下写出的豪情万丈的文章，至今让人动容。我想，在思想传播的过程中，思想者主体必须具备一定的文化自信心，首先必须自信，才足以让他人"信"。如果自己就是犹疑不决的，下笔为文也会不可避免的拖泥带水，如何影响他人？很不幸的是，20世纪30年代的知识分子首先面对的就是文化自信心的丧失问题，他们陷入了一种找不准自身角色定位的尴尬之中。郭沫若在提倡大众文艺的时候仍然不愿意放弃知识分子的"导师"身份，他对知识分子发出了这样的呼吁："你是先生，你是导师，这个责任你要认清！""在清醒的责任观感之下，在清醒的阶级理论之下，你去把被人麻醉了，被人压迫了，被人榨取了的大众清醒起来！"但郭沫若没有意识到的悖论是：一方面要求知识分子以"导师"的身份去传播阶级理论，另一方面又要求知识分子以"学生"的低姿态去学习民众以改造自身。前者要求知识分子保持一定的文化上的自信心与主体意识，后者则要求知识分子充分意识到自身阶级属性的缺陷从而放弃知识分子的主体意识，这种角色与身份的转换并不是一件轻松的事。实际上，30年代的很多知识分子在这种频繁的身份转换中显得无所适从，这在很大程度上制约了知识分子能动性的发挥。有论者指出，中国20世纪30年代以后的知识分子："在对大众进行阶级意识和政治意识的启蒙教育时，心中似乎缺乏足够的自信，不敢稍有自己的思想和主张，只拾取了一些流行的政治口号当作无产阶级意识灌输进了自己的作品。他们虽将文学充当了政治宣传的工具，却难以说借助文学对大众进行了真正的思想启蒙。"在从"导师"转向"学生"的过程中，很多人再也找不到当年行文时那种豪情满怀、气吞山河的感觉。他们在思想的言说上显得战战兢兢、畏首畏尾，最安全的途径当然就是附和于流行的、被广泛认同的所谓"经典"，做一些阐释工作。在这一过程中，知识分子文化自信心的丧失导致其言说的暧昧、混沌，并最终造成思想传播的无力。

主要参考文献

一　原始资料

《安徽俗话报》，1904年。
《北京大学日刊》，1917~1919年。
蔡和森：《蔡和森文集》，人民出版社1980年版。
蔡元培：《蔡元培全集》（7卷），中华书局1984年版。
陈独秀：《陈独秀著作选》（3册），上海人民出版社1993年版。
杜亚泉：《杜亚泉文存》，上海教育出版社2003年版。
傅斯年：《傅斯年全集》（7卷），湖南教育出版社2003年版。
胡适：《胡适口述自传》，华东师范大学出版社1993年版。
胡适：《胡适全集》（44卷），安徽教育出版社2003年版。
胡适：《胡适往来书信选》（3卷），香港中华书局1979年版。
《甲寅》杂志，1914~1915年。
李大钊：《李大钊全集》（4卷），河北教育出版社1999年版。
李大钊：《李大钊文集》（上下册），人民出版社1984年版。
梁启超：《梁启超选集》，上海人民出版社1984年版。
梁启超：《饮冰室合集》（12册），中华书局1989年版。
梁漱溟：《梁漱溟全集》（8册），山东教育出版社1989年版。
刘师培：《国粹与西化——刘师培文选》，上海远东出版社1996年版。

鲁迅:《鲁迅全集》(16 卷),人民文学出版社 1982 年版。
毛泽东:《毛泽东早期文稿》,湖南出版社 1990 年版。
《每周评论》,1918~1919 年。
《努力周报》,1922~1923 年。
钱玄同:《钱玄同文集》(6 卷),中国人民大学出版社 1999 年版。
任鸿隽:《科学救国之梦——任鸿隽文存》,上海科技教育出版社 2002 年版。
孙中山:《孙中山选集》,人民出版社 1981 年版。
《文学运动史料选》(5 册),上海教育出版社 1979 年版。
《五四时期的期刊》(三集六册),生活·读书·新知三联书店 1979 年版。
《五四时期的社团》(4 卷),生活·读书·新知三联书店 1979 年版。
《五四运动回忆录》,中国社会科学出版社 1979 年版。
《新潮》,1919~1922 年。
《新青年》季刊 2 卷,1923~1925 年。
《新青年》月刊 1~9 卷,1915~1922 年。
《学衡》,1922~1933 年。
严复:《严复集》(5 卷),中华书局 1986 年版。
张宝明、王中江主编《回眸〈新青年〉》(3 卷),河南文艺出版社 1998 年版。
章士钊:《为政尚异论——章士钊文选》,上海远东出版社 1996 年版。
赵家璧主编《中国新文学大系》(10 卷),上海良友出版公司 1935 年影印版。
周作人:《周作人回忆录》,湖南人民出版社 1982 年版。

周作人：《周作人文类编》（10卷），湖南文艺出版社1998年版。

周作人：《周作人自编文集》，河北教育出版社2002年版。

二　外文译著

〔英〕阿伦·布洛克：《西方人文主义传统》，董乐山译，生活·读书·新知三联书店2001年版。

〔美〕爱德华·W. 萨义德：《东方学》，王宇根译，生活·读书·新知三联书店1999年版。

〔美〕爱德华·W. 萨义德：《人文主义与民主批评》，朱生坚译，新星出版社2006年版。

〔美〕爱德华·W. 萨义德：《知识分子论》，单德兴译，生活·读书·新知三联书店2002年版。

〔英〕安东尼·吉登斯：《现代性的后果》，田禾译，译林出版社2000年版。

〔西〕奥尔特加·加塞特：《大众的反叛》，刘训练、佟德志译，吉林人民出版社2004年版。

〔美〕保罗·博维：《权利中的知识分子》，萧莎译，江苏人民出版社2005年版。

〔美〕保罗·德曼：《解构之图》，李自修等译，中国社会科学出版社1998版。

〔美〕本尼迪克特·安德森：《想象的共同体》，吴叡人译，上海世纪出版社2003年版。

〔美〕彼得·盖伊：《历史学家的三堂小说课》，北京大学出版社2006年版。

〔美〕彼得斯著：《交流的无奈——传播思想史》，何道宽译，华夏出版社2003年版。

〔日〕柄谷行人：《日本现代文学的起源》，赵京华译，生活·读书·新知三联书店 2003 年版。

〔丹〕勃兰兑斯：《十九世纪欧洲文学主流》（6 卷），刘半九等译，人民出版社 1984 年版。

〔加〕查尔斯·泰勒：《现代性之隐忧》，程炼译，中央编译出版社 2001 年版。

〔加〕查尔斯·泰勒：《自我的根源：现代认同的形成》，韩震译，译林出版社 2002 年版。

〔德〕E. 卡西尔：《启蒙哲学》，顾伟铭、杨光仲、郑楚宣译，山东人民出版社 2007 年版。

〔德〕E. 卡西尔：《人论》，甘阳译，上海译文出版社 2004 年版。

〔德〕E. 卡西尔：《人文科学的逻辑》，沉晖、海平、叶舟译，上海译文出版社 2004 年。

〔美〕E. 希尔斯：《论传统》，傅铿、吕乐译，上海人民出版社 1991 年版。

〔英〕F. A. 冯·哈耶克：《科学的反革命——理性滥用之研究》，冯克利译，译林出版社 2003 年版。

〔美〕费正清：《中国：传统与变革》，张沛译，江苏人民出版社 1992 年版。

〔美〕费正清主编《剑桥中华民国史》，杨品泉译，中国社会科学出版社 1994 年版。

〔美〕弗雷德里克·詹姆逊：《快感：文学与政治》，王逢振等译，中国社会科学出版社 1998 年版。

〔法〕古斯塔夫·勒庞：《革命心理学》，佟德志、刘训练译，吉林人民出版社 2004 年版。

〔法〕古斯塔夫·勒庞：《乌合之众》，冯克利译，中央编译出版社 2000 年版。

〔美〕郭颖颐:《中国现代思想中的唯科学主义》,雷颐译,江苏人民出版社 1989 年版。

〔英〕H. P. 里克曼:《理性的探险》,姚休等译,商务印书馆 1996 年版。

〔美〕H. 马尔库塞:《理性与革命——黑格尔和社会理论的兴起》,李小兵译,重庆出版社 1993 年版。

〔美〕海登·怀特:《后现代历史叙事学》,陈永国、张万娟译,中国社会科学出版社 1998 年版。

〔英〕汉普生:《启蒙运动》,李丰斌译,(台北)联经出版事业公司 1984 年版。

〔美〕J. B. 格里德:《胡适与中国的文艺复兴》,鲁奇译,江苏人民出版社 1989 年版。

〔美〕J. B. 格里德:《知识分子与现代中国》,单正平译,南开大学出版社 2002 年版。

〔日〕近藤邦康:《救亡与传统——五四思想形成之内在逻辑》,丁小强等译,山西人民出版社 1989 年版。

〔英〕卡尔·波普尔:《历史决定论的贫困》,何林等译,华夏出版社 1987 年版。

〔美〕卡林内斯库:《现代性的五幅面孔》,顾爱彬、李瑞华译,商务印书馆 2002 年版。

〔德〕康德:《历史理性批判文集》,何兆武译,商务印书馆 1991 年版。

〔美〕科斯塔斯·杜兹纳:《人权的终结》,郭春发译,江苏人民出版社 2002 年版。

〔法〕孔多塞:《人类精神进步史表纲要》,何兆武等译,生活·读书·新知三联书店 2001 年版。

〔法〕雷蒙·阿隆:《知识分子的鸦片》,吕一民、顾杭译,译林出版社 2005 年版。

〔英〕雷蒙·威廉斯:《关键词:文化与社会的词汇》,刘建基译,生活·读书·新知三联书店 2005 年版。

〔法〕路易·迪蒙:《论个体主义》,谷方译,上海人民出版社 2003 年版。

〔法〕路易·多洛:《个体文化与大众文化》,黄建华译,上海人民出版社 1987 年版。

〔美〕露丝·本尼迪克特:《文化模式》,王炜等译,生活·读书·新知三联书店 1988 年版。

〔美〕罗伯特·达恩顿:《启蒙运动的生意》,叶桐、顾杭译,生活·读书·新知三联书店 2005 年版。

〔德〕马丁·海德格尔:《诗·语言·思》,彭富春译,文化艺术出版社 1990 年版。

〔德〕霍克海默、阿多尔诺:《启蒙辩证法——哲学片断》,洪佩郁、蔺月峰译,重庆出版社 1990 年版。

〔德〕马克斯·舍勒:《知识社会学问题》,艾彦译,华夏出版社 2000 年版。

〔德〕马克斯·舍勒著,刘小枫编《价值的颠覆》,生活·读书·新知三联书店 1997 年版。

〔德〕马克斯·韦伯:《学术与政治》,冯克利译,生活·读书·新知三联书店 1998 年版。

〔加〕马歇尔·麦克卢汉:《理解媒体》,何道宽译,商务印书馆 2000 年版。

〔美〕玛格丽特·米德:《文化与承诺》,周晓虹、周怡译,河北人民出版社 1987 年版。

〔法〕米歇尔·福柯:《词与物——人文科学考古学》,莫伟民译,上海三联书店 2001 年版。

主要参考文献

〔法〕米歇尔·福柯:《知识考古学》,谢强、马月译,生活·读书·新知三联书店 2003 年版。

〔美〕欧·奥尔特曼等:《文化与环境》,骆林生、王静译,东方出版社 1991 年版。

〔美〕欧文·白璧德:《卢梭与浪漫主义》,孙宜学译,河北教育出版社 2003 年版。

〔法〕皮埃尔·布尔迪厄、〔美〕华康德:《实践与反思——反思社会学导引》,李猛、李康译,中央编译出版社 1998 年版。

〔法〕皮埃尔·布尔迪厄:《艺术的法则:文学场的生成与结构》,刘晖译,中央编译出版社 2001 年版。

〔美〕乔纳森·卡勒:《论解构》,陆扬译,中国社会科学出版社 1998 年版。

〔美〕汤姆森:《文化帝国主义》,冯建三译,上海人民出版社 1999 年版。

〔英〕特雷·伊格尔顿:《二十世纪西方文学理论》,伍晓明译,北京大学出版社 2007 年版。

〔日〕丸山真男:《福泽谕吉与日本近代化》,区建英译,学林出版社 1992 年版。

〔美〕王德威:《现代中国小说十讲》,复旦大学出版社 2003 年版。

〔美〕王德威:《想象中国的方法》,生活·读书·新知三联书店 1998 年版。

〔德〕威廉·冯·洪堡特:《论人类语言结构的差异及其对人类精神发展的影响》,姚小平译,商务印书馆 2002 年版。

〔美〕微拉·施瓦支:《中国的启蒙运动》,李国英等译,山西人民出版社 1989 年版。

〔美〕韦勒克、沃伦：《文学原理》，刘象愚等译，生活·读书·新知三联书店 1984 年版。

〔美〕夏志清：《新文学的传统》，新星出版社 2005 年版。

〔美〕夏志清：《中国现代小说史》，刘绍铭等译，复旦大学出版社 2005 年版。

〔法〕雅克·德里达：《论文字学》，汪堂家译，上海译文出版社 2001 年版。

〔法〕雅克·德里达：《书写与差异》，张柠译，生活·读书·新知三联书店 2001 年版。

〔法〕雅克·德里达：《文学行动》，赵兴国译，中国社会科学出版社 1998 年版。

〔俄〕亚·勃洛克：《知识分子与革命》，林精华、黄忠廉译，东方出版社 2000 年版。

〔英〕以赛亚·伯林：《启蒙的时代》，孙尚扬、杨深译，译林出版社 2005 年版。

〔德〕尤尔根·哈贝马斯：《包容他者》，曹卫东译，上海人民出版社 2002 年版。

〔德〕尤尔根·哈贝马斯：《公共领域的结构转型》，曹卫东等译，学林出版社 1999 年版。

〔德〕尤尔根·哈贝马斯：《作为"意识形态"的技术与科学》，李黎、郭官义译，学林出版社 1999 年版。

〔美〕约瑟夫·劳斯：《知识与权力——走向科学的政治哲学》，盛晓明、邱慧、孟强译，北京大学出版社 2004 年版。

〔美〕詹姆斯·施密特编《启蒙运动与现代性：18 世纪与 20 世纪的对话》，徐向东、卢华萍译，上海人民出版社 2005 年版。

〔美〕周明之：《胡适与中国知识分子的选择》，雷颐译，广西师范大学出版社 2005 年版。

〔法〕朱利安·本达：《知识分子的背叛》，孙传钊译，吉林人民出版社 2004 年版。

三　中文论著

陈方竞：《多重对话：中国新文学的发生》，人民出版社 2003 年版。

陈国球：《文学史书写形态与文化政治》，北京大学出版社 2004 年版。

陈海文：《启蒙论——社会学与中国文化启蒙》，香港牛津大学出版社 2002 年版。

陈建华：《"革命"的现代性——中国革命话语考论》，上海古籍出版社 2000 年版。

陈平原：《触摸历史与进入五四》，北京大学出版社 2005 年版。

陈平原、夏晓红编《二十世纪中国小说理论资料（1897—1916 年）》，北京大学出版社 1989 年版。

陈平原：《中国现代学术之建立》，北京大学出版社 1998 年版。

陈万雄：《五四新文化的源流》，生活·读书·新知三联书店 1997 年版。

陈旭麓：《近代中国社会的新陈代谢》，上海社会科学出版社 2006 年版。

陈赟：《困境中的中国现代性意识》，华东师大出版社 2005 年版。

董德福：《梁启超与胡适：两代知识分子学思历程的比较研究》，吉林人民出版社 2004 年版。

冯崇义：《罗素与中国——西方思想在中国的一次经历》，生活·读书·新知三联书店 1994 版。

冯天瑜：《新语探源——中西日文化互动与近代汉字术语生成》，中华书局2004年版。

高力克：《历史与价值的张力》，贵州人民出版社1992年版。

高玉：《现代汉语与中国现代文学》，中国社会科学出版社2003年版。

葛兆光：《中国思想史》，复旦大学出版社2001年版。

关爱和：《古典主义的终结——桐城派与"五四"新文学》，上海文艺出版社1998年版。

哈佛燕京学社编《理性主义及其限制》，生活·读书·新知三联书店2003年版。

哈佛燕京学社编《启蒙的反思》，江苏教育出版社2005年版。

哈佛燕京学社编《儒家传统与启蒙心态》，江苏教育出版社2005年版。

哈佛燕京学社编《儒家与自由主义》，生活·读书·新知三联书店2001年版。

贺照田主编《颠踬的行走：二十世纪中国的知识与知识分子》，吉林人民出版社2004年版。

洪九来：《宽容与理性——〈东方杂志〉的公告舆论研究（1904—1932）》，上海人民出版社2006年版。

洪子诚：《问题与方法：中国当代文学史研究讲稿》，生活·读书·新知三联书店2002年版。

胡明：《胡适思想与中国文化》，广西师范大学出版社2005年版。

胡明：《正误交织陈独秀》，人民文学出版社2004年版。

胡颂平编《胡适之先生年谱长编初稿》，（台北）联经出版事业公司1984年版。

金观涛、刘青峰：《开放中的变迁》，香港中文大学出版社2000

年版。

金观涛、刘青峰：《中国现代思想的起源》，香港中文大学出版社2000年版。

李龙牧：《五四时期思想史论》，复旦大学出版社1990年版。

李楠：《晚清、民国时期上海小报研究——一种综合的文化、文学考察》，人民文学出版社2005年版。

李欧梵：《徘徊在现代和后现代之间》，上海三联书店2000年版。

李欧梵：《现代性的追求》，生活·读书·新知三联书店2000年版。

李孝悌：《清末的下层社会启蒙运动：1900—1911》，河北教育出版社2001年版。

李泽厚：《中国近代思想史论》，人民出版社1979年版。

李泽厚：《中国现代思想史论》，东方出版社1987年版。

廖梅：《汪康年：从民权论到文化保守主义》，上海古籍出版社2001年版。

刘禾：《跨语际实践——文学，民族文化与被译介的现代性》，生活·读书·新知三联书店2002年版。

刘禾：《语际书写——现代思想史写作批判纲要》，上海三联书店1999年版。

刘进才：《语言运动与中国现代文学》，中华书局2007年版。

刘纳：《嬗变：辛亥革命时期至五四时期的中国文学》，中国社会科学出版社1998年版。

刘为民：《科学与现代中国文学》，安徽教育出版社2000年版。

刘小枫：《现代性的社会理论诸论》，生活·读书·新知三联书店1998年。

刘再复、林岗：《传统与中国人》，生活·读书·新知三联书店1988年版。

刘忠：《思想史视野中的中国现当代文学》，上海人民出版社 2006 年版。

鲁苓主编《视界融合——跨文化语境中的阐释与对话》，社会科学文献出版社 2004 年版。

罗志田：《裂变中的传承：20 世纪前期的中国文化与学术》，中华书局 2003 年版。

罗志田：《再造文明的尝试——胡适传（1891—1929）》，中华书局 2006 年版。

欧阳哲生、郝斌主编《五四运动与二十世纪的中国》，社会科学文献出版社 2001 年版。

裴毅然：《中国知识分子的选择与探索》，河南人民出版社 2004 年版。

彭明：《五四运动史》，人民出版社 1984 年版。

钱基博：《现代中国文学史》，上海书店出版社 2004 年版。

钱理群：《话说周氏兄弟——北大演讲录》，山东画报出版社 1999 年版。

钱理群、黄子平、陈平原：《二十世纪中国文学三人谈·漫说文化》，北京大学出版社 2004 年版。

钱理群：《心灵的探寻》，河北教育出版社 2000 年版。

钱理群：《周作人研究二十一讲》，中华书局 2004 年版。

桑兵：《清末新知识界的社团与活动》，生活·读书·新知三联书店 1999 年版。

沈卫威：《回眸"学衡派"——文化保守主义的现代命运》，人民文学出版社 1999 年版。

沈卫威：《"学衡派"谱系——历史与叙事》，江西教育出版社 2007 年版。

唐宝林、林茂生编著《陈独秀年谱（1879—1942）》，上海人民出版社 1988 年版。

陶东风主编《知识分子与社会转型》，河南大学出版社 2004 年版。

汪晖、陈燕谷主编《文化与公共性》，生活·读书·新知三联书店 1998 年版。

汪晖、陈燕谷主编《文化与公共性》，生活·读书·新知三联书店 1998 年版。

汪晖：《反抗绝望——鲁迅及其文学世界》，河北教育出版社 2000 年版。

汪晖：《无地彷徨："五四"及其回声》，浙江文艺出版社 1994 年版。

汪晖：《现代中国思想的兴起》，生活·读书·新知三联书店 2004 年版。

王晓明主编《20 世纪中国文学史论》（3 卷），东方出版中心 1997 年版。

王晓明主编《批评空间的开创》，东方出版中心 1998 版。

王跃等编《五四：文化的阐释与评价—西方学者论五四》，山西人民出版社 1989 年版。

萧超然：《北京大学与近现代中国》，中国社会科学出版社 2005 年版。

萧超然：《北京大学与五四运动》，北京大学出版社 1995 年版。

萧延中等编《启蒙的价值与局限——台港学者论五四》，山西人民出版社 1989 年版。

谢泳：《逝去的年代——中国自由知识分子的命运》，文化艺术出版社 1999 年版。

徐贲：《知识分子——我的思想和我们的行为》，华东师范大学出版社 2005 年版。

许纪霖编《20世纪中国知识分子史论》，新星出版社2005年版。
许纪霖编《中国现代思想史论》（上下册），东方出版中心2006年版。
许纪霖、陈达凯主编《中国现代化史》第1卷，上海三联书店1995年版。
杨亮功：《早期三十年的教学生活·五四》，黄山书社2008年版。
于启宏：《实证与诗性——二十世纪中国文学中的自然主义》，社会科学文献出版社2005年版。
张宝明：《多维视野下的〈新青年〉研究》，商务印书馆2007年版。
张宝明：《启蒙与革命——"五四"激进派的两难》，学林出版社1998年版。
张宝明：《现代性的流变》，社会科学文献出版社2005年版。
张宝明：《忧患与风流：世纪先驱的百年心路》，东方出版中心1999年版。
张宝明：《自由神话的终结》，上海三联书店2002年版。
张光芒：《启蒙论》，上海三联书店2002年版。
张光芒：《中国当代启蒙文学思潮论》，上海三联书店2006年版。
张光芒：《中国近现代启蒙文学思潮论》，山东文艺出版社2002年版。
张灏：《梁启超与中国思想的过渡》，江苏人民出版社1993年版。
张灏：《危急中的中国知识分子》，新星出版社2006年版。
张灏：《幽暗意识与民主传统》，新星出版社2006年版。
张少康：《中国文学理论批评史教程》，北京大学出版社1999年版。
张晓唯：《蔡元培与胡适（1917—1937）——中国文化人与自由主义》，中国人民大学出版社2003年版。

张新颖：《20世纪上半期中国文学的现代意识》，生活·读书·新知三联书店2001年版。

赵恒瑾：《中国新文学的现代性追求》，学林出版社2006年版。

钟叔河：《走向世界——近代知识分子考察西方的历史》，中华书局1985年版。

周质平：《胡适与中国现代思潮》，南京大学出版社2002年版。

朱存明：《情感与启蒙——20世纪中国美学精神》，西苑出版社2000年版。

朱德发等：《20世纪中国文学理性精神》，上海人民出版社2003年版。

朱德发：《中国五四文学史》，山东文艺出版社1986年版。

朱国华：《权力的文化逻辑》，上海三联书店2004年版。

四 期刊论文

陈平原：《分裂的趣味与抵抗的立场——鲁迅的述学文体及其接受》，《文学评论》2005年第5期。

陈平原：《经典是怎样形成的——周氏兄弟等为胡适删诗考》，《鲁迅研究月刊》2001年第4、5期。

董健：《现代启蒙精神与百年中国话剧》，《中国现代文学丛刊》2007年第2期。

董健：《中国大陆当代戏剧启蒙精神之衰落》，《当代作家评论》2010年第3期。

高玉：《论胡适与"学衡派"在文化建设观念上的分野》，《求是学刊》2004年第1期。

高玉：《文学研究中的语言问题及其思考》，《华中师范大学学报》（人文社会科学版）2013年第2期。

胡志毅：《五四新文化运动中的戏剧文化观念场域》，《文艺争鸣》2015 年第 9 期。

蒋书丽：《学衡派和新文化派的错位论争》，《人文杂志》2004 年第 6 期。

刘士林：《中国话语与中国情感——兼及当下先锋诗歌创作的问题与思考》，《中山大学学报》（社会科学报）2007 年第 5 期。

毛翰：《胡适白话诗鼓吹的是与非》，《华侨大学学报》（哲学社会科学版）2015 年第 3 期。

夏晓红：《作为书面语的晚清报刊白话文》，《天津社会科学》2011 年第 6 期。

张宝明：《"人的发现"：五四文学源头的再探询——思想史意义上的五四文学传统及其走向》，《郑州大学学报》（哲学社会科学版）2001 年第 4 期。

张宝明：《人文学：文学史与思想史关系的再诠释》，《文学评论》2008 年第 2 期。

张宝明：《"绅士"对抗"猛士"：一代人的文化自信与人文救赎——从〈新青年〉到〈学衡〉》，《探索与争鸣》2018 年第 7 期。

张宝明：《新青年派与学衡派文白之争的逻辑构成及其意义》，《中国社会科学》2011 年第 2 期。

张宝明：《〈新青年〉与中国现代文学谱系的生成》，《文学评论》2005 年第 5 期。

朱恒、何锡章：《"五四"白话文运动的语言学考辨》，《文学评论》2008 年第 2 期。

后　记

　　2005年，我在大学读书之时，恰逢《新青年》杂志创办90周年学术会议在学校召开。我有幸亲聆钱理群、孙玉石、支克坚、黄修己、吴福辉、刘思谦等"30后""40后"学者的"五四"研究成果分享，这既让我饱览学术会议的盛况，也开启了我对于"五四"懵懂的学术认知。在同一年，我在去汉语言文学专业蹭课时结识了恩师张宝明先生，并在其引领、指导下开始研读有"五四新文化元典"之称的《新青年》杂志，由此慢慢走上学术道路。张师在20世纪80年代受业于曾亲聆胡适、钱玄同、周作人教诲的任访秋先生门下，多年来一直从事《新青年》杂志及其周围知识群体的研究。有幸拜在张师门下读书治学，张师不但为我提供了接触《新青年》《每周评论》《新潮》等"五四"期刊元典的机会，而且让我建立起与"五四"先贤虽远而实的师承情感联结。

　　每一代学者都有每一代学者的"五四"阅读体验，每一代学者在研读中也都重访着"五四"的历史。但每一代学者进入历史的契机不同，对历史的理解不同，由此对历史的重访体验也自是不同。我对"五四"的阅读、研究与重访发生在"30后""40后""50后""60后""70后"几代学者相继登场、退场或共同在场的语境之下，前辈与后辈、导师与学生之间问题的启发、方法的指导与学术的合作贯穿其中，但与其他

重访"五四":在语义与场域之间

学者年龄身份的差异、知识资源的不同也决定了我重访"五四"历史契机的不同、与"五四"先贤关联方式的差异。百年之后,作为"80后"学者的我正身在大学校园研读"五四",在大学课堂向"90后""00后"青年学生讲述"五四",不觉生出一种时空穿越、遥相参照的感觉。遥望当年,领衔发起"五四"文学革命的"先生一代"大多出生在19世纪80年代前后,陈独秀1879年生人,鲁迅1881年生人,沈尹默1883年生人,周作人1885年生人,高一涵1885年生人,钱玄同1887年生人,李大钊1889年生人,胡适1891年生人,刘半农1891年生人;而应声而起、群相呼应的"学生一代"大多是出生在19世纪90年代,毛泽东1893年生人,顾颉刚1893年生人,邓中夏1894年生人,傅斯年1896年生人,康白情1896年生人,罗家伦1897年生人,张国焘1983年生人,俞平伯1900年生人。一个世纪之后,重访"五四",重新阅读《新青年》,每一次阅读都是重新开启百年之后的寻访与沉思。在这种语境下,与"五四"人物相遇,进而展开一场场心灵的对话,总有一种故地重游、故友重逢的时空交错之感,这让我逐渐可以理解在历史发生的瞬间他们的激情、困惑与选择。

对当代青年人来说,"五四"可能是一个熟悉又陌生的词。熟悉的一面,作为青年人都知道五四青年节,只要上过学、读过书,都知道"五四运动"这个名词;陌生的一面是当代青年对"五四"背后的思想故事知之甚少。记得有一次,我坐火车回家,带着杨亮功编撰的《五四》一书随手翻阅。邻座一位大学生模样的女孩看了这本书的封页,问我"五四"是什么。我本想感叹并深度解释一下何谓"五四",但想想还是放弃了,因为很多人对此可能并不感兴趣。于是只说了"五四"是青年节,她"哦"了一声也再无后话。还记得十几年

后记

前，我在大四准备选择"五四"进行研究的时候，曾经和一位本科授课老师聊起"五四"的研究价值，他说"'五四'是个老掉牙的问题，有什么可研究的"，我无言以对，一场对话遂戛然而止。

当然，熟悉又陌生的"五四"并不会因人们的漠视而减损其学术价值、掩饰其学术风景。在跟随张宝明老师研读《新青年》的过程中，我越来越感受到"五四"的魅力。正如张师在《回眸〈新青年〉》中写下的："世纪性的大预言在这里诞生，民主与科学之火在这里点燃，人类的终极关怀在这里升腾。""五四"是现代中国最为壮丽的精神日出。触摸文本，重访"五四"，是形象展现研究者进入历史的方式，也是我喜欢的讲述自我学术进路的言说方式。自 2005 年跟随张师研读《新青年》杂志、关注"五四"思想史以来，已经过去十八个春秋。《新青年》杂志里面提出的问题是"五四"启蒙先贤熟读中国社会、把握时代脉搏提出来的问题，这些问题超越时代、穿越时空，内蕴着 20 世纪中国现代性演进的诸多思想密码。在无数个日夜，我阅读着泛黄的《新青年》文本，捡拾着历史的残痕碎片，一个个"五四"人物从历史中向我走来，讲述着自己的热情与担当，诉说着自我的苦恼与无奈。人文学研究是一种体验之知，与其说我阅读认知历史文本，不如说我借着与"五四"人物的相遇，寻找一种进入自己生活于其中的历史的真切方法。如果缺少心灵的共振和情感的体验，即使借助报刊文本回到"历史现场"，可能也存在因时空转换而产生的隔膜和曲解，因无法亲身感受过去事件的场景和氛围，难以切身体验历史人物的思想动机。这个时候更需要心灵的相遇。在多年的阅读、对话和思考中，"五四"俨然成了我的精神故乡，"五四"人物俨然成为我的故交旧友,我思考着他们的思考,快乐着他们的快乐,无奈着他们的无奈,也尝试担当他们的担当。这本小书是我研读"五四"、研读《新青年》、研读文学革命的一点成果,部分内容曾经在《文史哲》《河北学刊》《郑州大学学报》等期刊发表,还有部分内容曾被《中国社会科学文摘》全文转载、中国人民大学复印报刊资料数据库收录。当然,现在看来,这些内容还保有着笔触的简拙和思想的稚嫩,但它们真切地记录、保存着我年龄的增长和思想的成长,让我敝帚自珍,不忍舍弃。

回望来路,读书治学、研读"五四"的风景,伴随无数关爱与提携。感谢我的恩师张宝明先生,在我知识萌动之时,拨动了我的学术心弦。最初,张师为我描绘了一道美丽的学术风景线,鼓励我选择学术之路,待我渐窥学术门径时,他又与我分享治学的喜悦与无奈、生命的美好与困惑,让我能更客观、审慎地做出人生选择。如果从2005年算起,我已经师从张师十八年了。以前在张师的研究室读书时,翻阅罗尔纲的《师门五年记》,曾经计划到入门五年之际,我也写一个自己经历的"师门五年记",但现在已经十八年了,我却收获寥寥,师门读书记也一拖再拖。这本小书权且算给张师交作业了。同时,我也要感谢我的父母,他们含辛茹苦将我抚养成人、供我读书求学,然一路求学、谋生而无暇无力为父母提供更好的生活,这让我愈发体悟到"成功的速度要赶上父母老去的速度"这句话的无奈。感谢我的妻子,她本来在江南小城过着悠闲教学的日子,在爱情的召唤下毅然决然辞去教师编制,来到陌生的北方城市和我一起生活。感谢我的儿子,可爱、懂事又顽皮的他给我带来了无数的欢乐和不竭动力。感谢我的研究生王琪琪、孙艺霖、张子文、刘玉娇和许燕,她们帮

后　记

我校对了本书初稿。感谢郑州大学新闻与传播学院为我提供了读书治学的平台，让我可以过上云卷云舒、晨起读书的日子；感谢学院的领导同事，我的点滴进步都离不开这个教研共同体的提携关爱。最后感谢本书的责编周琼老师，没有她的热心沟通、耐心督促和辛苦编校，这本书的出版可能还遥遥无期。当然，限于个人学术能力，本书可能还存在一些疏漏、错讹之处，敬请学术同道批评指正。

2023 年 5 月

图书在版编目(CIP)数据

重访"五四":在语义与场域之间/褚金勇著.--北京：社会科学文献出版社，2023.7
ISBN 978-7-5228-1982-2

Ⅰ.①重… Ⅱ.①褚… Ⅲ.①新文学(五四)-文学研究 Ⅳ.①I206.6

中国国家版本馆 CIP 数据核字(2023)第 105392 号

重访"五四"：在语义与场域之间

著　　者 / 褚金勇

出 版 人 / 王利民
责任编辑 / 周　琼
文稿编辑 / 王　倩
责任印制 / 王京美

出　　版 / 社会科学文献出版社·政法传媒分社(010)59367126
　　　　　地址：北京市北三环中路甲29号院华龙大厦　邮编：100029
　　　　　网址：www.ssap.com.cn

发　　行 / 社会科学文献出版社(010)59367028
印　　装 / 三河市东方印刷有限公司

规　　格 / 开　本：889mm×1194mm　1/32
　　　　　印　张：11.5　字　数：371千字
版　　次 / 2023年7月第1版　2023年7月第1次印刷
书　　号 / ISBN 978-7-5228-1982-2
定　　价 / 98.00元

读者服务电话：4008918866

版权所有 翻印必究